BASTEI
LÜBBE

Bisher sind im BASTEI-LÜBBE Taschenbuchprogramm von ORSON SCOTT CARD nachstehende Bände erschienen:

22 026 Der Spender-Planet
22 043 Play Cosmos
22 052 Heißer Schlaf
24 018 Meister-Sänger
24 032 Capitol

Aus der Taschenbuchreihe FANTASY sind nachstehende Romane erhältlich. Fragen Sie im Buch- oder Zeitschriftenhandel nach diesen Titeln:

20 041 Randall Garrett
Mord und Magie
20 042 Poul Anderson
Ein Mittsommer-nachts-Sturm
20 043 Michael Moorcock
Die ewige Schlacht
20 044 Michael Moorcock
Der Phönix im Obsidian
20 045 Tanith Lee
Sabella oder: Der letzte Vampir
20 046 Brian Stableford
Der blinde Wurm
20 047 M. John Harrison
Die Pastell-Stadt
20 048 Roger Zelazny
Wechselbalg
20 049 Robert Asprin
Drachenfutter
20 050 Tanith Lee
Das Lied des Exorzisten
20 051 Poul Anderson/ Mildred D. Broxon
Die Schlange von Scattery
20 052 Jessica A. Salmonson
Neue Amazonen-Geschichten
20 053 Piers Anthony
Chamäleon-Zauber
20 054 Roger Zelazny
Sieben Statuen
20 055 Jörg Weigand (Hg.)
Vergiß nicht den Wind
20 056 Andre Norton
Die Krone der Hexenwelt
20 057 William Morris
Die Zauberin jenseits der Welt
20 058 M. John Harrison
Das Rauschen dunkler Schwingen
20 059 Piers Anthony
Zauber-Suche
20 060 Tanith Lee
Cyrion
20 061 Piers Anthony
Zauber-Schloß
20 062 Thomas Ziegler
Sardor
20 063 John Myers-Myers
Die Insel Literaria
20 064 Jessica Salmonson
Tomoe, die Samurai
20 065 Piers Anthony
Zentauren-Fahrt
20 066 Robert E. Howard
König der Pikten

FANTASY

ORSON SCOTT CARD

DIE HIRSCH-BRAUT

BASTEI LÜBBE

BASTEI-LÜBBE-TASCHENBUCH
Science Fiction Fantasy
Band 20 067

Deutsche Lizenzausgabe 1985
Bastei-Verlag Gustav H. Lübbe GmbH & Co., Bergisch Gladbach
Originaltitel: Hart's Hope
Ins Deutsche übertragen von Annette von Charpentier
Titelillustration: Kinuko Craft
Umschlaggestaltung: Quadro-Grafik,Bensberg
Satz: Fotosatz Schell, Bad Iburg
Druck und Verarbeitung:
Elsnerdruck GmbH, Berlin
Printed in Western Germany
ISBN 3-404-20067-5

Der Preis dieses Bandes versteht sich einschließlich
der gesetzlichen Mehrwertsteuer.

Für Mark Park,
der dem Kleinen König
ins Herz geschaut hat

RUNOWISSEN
Hinden
Crofe
Croth
HOCH
LANTO
BLESIGER BUCHT
HOCH BURLAND
Waldesknie
Moosfesten
Blesmünde
Blesig
Bannestrand
LANTISSEN
Banne
BLESIGLAND
Burre
Passberg
SÜDBUCHT
Zwingfesten
Gronsburg
Schnellen
FLASSIN
Traffa
TRAFFIN
WASSERWACHT
Flassa
FORLAND
Sturks
Wasserburg
Lanto
Heiligknie
Pry
GÄNSEBUCHT
Burre
RANCEK
BURLAND
Inwit
HOCH CRANCHIN

ENTENBUCHT
EBENE VON CALLIN
Burmünde
Cranch
Spal
Buchtende
Calarnay
CRANCHIN
Feessee
Helsig
SCHLIFFIN
ÜBERFEES
FEESLIN
BURREBUCHT
CRAWINGER BUCHT
Frotenoff
Cranchmünde
CRAVIL
GOTTES FINGER
CRANCHINGER BUCHT
ÖDBUCHT
BOGENBUCHT
OSTFÖRDE
DIE SCHLIFFEN
DAVILLAND
DIE BRÄUEN
WESTFÖRDE
HROVESSEE
LANGE KÜSTE
GLASBUCHT
BRACKBUCHT
LANGE KÜSTE
AUSSENFÖRDE
DIE FÖRDE
BURLAND
HP

PISSTADT
VIEH MÄRKTE
VIEH MÄRKTE
BAUERNHAFEN
Krämerstraße
Scheißestraße
DAS LOCH
PISSTOR
Hurenstr.
KLEINER MARKT
Bierstr.
GROSSER MARKT
Marktstraße
GERICHTSHOF
Metzgerstr.
PFERCHE
Zaubererstr.
SCHWEINETOR
Gerberstr.
KLEINER TEMPEL
GESICHTE
LEDERHALLE
METZGER HALLE
STRASSE DER KÖNIGIN
Parkstr.
Börsenstr.
Goldstr.
GOLDHAL
WACHE
Schurfavenue
KÖNIGSHAFEN
SÜDTOR
Tempelstr.
GROSSE BÖRSE
ARENA
KÖNIGSDOCK
MÖNCHSKLOSTER
STÄLLE
KONVENT
FÄRBER
HANGTUR
GROSSER TEMPEL
ESELSTOR
HANGWALD
MILITÄR GEFÄNGNIS
GOTTESTOR
ZOLL
TÖPFERHALLE
MARINEHAFEN
Ziegelhof
HOF DER SCHREINE
Schreinstr.
Pilgerstr.
BREN
Warenlagerstr.
FISCH MARKT
PILGERHAFEN
GOTTESDOCK
PILGERPARK
Ziegelstr.
FISCHERSTADT
Dockstr.
BURRE (BANNE)
FISCHERHAFEN
HÄNDLERHAFEN

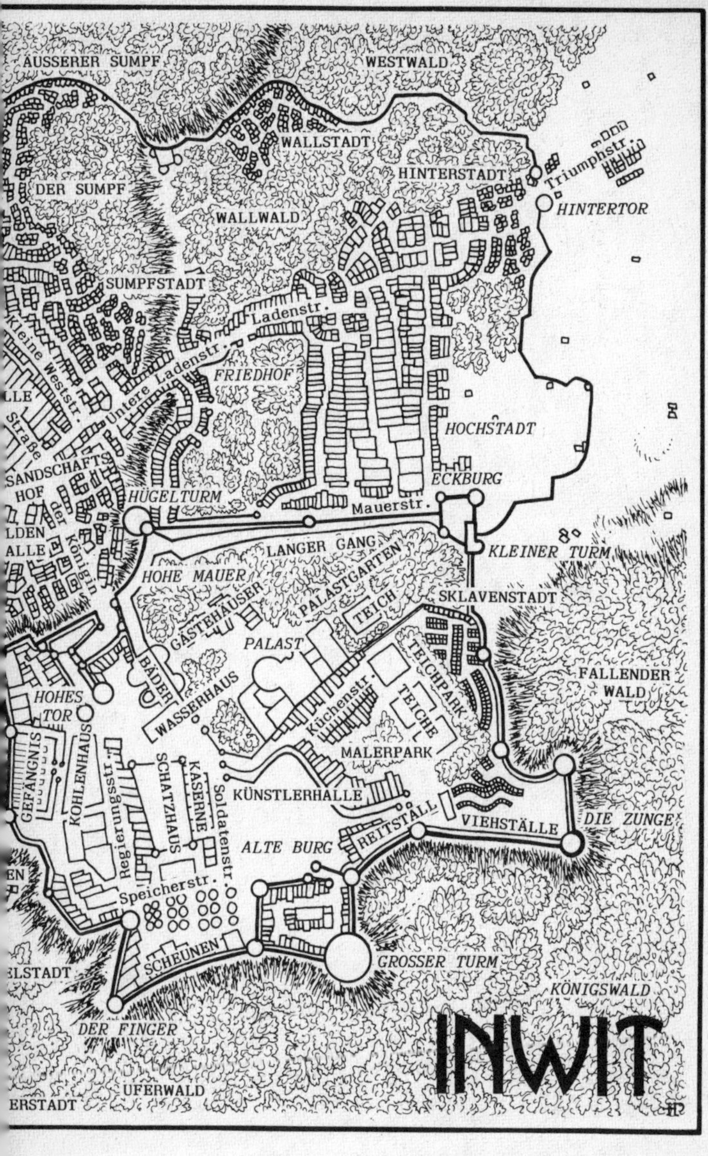
ÄUSSERER SUMPF
WESTWALD
WALLSTADT
HINTERSTADT
Triumphstr.
DER SUMPF
WALLWALD
HINTERTOR
SUMPFSTADT
Ladenstr.
Kleine Weststr.
Untere Ladenstr.
FRIEDHOF
LLE
Straße
HOCHSTADT
ANDSCHAFTS HOF
HÜGELTURM
ECKBURG
Mauerstr.
der Königin
LDEN
ALLE
LANGER GANG
KLEINER TURM
HOHE MAUER
PALASTGARTEN
TEICH
SKLAVENSTADT
GÄSTEHÄUSER
PALAST
BÄDER
WASSERHAUS
TEICHPARK
FALLENDER WALD
Küchenstr.
TEICHE
HOHES TOR
GEFÄNGNIS
KOHLENHAUS
MALERPARK
Regierungsstr.
SCHATZHAUS
KASERNE
Soldatenstr.
KÜNSTLERHALLE
REITSTÄLL
VIEHSTÄLLE
DIE ZUNGE
ALTE BURG
EN
Speicherstr.
SCHEUNEN
GROSSER TURM
ELSTADT
KÖNIGSWALD
DER FINGER
INWIT
UFERWALD
ERSTADT

Prolog

Oh, Palicrovol, aus dessen Augen Tod und Rache spricht, ich schreibe für dich, weil es im Verlauf der Jahrhunderte Geschichten gegeben hat, die du vergessen, und Geschichten, die du nie erfahren hast. Ich werde dir all diese Geschichten erzählen, und weil sie wahr sind, wirst du deine klingenbewehrte Hand im Zaum halten und nicht länger den Tod des jungen Orem suchen, den man Schmalhans nennt und Bannestrand und den Kleinen König.

Der Rebell im Exil und die Blütenprinzessin

Dies ist nicht die älteste Geschichte, aber ich muß sie zuerst erzählen, denn wenn du dich daran erinnerst, wirst du mir bis zum Ende zuhören.

Er kam zu ihr in den Garten, wo ihre Maiden sie mit Blumen schmückten, was sie an jedem Tag des Frühlings zu tun hatten. »Wie heißt das Mädchen?« fragte er.

Mit fragenden Blicken baten die Maiden sie um Erlaubnis zu antworten. Sie nickte der scharfzüngigen Kalt-in-westlichen-Wassern zu, die die richtigen Worte finden würde.

»Unsere Herrin möchte den Namen des Mannes erfahren, der kühn den heiligen Garten betritt und keine Furcht hat, Geheimnisse zu erfahren, die nur ein Eunuch kennen darf.«

Der Mann blickte leicht überrascht. »Aber man hat mir gesagt, ich dürfe überall in der Stadt umhergehen.«

Wieder sahen die Frauen sie an, und dieses Mal wählte sie Buckel-von-Geburt-an, deren Stimme hoch und sonderbar klang.

»Du magst gehen, wo jeder Mann gehen mag, aber du mußt zahlen, was jeder Mann zahlen muß.«

Zu ihrer Überraschung zeigte der Mann kein Zeichen von Angst. Seiner Furchtlosigkeit nach mußte er ein Narr sein. Seinem unbeholfenen Akzent nach war er ein Fremder. Seiner Anwesenheit im Heiligen Garten nach war er neu auf der Insel-wo-der-Winter-nur-einen-Tag-in-den-Bergen-herrscht. Aber vor allem war er seinem Gesicht nach stark und schön und gut, und so nickte sie Geboren-unter-fallenden-Fliederblüten zu.

»Du befindest dich in Gegenwart des ältesten Kindes von König Über-das-Meer-auf-einem-Schwanenrücken«, sagte Mesmisfedilain mit ihrer samtigsten Stimme.

Sogleich fiel der Fremde auf die Knie und senkte den Kopf, aber den Rücken beugte er nicht. Das war bemerkenswert. Sie nickte Wahrheit-ohne-Folter zu.

»Wenn du in deinem Land ein König bist, Mann, warum kniest du nieder? Und wenn du kein König bist, warum bittet dein ungebeugter Rücken um den Tod?«

»Ich bin Palicrovol«, sagte der Mann. »Ich befinde mich nur eine Schlacht entfernt vom Tod oder einem Thron. Mein Feind heißt Nasilee, der aufgrund des Blutsrechts in Burland regiert.«

Wahrheit-ohne-Folter nahm die Herausforderung an. »Wenn er aufgrund vom Blutsrecht regiert, wie kannst du es wagen, dich ihm entgegenzustellen? Antworte wahrheitsgemäß, denn dein Leben liegt auf deiner Zunge.«

»Weil ich ein guter Mensch bin«, antwortete Palicrovol, »und Nasilee ist einer der Menschen, die aufgrund von Blutsrecht regieren, aber den Haß eines jeden guten Menschen verdienen. Aber ich wäre nicht zum Rebell geworden, wenn mich die Götter nicht auserwählt hätten.«

»Wenn die Götter dich auserwählt haben, warum bist du dann im Exil hier auf der Insel-wo-der-Winter-nur-einen-Tag-in-den-Bergen-herrscht?«

Unvermittelt sprang Palicrovol auf die Füße. Einen Moment lang fürchtete das Mädchen, er wollte ihr etwas zuleide tun, und noch mehr, daß er fliehen wolle. Doch anstatt dessen breitete er die Arme aus und stimmte die

Geschichte der Schlacht an. In ihrer Sprache klangen die Worte unbeholfen, aber sie merkte bald, daß es daher herrührte, daß er ein Gedicht übersetzte. Du kennst das Gedicht. Er erzählte ihr, wie er spät am Abend vor der Schlacht auf einem Hügel stand, und die Lagerfeuer der größten Armeen, die jemals in Burland ins Feld gebracht wurden, breiteten sich vor ihm aus, und er sah, daß, gleich ob er nun gewann oder verlor, zu viele Menschen würden sterben müssen. Es würden nicht genug Männer übrig sein, um die Grenzen gegen Überfälle vom inneren Gebirge oder die Küsten vor Überfällen vom Meer aus zu schützen. Er befahl also seinem großen General Zymas, die Armee in Teile aufzuspalten und sie noch vor dem Morgen fortzuschicken. Laßt alle Menschen denken, daß Palicrovol ein Feigling sei, und dann wird Palicrovol kommen und seine Schlacht gewinnen, wenn die Kosten gering sind und der Preis um so größer! In jenen Tagen war Palicrovol klug.

Und sie lächelte ihn an, denn er war ein guter König.

»Ihr laßt mich am Leben?« fragte er sie.

Sie nickte.

»Und meine lebenslange Ausstattung bleibt intakt?«

Die Mädchen kicherten, *sie* aber lachte nicht. Sie nickte nur noch einmal feierlich.

»Dann darf ich mein Leben noch einmal wagen und Euch sagen, daß Ihr zwar noch ein Kind seid, aber ich in meinem ganzen Leben noch keine so vollkommene Schönheit erblickt habe.«

Sie nickte Geboren-unter-fallenden-Fliederblüten zu.

»Natürlich ist sie schön, Beinahekönig von Burland. Sie ist die Blütenprinzessin.«

»Nein«, sagte er, »ich rede nicht von ihrem vollkommenen Gesicht oder den Blumen, die grob auf ihrer vollkommenen Haut aussehen, oder davon, wie ihr Haar so tief wie ein frischgepflügtes Feld im Sonnenlicht erscheint. Ich sage, sie hat die vollkommene Schönheit einer Frau, die in ihrem ganzen Leben nie eine Lüge von sich geben wird.«

Er konnte nicht wissen, es sei denn, ein Gott hat es ihm verraten, daß sie den schrecklichsten aller Eide abgelegt hatte, als man sie im Alter von fünf Jahren dem Meer weihte. Sie war an die Wahrheit gebunden, und wenn sie auch noch kein Wort zu ihm gesagt hatte, wenn nicht einmal die Meermutter ihren Eid kannte – er hatte sie angesehen und es erkannt.

»Sie ist keine Frau«, sagte Geboren-unter-fallenden-Fliederblüten. »Sie ist erst sieben Jahre alt.«

»Ich werde dich heiraten«, sagte Palicrovol. »Wenn du zwanzig bist und ich bin König von Burland, werde ich nach dir schicken, und du wirst zu mir kommen; denn ich bin der einzige König in der ganzen Welt, der die Schönheit einer Frau ertragen kann, die niemals lügt.«

Da erhob sie sich, ließ alle Blüten fallen, wo sie fielen, und achtete der Seufzer ihrer Frauen nicht. Sie streckte die Hand aus und berührte seine Handgelenke, während er die Finger für sie öffnete. »Palicrovol, ich werde dich heiraten, ob du dann König bist oder nicht.«

Palicrovol antwortete: »Mädchen, wenn ich dann nicht König bin, werde ich tot sein.«

»Ich glaube nicht, daß du jemals sterben wirst«, sagte sie.

Da weinten die Maiden, denn sie hatte sich nun verlobt, und es konnte nicht ungeschehen gemacht werden, wie sehr ihr Vater über diese Wahl auch trauern und wüten würde.

Aber Palicrovol kümmerten ihre Gedanken nicht. »Mädchen«, sagte er. »Ich kenne nicht einmal deinen Namen.«

Sie nickte Buckel-von-Geburt-an zu. Sie konnte ihren eigentlichen Namen nicht aussprechen, denn in jenen Tagen war ihr Name nicht wahr.

Buckel-von-Geburt-an fand trotz ihrer Tränen die Stimme und nannte den Namen der Blütenprinzessin. »Hier-ist-die-Frau-mit-der-Freude-aller-Frauen-im-Gesicht. Die-mit-dem-Schmerz-aller-Frauen-im-Herzen.«

Palicrovol wiederholte leise diesen Namen und blickte auf ihre Lippen. »Enziquelvinisensee Evelvenin«, sagte er. Sie hörte es voll Freude, denn durch seine Liebe war sie nun sicher, daß jene Worte eines Tages wahr sein würden, wenn sie auch den Weg fürchtete, der zu ihrem Namen führte. »Ich werde nach dir schicken«, sagte er, »und du wirst mir mehr wert sein als die Geweihkrone.«

Er ging fort, und die Blütenprinzessin wartete auf ihn. In ihrem ganzen Leben hat sie dieses Versprechen niemals bereut oder bedauert, daß sie einen so schrecklichen Preis dafür zahlen mußte, noch hat sie Palicrovol je angelogen, auch wenn man wollte, daß sie log, auch wenn man ihr noch so grausam befahl, nicht zu sprechen.

1

Palicrovol wird ein König im Herzen

Dies ist die Geschichte, wie Gott einen Mann ohne Ehrgeiz lehrte, einen Thron zu suchen.

Zymas' Traum

Zymas war die rechte Hand des Königs, sein rechtes Auge und – so sagten die Respektlosen – auch sein rechter Stiefel. Zymas war der Sohn eines Stallburschen, aber zuerst brachten ihm seine Stärke, dann seine Fähigkeiten und zuletzt seine Klugheit solchen Ruhm ein, daß er nun der General aller Armeen des Königs war, und sein Name verbreitete Schrecken in ganz Burland.

Zymas hatte nur fünfhundert Soldaten, zu Fuß und beritten, aber dies war zu einer Zeit, wo ein Dorf aus fünf Familien bestand und eine Stadt aus fünfzig, so daß fünfhundert Soldaten ausreichten, alles zu unterdrücken, was unterdrückt werden mußte. Und wenn eine Gruppe von Baronen oder Grafen ihre kleinen Streitkräfte vereinten, so daß sie Zymas zahlenmäßig überlegen waren, waren sie immer noch zum Untergang bestimmt. Wenn es zehn solche Barone gab, dann konnten sie sicher sein, daß einer als Agent des Königs der Rebellion beigetreten war, zwei zu Zymas' Männern gehörten und der Rest hängen würde, noch ehe der Monat vorbei war.

Zymas hatte Tage des Ruhms an den Grenzen erlebt, wo wilde Stämme aus dem inneren Gebirge gegen die Piken von Zymas' Armee anrannten. Und es hatte Tage des Ruhms an den Küsten gegeben, wo die Plünderer vom Meer ihre Boote anlandeten und zu Hunderten starben, ehe sie hinter die Flutlinie gelangten. Oh, Zymas war ein mächtiger Krieger! Aber nun, wo die äußeren Feinde des Königs alle niedergeworfen waren und Tribut zahlten, führte Zymas seine Männer vom Gebirge bis zur Küste, nicht um Burland vor einem Angriff zu verteidigen, sondern um die Steuereintreiber zu schützen, die Ungehorsamen zu bestrafen, die Schwachen und Wehrlosen zu terrorisieren.

Es gab Leute, die behaupteten, Zymas habe kein Herz, und daß er aus Lust tötete. Es gab Leute, die behaupteten, Zymas habe keinen Verstand, und daß er niemals einen Befehl des Königs angezweifelt habe. Aber die solches sagten, hatten unrecht.

Zymas schlug mit seiner halben Tausendschaft ein Nachtlager an den Ufern der Burre auf, hoch oben am Fluß, wo die Einheimischen den Fluß immer noch Banne nannten. Das Dorf war zu klein, um einen Namen zu haben – vier Familien, in den Büchern verzeichnet als »Siebtes Dorf bei Banningfort«. Es war auch verzeichnet, daß dieses Dorf seine Steuer von dreißig Scheffeln noch nicht bezahlt hatte. Das rief Unwillen hervor und bildete ein schlechtes Beispiel für die anderen Dörfer.

Zymas war gekommen, sie zu bestrafen. Morgen würde er mit fünfzig Fußsoldaten hingehen, das Dorf umzingeln und dann die Ergebung fordern. Wenn sie sich ergaben, würde man sie aufspießen und übers Feuer hängen, oder auf spitze Stangen setzen oder etwas in dieser Art. So etwas war üblich in diesen Tagen, für Männer und Frauen und Kinder, ganz üblich. Zymas dachte an das Morgen und spürte, wie ihm das Herz leer wurde, wie es immer geschah, damit er sich nicht schämen mußte.

Als sein Herz endlich leer war, legte er sich auf den kalten Boden und schlief ein. Aber heute nacht wurde seine Ruhe durch einen Traum gestört. Es überraschte ihn, daß er träumte, überraschte ihn selbst im Traum, denn Träumen war etwas, was er schon vor langer Zeit aufgegeben hatte. Es war ein sehr billiger Traum, denn er sah in ihm einen alten Hirschen, der mühsam durch den Wald stapfte. Warum mühsam? Unter dem Bauch des Hirschen hatte sich eine Ratte festgebissen, und bei jedem Schritt zuckte der

Hirsch vor Schmerz. Zymas streckte die Hand aus, um die Ratte zu ergreifen, aber eine Stimme verbat es ihm.

»Wenn du die Ratte fortnimmst, was wird die große Wunde im Bauch des Hirschen schließen?«

Zymas blickte genauer hin, und jetzt sah er, daß die Zähne der Ratte die Ränder einer großen, bösen Wunde zusammenhielten, die drohte, den Hirschen von der Kehle bis zu den Lenden aufzureißen. Aber er wußte auch, daß die Ratte die Wunde vergiftete.

Da stieß ein mächtiger Adler herab und landete brutal auf dem Rücken des Hirschen. Zymas erkannte sogleich, was er tun mußte. Er faßte den Adler, drehte ihn um und schob ihn so unter des Hirschen Bauch. Die Klauen spreizten sich und packten zu, faßten die Wunde fester zusammen als die Rattenzähne. Dann, immer noch kopfunter, verzehrte der Adler die Ratte Stück um Stück. Der Hirsch war gerettet, weil Zymas den Adler an die richtige Stelle gesetzt hatte.

»Palicrovol«, sagte die Stimme, und Zymas wußte, daß der Adler gemeint war.

»Nasilee«, sagte der Adler, und Zymas wußte, daß die Ratte gemeint war.

Nasilee lautete der Name des Königs. Palicrovol lautete der Name des Grafen von Traffing. Dann erwachte Zymas und blieb den Rest der Nacht wach.

Vor dem Morgengrauen nahm er seine fünfzig Männer und zog zum Dorf, und nach wenigen Augenblicken hatten die Leute sich ergeben. Der Patriarch des kleinen Dorfes versuchte zu erklären, warum die Steuern nicht bezahlt worden waren, aber Zymas hatte die Entschuldigungen schon tausenmal gehört. Er hörte den alten Mann nicht an. Er hörte auch nicht das Stöhnen der Frauen, das Weinen der Kinder. Er sah nur, wie jeder der vor ihm Stehenden das Gesicht des alten Hirschen trug, und er wußte, dieser Traum war kein Zufall gewesen.

»Männer«, sagte er, und alle hörten seine Stimme, wenn er auch nicht laut rief.

»Zymas«, antwortete sie. Sie nannten ihn bei seinem einfachen Namen, weil er ihn edler gemacht hatte, als es jeder Titel, den man ihm verliehen hatte, vermocht hätte.

»Nasilee nagt am Bauch von Burland wie eine Ratte, und wir, wir sind seine Zähne.«

Sie waren verwirrt und wußten nicht, was sie antworten sollten.

»Hängt der rechtmäßige König diese hilflosen Leute auf?«

Sie waren nicht sicher, auf welche Probe Zymas sie stellen wollte, und so antwortete einer der Männer »Ja?«

»Vielleicht tut er es«, meinte Zymas, »aber wenn er der rechtmäßige König ist, dann werde ich einem falschen aber guten König folgen und ihn zum rechtmäßigen machen, und die Menschen werden nicht mehr Furcht haben müssen, wenn Zymas' Armee kommt.«

Es schien den Soldaten unmöglich, daß Zymas solchen Verrat aussprechen konnte, aber weniger unmöglich, als der Gedanke, daß Zymas eine Lüge ausgesprochen oder einen Scherz gemacht haben könnte. Zymas war also ein Rebell. Gab es aber irgendeinen Menschen, der den König Zymas gegenüber bevorzugen würde?

Zymas ließ ihnen freie Wahl, aber alle fünfhundert marschierten mit ihm, fort von den erstaunten Dörflern, auf Traffin zu. Er sagte ihnen nicht, wen er anstelle des Königs als Herrscher einsetzen wollte. Der Traum hatte Palicrovol genannt, aber Zymas wollte den Mann selbst sehen, ehe er ihm bei der Revolte half. Träume kommen, wenn die Augen geschlossen sind, aber Zymas handelte nur mit offenen Augen.

Der Wächter und der Gottesmann

Im Lande Traffin kam mitten im Winter eine Gestalt in einer weißen Robe wie ein Geist durch den Schnee gewandelt. Der Wächter am Tor der Festung des Grafen zitterte vor Furcht, bis er erkannte, daß es ein Mann war, dessen Gesicht von der Kälte gerötet war, und der seine Hände, um sie zu wärmen, in eine Bettrolle geschoben hatte. Geister haben vor der Kälte nichts zu fürchten, und so rief er den Mann an – rief ihn grob an – weil er Angst gehabt hatte.

»Was willst du? Es ist fast dunkel, und wir arbeiten nicht am Fest des Hirschen.«

»Ich komme von Gott«, sagte der Mann. »Ich habe eine Botschaft für den Grafen.«

Der Wächter wurde zornig. Er hatte alles über Gott gehört, dessen Priester so arrogant waren, daß sie selbst die Süßen Schwestern, selbst den Hirschen ableugneten, auch wenn die Menschen deren Macht schon viel länger kannten als diese neumodische Gottheit. »Willst du, daß er die Braut des Hirschen lästert?«

»Die alten Dinge müssen vergehen«, sagte der Gottesmann.

»Du mußt vergehen, wenn du es nicht vorziehst, zu verschwinden!« rief der Wächter aufgebracht.

Der Gottesmann lächelte nur. »Natürlich kennst du mich nicht«, sagte er. Und dann streckte der Gottesmann vor den Augen des Wächters betend die Hände aus, und der Riegel des Tors zerbrach in zwei Teile, und das Tor schwang vor ihm auf.

»Du wirst ihm doch nichts tun?« fragte der Wächter.

»Sei nicht so feige«, antwortete der Gottesmann. »Ich komme zum Guten von ganz Burland.«

Vom König also? Der Wächter haßte den König genug, um in den Schnee zu spucken, trotz seiner Angst vor diesem Mann, der Tore zerbrach, ohne sie zu berühren. »Das Gute für Burland ist niemals gut für Traffin.«

»Heute nacht ist es das«, sagte der Gottesmann.

Und plötzlich öffnete sich der Abendhimmel, Ströme von Licht ergossen sich hernieder, und von diesem Augenblick an wurde der Wächter selbst zum Gottesmann.

Die Prophezeihung

»Bist du eingeladen?« fragte Palicrovol.

Der Gottesmann blickte um sich auf die halbnackten Männer, die auf reifüberzogenen Steinen um das Feuer saßen. »Ich bin zu den Festen aller Götter geladen.« Palicrovol war jung und schön, selbst nun, wo nur ein Rindenmantel seine Schulter deckte; dem Gottesmann gefiel sein Anblick, wenn der Graf auch zornig war. Zorn würde vorbeigehen. Die Schönheit des Grafen nicht.

»Mein Wächter ist beeindruckt von dir«, sagte der Graf.

»Solche Menschen sind leicht zu beeindrucken«, meinte der Gottesmann.

»Ich habe schon früher Zauberei gesehen«, sagte der Graf, denn neben ihm saß Ärmel, der rotäugige Zauberer, der nur Herren diente, die er sich aussuchte.

»Dann gebe ich dir, was niemand anders kann. Ich gebe dir Wahrheit.«

Palicrovol lächelte und sah Ärmel an, aber Ärmel lächelte nicht, und Palicrovol begann sich zu fragen, ob er diesen Gottesmann ernst nehmen sollte. »Was für eine Wahrheit?«

»Worte können nur zwei Arten von Wahrheit ausdrükken. Worte können dich benennen, und Worte können sagen, was du tun wirst, noch ehe du es tust.«

»Und was wirst du tun?«

»Einen Mann benennen heißt sagen, was er tun wird, ehe er es tut. Daher werde ich dich benennen, Palicrovol, König von Burland.«

Plötzlich bekam der Graf Palicrovol Angst. »Ich bin Graf von Traffin.«

»Die Leute hassen König Nasilee. Sie haben ihm ihr Herzblut gegeben, und er gab ihnen nur Armut und Schrecken. Sie sehnen sich nach jemandem, der sie von dieser Last befreit.«

»Dann geh zu einem Mann mit Armeen.« Wenn Nasilee erfuhr, daß Palicrovol diesem Gottesmann auch nur zugehört hatte, würde das das Ende des Hauses von Traffin bedeuten.

»General Zymas wird zu dir kommen und dir bis zu dem Tag folgen, an dem du stirbst.«

»Was sehr bald sein wird, wenn er es wagt, gegen den König zu rebellieren.«

»Im Gegenteil«, erwiderte der Gottesmann. »In dreihundert Jahren von nun an werden du, Zymas und Ärmel alle noch am Leben sein und noch ein Menschenleben vor euch haben.«

Ärmel lachte. »Seit wann teilt dein zauberhassender Gott Geschenke an arme Magier aus?«

»Für jeden Tag, an dem du dich über das Geschenk freust, wird es fünf Tage geben, an denen du es haßt.«

Palicrovol beugte sich vor. »Ich hätte dich töten lassen sollen.«

»Was würde es nützen? Ich bin nur ein armer alter Mann, und wenn Gott meinen Körper aufgibt, werde ich sogar weniger wissen als du.«

Ärmel schüttelte den Kopf. »In der Prophezeihung dieses Mannes liegt keine Poesie.«

»Stimmt«, meinte Palicrovol, »aber eine Geschichte.«

»Das ist keine Prophezeihung«, sagte der Gottesmann. »Dies ist dein Name. Zymas wird zu dir kommen, und im Namen Gottes wirst du siegen. Du wirst die Stadt Hirschenherz betreten, und die Tochter des Königs wird auf dem Hirschen für dich reiten. Du wirst einen neuen Tempel Gottes bauen und die Stadt Inwiss nennen, und kein anderer Gott wird dort verehrt werden. Und noch etwas: Du wirst nicht sicher auf dem Thron sein, bis König Nasilee und seine Tochter Asineth tot sind.«

Als der Gottesmann diese Worte ausgesprochen hatte, schauderte er, sein Kiefer fiel herab, und das Licht in seinen Augen erlosch. Überrascht und müde zugleich blickte er sich um. Derartiges war ihm ohne Zweifel schon früher geschehen, aber offensichtlich war er noch nicht daran gewöhnt, sich an sonderbaren Orten wiederzufinden –

besonders nicht mitten in einer Gesellschaft, die sehr ernst das Fest der Hindinnen beging.

»Was für kluge Diener dieser Gott sich aussucht«, sagte Ärmel.

Palicrovol lachte nicht. Das Feuer, das die Augen des Alten verlassen hatte, hinterließ einen Funken im Blick Palicrovols. »Hier im Angesicht aller«, sagte er, »werde ich euch sagen, was ich zuvor nicht zu sagen wagte. Ich hasse König Nasilee und alles, was er tut, und um ganz Burlands willen sehne ich mich danach, daß er von seinem Thron vertrieben wird.«

Bei diesen verräterischen Worten, besonders, da sie am Fest der Hindinnen ausgesprochen wurden, schwiegen alle seine Männer still und sahen ihn von der Seite an.

»Es ist gut, daß wir dich lieben«, sagte Ärmel. »Wir werden alle Stillschweigen bewahren und niemandem erzählen, daß du gegen König Nasilee geredet hast. Und wir werden zum Hirschen beten, daß du nicht durch die Schmeichelei eines fremden und eifersüchtigen Gottes verführt wirst.«

Ärmels Worte rieten von der Revolte ab, aber Palicrovol hatte gelernt, daß Ärmels Worte selten dessen Meinung wiedergaben. Ärmel wollte vielleicht damit sagen, daß es für Palicrovol bereits zu spät sei, seine Meinung zu ändern; denn nun würde er in stetiger Angst leben, von jemandem verraten zu werden, der seine Worte gehört hatte. Und was die Prophezeihung des Gottesmannes über den Sieg anging, zweifelte Ärmel da? Oder wollte er ihn auf die Probe stellen? Palicrovol blickte in das unnatürlich weiße Gesicht des Zauberers auf, seine durchscheinende Haut, sein Haar, so hell und fein wie Spinnweben. Wie kann ich dein sonderbares Antlitz deuten, fragte sich Palicrovol. Doch er wußte auch, daß Ärmel nicht wollte, daß man seinem Gesicht etwas ablas. Ärmel ergründete andere, blieb selbst aber unergründlich. »Du kamst aus keinem ersichtlichen Grund zu mir«, sagte Palicrovol. »Bis heute. Du bist bei mir wegen heute.«

Verächtlich schürzte Ärmel die Lippen. »Ich folge den Gedärmen der Tiere. Ich benutze die Kraft ihres Blutes, und sie wiederum raten mir, wo ich hingehen soll. Was immer für Pläne der Gott für dich hat, sie kümmern mich nicht.« Aber sein Leugnen war eine Bestätigung, denn noch niemals zuvor hatte sich Ärmel die Mühe einer Erklärung gemacht.

Vor der Palisade ertönte eine Trompete. Graf Palicrovol sprang auf die Beine. Der Rindenmantel glitt von seinen Schultern, als er sich aufrichtete. »Der König«, flüsterten einige der Männer, denn die Furcht vor König Nasilees Augen und Ohren war so groß, daß sie dachten, er habe bereits vom Verrat gehört und sei gekommen, Palicrovol zu bestrafen. Ihre Angst wurde nicht geringer, als sie eine Armee von fünfhundert Mann vor der Festung versammelt sahen.

»Wer seid ihr? Wer bringt eine Armee vor meine Tore?« rief Palicrovol von der Zinne.

»Ich bin Zymas, einstmals General der königlichen Armee. Und wer seid Ihr, der Ihr nackt auf der Zinne steht?«

Zum ersten Mal am Hindinnenfest spürte Palicrovol die Winterkälte: Die Prophezeihung erfüllte sich bereits. Im gleichen Augenblick traf er seine Entscheidung: »Ich bin Palicrovol, König von Burland!«

Aber die Armee jubelte ihm nicht zu, und Palicrovol fühlte den Schwindel der Verzweiflung; er hatte vor der rechten Hand des Königs Verrat begangen, weil er dem wahnsinnigen Propheten eines albernen Gottes geglaubt hatte.

»Palicrovol!« gellte Zymas.

»Können dich diese Tore hindern, wenn du hereinwillst?« fragte Palicrovol.

Zymas antwortete: »Können diese Soldaten dich hindern, wenn du hinauswillst?«

»Wenn diese Soldaten meine Feinde sind, dann werde ich nicht herauskommen. Ich werde hier bleiben und sie für jeden Schritt, den sie über meine Mauern setzten, in Blut bezahlen lassen.«

»Und wenn wir deine Freunde sind?«

»Warum bist du hergekommen?« rief Palicrovol von der Zinne. »Warum neckst du mich?«

»Ich habe von dir geträumt, Graf von Traffin. Warum habe ich von dir geträumt?«

Palicrovol wandte sich zu Ärmel, der lächelte. »Es ist das Fest der Hindinnen«, sagte Ärmel.

»Es ist das Fest der Hindinnen!« rief Palicrovol.

»Die Gedärme waren schwer und der Schoß voll bis auf fünf Tage«, sagte Ärmel.

»Die Gedärme waren schwer und der Schoß voll bis auf fünf Tage«, rief Palicrovol. Als Palicrovol Ärmels Worte nachbetete, fühlte er sich erleichtert. Wenn die Hirschkuh, die sich am Hindinnenfest herschenkte, voll war, konnte das Unternehmen des Herrn des Festes nicht fehlschlagen. Irgendein Unternehmen, aber es galt allgemein als höflich, die guten Omen dem Gastgeber auszulegen.

»Ich weiß nichts von Wahrsagerei«, sagte Zymas. »Wer ist der Zauberer, der dich lehrt, was du zu sagen hast?«

Da ergriff Ärmel selbst das Wort. »Ich bin Ärmel«, sagte er. »Die Süßen Schwestern haben mir eine schwere Hindin gezeigt. Gott hat durch einen alten Narren zu Palicrovol gesprochen. Und der Hirsch ist dir im Traum begegnet. Wenn alle großen Götter auf Palicrovols Seite stehen, wer will sich ihm widersetzen?«

Zymas hatte nichts davon erzählt, daß er in seinem Traum einen Hirschen gesehen hatte. »Wozu braucht er mich?«

»Wozu brauchst du ihn? Es genügt, daß ihr beide euch jetzt dem Verrat verschrieben habt. Wenn ihr zusammenarbeitet, könnt ihr diesen König zu Fall bringen. Wenn ihr gegeneinander steht, wird Nasilee seine Arbeit viel leichter finden.«

Zymas sah noch einen anderen Grund. Ärmel, der größte der lebenden Zauberer, stand auf Seiten des Grafen Traffin. »Palicrovol, wenn du König werden willst, werde ich dir helfen, die Tochter des Königs zu heiraten und den Thron zu besteigen. Wirst du ein gerechter und guter König sein?«

»Ich werde als König nicht anders sein als ich als Graf

war«, antwortete Palicrovol. »Mein Volk gedeiht besser als das Volk eines jeden anderen Herrn. Ich bin ein gerechter Richter, wie es ein Mensch nur sein kann.«

»Wenn das stimmt, werde ich dir folgen, und meine Männer auch«, sagte Zymas.

So war die Prophezeihung des Gottesmannes erfüllt, wenn sie auch ein ebenso unwahrscheinliches Ereignis vorausgesagt hatte, als würde die Burre rückwärts fließen. Zymas war zu ihm gekommen, und sogar noch ehe Palicrovol auch nur einen einzigen Akte der Rebellion unternommen hatte. Gott war nur sein Gott. »Und ich«, rief Palicrovol, »werde Gott folgen.«

Und ich, flüsterte der weißhäutige, rotäugige Ärmel, ich könnte die Erde erzittern lassen und die Feste dem Erdboden gleichmachen, und mit meiner linken Hand könnte ich bewirken, daß anstelle von Zymas' fünfhundert Mann ein Wald wächst. Warum sollte ich mich mit diesen Menschen bar jeder Magie verbünden, insbesondere, wenn sie diesen Gott mit Namen Gott fürchten? Sie brauchen mich ebensowenig wie ich sie. Aber Ärmel spürte, wie das Blut der Hindin auf seinen Armen und Händen trocknete, und er war zufrieden, daß Palicrovol König sein würde, selbst wenn es im Namen jenes wütenden jungen Gottes geschah.

Und so begann Palicrovols langer Weg auf den Thron von Burland.

2

Das Mädchen auf dem Hirschen

Dreimal in ihrem Leben lernte Asineth kennen, was es bedeutete, die Tochter des Königs zu sein. Und mit jeder Lektion wurde sie klüger.

Asineths Lektion über Gut und Böse

Als Asineth erst drei Jahre alt war, führten die Damen, die sich um sie kümmerten, sie im Palastgarten spazieren, in jenem abgesicherten Teil, wo die Kieswege säuberlich ausgerichtet waren und die Pflanzen alle in Tiergestalt wuchsen. Eines ihrer Lieblingsspiele war es, sehr still zu sitzen und Sand oder Kies durch die Finger rinnen zu lassen, bis die sie beobachteten Frauen sich zu langweilen begannen und Unterhaltungen anfingen. Dann stand sie leise auf, ging fort und versteckte sich vor ihnen. Zuerst versteckte sie sich immer in der Nähe, um vom ersten Moment an ihre Panik zu beobachten, wenn sie merkten, daß sie verschwunden war. »Oh, du kleines Ungeheuer«, sagten sie dann. »Oh, gehört sich das für eine Prinzessin, fortzulaufen und ihre Hofdamen zurückzulassen?«

Aber dieses Mal versteckte sich Asineth weiter fort, weil sie älter wurde und die Welt größer, und sie sah sich in jenen Teil des Gartens hingezogen, wo das Moos wild wucherte und die Tiere nicht im Boden verwurzelt waren. Dort sah sie ein großes, graues Tier sich langsam durch das Unterholz schieben, und sie fühlte sich sonderbar angezogen und folgte ihm. Von Zeit zu Zeit verlor sie das Tier aus den Augen und wanderte suchend weiter, und immer erspähte sie es dann flüchtig – oder dachte es zumindest –

und ging hinterher, weiter und weiter in den ungezähmten Garten hinein.

Sie hörte nicht, wie die Hofdamen nach ihr suchten, sie war nicht in der Nähe, als sie angstvoll dem Haushofmeister Bericht erstatteten, daß sie verschwunden war; erst als der Himmel sich rötete und die Soldaten sie fanden, wie sie die Füße am Ufer eines großen Teichs badete, erst da erinnerte sie sich an ihr Versteckspiel. Die Soldaten brachten sie fort von dem Teich, und trugen sie durch die Wälder in den sicheren Garten, wo sie gespielt hatte. Dort sah sie die drei Frauen, die sie nicht gut genug bewacht hatten, nackt am Boden gefesselt, die Rücken, Schenkel und Beine blutig vom Auspeitschen. Sie hatte Angst. »Wird man mich auch peitschen?« fragte sie.

»Dich nicht«, antwortete der Soldat, der sie trug, »dich niemals. König Nasilee ist dein Vater. Welcher Mensch würde es wagen, dich zu schlagen?«

So lernte Asineth, daß die Tochter des Königs nie etwas falsch machen kann.

Asineths Lektion über Liebe und Macht

König Nasilees Lieblingsmätresse hieß Berry, und Asineth liebte Berry aus ganzem Herzen. Berry war geschmeidig und schön. Wenn sie nackt war, war sie schlank und leichtfüßig wie ein Windhund, und alle Muskeln bewegten sich anmutig unter der Haut. Wenn sie Kleider trug, war sie ätherisch, so entrückt von der Welt wie ein Sonnenstrahl und ebenso schön. Asineth ging jeden Tag zu ihr und redete mit ihr, und Berry, so schön sie war, nahm sich die Zeit, dem kleinen Mädchen zuzuhören, allen ihren Geschichten über den Palast zu lauschen, allen Träumen und Wünschen.

»Ich möchte sein wie du«, sagte Asineth.

»Und wie wäre das, wie ich sein?« fragte Berry.

»Du bist so schön.«

»Aber in ein paar Jahren wird meine Schönheit vergehen,

und der König, dein Vater, wird mich mit einer Pension abspeisen wie eine Dienerin oder einen Soldaten.«

»Du bist so klug.«

»Klugheit ist nichts ohne Macht. Eines Tages wirst du König sein. Dein Mann wird Burland regieren, weil er dein Mann ist, und dann wirst du Macht haben, und dann spielt es keine Rolle mehr, ob du klug bist.«

»Was ist Macht?« fragte Asineth.

Berry lachte, was dem sechsjährigen Mädchen verriet, daß es eine gute Frage gestellt hatte, eine schwere. Die Erwachsenen lachten immer, wenn Asineth eine schwere Frage stellte. Wenn sie gelacht hatten, dachte Asineth immer über die Frage und die Antwort nach und warum es eine so wichtige Frage gewesen war.

»Macht«, antwortete Berry, »ist, einem Mann zu sagen: ›Du bist ein Sklave‹, und er ist ein Sklave. Oder einer Frau zu sagen: ›Du bist eine Gräfin‹, und sie ist eine Gräfin.«

»Macht ist also, wenn man Leuten Namen gibt?« fragte Asineth.

»Und noch mehr. Macht ist, die Zukunft vorauszusagen, kleine Asineth. Wenn der Astronom sagt: ›Morgen wird der Mond kommen und die Sonne verdunkeln‹, und es geschieht, wie er es gesagt hat, dann hat er Macht über Sonne und Mond. Wenn dein Vater sagt: ›Morgen wirst du sterben‹, wird das ebenfalls geschehen, also hat dein Vater die Macht über den Tod. Dein Vater kann die Zukunft aller Menschen in Burland bestimmen. Du wirst reich, du wirst scheitern, du wirst in den Krieg ziehen, du wirst deine Last den Fluß hinabfahren, du wirst Steuern zahlen, du wirst keine Kinder haben, du wirst Witwe werden, du wirst an jedem Tag deines Lebens Granatäpfel essen – er kann alles vorhersagen, was mit Menschen zu tun hat – und es wird geschehen. Er kann sogar dem Astronomen sagen: ›Morgen wirst du sterben‹, und die Macht des Astronomen über Sonne und Mond wird ihn nicht retten.«

Berry strich sich bei diesen Worten hundertmal durch das Haar, und es glänzte wie Gold. »Auch ich habe Macht«, sagte Berry.

»Wessen Zukunft kannst du voraussagen?« fragte Asineth.

»Die deines Vaters.«

»Was wird mit ihm geschehen?«

»Ich sage, daß er heute Nacht einen schönen Körper sehen und ihn umarmen wird; er wird perfekte Lippen sehen und sie küssen. Ich sage voraus, daß der Samen des Königs sich heute Nacht in mich ergießen wird. Ich verkünde die Zukunft – und es wird geschehen.«

»Du hast also Macht über meinen Vater?« fragte Asineth.

»Ich liebe deinen Vater. Ich kenne ihn, wie er nicht einmal sich selbst kennt. Er könnte ohne mich nicht leben.« Berry stand nackt vor dem Spiegel und zeichnete die Zonen ihres Körpers nach und erzählte Asineth, wie ihr Vater eine jede Nation ihres Fleisches liebte, erzählte ihr, in welche er als sanfter Botschafter kam, mit welchen er hart umsprang, und welche er mit dem Schwert eroberte.

Dann klang ihre Stimme leise, und ihr Gesicht wurde kindlich und friedlich, auch wenn die Worte kälter klangen. »Eine Frau ist wie ein Feld, Asineth, zumindest denkt der Mann das, ein Feld, das er bepflügen und bepflanzen kann und von dem er viel mehr zu ernten hofft als seinen kleinen Samen. Aber die Erde bewegt sich schneller als ein Mann, und der einzige Grund, warum er dies nicht weiß, ist, daß sie ihn mit sich nimmt, wenn sie sich dreht. Er pflügt nur die Furchen, die er findet, er schafft nichts. Es ist der Bauer, der gepflügt wird, und nicht das Feld, und er wird mich nicht vergessen.« Asineth lauschte allen Worten Berrys und beobachtete die Bewegungen ihres Körpers und übte, sich so zu bewegen und zu sprechen wie sie. Sie betete zu den Süßen Schwestern, daß sie wie Berry würde, wenn sie erwachsen war; sie wußte, daß es in der ganzen Welt keine perfektere Frau gab.

Sie liebte Berry auch an dem Tag, als sie mit dem König über sie sprach. Nasilee ließ sie in der Kammer der Fragen neben sich sitzen, und wenn sie auch noch jung war, fragte er sie doch zuweilen vor aller Öffentlichkeit um Rat. Sie gab die Antwort mit lauter Stimme, und Nasilee lobte entweder ihre Klugheit oder wies sie auf einen Irrtum hin, auf daß es alle Menschen hörten und daraus lernten und auf daß sie das Handwerk der Staatskunst lerne. An diesem Tag fragte der König sie: »Wer ist klüger als ich, Asineth?«

Mit der Unschuld der Kindheit hatte sie noch nicht gelernt, daß es Fragen gibt, bei denen man so tun muß, als wisse man die Antwort nicht. »Berry«, antwortete sie spontan.

»Ach«, meinte der Vater, »und warum ist sie so klug?«

»Weil sie Macht hat, und wenn man Macht hat, dann braucht man nicht klug zu sein.«

»Ich habe mehr Macht als sie«, sagte da der König. »Bin ich dann nicht klüger?«

»Du hast Macht über alle Menschen, Vater, aber Berry hat Macht über dich. Du kannst keinen Bauern dazu bringen, sein Feld zweimal im Jahr zu pflügen, aber sie kann dich zweimal am Tag zum Pflügen bringen, auch wenn du keinen Samen mehr übrig hast.«

»Ach«, sagte Nasilee wieder. Dann befahl er den Soldaten, Berry zu sich zu bringen. Asineth sah, daß ihr Vater zornig war. Warum war er bloß zornig? Liebte er Berry nicht ebenso wie Asineth? War er nicht froh, daß sie klug war? Hatte er nicht Asineths Mutter vergiftet, weil sie zornig darüber war, daß er Berry in sein Bett brachte?

Berry trat mit Ketten an Händen und Füßen ein. Sie sah Asineth mit fürchterlichem Haß an und rief: »Wie kannst du den Worten eines Kindes glauben? Ich weiß nicht, warum sie lügt, oder wer ihr beibrachte, solche Sachen zu sagen, aber du wirst doch sicher nicht den Geschichten meiner Feinde glauben?«

Nasilee zog lediglich die Brauen hoch und sagte: »Asineth lügt niemals.«

Berry sah Asineth furchtsam an und rief: »Ich war niemals deine Rivalin!«

Aber Asineth verstand ihre Worte nicht. Sie hatte ihre erste Lektion so gut gelernt, daß es unvorstellbar für sie war, etwas falsch gemacht zu haben.

Berry flehte ihren Liebhaber an. Asineth erkannte, wie sie ihren schönen Körper einsetzte, wie sie sich gegen die Fesseln wehrte, wie ihr Gewand sich kunstvoll teilte, um die schwellende Brust zu zeigen. Vater würde Berry wieder lieben und ihr vergeben, dessen war Asineth sicher. Aber Berrys Liebhaber war zum König geworden, und als sie zu flehen aufhörte, schickte er nach einem Bauern mit einem Ochsengespann.

Draußen im Garten geschah es, daß sie Berry von den Lenden bis zum Herzen pflügten, und ein Ochsengespann zog die Pflugschar. Ihre Schreie ertönten bis zum Winter durch den Palastgarten, so daß Asineth erst wieder hinausgehen konnte, als der Winter ihn in eine andere Welt verwandelt hatte.

Es war eine grausame Tat, aber Asineth wußte, daß auch ihr Vater Berrys Schreie in der Nacht hörte. Berry war in jedem Raum des Palastes, auch wenn sie tot war, und eines Tages, als Asineth neun war, fand sie ihren Vater in einem Sessel der Bibliothek zusammengesunken, ein offenes Buch vor sich, die Wange fleckig von halbgetrockneten Tränen. Ohne zu fragen wußte Asineth, woran er dachte. Es tröstete Asineth, daß Berry zwar nicht so viel Macht gehabt hatte, wie sie dachte, aber soviel, sich unvergessen zu machen und ihren Liebhaber zu zwingen, auf immer mit der Reue zu leben. Aber Berrys Tod allein war nur die halbe Lektion, deren Bedeutung noch nicht offenbar geworden war, und so stellte Asineth ihrem Vater eine Frage.

»Hast du sie nicht geliebt?« fragte Asineth.

Zu ihrer Überraschung antwortete er: »Wenn ich *sie* nicht geliebt habe, habe ich niemals etwas geliebt.«

»Warum hast du sie dann getötet?«

»Weil ich der König bin«, antwortete Nasilee. »Wenn ich sie nicht getötet hätte, hätten die Leute keine Angst mehr vor mir gehabt, und wenn sie keine Angst mehr vor mir haben, bin ich nicht mehr König.«

Asineth wußte nun, daß von den beiden Arten der Macht, die Berry sie gelehrt hatte, das Benennen die stärkere war. Weil Nasilee König genannt wurde, mußte er das töten, was er am meisten liebte. »Du hast Berry nicht am meisten von allem geliebt«, sagte Asineth.

Nasilee öffnete die Augen und ließ ihr Licht durch schmale Schlitze auf seine junge Tochter fallen. »Nein?«

»Mehr als sie hast du den Namen des Königs geliebt.«

Die Augen des Vaters schlossen sich wieder. »Geh fort, Kind.«

»Ich will nicht gehen, Vater«, sagte sie. Sie sagte nicht, ich habe Berry mehr geliebt als du.

»Ich möchte dich nicht sehen, wenn ich an sie denke«, sagte ihr Vater.

»Warum nicht?« fragte Asineht.

»Weil du mich dazu gebracht hast, sie zu töten.«

»Ich?«

»Wenn du die verräterrischen Worte nicht ausgesprochen hättest, hätte ich sie nicht töten müssen.«

»Wenn du lediglich darüber gelacht hättest als die Worte eines Kindes, würde sie noch leben.«

»Ein König ist ein König.«

»Ein schwacher König muß das sein, was andere Könige gewesen sind; ein starker König ist er selbst, und von da an ändert sich die Bedeutung des Wortes König.« Das hätten Berrys Worte sein können, denn Berry verstand etwas von solchen Dingen, und Asineht konnte nur raten, was sie bedeuteten.

»Was spielt es für eine Rolle«, sagte der König müde. »Du hast die Worte gesagt, der König hat sie gehört und mußte handeln. Berry mußte sterben, und jetzt trauere ich um sie und wünschte mir, du wärest bei deiner Geburt gestorben und hättest deine Mutter mit dir genommen. Bei der Hindin, ich wünschte es, ich schwöre es bei den Schwestern, und jetzt geh fort, kleines Mädchen.«

Sie ging. Bis zu diesem Zeitpunkt war sie die einzige Person in Burland gewesen, die keine Angst vor König Nasilee hatte. Jetzt war niemand mehr übrig, der keine Angst vor ihm hatte; denn er war der König und konnte jedermann mit einem Wort zerbrechen.

Asineths Lektion über Gerechtigkeit und Gnade

Es war der Tag Palicrovols.

Der schreckliche Rebell hatte alle Menschen Burlands gegen den König aufgehetzt. Zusammen mit diesem Verräter Zymas hatte er eine Armee nach der anderen geschlagen, nicht in offenem Kampf, sondern indem er ihnen den Nachschub abschnitt, sie zersplitterte und Soldaten, ja Truppen und ganze Armeen abwarb, den König zu verlassen und Palicrovol zu dienen. Und jetzt endlich, nach fünfzehn Jahren Krieg, in dem es nie eine Schlacht gegeben hatte, stand Palicrovols Armee vor den Toren von Hirschenherz. Hirschenherz, die große Stadt an der Burre, die Hauptstadt; und Nasilee sah hinaus und erblickte keine Hilfe.

Denn in den letzten zehn Jahren waren die Steuereinnahmen ständig zurückgegangen, zuerst in den Randbezirken, und schließlich zu fast nichts zusammengeschrumpft. Der Handel in Hirschenherz selbst war zusammengebrochen, denn Palicrovol hatte im Westen eine Landstraße gebaut und den Flußverkehr gezwungen, über Land zu reisen, wenn es auch die Preise ansteigen ließ; Hirschenherz hungerte aus, und die Leute flohen. Und jetzt wartete Nasilee innerhalb der unbezwingbaren Mauern und sah zu, wie Palicrovol, ein Gottesmann, seine weißen Banner um sich scharte, ein jedes mit hundert Mann darunter, bis das Land draußen schäumte wie die Wellenkämme auf dem Meer.

Auch Asineth wartete. Sie sah zu, wie ihr Vater sich mit Zaubereien beriet – den wenigen verbliebenen. Sie sah, wie er durch die halbleeren Hallen des Palastes schritt, heimgesucht von dem Wissen um seinen nahen Tod. Jeder wußte, daß die Mauern von Hirschenherz nicht zerstört werden konnten. Sie waren viele Meilen lang, viele Mannslängen hoch und viele Ellen dick; auch die paar Soldaten, die Nasilee verblieben waren, konnten sie gegen Palicrovols Armee halten, auch wenn Zymas, der Verräter, sie kommandierte.

Aber Asineth hatte Angst. Sie war jetzt alt genug – zwölf Jahre und erst seit kurzem eine Frau – um zu erkennen, daß ihr Vater ein böser Mensch war und die Leute Recht hatten, wenn sie ihn haßten. Asineth wußte, daß Palicrovol vom Volk geliebt wurde, denn selbst die Diener des Palastes, so treu sie auch waren, redeten heimlich voll Sehnsucht von der Freiheit und dem Reichtum in den Landen, die Palicrovol erobert hatte. Asineth hatte Angst, daß die Soldaten ihres Vaters ihn verraten und das Tor Palicrovol öffnen könnten. Und so betete sie zu den Süßen Schwestern. Sie brachte Mondesblut zum Frauenaltar an dem heimlichen Ort und sagte: »Mach die Herzen dieser Männer treu meinem Vater gegenüber, damit der Feind uns verschont.«

Am Morgen nach der Nacht, in der sie Blut für die Süßen Schwestern verbrannt hatte, schwangen die Stadttore weit auf, und die Soldaten auf der Außenmauer hißten das weiße Banner von Palicrovols Gott. Es hieß, daß Zymas in der Nacht allein zu ihnen geschlichen war und mit ergreifenden Worten ihre Herzen gewonnen hatte.

Asineth nahm vier starke Wachen mit zum Schwesternschrein, vor den noch kein Mann je getreten war, und befahl ihnen, den Altar in Stücke zu hauen. Sie zerstörten ihn mit vier Schlägen eines Schmiedehammers. Der harte Fels des Altars war innen hohl. Wie ein kleiner Topf enthielt er altes Wasser, das dort gewesen war, seit die Welt zuerst auf dem Horn des Hirschen aufgeblitzt war. Das Wasser ergoß sich über den Boden, und Asineth trat hinein und trübte es mit dem Schuh. »Ich hasse euch«, sagte sie zu den Süßen Schwestern.

Und jetzt hielten Palicrovols Armeen sogar die Stadt Hirschenherz. Es hieß, daß Palicrovol den Namen der Stadt geändert hatte. Sie würde nun Inwit heißen, und er ließ von der Hälfte seiner Soldaten einen großen Tempel für seinen Gott bauen. Er verbot jedermann, Blut vor dem Schrein des Hirschen zu opfern.

Das gab Asineth Hoffnung. Auch wenn der Hirsch für sie eine fremde Gottheit war, wie für alle Frauen, war sie sich doch sicher, daß er sie anhören würde. Waren sie nun nicht Verbündete? War nicht Palicrovol ihr gemeinsamer Feind? Sie betete zum Hirschen, einen Schutzwall um das Schloß zu bilden. Es gab jetzt nicht mehr die Möglichkeit des Verrats – nur ein paar Wachen waren geblieben, und König Nasilee selbst hatte die Schlüssel zu den Räumen, wo man die Tore heben oder die große Tür entriegeln konnte. Aber Palicrovol hatte Ärmel, den größten Zauberer in der Welt, und was kein Mensch vermochte, Ärmel konnte es. So betete Asineth zum Hirschen, sie in seine Hut zu nehmen.

Und in der Nacht, im nämlichen Augenblick, als sie betete, ihren Vater und sie zu bewahren, hörte sie ein lautes Krachen, ein Geräusch, als zerbrächen tausend Bäume in einem Sturm, und sie wußte sofort, was es bedeutete. Durch Ärmels Zauberei war das große Tor des Schlosses zerbrochen, und jetzt gab es vor Palicrovol kein Entrinnen mehr.

Asineth rannte auf der Suche nach ihrem Vater durch das Labyrinth des Palastes. Sie sah in jedes Versteck; sie kannte ihren Vater aber nicht so gut, wie sie dachte. Er befand sich nicht in seinem Versteck. Daher fand sie ihn erst zusammen mit den Soldaten in der Kammer der Fragen.

»Vater!« schrie sie.

»Närrin!« rief er. »Renn fort!«

Aber die Soldaten erkannten sie sogleich und fingen sie und hielten sie fest, bis Palicrovol kam.

Ich hasse dich, Hirsch, sagte Asineth in Gedanken.

Sie kamen binnen einer Stunde in der Kammer der Fragen an: Palicrovol, groß und stark, mit dem Licht Gottes auf dem Gesicht, oder zumindest dem Licht des Triumphes. Zymas, der Verräter, mit Armen und Beinen wie die Gliedmaßen eines Ochsen und dem Blick schwarzer Schlachten in den Augen. Ärmel, hager und geisterartig mit seiner weißen Haut, dem weißen Haar und den roten Augen, der wie ein Nebel über dem Boden schwebte.

»Er soll sterben wie Tausende seines Volkes«, rief Zymas. »Setzt ihn nackt auf eine spitze Stange und laßt ihn von den Leuten bespucken, während er vor Schmerz schreit.«

»Er sollte verbrannt werden«, sagte Ärmel, »damit die Kraft seines Blutes in die Welt zurückkehrt.«

»Er ist ein König«, sagte Palicrovol, »und er wird sterben wie ein König.« Palicrovol zog sein Schwert. »Gib ihm dein Schwert, Zymas.«

»Palicrovol«, sagte Zymas, »du solltest dieses Risiko nicht auf dich nehmen.«

»Palicrovol«, sagte Ärmel, »du solltest dir mit seinem Blut nicht die Hände beflecken.«

»Wenn die Sänger sagen, daß ich Nasilee bezwang«, sagte Palicrovol, »dann wird das die Wahrheit sein.«

So sah Asineth also zu, wie ihr Vater das Schwert hob, das man ihm reichte. Er versuchte nicht zu kämpfen – das wäre würdelos gewesen. Er blieb anstatt dessen mit erhobenem Schwert stehen. Palicrovol schlug zweimal gegen das Schwert und versuchte, es zurückzuzwingen, aber Nasilee wich keinen Zoll. Dann stieß Palicrovol sein Schwert dem König unter seinen erhobenen Armen hindurch unter das Brustbein und hinauf ins Herz. Asineth sah, wie das Blut ihres Vaters begierig über Palicrovols Klinge rann, sich über seine Hände ergoß, und sie hörte die Soldaten jubeln.

Dann trat sie vor. »Ich bin die Tochter des Königs«, sagte sie mit einer Stimme, die um so kraftvoller klang, weil sie so schwach und kindlich war.

Sie alle schwiegen und hörten ihr zu.

»Der König, mein Vater, ist tot. Ich bin in diesem Augenblick allen Gesetzen Burlands nach Königin. Und der König wird der Mann sein, den ich heirate.«

»Der König«, sagte Zymas, »ist der Mann, dem die Armeen gehören.«

»Der König«, sagte Ärmel, »ist der Mann, den die Götter auserwählt haben.«

»Der König«, sagte Palicrovol, »ist der Mann, der dich heiratet. Und ich werde dich heiraten.«

Asineth gab mit aller Verachtung, derer sie fähig war, zurück: »Ich verachte dich, Graf Traffin.«

Palicrovol nickte, als erkenne er ihr Urteil über seine Ehre an. »Wie du willst«, sagte er. »Aber ich habe dich nicht um deine Zustimmung gebeten.« Er wandte sich zu einer der Dienerinnen, die sich unter den Blicken der Soldaten duckte. »Ist dieses Mädchen schon eine Frau?«

Die Dienerin begann zu stammeln, aber Asineth antwortete an ihrer Stelle. »Warum fragst du nicht mich? Ich lüge nicht.«

Bei diesen Worten hellte sich Palicrovols Gesicht auf, als erkenne er etwas wieder. »Ich kannte einst eine andere Frau, die nicht log. Sag mir, Königin Asineth, bist du schon eine Frau?«

»Dreimal«, sagte Asineth. »Ich bin alt genug zum Heiraten.«

»Dann sollst du heiraten.«

»Aber niemals dich.«

»Jetzt. Und zwar mich. Ich möchte nicht, daß es heißt, ich würde Burland unrechtmäßig regieren.«

Sie kleideten sie in ein Hochzeitsgewand, das man acht Generationen vor ihr für eine Kindsbraut angefertigt hatte. Es war nie getragen worden, denn das Kind war vor der Hochzeit an der Pest gestorben. Und als man nun Asineth in einem Gefängniskarren durch die Stadt von Inwit fuhr, und zehntausend Menschen sie verspotteten und sie verfluchten, obgleich sie ihnen nie etwas zuleide getan hatte, betete sie.

Sie betete zum einzigen Gott, der ihr noch verblieben war, Palicrovols Gott, dessen Tempel am südöstlichen Rand der Stadt emporwuchs. Gott, sagte sie zu ihm, dein Triumph ist vollständig, und so entsage ich den Schwestern und dem Hirschen. Sei mir gnädig, Gott. Laß mich sterben, ohne diesen Mann geheiratet zu haben.

Aber es geschah kein Wunder. Kein unbeobachtetes Messer lag neben ihrer Hand; sie stand an keinem Abgrund, es gab kein Wasser tiefer als in einem Becken. Sie konnte weder ihre Kehle aufschlitzen, noch in den Tod springen, noch ertrinken. Gott hatte keine Gande für sie.

Das Standbild des Hirschen hatte man von seinem Platz im Schrein entfernt, und es stand nun heruntergekommen vor der Gesichterhalle. Tausende von Generationen hatten auf dem Rücken des Hirschen gestanden, um für Burland zu beten und das Blut der Macht darzubieten. Jetzt stand allein Palicrovol da, gekleidet in die kurze Tunika des Bräutigams, und wartete auf sie. Es würde keinen Tanz der Tränen geben und keine Rituale; allen, die Augen zum Sehen hatten, war klar, daß Palicrovol vorhatte, die Ehe vor zehntausend Zeugen zu vollziehen, damit niemand hinterher sagen konnte, er sei nicht der rechtmäßige König gewesen.

Asineth hatte ihr ganzes Leben lang als Tochter eines Königs gewußt, daß ihr Körper das Königreich war, und welcher Mann sie auch immer besaß, dem gehörte Burland. Was sie nicht erkannte hatte, war, daß sie als Tochter des Königs, die über allen Gesetzen und Gebräuchen stand, keinerlei Schutz hatte. Es gab kein Gesetz, das besagte, daß ein zwölfjähriges Mädchen nicht öffentlich von einem Mann vergewaltigt werden konnte, den sie nicht wollte. Es gab keinen Brauch, daß die Menschen vor Scham die Augen abwenden mußten, wenn solche Grausamkeit an einem Kind verübt wurde – nicht, wenn das Kind die Tochter des Königs war.

Sie zogen einen Ring über den Daumen ihrer linken Hand – es war Palicrovols einzige zärtliche Geste zu der Zeit, daß er sie an ihrem Hochzeitstag »Schönheit« nannte. Sie sah, daß auch er einen Ring am Daumen der rechten Hand trug, was Stärke bedeutete. »Jetzt wird jeder wissen, wie stark du bist«, sagte sie. »Du hast einen gefährlichen Feind wie mich besiegt.«

Er antwortete ihr nicht. Er sah nur zu.

Sie banden gepolsterte Bretter an ihre Arme, wodurch sie so schwer und steif wurden, daß sie sie kaum heben konnte. Sie steckten ihr einen Knebel in den Mund mit Stacheln, so daß sie sich die Zunge zerschnitt, wenn sie versuchte, hineinzubeißen. Dann hoben sie sie auf den Rükken des Hirschen, und vor allen Bürgern und Soldaten von

Inwit sagte ihr Mann die Worte des Eides und schnitt ihr das Kleid herunter. Asineth fühlte den Wind auf der nackten Haut, als seien es die Blicke der Zehntausend, die sie durchbohrten. Ich bin die Tochter des Königs, und du hast mich nackt und hilflos den Schweinen preisgegeben. Du gabst meinem Vater die Ehre eines Königstodes, aber mich demütigst du, wie nicht die niedrigste Hure gedemütigt wird. Asineth hatte in ihrem ganzen Leben nicht solche schreckliche Schande kennengelernt, und sie sehnte sich nach dem Tod.

Aber ihre Jungfernschaft war Burland, und Burland würde ihm gehören. Zymas, der Verräter, nahm Palicrovol die Kleider ab; sein Zauberer Ärmel salbte ihn für das Hochzeitslager. Und als Palicrovol gesalbt war, blickte er auf das Mädchen, dem er alles nehmen wollte, was sie hatte, und sah an ihrer Qual, wie schrecklich es war, so etwas einem Kind anzutun, und dennoch wich er um des Königreiches willen nicht zurück vor dem, was er tun mußte.

Und weil sie die Tochter des Königs war, begegnete sie seinem Blick. Diese starre Menge wird sehen, wie eine Prinzessin gebrochen wird, aber sie werden sie nicht gebeugt sehen. Wild biß sie in die Stacheln des Knebels, in der Hoffnung, im eigenen Blut zu ersticken, aber die Spitzen waren zu dünn, um mehr als ein Rinnsal hervorzulokken, und sie konnte nicht umhin, es zu schlucken.

Dann sah sie das Mitleid in seinem Gesicht, und sie merkte zum erstenmal, daß er kein Ungeheuer war, sondern ein Mensch, und wenn ein Mensch, dann ein Tier, und wenn ein Tier, dann ein Gefangener seines Körpers. Palicrovol war nicht so stark wie Gott, denn die Götter kennen keine Gnade, und die Götter waren ohnehin entweder schwach oder böse. Palicrovol hatte die Macht, zu gewährleisten, daß sie noch lebte, wenn er in ihren geheimen Garten einbrach und seinen Schleim dort hinterließ. Aber hatte sie nicht auch die Macht, die ihr Berry beigebracht hatte: Diesen Mann dazu zu bringen, sich an sie zu erinnern? Sie begann den kindlichen Körper zu bewegen, wie sie Berry hatte sich bewegen sehen. Sie sah Palicrovols Überraschung, und dann füllte sich sein Blick mit – Begierde. Ihre Bewegungen waren so verhalten, daß sie niemand außer Palicrovol erkennen konnte, aber als er sie gesehen hatte, konnte er nichts anderes mehr ansehen. Asineth überraschte seine Faszination nicht – sie hatte von Berry gelernt, und Berry war die Perfektion in Gestalt.

Palicrovol zitterte, als er sie nahm, und Asineth verdrängte den Schmerz und versuchte, ihn zu benutzen, wie Berry ihr gesagt hatte, das eine Frau einen Mann benutzen muß, wenn er sich an sie erinnern soll. Als er endlich fertig war, stand er auf, und ihr Blut glänzte auf seinem triumphierenden Horn, und sie sah, wie sie ihm die Geweihkrone auf das Haupt setzten und das Hirschfell um die Schultern legten. Sein Blick war entrückt und seine Knie schwach, und sie wußte, sie hatte ihn getroffen. Ihr schien, als zittere er in Erinnerung an ihren Körper, wie die Männer nach Berry gezittert hatten.

»Der Hirsch hat die Hindin bestiegen«, sagte er. Er warf den Mantel ab und legte anstatt dessen die weiße Robe des Gottesmannes an. Und er war König. Die Menschen jubelten und jubelten.

Das Ritual war beendet, und die wenigen Teilnehmer zogen sich von der Menge in die Gesichterhalle zurück. »Töte sie jetzt«, sagte Zymas. »Du hast, was du von ihr brauchtest. Wenn du sie am Leben läßt, wird sie nur eine Gefahr für dich darstellen.«

»Töte sie jetzt«, sagte Ärmel. »Frauen können sich auf eine Weise rächen, wie Männer es nie begreifen werden.«

Töte mich, wenn du dich wagst, forderte ihn Asineth heraus, und ihre Zunge stieß schmerzhaft gegen den Knebel. Alle Götter haben mich verlassen; ich habe alles getan, was ich tun konnte, so wenig es auch war, und ich sehne mich danach, nicht mehr zu leben. Töte mich nun, aber mein Geist wird die innere Kammer deines Herzens erfüllen.

»Ich werde sie nicht töten«, sagte Palicrovol.

Und Asineth glaubte in jenem Augenblick, daß sie Berrys treue Schülerin sei, daß er ihren Körper schön fand, zu begehrenswert, um ihn zu töten. Natürlich verstanden die anderen, die ihr Fleisch nicht kannten, sein Bedürfnis nicht.

»Gnade ihr gegenüber ist eine Ungerechtigkeit Burland gegenüber«, sagte Zymas. »Wenn sie weiterlebt, versprichtst du uns allen eine Zukunft von Kriegen und Leid.«

Palicrovols Augen blitzten vor Zorn, und einen langen Moment schwieg er. Asineth wartete darauf, daß er von seiner Liebe für sie reden würde. Aber anstatt dessen sah er sie an, und ihm traten Tränen in die Augen, und er sagte: »Ich kann einen König töten. Ich kann ein Kind schänden, alles um Gottes und Burlands willen, aber in Gottes Namen, Zymas, bist du damals nicht zuletzt aus dem Grund zu mir gekommen, damit das Töten der Kinder aufhört?«

Ärmel berührte den König bei der Schulter. »Sie ist Nasilees Tochter. Stell dir vor, wieviel Gnade sie kennen würde, wenn sie jemals die Blütenprinzessin in ihre Gewalt bekäme?«

Bei Erwähnung der Blütenprinzessin senkte Palicrovol den Kopf. »Ich erinnere mich an die Blütenprinzessin, Ärmel. Ich habe es nicht vergessen. Dieses Mädchen ist so sehr Nasilees Tochter, daß sie versuchte, mich zu verführen. Das ist die Sorte Tier, die man in Nasilees Palast gezüchtet hat.«

Asineth überlief es eiskalt, denn er klang bei der Erinnerung so entsetzt. Sie hatte versucht, Berry zu sein, aber dieser Mann hatte nur Mitleid für sie, und die anderen blickten sie voll Verachtung an. Zuvor war ihre Schande die Schande einer gedemütigten Königstochter gewesen, und jetzt war es die Schande einer verachteten Frau, und sie haßte sich dafür, daß sie versucht hatte, ihn zur Liebe zu verführen, und sie haßte Berry, weil sie so viel schöner war als sie und haßte Palicrovol und Zymas und Ärmel, weil sie ihen kläglichen Versuch, ihren Körper als Waffe einzusetzen, durchschaut hatten, und am meisten haßte sie diese unbekannte Blütenprinzessin, die niemals auf dem Hirschen vergewaltigt werden würde. Sie schrie gegen den Knebel an, und Palicrovol befahl, sie davon zu befreien.

»Wenn ich ein Tier bin, töte mich!« schrie sie. Nun, wo

sie keine Menschenzunge mehr beobachtete und alle Würde von ihr abgefallen war, war sie gewillt zu betteln. »Töte mich jetzt! Wie meinen Vater!«

Palicrovol schüttelte lediglich den Kopf. »Es ist nicht ihre Schuld, daß sie ist was sie ist. Wenn sie in einem anderen Haus geboren wäre, von irgendeinem anderen Vater stammte, wäre sie nicht, was sie ist. Wenn sie jenseits des Südmeeres geboren wäre, wäre sie vielleicht die Blütenprinzessin gewesen.«

»Aber niemals Enziquelvinisensee Evelvenin«, sagte Ärmel.

»Nein«, sagte Palicrovol, »aber wir bitten die Götter auch nur um ein einziges Wunder in unserem Leben.«

»Du hast sie gebrochen und gedemütigt«, sagte Zymas. »Nasilees Tochter wird das nicht vergessen.«

»Ich habe sie gebrochen und gedemütigt«, wiederholte Palicrovol, »ihren Vater vor ihren Augen getötet und ihr das Königreich genommen, und wenn ich ihr noch mehr Schaden zufügte, würde ich mich mehr verachten, als ich es ertragen kann. Wenn ich meinen Sieg nicht mit einem Akt der Gnade mildere, selbst einem, der mir gefährlich sein kann, wie soll ich dann in den Kristall sehen und Gott sagen, daß nun ein besserer Mensch als Nasilee dessen Krone trägt?«

Es folgte ein Moment des Schweigens, und dann trat Ärmel vor und ergriff Asineth an den schweren Brettern, die ihre Hände umschlossen. »Wenn du darauf bestehst, daß diese gebrochene Kreatur weiterlebt, dann gib sie in meine Obhut. Ich allein bin stark genug, sie in ihr Exil zu führen und sie vor den Augen aller Feinde zu verbergen, die sie liebend gern finden würden und sie benutzen würden, um dich zu zerstören.«

»Ich brauche dich bei mir«, protestierte der König.

»Dann töte diese Frau.«

Palicrovol zögerte nicht länger. »Dann nimm die kleine Königin, Ärmel, und sei freundlich zu ihr.«

»Ich werde so freundlich zu ihr sein, wie man zu jemand sein kann, dessen einziger Wunsch es ist, zu sterben«, sagte Ärmel. »Bei meinem Blute, ich wünschte, du wärest wirklich gnädig gewesen.«

Ärmel hüllte sie in die Falten seiner eigenen Robe, so daß niemand den nackten Körper der kleinen Königin sehen konnte. Kleine Königin, dachte Asineth. Ich werde mich erinnern, wie sie mich nannten, sagte sie sich. Eines Tages wird er erfahren, wer klein ist und wer groß. Bist du der stärkste aller Männer, so stark, daß du gnädig an einer schwachen Frau sein kannst? Hier liegt der Fehler deiner Stärke: Ich bin keine schwache Frau. Ich bin nicht die kleine Königin. Und deine Gnade wird dein Verhängnis sein. Du wirst es bedauern, mich am Leben gelassen zu haben, und eines Tages wirst du dich erinnern, mich besessen zu haben, und dich danach sehnen, mich wieder zu besitzen.

Und was war die dritte Lektion, die Asineth gelernt hat? Sie hat es mir selbst viele Male gesagt, wenn sie in deinem Palast war und du hoffnungslos durch die Wälder von Burland streiftest.

Asineth lernte, daß Gerechtigkeit grausam sein konnte, und grausamer noch Notwendigkeit, aber Gnade war das Grausamste von allem. Das würde ihr nützen. Daran würde sie sich erinnern. Daher ließ sie dich drei Jahrhunderte am Leben, wo sie die Macht hatte, dich zu töten, wann immer sie es wollte. Wie die Gottesmänner sagen, kein Akt der Gnade bleibt unbelohnt. Ach, Palicrovol, wirst du es lernen, daß die Gnade nur ebensogut ist wie die Person, die sie empfängt? Du hast Asineht verschont, die hätte sterben müssen, jetzt wirst du Orem Schmalhans, genannt Banningfort, nicht verschonen, dessen gutes Herz hunderttausendmal auf Erden hätte geboren werden sollen. Bist du wie Asineth? Wirst du all deine Lektionen falsch lernen?

3

Wie Schönheit in die Welt kam

Dies ist die Geschichte, wie Schönheit in die Welt kam, und versuchte, ihr wahres Bild unter so vielen Gesichtern zu finden.

Die Priesterin von Brack

Der Zauberfischer kam in einem kleinen Boot und baute, ohne zu grüßen, seine Hütte an eine freie Stelle am unteren Ende der Bucht. Die anderen Fischer von Brack beäugten ihn mißtrauisch. Sein Boot war zu klein für einen Piraten, was auch gut war – ein Pirat würde verhungern, bei dem bißchen, was er von ihren Fischerbooten stehlen konnte. Sein Schiff war auf einen Mann ausgelegt, und er sah nicht wie ein Seemann aus. Es war also nicht Brotneid, warum sie ihn fürchteten. Es war die Art und Weise, wie er sich bei jedem Wetter bedeckt hielt, als fürchte er die Sonne, es war sein schneeweißes Haar, der rosa Schimmer in seinen Augen, wie bei einem verrückten Baumhüpfer, es war seine verstohlene Art. Er wußte mehr als sie, mehr als der Wind, der die Wellen neckte, mehr als der luftschnappende Oktopus, der sich auf dem Wasser ausbreitete, mehr als die Priesterinnen der Süßen Schwestern, die an der Spitze der Bucht die brennenden Steine hüteten.

»Was ist er?« fragten die Fischer ihre Frauen. »Wer ist er?« fragten die Frauen die Priesterin. Sie berührte den heißen Obsidan; die Haut am Finger zischte, und sie blickte tief in den Schmerz und sagte: »Er regiert mit der Macht des Blutes. Er findet auf dem offenen Meer Schutz vor dem Sturm. Er findet Untiefen, die keine weißen Schaumkronen tragen. Er kann in Salz tauchen, und Süßwasser hochbringen. Und die Fische folgen ihm träumend, träumend.«

Also ein Zauberer, aber keiner den man fürchten mußte. Sie beobachteten ihn also respektvoll, und nach ein paar Wochen hatten sie gemerkt, daß er es gut mit ihnen meinte. Denn wenn sie ihm in den frühen Morgenstunden hinaus aufs Meer folgten, segelte er auf seine ungeschickte Weise etwa eine Stunde lang, hielt an und warf sein Netz aus. Wenn die Fischer ihre Netze zu dieser Zeit auswarfen, fanden sie nichts. Aber wenn sie warteten, bis sein Netz voll war, wenn sie zusahen, wie er es mühsam an Bord hievte und dann nach Hause segelte, dann konnten sie ihre Netze ins Meer senken, und sie hatten jeden Tag, den sie ihm folgten, einen guten Fang; an manchen Tagen hatten sie die Boote randvoll mit Fischen, und niemals gab es einen Tag, an dem sie überhaupt nichts fingen.

So hatte die Ankunft des rotäugigen Zauberers Brack Gutes gebracht. Nicht, daß sie sich je näher mit ihm anfreundeten. Es ist nie gut, sich mit Leuten einzulassen, die ihre Macht aus lebendigem Blut ziehen. Außerdem gab es –, wenn sie auch alle Furcht vor dem Zauberfischer verloren hatten, immer noch seine Tochter.

Zuerst schien es, daß sie kaum wußte, daß sie eine Frau war. Niemals wich sie von seiner Seite, und wenn er seine schweren Netze einholte, war sie bei ihm, zog an ihrer Seite, und sie zog gut – als die Fischer noch dachten, sie sei ein Bursche, lobten sie den Jungen ob seiner guten Arbeit, wenn nicht sogar für seine Geschicklichkeit. Bald jedoch merkten sie, daß es eine Frau war. Wenn der Zauberer unter der heißen Sonne des Südmeeres zuviel an Kleidung trug, dann trug seine Tochter zu wenig. Sie ging in Hosen wie ein Mann und legte das Hemd ab, wenn der Tag heiß war, bis Brust und Rücken gleichermaßen braungebrannt waren. Zuerst schien sie sich nicht um ihre Blicke zu kümmern, doch als die Zeit verstrich, dachte sie, sie lege die Kleider bewußt ab, damit man sie sah. Sie sahen, wie ihre Brüste voller wurden und beim Arbeiten schwer herabhingen. Dann sahen sie, wie ihr Bauch schwoll. Sie war nicht länger als ein oder zwei Jahre eine Frau, aber dennoch trug sie ein Kind.

Wessen Kind? Als die Tochter des Fischers endlich niederkam, war es nicht schwer zu erraten. Der Zauberfischer war im Spätherbst gekommen, nur ein paar Wochen nach der Krönung des Königs, und das Baby wurde nun geboren, im neuen Herbst. Zehn Monate. Das Kind mußte empfangen worden sein, nachdem das kleine Boot in die Bucht von Brack gekommen war, und der Vater konnte nur der Großvater zugleich sein. Es war eine schreckliche Sache, aber die Wege derjenigen, die ihre Kraft aus dem lebendigen Blut ziehen, soll man nicht befragen.

Die Priesterin der Süßen Schwestern hingegen wußte es besser. Auch sie konnte Monate zählen, aber als sie Tränen, Schweiß und Salzwasser auf den heißen Bimsstein vergoß, perlten sie auf und verharrten, zitterten einen Moment und trieben dann über den heißen Stein wie eine Flotte von Segelbooten in einer Bucht, und in ihrem Runenmuster las sie die Botschaft der Süßen Schwestern. Es war kein Kind des Inzest, das geboren werden sollte, sondern eine Tochter, deren Blut mit schrecklicher Macht erfüllt war. Ein Zehnmonatskind, von Geburt an vom Mond regiert.

Was soll ich tun? fragte die Priesterin entsetzt.

Aber schließlich verdunstete das Wasser und hinterließ feine Salzspuren auf dem Stein. Sie konnte nichts tun, nur warten, wissen.

Einige der Frauen sahen die Angst im Gesicht der Priesterin und blickten über das Wasser zum Zauberfischer und der Hütte, wo das Baby bereits im Sand krabbelte.

»Sollen wir sie vertreiben?«

»Zauberer kommen und gehen, wie sie wollen«, sagte die Priesterin. »Die Süßen Schwestern verbannen niemanden, sie bringen nur zum Wachsen, was sie in der Welt sehen.«

»Sollen wir fortgehen?« fragte eine andere.

»Kommen eure Männer mit leeren Booten zurück oder vollen?« fragte die Priesterin. »Tut der Zauberer euch Gutes oder Böses?«

»Aber warum«, fragte eine andere Frau, »hast du Angst?«

Und die Priesterin streichelte den Quarzkristall an ihrem Hals und tat, als wisse sie von nichts.

Endlich konnte die Priesterin es nicht mehr ertragen. Sie bestieg ihr unsicheres Floß und stakte über das stille Wasser der Bucht, bis sie vor der Hütte des Zauberers auf den Strand lief. Die Tochter des Fischers spielte mit ihrem Kind in der kühlen Frühlingsluft. Neugierig blickte sie zu der Priesterin auf, die sich einen Weg über den muschelübersäten Strand suchte. Die Priesterin mied den Blick des Kindes – ein Zehnmonatskind kann den Blick eines Fremden nicht berühren – und starrte anstatt dessen auf die Mutter. Sie war jünger, als die Priesterin gedacht hatte, wenn sie sie aus der Ferne beobachtete. Sie hätte die Schwester des Babys sein können. Ihre Augen waren heiß und herausfordernd, kalt und neugierig, und zum erstenmal kam es der Priesterin in den Sinn, daß die Mutter vielleicht gefährlicher war als das Kind.

Aber sie war gekommen, den Zauberer zu besuchen und nicht die Frau, daher ging die Priesterin der Süßen Schwestern zur Tür der Hütte, schob den Vorhang beiseite und trat hinein.

»Mach den Vorhang zu«, bellte der Zauberer. »Ich könnte von so plötzlichem Sonnenlicht erblinden.« Als der Vorhang wieder an Ort und Stelle war, hörte der rotäugige Fischer auf zu blinzeln. »Du«, sagte er, »hast dir aber ganz schön Zeit gelassen mit dem Kommen.«

»Ich brauche einen guten Tag auf See«, sagte die Priesterin. »Ich reise nur selten.«

»Ihr Hexen, die ihr das tote Blut benutzt, ihr scheint niemals viel Leben in euch zu haben.«

»Aus dem Tod kommt neues Leben«, antwortete sie. »Und aus lebendigem Blut nur der Tod.«

»Das kann sein. Ist mir eigentlich auch gleich. Ihr Frauen lehrt uns niemals eure Riten, und du kannst sicher sein, daß nur ein Narr eine Frau die unseren lehrt.«

Sie sah sich in der Hütte um und erkannte, daß sie eher

mit Büchern ausgestattet war als mit Angelgerät. »Wo flickst du deine Netze?« fragte sie.

»Sie zerreißen niemals«, sagte er. »Kinderspiel.«

»Das Kind muß sterben«, sagte die Priesterin.

»So?«

»Ein Zehnmonatskind ist zu stark für diese Welt. Du solltest das wissen.«

»Ich habe mich nie mit Geburtskunde beschäftigt«, bekannte der Zauberer. »Ein Mann hat davon nicht sehr viel Nutzen. Ich werde es aber nachsehen, wo du es erwähnst.«

»Ich bin gekommen, es für dich zu tun.«

»Nein«, sagte der Zauberer.

»Du kannst das Blut nicht benutzen. Es würde dich verzehren.«

»Ich habe das nicht vor, das Blut zu benutzen oder nicht. Ich werde das Kind nicht sterben lassen.«

»Der Bimsstein hat meine Tränen nicht angenommen.«

»Ich habe nicht das Recht, es zu entscheiden. Der Vater des Kindes hält seine schützende Hand über das Mädchen und ihr Kleines. Beide werden leben.«

»Ein Zauberer, der die Fische aus dem Meer zieht, und du läßt dich vom Vater des Kindes abhalten, für die Sicherheit der Welt zu handeln?«

»Die Mutter liebt das Kind.«

Die Priesterin sah, daß er ihr nicht zuhören wollte, so sagte sie nichts weiter und ging. Als sie aus der Hütte trat, blickte sie zu der Stelle, wo die Mutter und das uralte Kind gespielt hatten. Sie waren verschwunden. Und dann ertönte die Stimme der Frau hinter ihr, und die Priesterin wußte, daß sie alles, was drinnen gesprochen war, gehört hatte.

»Kann eine Frau das lebendige Blut benutzen?« fragte das Mädchen.

Die Priesterin dachte über die Frage nach und schauderte. »Nein«, sagte sie und ging rasch fort. Den ganzen Weg zurück durch die Bucht verfluchte sie sich, daß sie zu ihnen gegangen war, denn das Mädchen hatte eine Frage gestellt, die keine anständige Frau gestellt hätte, und die

Priesterin fürchtete, das Mädchen sei klug genug, um zu erkennen, daß die Antwort eine Lüge war. Es gab lebendiges Blut, das Frauen benutzen durften, aber keine Frau würde das jemals tun, es sei denn, sie war eine Schlange. Laßt nicht zu, daß sie es benutzt, betete sie die ganze Nacht, wusch sich wieder und wieder das Haar im Flutwasser, das ihr an den Rocksaum lappte. Vergebt mir, daß ich die Möglichkeit erwähnt habe, und macht mein Tagewerk ungeschehen.

Der vorsichtige Zauberer

Ärmel war durch die Hexe gewarnt und beobachtete das Baby noch sorgfältiger. In seinem Leben hatte er nur wenig mit kleinen Kindern zu tun gehabt, und daher war ihm nicht bewußt, wie schnell das Kind lernte, wie klug es zu sein schien. Und jetzt fand er bestimmte Passagen in seinen Büchern und studierte sie, um herauszufinden, was die Hexe so fürchtete. Es gab nur undeutliche und obskure Hinweise, und Ärmel wurde über seinen Büchern immer enttäuschter. Es war so wenig von den Frauenzaubern die Rede, denn nur Männer schrieben und lasen diese Werke. Ein Zehnmonatskind – sie fürchteten es, das war klar, und forderten, daß es bei der Geburt stürbe und das Blut auf den Kompost der Erde vergossen würde. Aber warum das Kind so gefährlich war, das wurde nicht erklärt, mit keinem Wort.

Und das Kind wuchs heran. Trotz seiner Ängste gewann Ärmel die Kleine lieb; was noch überraschender war, er mochte Asineth ebenfalls. Sie duldete ihre Gefangenschaft nicht nur, sie genoß sie. Es war ärgerlich, daß sie immer barbusig mit ihm fischen ging, daß sie ihn offensichtlich in den Augen der örtlichen Fischer herabsetzen wollte, aber jetzt, wo sie das Kind hatte, wirkte sie wach und lebendig, und zuweilen verließ der Haß für Stunden ihr Gesicht, manchmal sogar tagelang. Asineth war nicht freundlich zu Ärmel, aber sie sprach mit dem Kind.

»Wie wirst du das Mädchen nennen?« fragte Ärmel.
»Das soll ihr Vater tun«, antwortete sie kalt.
»Das wird er niemals tun.«
»Dann bleibt sie eben ohne Namen«, sagte sie. Das war das einzige Zeichen, daß sie ihren Kummer nicht vergessen hatte. Wie sehr sie die Liebe zu ihrer Tochter auch aufheiterte, einen Namen gab sie ihr nicht.
»Ist es gerecht, ein Kind zu strafen, weil man den Vater haßt?« fragte Ärmel. Dann hörte er seine Worte und merkte, daß es eine Frage war, die Nasilees Tochter ebenfalls gestellt haben könnte, und ließ die Unterhaltung darüber bleiben.
Aber der Besuch der Hexe hatte ihm die Ruhe genommen, wenn die Frau ihre Mission auch ohne Zweifel als gescheitert betrachtete. Ärmel war dort am Meeresufer zufrieden geworden Auch wenn Asineth kaum jemals mit ihm sprach und die örtlichen Fischer ihm auswichen, war sein Leben weniger einsam, als es gewesen war. Die kleine Bootsflotte, die am Morgen mit ihm hinausfuhr – sie war ihm ein Rückhalt. Wegen seiner empfindlichen Haut konnte er keine Sonne vertragen, daher blieb er vor den Augen der anderen Fischer immer voll angekleidet, aber es lag dennoch eine Art Kameradschaft darin: weil seine Arme wußten, was ihre Arme wußten, daß er, wie sie, mit dem Geruch von Fisch und Salzgischt und hartem Sonnenlicht auf dem Holz des Bootes lebte. Zum ersten Mal in seinem Leben fühlte er sich eins mit anderen Menschen, und wenn sie auch seinem Verstand unterlegen waren, waren sie doch Brüder im Fleisch. Asineth und das Kind waren ebenfalls ein Trost gewesen; er begriff nun fast das Gefühl von Zuhausesein, das er immer verachtet hatte, weil es die Männer schwach macht.
Nun, es machte auch ihn schwach. Schwach – oder achtlos. Nicht, daß er nicht auf gewisse Dinge achtete. Er las den ganzen Tag, bis seine Augen schmerzten, um den Grund für die Bedrohlichkeit eines Zehnmonatskindes herauszubekommen. Dann schlief er und ließ seine Gedanken im Traum weiterforschen. Dann stand er vor Beginn der Dämmerung auf, ließ Mutter und Kind schlafend zurück

und den Kessel für den Fisch auf dem Feuer. Jetzt segelte er immer allein, ließ die Netze allein hinab und holte sie allein wieder ein. Und die ganze Zeit lang dachte er über sein Problem nach. Das heißt, eigentlich dachte er nur hin und wieder daran. Die meiste Zeit war er mit Fischergedanken beschäftigt. Manchmal fragte er sich, ob es ihm nicht besser ergangen wäre, wenn er als Fischer geboren worden wäre, anstatt wie er es getan hatte, dem Blut des Hirschen zu folgen.

Nie bemerkte er, daß Asineth den ganzen Morgen in der Hütte verbrachte und das las, was er gelesen hatte, und versuchte, den Feuerzauber aus den Büchern zu lernen, die für Männer geschrieben waren. Nie vermutete er, daß sie genug von der Lehre der Süßen Schwestern wußte, daß Dinge, die ihm nichts bedeuteten, ihr vieles verrieten. Jedes Buch begann mit einer Seite voll Warunungen, diese Geheimnisse zu bewahren, besonders vor den neugierigen Augen von Frauen – aber Ärmel kümmerte sich nicht um Frauen, da bislang immer nur Männer sein Wissen zu stehlen versucht hatten. Es kam ihm nicht in den Sinn, daß Asineth begreifen konnte, was dort geschrieben stand.

Eines Tages, im Spätsommer, als das Kind kurz vor seinem ersten Geburtstag stand, begriff Ärmel endlich eine Passage, die sich seinem Verständnis bislang entzogen hatte. Er war auf dem Meer und fühlte die Rhythmen von Wind und Strömung mit den Füßen, Schenkeln und Armen; plötzlich zitterte er bei dieser Entdeckung und kippte fast über Bord, als das Boot losschoß. Nur eine einzige Person hatte etwas von einem Zehnmonatskind zu befürchten, und das war die Kindsmutter.

Ärmel drehte sofort um und segelte zurück in den Hafen, mitten durch die Flotte der anderen Fischer hindurch, die hin und her manövrierten, um ihre Boote aus dem Weg zu bringen. Sie baten ihn nicht um eine Erklärung, und er gab ihnen auch keine. Gewiß, das Kind hatte bislang keinen Schaden angerichtet, aber jetzt, wo Ärmel die Wahrheit wußte, würde er nicht zögern, Vorsichtsmaßnahmen zu ergreifen. Es würde nicht gut sein, wenn er Palicrovol mitteilen mußte, daß Asineth gestorben war, weil Ärmel sein

Tagwerk vollenden wollte, ehe er zurückfuhr, ihr Leben zu retten.

Ärmel wußte nicht, daß Asineth jeden Tag das gleiche las, wie er, und daß auch sie herausgefunden hatte, was er wußte. Sie verstand jedoch noch mehr, viel mehr, und als Ärmel in die Hütte zurückkam, waren Asineth und das Kind verschwunden.

Er versuchte, ihr zu Fuß zu folgen, verlor aber ihre Spur in den felsigen Hügeln hinter dem Strand. Er ließ sich mehrfach zur Ader, um genug Kraft zu bekommen, sie auf zaubrische Weise zu verfolgen, aber seine suchenden Augen fanden sie nicht. Da erkannte er, daß er zu spät gehandelt hatte. Das Kind wußte bereits um seine Kraft.

Erst da merkte er, daß vier seiner Bücher fehlten, und er begriff, daß es nicht, wie zunächst vermutet, das Kind war, die Tochter von Asineth und Palicrovol, die seine Suche so erschwerte. Es war Asineth selbst, denn das Baby konnte ja noch nicht lesen. Er verfluchte sich, daß er sie hatte lesen lassen, was zu schützen seine Pflicht war. Aber darüber hinaus konnte er nichts tun. Und so wartete er und baute seine Kraft auf für die Rückkehr seiner Feindin. Er war sich nicht sicher, wie stark Frauenzauber sein konnte, und daher wollte er sich des Sieges gewiß sein, falls sich die Auseinandersetzung als schwierig erweisen würde. Fast freute er sich über diese Vorstellung – er hatte seit Dekaden keinen schwierigen Kampf mehr ausgetragen, denn es gab seines Wissens keinen Zauberer der Welt, der ihm gleichkam.

In der zehnten Nacht seines Wartens rief ihn eine Frau vor der Hütte. Es war eine Stimme, die er nicht sogleich erkannte, aber als er ihr Gesicht sah, erkannte er sie sogar beim Licht des Kochfeuers.

»Berry«, sagte er. »Ich dachte, du seist tot.«

Sie lächelte und zog die Brauen hoch. »Und ich hatte keine Ahnung, daß du sie kanntest.«

So war diese Frau mit Berrys Körper gar nicht Berry. »Asineth«, flüsterte er. Das war ein schlechtes Zeichen, wenn sie die Kraft hatte, die Gestalt in einem solchen Maße zu verändern, daß selbst er getäuscht wurde.

»Asineth?« fragte sie. »Die kenne ich nicht.«

»Wer bist du dann?«

»Ich bin Schönheit«, antwortete sie. »Ich bin die Mächtigste aller Göttinnen.« Mit einer einzigen, anmutigen Bewegung war sie plötzlich nackt. »Bin ich nicht vollkommen, Ärmel?«

»Das bist du«, gestand er zu. Berrys Körper wieder zu sehen, so perfekt wieder erschaffen – Asineth konnte nicht wissen, daß er Berrys Liebhaber gewesen war, ehe Nasilee sie hatte, aber der Anblick Berrys auf dem Strand machte ihn so nervös, wie es keine andere List vermocht hätte. Aber Ärmel war nicht von der Sorte, die von Erinnerungen an Liebe vollständig abgelenkt werden. »Du bist vollkommen, aber du bist keine Göttin.«

»Nein? Ich komme aus der Schlacht zu dir, Ärmel«, sagte sie. »Ich habe so viel gelernt, und ich mußte es ausprobieren. Zuerst habe ich den Hirschen herausgefordert, denn ich dachte, er wäre am leichtesten zu bezwingen. Ich hatte Unrecht, und meine erste Schlacht war die schlimmste. Aber er hat fast gewonnen, und irgendwie habe ich immer noch ein wenig Angst vor ihm – wie dem auch sei – er liegt in Ketten an den Wurzeln der Welt, und du wirst keine Hilfe mehr von ihm bekommen.«

Sie war natürlich verrückt. Den Hirschen herauszufordern – und zu gewinnen – absurd.

»Als nächstes kamen die Süßen Schwestern an die Reihe, denn ich hatte etwas mit ihnen auszufechten. Ich war überrascht, wie leicht sie sich ergaben – sie haben für den Kampf, den ich führe, keine Waffen. Sie wurden in die lustigsten Körper hinein geboren, und an dieses Fleisch werden sie gebunden bleiben, so lange ich es will.«

»Und Gott?« fragte Ärmel belustigt.

»Er ist schlüpfrig. Ich muß ihn dort halten, wo ich ihn die Jahre über beobachten kann. Aber du, Ärmel, vor dir habe ich überhaupt keine Angst.«

Seine Liebe zur Theatralik hätte ihn fast ein heldenhaftes Epigramm als Antwort geben lassen, aber er hatte schon früh gelernt, daß Theatralik kein Ersatz für einen sicheren Sieg ist. Daher biß er mit den Zähnen seiner Linken in ihr

Herz und fällte sie mit einem einzigen Zauberschlag. Selbst wenn sie das überdauerte, würde sie anschließend zu schwach sein, gegen ihn zu kämpfen.

Aber sie wich nicht einmal zurück, und als er sie mit seiner grausamen inneren Hand quetschte, spürte er überrascht die Agonie in seiner eigenen Brust. Er hielt inne, aber der Schmerz dauerte an, und nach einem Moment der Wut merkte er, daß ihre Worte keine Prahlerei gewesen waren. Vom Hirschen durfte er keine Hilfe erwarten, und jene Gegenwart der Götter, die er immer unter all seiner Kraft gespürt hatte – sie war verschwunden.

»Was hast du getan?« rief er.

»Da habe ich dich überrascht, nicht wahr«, sagte sie. »Oh, mach dir nichts draus, Ärmel. Wenn die Götter mir nicht widerstehen konnten, wie sollte es dir gelingen?«

Der Schmerz in seinem Herzen ließ nach, und er merkte, daß er im Sand lag und sie mit verschwommenem Blick ansah.

»Kannst du mich nicht gut sehen?« fragte sie. Und plötzlich waren seine Augen frei von Tränen. Das machte ihm am meisten Angst. Ein Zauber, der die Kraft der Götter brechen konnte, war in der Tat schrecklich, aber ein so feiner Zauber, der die Tränen aus den Augen eines Menschen nehmen konnte – das war etwas, auf das er noch niemals in seinen Büchern oder in seinem Leben gestoßen war.

»Sieh mich an«, sagte sie wieder. »Berry war die schönste Frau, die ich kannte, aber ich bin Schönheit, und mir sind noch ein paar Verbesserungen eingefallen. Hier, ist das nicht besser? Und das hier?«

Er lag im Sand und sagte ihr, ja, ja es ist besser.

»Nun«, meinte sie schließlich und bekleidete sich wieder, »nun, mein lieber Ärmel. Vermutlich wirst du mit mir kommen wollen.«

»Wohin gehst du?« fragte er.

»Natürlich zu Palicrovol«, antwortete sie. »Bin ich nicht seine Frau? Hat er mich nicht vor vielen, vielen Zeugen geheiratet?«

»Ich habe ihm gesagt, er solle dich töten.«

»Ich erinnere mich«, gab sie zurück. »Aber er hat es nicht

getan, und hier stehe ich. Meinst du, er findet mich schön?«

Sie konnte unmöglich vorhaben, als seine Frau bei ihm zu leben.

»Oh, das habe ich nicht vor«, sagte sie. »Mit ihm leben? Absurd. Aber ich habe gehört, daß er die Blütenprinzessin von den südlichen Inseln zu sich holen läßt. Sie ist jetzt erwachsen, habe ich gehört. Und offensichtlich glaubt er, er könne sie heiraten. Während ich noch am Leben bin, denkt er, er könne sie heiraten. Wenn er mich sieht, wird er sie noch immer für schön halten?«

Ärmel spürte eine gewisse Befriedigung, als er ihr trotz seiner Angst sagte: »Asineth, du kannst an Berry verbessern, was du willst, aber keine fleischliche Frau ist jemals so schön gewesen wie Enziquelvinisensee Evelvenin.«

Plötzlich wurde ihm die Zunge schwer im Mund, und er hatte das Gefühl, eine Schlange glitte durch seine Kleider, und eine gespaltene Zunge kitzelte seine Kehle. »Nenn mich nie wieder Asineth«, flüsterte sie.

»Ja, Schönheit«, antwortete er.

»Du wirst mit mir zu Palicrovol kommen. Ich werde dich als Schoßtier behalten.«

»Wie du wünscht«, sagte er.

Sie kicherte, und die Schlangen waren verschwunden. »Steh auf«, sagte sie.

Er stand auf und entdeckte dabei, daß sie sich nicht damit begnügt hatte, ihre Gestalt zu verändern. Sie hatte auch die seine verändert.

»Sag die Wahrheit«, sagte sie. »Gefällst du dir nicht besser so? Warst du es nicht satt, als fahler Riese unter den anderen Menschen aufzufallen?«

Er gab ihr keine Antwort, sondern starrte nur auf seine Hände und nickte. So fühlt man sich nach einer Niederlage, sagte er sich, aber er wußte, es stimmte nicht. Das war erst der Beginn der Niederlage. Er wußte, daß Asineth einen Plan hatte. Und ihm tat Palicrovol leid, denn nun gab es keine Hoffnung mehr für ihn. Offensichtlich waren alle Warnungen vor dem Zehnmonatskind lächerlich im Vergleich zu der Gefahr der Mutter, und jetzt war es zu spät, zu überlegen, wie er ihre Pläne vereiteln konnte. Asineths Macht war so viel größer als seine, daß sie seine stärksten Anstrengungen hinweglachen würde. Nur etwas Stärkeres als die Macht des lebendigen Blutes würde sie jetzt noch aufhalten, wenn überhaupt. Noch nie in seinem Leben hatte er solche Angst gehabt.

Erst als er seine Bücher gepackt und sich auf den Rücken geschnallt hatte, erst als sie ihn am Ende einer goldenen Kette aus Brack hinwegführte, erst da erfand er eine Rolle für sich, bei der er am Leben bleiben konnte. Er wickelte sich die goldene Kette um die Beine, so daß er nur hüpfen konnte, stolperte hinter ihr her und sang dabei laut:

Die Schönheit ist gefangen,
Sie folgt mir auf den Wink.
Ich stech' sie mit dem Langen,
Stech sie mit dem Ding.

Sie sah sich verärgert nach ihm um und zog an der goldenen Kette. Sogleich fiel er auf die Felsen und schürfte sich die Schulter auf. Er ignorierte den Schmerz, setzte sich aufrecht hin und steckte den Finger in die Wunde, um das Blut abzulecken. »Der Wein ist stark, aber der Jahrgang arg«, verkündetet er feierlich.

Sie sah auf ihn herab und mußte unfreiwillig lächeln. Sie hatte ihm eine lächerliche Gestalt verliehen; und jetzt spielte er die Rolle, die sie ihm zugewiesen hatte. Das gefiel ihr. »Wie heißt der Wein?« fragte sie, das Spiel mitspielend.

»Roter Milzbrand, von den Feldern Urubugalas.«

»Urubugala«, sagte sie und lachte laut auf. »Urubugala! Das ist die Sprache von Elukra, nicht wahr? Was bedeutet es?«

»Kleiner Hahn«, antwortete Ärmel.

»Mein kleiner Hahn«, sagte sie. »Mein Urubugala.« Es war ein guter Name für das Wesen, das er geworden war. Und der Name mißfiel Ärmel nicht. Wenn er ihn am Leben hielt, war er damit zufrieden. Ärmel gehörte nicht zu diesen schwachen, stolzen Menschen, die durch die Androhung einer Demütigung beherrscht werden können. Es gab sogar Zeiten, wo er die Freiheit genoß, die ihm mit seiner Narrenrolle zugefallen war.

Schönheits Kind
Fliegt im Wind,
Schwimmt als Fisch,
Kühl und frisch?

Darauf funkelte ihn Schönheit wütend an, aber Ärmel hob unmittelbar darauf seine Tunika hoch, stolzierte auf sie zu und ließ seine grotesken Genitalien sehen. »Wenn du gern willst Mutter sein, zeug' ich dir noch ein Kindelein.«

»Du bist nicht immer komisch«, sagte Schönheit. »Ich mag dich nicht, wenn du nicht komisch bist.«

Ärmel drängte sich an sie und flüsterte: »Wo ist das Baby?«

Sofort spürte er einen betäubenden Schmerz im Kopf, als würden ihm seine Augen von hinten durch irgend etwas, was dort wuchs, aus dem Kopf getrieben. Nach ein paar Minuten hörte es auf. Er weigerte sich, so leicht aufzugeben. »Das Baby ist tot. Es lebt in meinem Kopf!«

»Halt den Mund, Ärmel.«

Ärmel richtete sich zu der vollen Höhe auf, die sie ihm gelassen hatte: »Mein Name, Dame Schönheit, ist Urubugala.« Wieder flüsterte er: »Du lernst schnell. Stand das alles in den Büchern, die du gelesen hast?«

Asineth war erst vierzehn Jahre alt – sie war empfänglich für Schmeichelei. Sie lächelte und sagte: »Die Bücher waren gar nichts. Nichts stand in ihnen. Ich habe aus ihnen nur gelernt, wie man die Macht gewinnt. Als ich den Preis bezahlt hatte, war die Kraft ihr eigener Lehrer. Und jetzt brauche ich nur etwas zu denken, und ich kann es tun. Und das köstlichste von allen ist, daß mir Palicrovol selbst diese Macht gegeben hat. Hat mir die Macht gegeben, aber nur eine Frau kann sie jemals ausüben.«

»Ein Mann kann sie auch ausüben«, sagte Ärmel.

Er sah, wie Furcht in ihren Blick sprang. Sie war sich ihrer Macht noch nicht sicher. »Wie kann ein Mann sie ausüben, wenn ein Mann kein Kind aus seinem Körper hervorbringen kann?«

Und wieder antwortete er ihr mit einem Reim:

Wenn wir unsere Eier an die Wände kleben
Und von unserem Samen leben,
Kommt die Kraft in einer Stunde,
Pißt wie das Meer und furzt wie die Hunde.«

»Du bist ekelhaft«, sagte sie. »Kein Mann kann die Macht ausüben, die meiner gleichkommt. Und keine andere Frau, denn keine Frau trägt genügend Haß in sich, um zu tun, was ich getan habe.« Sie sagte es stolz, und wieder verbarg Ärmel seine Angst hinter Spott.

»Ich bin dein Mistrel, und du bist mein Monstrel. Wo ist dein Kleines, dein Feines, dein Geheimes?«

»Oh, wir hatten einen Streit.« Schönheit warf gleichgültig das Haar zurück und lächelte. »Ich habe gewonnen«, sagte sie. Ärmel glaubte fest, er könne noch das Blut auf ihrer Zunge sehen.

4

Die Braut des Königs

Wie die Blütenprinzessin den Körper, ihren Mann und ihre Freiheit in einer einzigen Stunde an ihrem Hochzeitstag verlor.

Der königliche Empfang

Sie kam mit der Flotte ihres Vaters, auf hohen Schiffen, an die Mündung der Burre. Palicrovol hatte ihr tausend Sänger entgegengeschickt. Ihr Gesang war so vollkommen, daß noch der taubste Seemann auf dem letzten Schiff jedes Wort verstand.

Sie wurde den Fluß hinauf in der einzigen Galeere gerudert, die ihr Vater jemals gebaut hatte, aber die Ruderer waren Freie und keine Sklaven, und alle trugen sie Gewänder aus Blüten. An jedem Tag der Reise saßen hundert Frauen unter Deck und flochten frische Blumen zu Gewändern, so daß die Kleider jeden Tag neu waren. Und als sie die große Stadt Inwit erreichten, wurden stromaufwärts tausend Säcke mit Blüten ins Wasser geworfen, und die Burre war von einem Ufer zum anderen ein Blütenteich für die Ankunft der Blütenprinzessin.

Palicrovol selbst begrüßte sie am Königstor, und die weißgewandeten Gottesmänner umringten ihn, und weißgewandete Jungfrauen aus dem Konvent führten die Blütenprinzessin vom Schiff ihres Vaters. Palicrovol kniete vor ihr nieder, und ihr Gefolge begann den Tanz des Abstiegs.

Der Tanz endete im Palast in der Kammer der Antworten, einem Raum, der seit einem Jahrhundert nicht geöffnet worden war, weil er zu vollkommen war, um benutzt zu werden. Wände, Boden und Decke waren aus Elfenbein und Alabaster, Bernstein und Jade, Marmor und Obsidian, und dort entschied die Prinzessin, den Ring am Mittelfinger der linken Hand zu tragen, aber auf dem oberen Fingerglied, um Fruchtbarkeit und Treue zu geloben. Und siehe, o größtes Wunder von allen, auch Palicrovol trug seinen Ring am oberen Mittelfinger der rechten Hand, um Verehrung und unbeirrbare Treue zu geloben. Hunderte von Zuschauern jubelten.

Und dann trat eine prächtige Frau hervor, die einen grotesken schwarzen Zwerg an einer goldenen Kette führte, und Enziquelvinisensee Evelvenin wandte sich zu der Frau um, und in eben diesem Augenblick war die Hochzeit auch schon zu Ende.

Der mißbrauchte Mißbraucher

»Ach so«, sagte die fremde Frau.

Der Zwerg stieß ein sonderbares kleines Lied aus.

Häßli, bläßli, schau doch hie,
Du bist nicht so schön wie sie.

Palicrovol sagte hinter dem Rücken der Blütenprinzessin: »Wer bist du? Wie bist du in den Palast gelangt?«

»Wer bin ich, Urubugala?« fragte die fremde Frau.

»Diese edle Dame ist Schönheit, die größte aller Göttinnen«, sagte der Zwerg. »Zuerst hat sie den Hirschen an den Wurzeln der Welt in Bande geschlagen. Dann fing sie die Süßen Schwestern und steckte sie in komische Körper. Dann beugte sie Gott und setzte ihn gefangen. Und endlich kam sie zu dem armen Ärmel und richtete ihn zugrunde, zugrunde, zugrunde.«

»Ärmel«, sprach Palicrovol. »Sie kam zu Ärmel ...«

»Kennst du mich, Palicrovol?« fragte die fremde Frau.

»Asineth«, flüsterte er.

»Wenn du mich bei diesem Namen nennst, kennst du mich noch nicht«, sagte sie. Dann wandte sie sich zur Blütenprinzessin. »Du bist also das, was er am meisten in der Welt liebt. Ich sehe, du bist sehr schön.«

Und wieder sang der Zwerg mit der sonderbaren Stimme:

Schönheit ist gut, Schönheit ist gut,
Aber Schönheit hat im falschen Körper geruht.

»Ich sehe, daß du schön bist«, sagte die Fremde, »und so ist es nur gerecht, daß Schönheit dein Gesicht und deine Gestalt hat.«

Enziquelvinisensee sah, wie sich die Frau vor ihren Augen verwandelte, in ein Gesicht, das sie kannte und wieder nicht kannte. Kannte, weil es ihr eigenes Gesicht war. Nicht kannte, weil es nicht gespiegelt war, wie es die Blütenprinzessin immer gesehen hatte, sondern genau so, wie andere es gesehen hatten. »Das haben also andere in mir gesehen«, flüsterte sie.

»Verspürst du keine Ehrfurcht?« fragte Schönheit. »Bin ich nicht vollkommen, Blütenprinzessin?«

Aber Enziquelvinisensee hatte einen Eid abgelegt, immer nur die Wahrheit zu sagen, und sie hatte keines ihrer Maiden neben sich, die für sie hätte lügen können, und so vernichtete sie sich selbst, indem sie sagte: »Nein, Lady. Denn du hast meinen Blick mit Haß und Triumph erfüllt, und derartiges habe ich in meinem ganzen Leben nicht empfunden.«

Schönheits vollkommene Nasenflügel blähten sich ein wenig auf vor Wut, und dann lächelte sie und sagte: »Der Grund ist, daß es dir an den rechten Lehrern gemangelt hat. Laß mich dich lehren, Blütenprinzessin, wie ich gelehrt wurde.«

Die Blütenprinzessin spürte keine Veränderung, aber sie sah, wie die Zuschauer sie ansahen, nach Luft schnappten und zurückwichen. Sie hatte Angst vor dem, was ihr angetan wurde, und wirbelte auf den Zehenspitzen zu ihrem Mann herum, dem anmutigen Palicrovol, der sie liebte. Aber auch Palicrovol war angeekelt von dem, was er sah, und wich zurück. Es war nur für einen Moment, dann kam er wieder zu sich und hielt sie eng an sich, aber in diesem Augenblick erkannte Enziquelsensee Evelvenin die Wahrheit. Palicrovol hielt ihre Schönheit für einen Teil ihrer selbst, wie auch alle anderen; er kannte sie nicht ohne ihre Gesicht. Aber es tröstete sie, daß er sie immer noch umarmte und mutig gegen Schönheit das Wort ergriff.

»Glaubst du, du kannst mich so leicht täuschen, Asineth?« fragte er. »Du kannst mich, aber mein Herz gehört einem anderen Herzen, nicht einem Gesicht.«

Wieder lächelte Schönheit nur. Plötzlich merkte die Blütenprinzessin, wie Palicrovol sie hart um die Taille griff und sie vor sich auf den Boden warf. Sie sah entsetzt zu ihm hoch und sah die Qual in seinem Gesicht, als er sie anschrie: »Ich war es nicht!« Und dann verstummte er, wenn er auch sprechen wollte, aber die Blütenprinzessin hatte genug gehört, um zu begreifen. Es war Schönheit, es war Asineth, die seine Arme benutzt hatte, sie wegzuschleudern.

»Bleib auf dem Boden, Wiesel«, sagte Schönheit. »Bleib auf dem Boden und sieh zu, was dein Mann tut, wenn er einen jungfräulichen Körper findet, den er schänden kann. Deinen Körper. Schlimm, daß du nicht darin stecken wirst, wenn dein neuer Mann sich dem Vergnügen hingibt.«

Zuerst bewegte sich Palicrovol ruckartig, solange Schönheit sich noch darin übte, ihn zu kontrollieren. Es kostete sie mehr Kraft als alles andere, gegen den König um die Herrschaft über seinen Körper zu kämpfen und zu gewinnen – es war der seltenste all jener mächtigen Zauber, die sie vollbrachte. Aber sie war klug und lernte es bald, ihm zu befehlen. Dann bewegte er sich so geschmeidig, daß die anderen vergaßen, daß Palicrovol nicht aus freien Stücken handelte. Aber die Blütenprinzessin, die nun Wiesel genannt wurde, wußte die Wahrheit wie kein anderer, denn ihre Lippen hatten noch nie eine Lüge ausgesprochen, und sie wußte sehr wohl, daß Palicrovol nicht aus eigenem Willen handelte. Schönheit hatte Macht, aber noch keine Weisheit. Zu jener Zeit war sie noch ein Kind und dachte, Rache sei zum Preis einer leichten, billigen Schau zu erringen.

So streiften Palicrovols Hände Schönheit die Kleider vom Leib, der der Leib der Blütenprinzessin war. Und Palicrovol vollzog Akt für Akt die Vergewaltigung, die er vor zwei Jahren an Asineth vollzogen hatte. Nur mißachtete er dieses Mal ihre Verführungsversuche nicht. Als der Körper der Blütenprinzessin sich dieses Mal geschmeidig unter ihm bewegte, schrie er vor Lust. Als seine Arme sich von ihrem Körper lösten, stöhnte er vor Verlangen. Es soll noch nicht vorbei sein, schrie sein Fleisch. Es soll nicht zu Ende sein. Und so lange er sie nackt vor sich sah, so lange er sich an die Lust erinnerte, die ihr Körper und ihre Macht ihm gegeben hatten, zuckte sein Körper wieder und wieder vor Lust; auch als sein Samen sich ergossen hatte, auch, als sich die Lust in Schmerz verwandelt hatte, lehnte er sich noch gegen die Unmöglichkeit auf, sie wieder zu besitzen, die Erinnerung an sie, das Sehnen, sie auf immer zu besitzten.

»Tötet sie!« schrie er, aber seine Wachen waren schon lange geflohen.

»Hilf mir«, flüsterte er Urubugala zu, aber der Zwerg gab lediglich einen kleinen Vers von sich.

»An dem Morgen
Keine Sorgen
Keine Reu'
Ist's vorbei.«

»Wiesel«, sagte die Königin Schönheit, »du weißt, was mit mir geschehen ist. Sag mir – ist meine Rache gerecht?«

»Dir ist Unrecht geschehen«, sagte die Blütenprinzessin.

»Ist meine Rache gerechtfertigt?«

»Du hast das Recht, Rache zu nehmen.«

»Aber ist meine Rache gerecht?« Schönheit lächelte wie eine Heilige.

»Nur, wenn du dich an jenen rächst, die dir Leid zugefügt haben, und nur, wenn deine Rache dem Leid angemessen ist.«

»Komm, komm, ich habe gehört, man könnte sich darauf verlassen, daß Wiesel Rußmaul die Wahrheit sagt. Ich frage dich zum vierten Mal: Bin ich gerecht?«

»Nein«, sagte die Blütenprinzessin.

»Gut«, sagte Schönheit. »Ich wurde ungerecht behandelt, und wenn meine Rache nicht auf ungeheure Weise ungerecht ist, werde ich nicht zufrieden sein.«

»Ich bin derjenige, der dir Leid zugefügt hat«, sagte Palicrovol. »Üb deine Rache an mir aus.«

»Aber siehst du denn nicht ein, Palicrovol, daß es Teil meiner Rache an dir ist, daß deine Frau und deine Freunde ungerechtfertigterweise um deinetwillen leiden?«

»Sieh mich an, Palicrovol«, sagte Schönheit.

Unfreiwillig blickte er auf und erbebte wieder in Leidenschaft für sie.

»Hier ist meine Rache. Ich werde dich nicht töten, Palicrovol. Ich verachte dich noch mehr, als du mich verachtet hast, als ich schwach war. Du kannst deine Truppen behalten – so viele, wie du willst. Erfüll die Welt mit deinen Armeen und führe sie gegen mich – ich werde sie mit einem einzigen Gedanken auslöschen. Du kannst deine Geweihkrone behalten – ich brauche keine Krone, um hier zu regieren. Du kannst außerhalb dieser Stadt ganz Burland regieren – ich kann dich jederzeit außer Kraft setzen, wenn es mir gefällt. Du wirst mir Tribut schicken, aber nicht so viel, daß es den Menschen schadet – ich bin nicht so gierig wie mein Vater. Ich werde weder deine Gesetze, noch deine Arbeit zunichte machen. Diese Stadt wird weiterhin Inwit heißen. Die neuen Tempel, die du für deinen Gott errichtest, sollen weiter wachsen. Die Verehrung deinem Gott gegenüber gefällt mir, denn ich beherrsche auch diesen Gott. Ich werde dir alles lassen außer diesem einen: Du wirst nie wieder diese Stadt betreten, solange ich lebe, und du wirst nie wieder allein sein, solange ich lebe, und du wirst nie wieder einen Augenblick des Friedens finden, solange ich lebe. Und, Palicrovol – ich werde ewig leben.«

Urubugala schlug einen Salto und blieb ausgestreckt auf dem Boden zwischen ihnen liegen. »Es gibt Grenzen für den Leib, für die Tochter, für das Weib!« schrie er.

»Ich weiß«, meinte Schönheit. »Aber wenn meine Macht schwindet, werde ich einfach noch ein Kind haben. Das nächste Mal vielleicht ein Zwölfmonatskind. Such dir Zauberer, Palicrovol. Laß sie das mal in ihren Büchern studieren.«

Dann lachte sie und zwang Palicrovol, sie anzusehen, und das warf ihn in einen solchen Krampf der Begierde, daß er schließlich würgend und erschöpft auf dem Boden lag.

Während sie lachte, schritt ein mächtig aussehender Mann in die Halle, der ein Schwert und eine schwere Rüstung trug; wenn auch der Helm fehlte.

»Lauf, Zymas!« schrie Palicrovol.

»Oh, bleib doch, Zymas«, sagte Schönheit. »Der heutige Tag wäre unvollkommen ohne dich..«

Zymas hielt nicht inne und hörte auf keinen von beiden, sondern schritt unaufhaltsam auf Schönheit zu, wobei er das Schwert über den Kopf erhob. Er war fast bei ihr, und sie alle erfuhren einen Moment der Hoffnung, daß vielleicht Zymas' direkte Tat das Gegenmittel zu dieser plötzlichen Krankheit war, die die Welt überkommen hatte. Aber nein. Plötzlich wurde sein Haar stahlgrau, sein Gesicht alt und runzlig, das Schwert entfiel den krummen, gichtigen Fingern, und er taumelte unter der zu schweren Rüstung.

»Zymas, der Kühne«, sagte Schönheit, »der Mutige, er ist tot. An seiner statt steht nun der Hauptmann der Palastwache, Memme, wie ich ihn nenne. Memme nennen wir ihn alle. Weil er ein solcher Feigling war, daß er Angst vor einer Frau hatte.«

Schönheit sah sich unter denen um, die sie so lange gehaßt hatte, und lächelte. In ihrem Lächeln lag wirkliche Schönheit, und die Blütenprinzessin wußte, als dieses Gesicht noch das ihre gewesen war, hatte es niemals einen solchen Ausdruck von Ekstase getragen. »Memme, Urubugula und Wiesel. Meine Kraft, mein Geist und mein schönes Gesicht. Ich werde euch immer bei mir haben, Hauptmann, Narr und Dame der Damen. Ihr werdet die Juwelen in meiner Krone sein. Und außerhalb Inwits, wo er auf immer bleiben muß, wird Palicrovol, König von Burland, sich immer an mich erinnern, sich immer nach mir verzehren. Wenn er jemals anfängt, Mitleid mit sich zu haben, dann wird er sich immer an dich erinnern und sich vorstellen, was ich dir antue, und das wird ihn unglaublich aufheitern.« Sie trat zu dem sich windenden Palicrovol und berührte ihn sanft an der Seite. Er schrie auf, streckte die Arme nach ihr aus und fiel dann benommen zurück. »Tragt ihn hinaus«, sagte Schönheit. Und die Gäste, die in hilflosem Entsetzen die Szene beobachtet hatten, gehorchten ihr und trugen ihn aus dem Palast, aus dem Schloß, und durch das Westtor aus Inwit hinaus.

Vor der Stadt warteten ein paar der tapfersten Männer, die seinen nackten Körper kleideten und ihn forttrugen. Es war auch eine Nonne dort, und sie prophezeite, daß der Mann, der Schönheit töten würde, durch das nämliche Tor in die Stadt einziehen werde. Und deswegen ließ Schönheit das Tor versiegeln und niemals wieder öffnen.

In bemerkenswert kurzer Zeit war das Leben in Inwit wieder wie früher – und besser. Die Gesetze Palicrovols blieben in Kraft, und die von ihm garantierten Freiheiten blieben intakt. Schönheit regierte sanft genug in ihrer Stadt, und so hatten die Menschen nichts gegen den Regierungswechsel. Ihr Hof wurde zu einem prächtigen Ort, an den die Könige der anderen Nationen gern zu Besuch kamen. Und bald lernten sie, nicht den Hof Palicrovols zu besuchen, denn sie merkten, wenn sie Palicrovol als dem rechtmäßigen König die Ehre erwiesen, zogen sie sich die unangenehmsten Krankheiten und Ausschläge zu. So schickten sie ihre Botschafter, die bald lernten, Palicrovol aus dem Weg zu gehen, wann immer sie mit ihm verkehrten, um die Übel zu vermeiden, die sie sonst überfielen.

In Inwit regierte Schönheit, und für dich, Palicrovol, hatte das Exil begonnen. Doch im Verlauf der Jahre merkte sie, daß ihre Rache leer und unvollständig war. Denn trotz all ihrer Macht veränderte sie dich nicht und nicht deine drei gefangenen Freunde. Unser Fleisch konnte sie verwandeln, unser Leben mit Elend und Scham erfüllen, aber wir waren immer noch wir selbst, und wenn sie uns nicht tötete, konnte sie uns nicht anders machen, als wir waren. Wir blieben immer außerhalb ihrer Reichweite, auch wenn sie uns allezeit im Griff hatte.

5

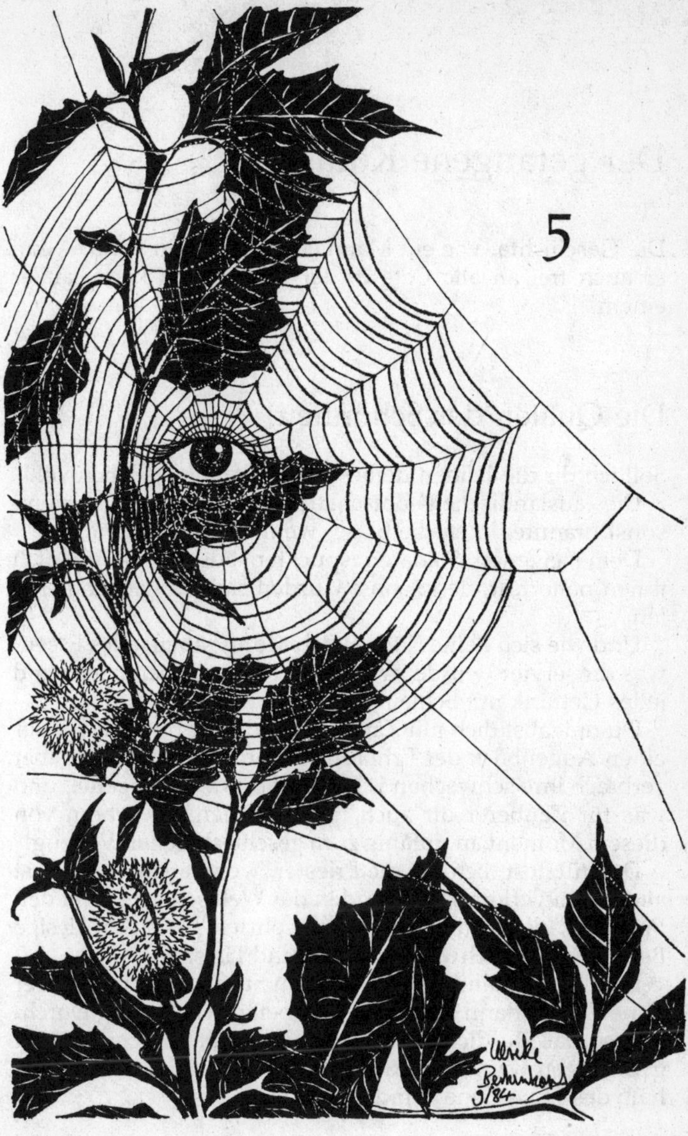

Der gefangene König

Die Geschichte, wie ein Mann ein Sklave sein kann, wenn er auch frei an alle Orte in der Welt gehen kann, außer einem.

Die Qualen der Schönheit

Soll ich dir die Leiden deines Exils aufzählen, Palicrovol?

Die ausländischen Botschafter schmähten ihn, denn sonst brannte ihnen die Blase, wenn sie urinierten.

Deine eigenen Soldaten spuckten aus, wenn du dich ihnen nähertest, denn sonst wurden sie von Läusen befallen.

Und wie sich deine Köche auch Mühe gaben, alles Essen, was dir serviert wurde, war mit Schimmel überzogen, und jedes Getränk mit Schleim bedeckt.

Du umgabst dich mit Zaubereien, die dir hin und wieder einen Augenblick der Erholung schenkten; Schönheit aber zerbrach ihre schwachen Schutzwälle, wie es ihr gefiel, und was für Zauberer dir auch immer halfen, sie waren von diesem Moment an unfähig zum geschlechtlichen Vollzug.

Du stütztest dich auf die Priester, wenn auch Gott selbst alle Macht verloren hatte und in der Welt schwieg, und den Priestern, die dich trösteten und ehrten, wuchsen riesige Beulen und Geschwüre an Kopf und Hals.

Eine Woche lang ließ sie dich um Stuhlgang ringen, aber ohne Erfolg, dann schenkte sie dir eine Woche lang Durchfall, so daß du dich an öffentlichen Orten entleertest und gezwungen warst, aus Rücksicht auf deine Freunde außerhalb des Hofes eine Windel zu tragen.

Du wachtest mitten in der Nacht von unerträglichem Juckreiz auf. Du frorst im Sommer und konntest im Winter keine Kleider ertragen, wegen der Hitze, die sie dir aufzwang. Tagelang plagten dich schreckliche Träume, und dann schliefst du wochenlang selbst im Gericht oder bei Versammlungen mit deinen Generälen ein.

Einer ihrer schlimmsten Tricks war, wenn sie die Sehkraft mit dir tauschte. Sie blickte aus einem deiner Augen, um zu sehen, was um dich her vorging, und zugleich sahst du, was in ihrem Palast vorging. Sie tat es nicht, um dich auszuspionieren – denn sie hatte ihr Suchendes Auge, konnte das gesamte Königreich Burland erkunden, wie sie wollte. Sie tat es, damit du sahst, wie Wiesel für die eine oder andere Übertretung geschlagen wurde, wie Memme sich unter einer Last abmühte oder sich gebrechlich auf einen Diener stützte, wie Urubugala vor einem lachenden Publikum von Baronen und Erben von reichen Kaufmannsfamilien seine Späßchen trieb. Deine Freunde – litten um deinetwillen, und du warst hilflos, sie zu retten. Daher ließest du goldene Schalen anfertigen, um deine Augen zu bedecken, damit kein Licht in sie eindrang. So hast du einen deiner Namen bekommen: Der Mann mit den Goldenen Augen. Man nannte dich auch den Gehörnten, den Mann, der nicht allein sein kann, und den Mann der Fernen Schönheit. Aber dein Volk ließ sich nicht zum Narren machen. Du warst vielleicht Schönheits Spielzeug, aber du warst ein guter König, und es ging ihnen gut, und sie waren frei und zahlten die geringen Steuern gern und unterwarfen sich deiner Gerechtigkeit voller Vertrauen.

Doch ironischerweise taten dir die Übel, die sie sandte, ebenso gut wie weh. Du wußtest, wenn ein Mensch bei dir blieb, tat er es nicht aus Vergnügen oder Ehre, ja nicht einmal, weil der dich bemitleidete oder Königin Schönheit haßte. Jene, die in jenen Tagen bei dir blieben, die nahe bei dir lebten und deiner innersten Gedanken teilhaftig wurden – du wußtest, sie dienten dir entweder, weil sie dein Herz kannten und dich liebten, oder weil sie eine gute Regierung liebten und daher das Leben bei dir um des Volks von Burlands willen aushielten. Du hattest ein

Geschenk, das nur sehr wenigen Königen jemals gegeben ist – du konntest einem jeden in deiner nächsten Umgebung trauen.

Das Gute entsprach dem Bösen. Es war bittere Ungerechtigkeit, daß deine Gerechtigkeit es für dich um so schwerer machte, eine Armee auszuheben – denn wessen Herz regte sich schon, um Schönheit aus Inwit zu vertreiben, wenn die Dinge in Burland so gut standen. Es wurden nur Abenteurer von der Armee angezogen und die Gottesmänner, die sie haßten, weil sie Gott zum Verstummen gebracht hatte, und die Leute, die es sonst im Leben nie zu etwas brachten. Um deine Regimenter aufzufüllen, mußtest du Söldner anwerben, worauf du eine schwache, unwillige Armee bekamst. Sie reichte aus, um die Feinde Burlands in Schach zu halten, aber sie reichte nicht einmal zu einer Hoffnung, die Königin selbst zu überwinden.

Und so war es tagelang, wochenlang, jahrelang, jahrzehntelang, jahrhundertelang. Deine treuen Gefolgsleute kamen zu dir, dienten, wurden alt und starben, aber du lebtest immer weiter, und Urugubala lebte weiter, und Craven lebte weiter, und Wiesel lebte weiter; denn Schönheit konnte nie mehr richten, was man ihr als Kind angetan hatte, wie viele Jahre sie auch lebte; sie würde ewig leben und Rache üben für einen kurzen und unfreiwillig grausamen Augenblick vor so vielen Jahren.

Dreimal brachtest du deine Armeen vor die Tore Inwits. Dreimal ließ dich Königin Schönheit auf Befreiung hoffen. Und dann schickte sie den Schrecken in die Herzen deiner Soldaten, gab ihnen das ein, was sie am meisten in der Welt fürchteten, und auch die Entschlossensten von ihnen flohen, und zu zogst dich von der Stadt zurück, die du ihrem Vater vor so vielen Jahren abgetrotzt hattest, gezwungen, neu zu beginnen, wieder einmal beschämt vor den anderen Nationen der Welt.

Die Stunde des Hirschen

Nach drei Jahrhunderten des Exils, an einem Tag, an dem du die goldenen Schalen auf den Augen trugst, überkam dich eine Vision. Zuerst dachtest du, sie stamme von Schönheit, aber im nächsten Augenblick erkanntest du, daß dem nicht so war. Du sahst den Hirschen, den großen struppigen Hirschen, den Zymas einst gesehen hatte. Der Adler klammerte sich an seinen Bauch und hielt die Wunde zusammen. Und der Hirsch blieb stehen und wandte den schweren Kopf zu dir, und du sahst, daß er ein eisernes Halsband trug, und seine Hufe waren ebenfalls gebunden und gefesselt, und er bat dich, ihm zu folgen und ihn freizusetzen.

Ich kann nicht, sagtest du.

Komm, sagte er zu dir, wenn du auch keine Worte hören konntest.

Es wird nichts nützen, sagtest du. Schönheit wird mich sehen und all meine Werke zunichte machen.

Komm, sagte er. Denn in dieser Stunde kann sie nichts sehen und nicht erkennen, daß sie nichts sieht.

Da nahmst du die goldenen Schalen von den Augen und gingst aus dem Lager in den Wald und folgtest, mit deinem Bogen bewaffnet, den Spuren eines Hirschen in den Wald, und gingst dorthin, wohin dich das Wild führte.

Alle Macht, die die Götter aufbringen konnten, war an diesem Tag in den Wäldern, nicht weit von der Stadt Bennestrand, aufgeboten. Hast du dich nicht gewundert, warum er dich führte, wohin er dich führte, warum du tatest, was du tatest? Wirst du nun töten, was dieser Stunde entsprang? Es war deine Rettung, Palicrovol. Es war dein einziger Sohn.

6

Die Frau des Bauern

Wie das Leben von Orem Schmalhans, dem Kleinen König, begann: Mit einem Mann, der einem Hirschen durch den Wald folgte, und einer Frau, die in einem Fluß badete.

Sie war die Dichterin aller Dinge, die von selbst wuchsen

Molly, die Bauersfrau, hatte sechs Söhne und wollte keine mehr. Sechs Söhne und drei Töchter, zu viele Söhne, um den Hof unter ihnen aufzuteilen, zu viele Töchter, um sie mit einer Mitgift zu verheiraten. Sie sehnte sich nicht nach einem Sohn, als sie an jenem Morgen zu der Quelle ging, an ihren geheimen Ort am Ufer der Banne. Sie ging mit einem Fingerschnippen, damit niemand ihr folgen konnte, aber jemand folgte ihr. Oder besser: jemand fand sie.

Es war eine dunkle Stelle, ein stiller Ort, wo der Fluß ruhig und tief verlief und so rasch, daß ein Zweiglein im gleichen Moment schon fortgetrieben war, so still, daß man alle Lieder vernahm, alle Schritte hörte. Die Bäume hingen übers Wasser und bildeten ein dichtes Dach, so daß keine Sonnenstrahlen auf dem Fluß tanzten. Es war hier selbst im Sommer kalt. Eine Höhle aus Blättern und Wasser, all den kalten und schrecklichen Dingen einer Frau: das war Mollys wahres Zuhause, eine Stelle, wo sie sich traute, sich den geheimsten aller Namen zu geben.

Blume, flüsterte sie ihren eigensten Namen.

Schhh, gab der Fluß zur Antwort. Schh, denn das Ende deines Lebens naht, es kommt auf Spuren eines Hirschen.

Der Hirsch als Kuppler

Auf der anderen Seite des Flusses stand ein großer, grauer Hirsch. Molly kannte ihn gut, wußte, daß in Hirsch und Hindin Zauberkräfte lagen, die über die der dummen Bauersfrauen von Wasserwacht hinausgingen. Auch über ihre, wenn sie auch die beste von ihnen war. Das Blut des Hirsches, hieß es, tränkt die ganze Welt. So sah sie also zu, als der Hirsch hinabstieg, um aus dem Fluß zu trinken; sah zu, wie das Wasser silbrig aus dem Maul in den Fluß zurück troff, sah zu, wie sich hinter dem Tier ein Jäger herbeischlich, den Pfeil aufgelegt, den Bogen gesenkt aber bereit, in einem Augenblick gespannt zu werden.

Wage es nicht, das gehörnte Haupt zu treffen, schrie sie inwendig.

Und so, als gehorche er diesen Worten, blieb der Jäger stehen und sah dem trinkenden Tier zu, ließ den Pfeil von der Sehne gleiten und den Bogen schlaff werden. Kein Tod heute für den Hundertender.

Molly betrachtete den Jäger, wie dieser den Hirschen betrachtete. Er sah stark aus. Nicht groß, und so dunkel, wie die Männer des Westens immer waren. Er trug das Dunkelgrün des Königs – also ein Soldat. Aber er war anders als die meisten Soldaten, denn Molly hatte niemals einen Krieger gesehen, der genug Geist hatte, die Schönheit eines Waldtiers zu bemerken, noch hatte sie gewußt, daß irgendein Mann seine Aufmerksamkeit so lange auf eine Sache richten konnte. Die Augen des Mannes glänzten in der Dunkelheit ihrer grünen, stillen Höhle. Er hielt ganz still, aber selbst ohne Anspannung lag Kraft in seinen Armen. Auch seine schweigenden Lippen forderten Aufmerksamkeit. Und sie wußte es, oder dachte es, oder träumte es, als es geschah: daß dies kein gewöhnlicher Soldat des Königs war. Es war Palicrovol selbst, jawohl, Palicrovol, der König im Exil, der Mann der Fernen Schönheit. Kein Wunder, dachte sie, kein Wunder, daß in seinem Blick eine solche Sehnsucht liegt. Er wünscht sich, ein Gott würde freikommen, um sein Herz zu erleichtern. Nun, Königin Schönheit, wenn du heute aufpaßt, sieh zu, wie ich ihm das Herz erleichtere, dachte die fruchtbare Tochter Blume, denn ich werde diesen Mann haben, werde sein Leben in mir haben.

Ich bin eine keusche Frau, schrie ein Teil von ihr auf. Und seine Kinder sind geborene Ungeheuer.

Aber ein anderer Teil antwortete, mit einem Frieden, wie ihn nur die Süßen Schwestern bringen: Meine Kinder sind nicht geborene Ungeheuer, und eine Frau ist nicht wirklich keusch, wenn sie sich dem Mann verweigert, den der Hirsch ihr bringt. Ihr Schoß, der schon so oft voll gewesen war, schrie danach, wieder gefüllt zu werden. Aber dieses Mal mit einem Königssohn, dieses Mal mit dem Kind des Hirschen.

»Mann«, flüsterte sie, und die Stille des Ortes war dergestalt, daß er es hörte und doch kein Erschrecken verspürte.

»Frau«, sagte er, und sein Gesicht verriet kühle Belustigung.

»Bist du«, entgegnete er, »ebenso tief?«

Anstelle einer Antwort legte sie sich am Wiesenufer nieder und lächelte. Komm zu mir, wenn in dir ebensoviel Männlichkeit ist wie Königtum.

Und als ob er ihre Neckerei gehört hätte, überquerte er den Fluß, nackt bis auf sein Messer – denn unbewaffnet wollte er nicht gehen. Er kämpfte mutig gegen die Strömung, aber dennoch gelangte er weit stromabwärts von ihrer Stelle ans Ufer, und sie sah ihm zu, wie er naß und erschöpft aus dem Wasser stieg. Die Banne galt als unüberquerbar und zu gefährlich zum Schwimmen. Aber der König hatte ihn für sie überquert. Molly zitterten die Beine.

Er stand über ihr, und an seinen Beinen klebten Blätter, Gras und Schmutz. Er war nicht schön, und dennoch zitterte es tief in ihr, als sie ihn ansah.

»Frau, wie ist dein Name?« In seinem Blick lag weder Lust noch Zuneigung. Er wollte nicht so tun, als ob sie jung und schön sei, denn beides war sie nicht. Unter ihrem Rock fiel der Bauch schlaff herab, ihre Schenkel waren schwer, und ihre Brüste hingen herab wie die Euter einer alten Kuh. Was der Hirsch zusammenbringt, würde ohne ihn nicht zusammen kommen. Ob schön oder nicht, es war offensichtlich, daß er begehrte, was sie auch begehrte.

»Ich heiße Blume«, sagte sie und teilte ihm ihren geheimen Frauennamen mit, auch wenn er ein Mann war. Der Hirsch hatte ihn gebracht.

»Hat der Wald dich mir geschenkt?«

»Ich habe einen Mann«, sagte sie. »Ich kann nicht die deine sein.« Zu ihrer Überraschung blickte er gekränkt und trat zurück, als sei die Tatsache, daß sie eine verheiratete Frau war, ein Hindernis.

»Mann«, sagte sie. »Ich kann nicht die deine sein. Aber kannst du nicht der meine sein?«

»Ja«, sagte er. »Das will ich. Ja.«

Er nahm sie, wie der Hirsch die Hindin besteigt, und sie schrie auf vor Lust und Schmerz des Gebens und Nehmens. Er legte den Samen eines Sohnes in sie, und dann küßte er sie auf den Rücken hinter ihren Schoß. »Was daraus wird, vermag nur Gott sagen«, sagte er. Aber sie summte nur vor sich hin und sah ihm nicht einmal nach, als er sich wieder in die Flut stürzte und fortschwamm. Gott hatte ihn nicht hergebracht, wußte er das nicht? Nein, es war nicht Gott, sondern der Hirsch, der sagen konnte, was daraus würde, das Blut des Hirschen, das Blut, das aus ihrem Körper floß, auch wenn sie keine Jungfrau mehr war, als habe er sie mit einem Messer durchbohrt. Was du in mir schufst, o Palicrovol, sagte sie ihrer Erinnerung an sein Fleisch, was du in mir schufst, werde ich stärker machen als dich. Ich werde ihn groß und stark machen. Neun Kindern habe ich das Leben geschenkt, und immer waren sie Kinder meines Mannes. Aber dies ist nicht von meinem Mann. Dies gehört mir. Ich werde ihn Orem nennen: denn Silberwasser floß am Morgen, als er geschaffen wurde, vom Körper seines Vaters.

7

Die Geburt von Palicrovols Sohn

Und das sind die Zeichen, die sich ereigneten, als Orem Bannestrand, genannt Schmalhans, genannt der Kleine König, geboren wurde.

Im Zeichen der Mutter

Als sie im Kindbett lag und ihre Augen noch getrübt waren von den Schmerzen, die nie geringer wurden, wie oft sie sie auch durchmachte, sah Molly, wie die Hebamme das Kind hochhob, und im Sonnenschein des frühen Morgens, das durch das Fenster des nach Osten gebauten Hauses drang, glänzte er silbern; bedeckt von Blut und Schleim, glitzerte er so silbern wie das Wasser aus dem Maul des Hirschen.

Sie hielt ihn, sie sang ihm Lieder, sie redete mit ihm, lange, noch ehe das Kind es verstehen konnte. Stumm sagte sie ihm auf alle möglichen Weisen: Du bist der Sohn des Königs, mein Sohn, du bist zur Größe geboren. Die Worte wurden niemals laut ausgesprochen, aber das Kind begriff sie. Er lernte schon im Alter von acht Monaten laufen, weil ihm nicht in den Sinn kam, daß er es nicht könnte. Er sprach kühn drauflos vom ersten Wort an und erwartete, verstanden zu werden, was immer er zu sagen versuchte. Ein kluger Bursche, sagten alle Nachbarn zu Molly.

Aber aus zwei Gründen gefiel ihr nicht, was sie sagten. Zum einen wußte sie, daß noch anderes geredet wurde; denn das Kind sah nicht so aus wie ihr Mann, ein blonder Riese. Außerdem gab es Zweifel und Ängste. Sie merkte rasch, daß all ihre geheimen Kräfte verschwanden, wenn ihr siebter Sohn bei ihr war. Ihre Kochsprüche waren wirkungslos, wenn er im Haus war, wie viele Mäuse sie auch über ihrem Herd verbluten ließ. Ihre Webesprüche bildeten kein Muster im Stoff, wenn er ihr zusah. Die Haushaltgoms waren nun frei, wo sie vormals unter der strengsten Herrschaft in ganz Wasserwacht gestanden hatten.

Aber am schlimmsten war es, wenn sie die Zeichen machte, die ihren Pfad vor sterblichen Augen verbargen, wenn sie in den Wald wanderte. Er konnte ihr immer folgen, konnte sie immer sehen, trotz des Blutes, das sie aus dem Finger ritzte. Was haben mir die Süßen Schwestern angetan? fragte sie sich angstvoll. Aber es war weder Gott noch die Schwestern, das wußte sie, denn der Hirsch hatte sie an ihrem geheimen Ort gefunden, und Orem war das Kind des Hirschen. Das waren die Zeichen der Mutter, und anstelle von Liebe für den Sohn spürte sie bald Angst; denn er hatte sie schwach gemacht, und sie war auf ihre kleine und bescheidene Weise stark gewesen.

Die Zeichen des Vaters

Als Molly im Kindbett lag, wartete Barnsen, ihr Mann, ungeduldig nebenan. Neunmal zuvor, sechsmal bei Söhnen und dreimal bei Töchtern, hatte er ebenso gewartet. Neunmal hatte er die gleiche Ungeduld verspürt. Die Felder warten, Frau, wollte er schreien, die Erde ruft. Wußte sie nicht, wieviel Arbeit ein Bauer hatte?

Bei der Erde, wie bei der Frau, war seine Aufgabe, zu pflügen, zu säen, zu hegen und zu ernten. Aber beim Korn tat es nicht not, daß man danebensaß und darauf wartete, daß es in der Hülse reif wurde. Nein, das Reifen, das Ernten war die Sache des Gottes, der Leben gab, oder der Süßen Schwestern, wie die Frauen dachten, und er wagte es nicht, diesen Glauben gering zu machen. Sein Geschäft lag bei der ungebrochenen Scholle, dem unreifen Korn, den ungebundenen Garben, nicht im Warten – warten worauf? Eine Tochter, die man ausstatten mußte? Ein Sohn, der heranwuchs, um enttäuscht zu werden? Fünfmal bereits hatte er einem Sohn seiner Lenden sagen müssen, daß die Felder niemals ihm gehören würden, und immer hatte er ihren Haß im Rücken gespürt, die Sichel oder die Harke in ihrer Hand. Nicht, daß er Angst vor ihnen hatte; nur gab es eine Schwäche in Bornsens Herzen. Er liebte seine Kinder und wollte von ihnen geliebt werden. Nicht unbekannt bei einem Mann, aber nichts, womit man angab. Er erwähnte es niemandem gegenüber, aber wenn er die Hitze ihres Zorns wie Atem auf seinem schwitzenden Rücken spürte, dachte er: Ja, ja, sie hassen mich, ja, ich werde zugrunde gehen.

Als die Hebamme also aus dem Zimmer trat und sagte: »Ein Sohn«, machte sie sich schon auf den dunklen Grimm in seinem Gesicht gefaßt. Sie wußte jedoch, daß noch Schlimmeres folgen würde. Denn Bornsen war einer der blonden Riesenbauern von Wasserwacht, die dem Land den Namen verliehen hatten: Strohmannsland, und das Baby, das man ihm brachte, hatte nicht den weißen Flaum auf dem Kopf wie alle anderen Babys von Molly. Das Baby war rot und dunkel, länger und dünner als die anderen, und am schlimmsten war der Schopf schwarzen Haars auf dem Kopf. Das Baby schrie mitleiderregend, aber sein Blick verhinderte Bornsens Mitleid.

»Wechselbalg«, murmelte er, und die Hebamme malte einen Kreis auf das Tuch des Kindes.

Ein Wechselbalg? Oh, nein, es war ein Kind der Goms oder wandernder Sebastiten. Es war schlimmer, fürchtete er. Er sah das Kind und träumte von den Türmen im Westen, wo die Männer dunkel und schlank waren und die Frauen hellhäutig und schwarzhaarig. Er träumte von einem solchen Westler, der irgendwie in den Osten gekommen war. Mit der Armee, ohne Zweifel. Träumte von einem nach Westen gewandten Ton, und Molly saß auf seiner Spitze und kämmte ihr langes blondes Haar, das herabfiel und das Gesicht des Soldaten bedeckte, der lüsternd zu ihr hinaufblickte. Er träumte von dem Vulkan, den er in seiner Jugend auf seiner Reise nach Zwingfesten hatte ausbrechen gesehen. Und er haßte das Kind. Laß ihn bei der Mutter, dachte er. Was immer er ist und wer immer ihn gezeugt hat, er ist nicht meiner, nicht von mir, und zum ersten Mal bin ich froh, daß ich mein Land nicht mit ihm zu teilen brauche.

Aber die Jahre werden alles zurechtbiegen, auch die blonden Gebirgler, die das hügelige Land von Wasserwacht bebauen.

Zunächst wurde ihm bald klar, daß Orem sein und Mollys letztes Kind sein würde, und er erinnerte sich an das Sprichwort:

> Letztes Kind nach Kindern neun
> Wird im Stock das reichste sein,
> Nimmt dem Bettler, was ihm blieb,
> Stiehlt dem Vater seine Lieb'.

Zum zweiten war da das Haar des Kindes. Er war ein Frauenkind, natürlich, und so gab es viel Getue mit Kämmen und Waschen, mehr als einem Jungen gewöhnlich gut tut. Aber manchmal, wenn Bornsen das Kind am Abendbrottisch brüten sah, wie es stirnrunzelnd über seinem Teller saß, sah er im Schein des Feuers einen rötlichgoldenen Glanz im dunklen Haar des Jungen, und er sah in dem schmalen, hellen Gesicht, was allen anderen Söhnen und Töchtern verwehrt gewesen war – die Anmut der jungen Molly, den größten Preis, den er in seinem Leben errungen hatte. Und eines Tages sehnte er sich nach dem Jungen.

Drittens, und das war am wichtigsten, sah er bald, daß Molly zwar vernarrt in den Jungen war, ihm aber auch aus dem Weg ging. Sie ließ ihn nicht neben dem Webstuhl spielen, ließ ihn nicht beim Ofen helfen. Zu oft sah Bornsen, wie er im Schatten des Hauses im Sommer sonderbare Spiele spielte, war weder in dem ummauerten Reich seiner Mutter, noch auf dem Feld des Vaters, wo die Männer in der Sonne Weizen und grauen Hafer schmiedeten.

So geschah es eines Tages, zufällig am vierten Geburtstag des jungen Orem, daß Bornsen seine Hacke fallen ließ, als er den Jungen sah, und zu ihm ging, wo er spielte.

»Was machst du da?« fragte der Vater.

»Ich mache Armeen im Sand«, antwortete der Sohn.

»Was für Armeen?«

Und der Junge deutete mit der Spitze seines Stocks auf die Stelle, wo die Armee Palicrovols stand, eine Reihe von Kreisen, hinter Unkraut verborgen, oder auf kleinen Erdhügelchen stehend. »Und hier«, sagte der Sohn, »liegt die Stadt Inwit, Palicrovols Hauptstadt, die er heute wieder erobern wird.«

»Aber das sind nur Kreise im Schmutz«, sagte Bornsen. »Warum bist du nicht drinnen bei deiner Mutter?«

»Sie schickt mich hinaus, wenn sie arbeitet. Sie arbeitet besser, wenn keine Jungen dabei sind.«

Was sah Bornsen im Gesicht des Jungen? Mollys Gesicht, gewiß, und vielleicht verspürte er die alte Sehnsucht nach seiner Frau, aber es war noch mehr, denn Bornsen hatte ein weiches Herz. Er sah ein Kind, das in keiner Welt willkommen sein würde. Nicht in der weichen, stillen Welt der Frauen, nicht in der geschäftigen, harten, widrigen Welt der Männer. Bornsen war von Mitleid für den Jungen bewegt. Ein Junge sollte stark und gesund und blond sein, und dieses sonderbare Kind war das alles offenkundig nicht. Aber ein Junge sollte auch ein offenes Lächeln haben. Als der Junge kleiner gewesen war, hatte er dieses Lächeln gehabt, aber nun war es verschwunden. Das zumindest ließ sich aber sicher wieder in Ordnung bringen.

»Möchtest du mit mir kommen, da du hier nicht viel zu tun hast?«

Und die Freude in den Augen des Jungen reichte dem Vater. Von diesem Zeitpunkt an war die Schwäche und Dunkelhaarigkeit des Jungen kein Hindernis mehr zwischen ihnen. Keine Gerüchte mehr von Betrug, kein Raunen von Wechselbälgern. Bornsen machte mit Orem, was er nicht mehr getan hatte, seit sein Ältester klein war. Und die Leute sagten: »Klein Orem ist wie der Sproß des Basalate, der ganz aus der Rinde des Vaterbannes wächst«; denn es sah wirklich so aus, als wachse Orem direkt aus der Schulter seines Vaters oder sei aus dem Boden neben seinem Vater geschossen, am Stamm verbunden, an der Hand. In Wurzel und Zweig wurde er der Sohn seines Vaters.

Das waren die Zeichen des Vaters.

Das Zeichen des Sohnes

Und was für andere Geschichten erzählte das niedere Volk? Wie die Königin Schönheit die ganze Nacht weinte, als er geboren wurde? Wie Enziquelvinisensee Evelvenin aufwachte und in dieser einzigen Nacht ihr schönes Gesicht im Spiegel sah? Wie Palicrovol selbst in der Nacht von Orems Geburt die Kraft überkommen wurde und nackt und groß vor Macht vor seinem Zelt stand, sie sich in der Geburt seines Bastardsohnes erfüllen würde? Wie die Sterne herabfielen und Wölfe sich mit Schafen paarten und Fische über Land gingen und den Nonnen des Großen Tempel von Inwit die Süßen Schwestern erschienen?

Solche Berichte wurden alle erfunden, damit die Geschichte mehr Zauber bekam. Weder Orem, noch Molly, noch Bornsen – niemand vermutete, was in die Welt gebracht worden war. Es gab nur diese Zeichen: Die Zeichen der Mutter, die den Sohn erst liebte und dann fürchtete, die Zeichen des Vaters, der den Sohn erst haßte und dann liebte, und das Zeichen des Jungen.

Und das war das Zeichen des Jungen: Er folgte seiner Mutter oft in die Höhle am Fluß, wo die Bäume so hoch standen, daß sie sich auf beiden Seiten über die tiefe, rasche Barne beugten und nur grünes Licht aufs Wasser fiel und alles üppig gedieh unter der Kraft, die die Frauen Schwesterschaft, die Männer Gott nannten. Und dort beobachtete er, wie sie am Rand der reißenden Strömung badete, sah, wie sie die schlaffen Brüste und den Bauch ins Wasser tauchte, sah, wie ein riesiger Hirsch, ein Hundertender, zwischen den Blättern auftauchte und zusah, zusah. Nur einen Moment sah er ihn, dann wandte er den Blick ab, und als er wieder hinsah, war der Hirsch verschwunden.

Damals fragte er sich nicht, was das wohl bedeuten konnte, fürchtete nur einen Moment, daß seine nackte und verwundbare Mama in Gefahr stünde. Er wußte nicht, daß der Hirsch sie bereits einmal durchdrungen hatte, so tief eine Frau nur durchdrungen werden kann. Und das war das Zeichen des Sohnes.

8

Das Haus Gottes

Dies ist die Geschichte von dem einzigen echten Wunder in der Kindheit von Orem, und wie er ein Schreiber wurde.

Der siebte Sohn Bornsens

Weil Bornsen seinen siebten Sohn liebte, versuchte er, ihn so bald wie möglich vom Hof zu bringen. Es war nicht gut für einen Spätgeborenen, zu lange auf dem Hof zu bleiben, denn je älter er wurde, desto mehr aß er, und je mehr er aß, desto mehr sahen die älteren Brüder ihr Erbe verschleudert, wähnten sich vielleicht bedroht von einem Sohn, den ihr Vater mehr liebte. Solche Spätgeborenen neigten dazu, seltsamen Unfällen zum Opfer zu fallen. Bornsen hatte keinen Grund zu der Annahme, daß Orem hier sicher sei:

Er versuchte Orem als Soldat bei dem einäugigen Mann im Dorf in die Lehre zu geben, der einst ein Leutnant in Palicrovols Armee gewesen war, aber Orem war zu leicht gebaut, zu klein von Statur, um mit Waffen umzugehen. Und so gab es nichts anderes, als den Jungen Gott zu geben.

Orem fand sich damit ab. Er sah, daß sein Vater sich Sorgen um seinen Fortgang machte, was ihn tröstete. Er sah auch, daß seine Mutter erleichtert war, als er fortzog, und das tat ihm so weh, daß er nicht bleiben wollte.

So wurde Orem also im Alter von sechs Jahren auf einem Esel in die Stadt Bannestrand gebracht und in die Hände der Priester im Haus Gottes übergeben.

»Du wirst lesen und schreiben lernen«, sagte Bornsen,

wenn er auch keine Ahnung hatte, was Lesen und Schreiben bedeutete.

»Ich will aber nicht lesen und schreiben lernen«, flüsterte das Kind.

»Du wirst lernen, wie man Gold zählt«, sagte Bornsen, wenn er auch noch nie in seinem Leben eine Münze in der Hand gehalten hatte.

»Du wirst lernen, Gott zu dienen«, sagte der Halbpriester Dobbick und brachte den Jungen ins Haus. Und da berührte Bornsen seine Stirn und gab ein wenig in den Knien nach, denn Gott wurde in allen Landen König Palicrovols mit Respekt behandelt.

Orem weinte, als sich die große Holztür schloß, aber nicht lange. Kinder sind widerstandsfähig. Wie immer sie auch herumgestoßen werden, sie gedeihen doch.

Freunde und Feinde

Das Haus Gottes war dunkel und tot, voll von weißen Männern mit mürrischen Gesichtern und ängstlichen Jungen. Man hörte niemals dröhnendes Lachen durch die Gänge und Zellen von Gottes Haushallen wie in der Taverne des Dorfeş oder den riesigen Säulengängen des Waldes. Die Kinder versteckten ihr Lachen ebenso heimlich, wie sie den Meßwein stahlen. Doch Orem fühlte sich dennoch bald wie zu Hause. Zuhause ist überall, wo man alle Freunde und alle Feinde kennt.

Seine Feinde waren die älteren Jungen, die stärkeren Jungen, die gewohnt waren, des Nachts in den dunklen Räumen die Macht zu haben. Orem war irgendwie mit dem Glauben aufgewachsen, daß Ungerechtigkeit nicht dazu da war, um sie zu dulden, sondern um sie abzuschalten. Als er also Ungerechtigkeit sah, suchte er sie zu beheben. Nicht, indem er es den Halbpriestern erzählte – er wußte, daß Erwachsene die Kriege und Kämpfe von Kindern niemals ernst nehmen. Anstatt dessen lehrte er die jüngeren Jungen, sich in der Dunkelheit zu organisieren. Orem brauchte die Schläger im Dunkeln nur zweimal auszutricksen, bis sich die Kleineren sicherer und freier fühlten als je zuvor. Die Älteren vergaßen es nicht. Orem hatte sie geschlagen, wo sie sich für stark hielten, und mit der Direktheit von Kindern planten sie Orems Tod.

Orems Freunde waren jedoch nicht die Kleineren. Als sie sich erst sicher fühlten, hielten sie sich so weit wie möglich von ihm fern. Sie waren zufrieden, daß der Haß der Älteren auf ihn fiel, und nicht auf sie. Orem ertrug ihren Verrat gelassen. Er erwartete nicht, daß sie besser waren als die anderen. Er war der Sohn seines Vaters.

Seine Freunde waren nämlich die Halbpriester und Priester, die rasch seinen schnellen Verstand erkannt hatten und ihn dafür liebten. Die anderen Jungen stöhnten lange über Zahlen und Buchstaben. Doch für Orem waren sie zaubrische, geheimnisvolle Dinge, die irgendwie Laute und Werte bedeuteten, die Namen hatten, aber sie nicht sagten, die in Reihen standen, welche zu verschiedenen Zeiten Verschiedenes bedeuteten. Wenn man die Buchstaben vertikal aufreihte, wurden sie zu Zahlen, lehrte ihn sein Lehrer. Horizontal wurden sie zu Worten. Orem lernte alle Runen innerhalb eines Tages, las innerhalb einer Woche Worte und entdeckte in einem Monat, daß die klügsten Schreiber ihre Zahlen so anordnen, daß sie Worte bildeten, und die Buchstaben, daß sie zugleich Zahlen sind, so daß in diesem Buch die gesamte Astronomie des Universums in der Geschichte von Azasa und dem Absigenten mathematisch aufgezeichnet ist, während in einem Buch die gesamten Abrechnungen des Königlichen Schatzhauses über ein Jahrzehnt Akronyme und Chiffren ergeben, die von den Sünden der Höflinge erzählen, wobei die jeweiligen Verurteilungen in den Summen gegeben sind.

Während die anderen Jungen sich Mühe gaben, den einfachen Sinn der Dinge zu begreifen, lernte Orem die schwersten Lektionen ohne Mühe, so daß er zu seiner eigenen Überraschung seine Aufgaben mit einer Eleganz erledigte, die über die Fähigkeit eines manchen seiner Lehrer hinausging.

»Siehst du nicht, was du getan hast?« fragte Halbpriester

Dobbick. »Hier, wo du die Sonnentage des Winters zusammenzählst, liest er sich zugleich als ›Warmer Schnee‹.«

»Tut mir leid«, sagte Orem, weil er dachte, man habe ihm einen versteckten Fehler nachgewiesen. Aber er erkannte bald, daß Halbpriester Dobbick sich über ihn freute, und mehrere Male merkte Orem, wenn die Priester hereinkamen, um den Klassen beim Lernen zuzusehen, daß sie ihm über die Schulter blickten und ansonsten niemanden anders beobachteten.

Als Orem entdeckte, daß die Priester seine Freunde waren, wandte er sich ihnen dankbar zu und entkam der gefährlichen Einsamkeit des Spielplatzes, indem er seine freie Zeit drinnen verbrachte und mit den Lehrern sprach und las. Nur einer von den Lehrern begriff, was vorging. Halbpriester Dobbick.

»Du kennst noch nicht den Preis der Macht«, sagte Halbpriester Dobbick.

»Macht?« fragte Orem, denn er wußte noch nicht, daß er welche hatte.

»Du hast mutig und klug gehandelt, als du zuerst hierherkamst. Und jetzt mußt du mutig und klug mit den anderen Kindern umgehen, wenn du jemals mit ihnen auskommen willst.«

»Sie sind nicht meine Freunde«, meinte Orem.

»Werden sie dich besser mögen, wenn du dich nicht mit ihnen zusammentust, sondern mit den Lehrern, den Unterdrückern, den Feinden eines jeden Kindes hier?«

»Was kümmert es mich, wen sie lieben und warum? Ich bin hier glücklicher, im Dunkeln bei den Büchern, als draußen im Licht bei ihnen. Wenn Ihr mich nicht lehren wollt, laßt mich allein in der Bibliothek.«

Aber Halbpriester Dobbick war nicht umzustimmen, und er sorgte dafür, daß Orem gezwungen wurde, draußen zu spielen und an den Spielen der anderen teilzunehmen. Wenn die anderen Jungen Steine schleuderten, die mit dem Schlagholz abgewehrt werden mußten, lernte Orem den Steinen geschickt auszuweichen, die sie ihm direkt gegen den Kopf warfen. Wenn die anderen Jungen im Wasser schwammen, lernte Orem, lange den Atem anzuhalten und so geschmeidig wie eine Wasserschlange zu sein, damit sie ihn nicht länger unter Wasser halten konnten, als seine Luft reichte. Wenn die anderen Jungen schliefen, lernte Orem, sich sicher und heimlich in der Dunkelheit zu bewegen, und jede Nacht schlief er in einem anderen Winkel des Hauses Gottes, weit von seinem Bett entfernt, damit sie ihn nicht im Schlaf umbringen konnten. Er haßte Halbpriester Dobbick, weil er ihn zwang, mit den anderen Jungen zu leben und zu spielen, aber unfreiwillig wurde seine Hand, sein Fuß und sein Auge sicher, bekam er einen festen Griff und einen schnellen Verstand, und sein Körper wurde hart und konnte viel aushalten. Niemand im Haus Gottes konnte so schnell und ausdauernd rennen; niemand lebte mit weniger Schlaf; niemand konnte lesen und schreiben wie Orem. Er hielt sich für unglücklich, aber er blickte immer auf die Zeit zurück als seine glücklichste.

Feuer und Wasser

Die Jungen, die Orem am meisten haßten, waren Cressam, Morram und Hob. Sie hatten nicht das Regiment geführt, ehe Orem kam, aber weil sie die kleineren Jungen erbarmungslos quälten, waren sie wertvolle Büttel für die klügeren Jungen gewesen, die regierten. Jetzt hatten sie keine Aufgabe mehr im Haus Gottes; sie waren dumm in den schulischen Dingen, und in keinem der Spiele wurden Grausamkeit und Rücksichtslosigkeit belohnt. Daher planten sie Orems Tod, teilweise nur, weil sie nichts anderes zu tun hatten, und als sie sich auf einen Plan geeinigt hatten, übten sie solange, bis sie sicher waren, ihn rasch und unbemerkt ausführen zu können.

Es war an dem Tag, als die Bauern ihre Abgaben an Heu entrichteten. Orem stand bei den anderen Jungen und sah zu, wie der Stapel höher und breiter wurde, während die Bauern ihre Gaben ins Haus Gottes brachten. Orem hoffte, seinen Vater zu sehen, und wenn er auch wußte, die Möglichkeit war nur gering, daß seine Familie das Los ziehen würde, die Gaben des Dorfes zu bringen.

Plötzlich wurde Orem von vielen Händen ergriffen und unter das Heu geschoben. Er wand und wehrte sich, aber er war nicht im Wasser, und sie hatten gut geübt. Orem drehte sich um und erkannte, daß Cressam eine Fackel hielt. Dann fiel das Heu über ihn. Er begriff sofort den Plan. Cressem würde stolpern. Die Fackel würde herabfallen. Sie würden die Jungen zählen, wenn das Feuer gelöscht war, und erst dann entdecken, daß Orem nicht dabei war. Wenn es einer der anderen Jungen gesehen hatte, würde er nicht wagen, es zu erzählen; denn wenn Cressam und Morram und Hob einen Mord begangen hatten, würden sie keine Angst haben, einen zweiten zu begehen.

So versuchte er nicht, aus dem Heu zu springen, wo die Flammen zuerst aufschießen würden. Anstatt dessen schob er sich rückwärts und grub sich dicht in den Stapel ein. Hinter ihm hörte er ein plötzliches Rauschen, den Ruf: »Feuer!« Er konnte die Flammen nicht sehen, aber er hörte sie, und Hitze und Rauch folgten rasch. Er brauchte nicht zu denken. Seine Arme wußten, wie sie sich tiefer in das Heu graben konnten, die Füße wußten, wie sie das Heu hinter sich treten mußten, damit der Rauch nicht dorthin drang, wo er sich verstecken wollte.

Im Heu war es so dunkel wie im Schoß einer dicken Sau, und weil seine Augen nicht sehen konnten, tat es sein Verstand für sie. Er erinnerte sich lebhaft an die Heuschoberfeuer, die er bislang gesehen hatte. Es dauerte nie mehr als nur ein paar Sekunden, bis das Feuer um sich gegriffen hatte, und nur ein paar Minuten, bis die Flammen erstarben. Im Kern des Stapels gab es immer einen unverbrannten Kern, eine Stelle, an die die Flammen nicht gelangten. Das war seine Hoffnung.

Aber er erinnerte sich auch, daß er einmal einen solchen Kern auseinandergeharkt und eine tote Maus im unverbrannten Teil gefunden hatte. Es war kein Zeichen an ihr zu sehen, kein Haar war angesengt, aber sie war tot, die Augen weit aufgerissen. Ob Feuer oder nicht, Hitze oder Rauch hatten den Tod bis ins Herz des Stapels hineingetragen, und Orem fragte sich, welche Form sein Tod wohl annehmen und ob es sehr weh tun würde.

Dann geschah das einzige Wunder seiner Kindheit. Der Heustapel war auf festem, trockenem Boden errichtet, aber jetzt griff seine Hand nach vorn und fand keinen Halt. Er glitt spritzend in einen Teich, der zuvor nicht hatte dort sein können. Er besaß Geistesgegenwart genug, um einen kurzen, tiefen Atemzug einzusaugen, ehe er unterging; dann ließ er sich abwärts treiben, hinab ins Wasser, ohne sich zu bewegen, versuchte sich nur das Oben und Unten zu merken und abzuschätzen, wie lange es dauern würde, bis das Feuer erloschen war.

Plötzlich spürte er Boden unter den Füßen. Als sein Kopf die Oberfläche durchstieß, tauchte er nicht in einem Heustapel auf. Asche schwamm auf der Oberfläche, Asche, die auch sein Gesicht bedeckte. Er atmete, und es brannte rauchig in seinen Lungen, aber es war Luft. Dann traf ihn der Schmerz von Hitze und Rauch in die Lungen, und er fiel zurück ins Wasser. Er würde sicher sterben, dachte er, aber er war kaum eingetaucht, als ihn starke Hände ergriffen, ihn heraushoben und auf seine Lungen drückten. Große Männerlippen umschlossen seinen Mund, um ihm Leben einzuhauchen, aber Orem stieß den Priester fort. »Ich bin in Ordnung«, sagte er.

Der Priester blickte ihn ehrfürchtig an, und Priester Enzinn sagte, was sie alle dachten: »Wir haben diesen Sumpf vor Jahrzehnten schon trockengelegt, und nur für dich kam das Wasser wieder hoch und sprang aus der Quelle unter dem Heu auf. Gott muß dich lieben, Orem. Du solltest noch nicht sterben.«

Von da an wußten die Priester und die anderen Jungen, daß Orem unter besonderem Schutz stand und nie wieder erhoben sie die Hand gegen ihn.

In seinen Studien übertraf er alle. Seine Handschrift war so gestochen, daß sie ihn aus der Schreibklasse herausnahmen und ihn im Alter von zwölf Jahren an das Abschreiben von Manuskripten setzten. Sie ließen ihn eine Abschrift der Prophezeihungen von Priester Cork anfertigen, und als er sie beendet hatte, hatte er sieben neue und verborgene Bedeutungen in den Reimen und Diagonalen entdeckt. Aber wann immer ihr Lob Orem in Versuchung führte, stolz zu sein und kühn mit den anderen Jungen zu sprechen oder eine Freundschaft mit einem Priester zu beginnen, fühlte er, wie er hilflos in den Teich glitt, spürte, wie seine Lungen verzweifelt würgten und um Luft flehten, und er konnte nicht sprechen.

So vergingen die Jahre im Haus Gottes in Bannefort, bis zu dem Tag, als sein richtiger Vater ihn fand.

9

Der Mann mit den goldenen Augen

Das ist die Geschichte, wie du fast deinen Sohn fandest, wenn du auch nicht wußtest, daß du einen Sohn hattest, und wie du ihn auf die Lebensbahn schicktest, die ihn zu Dingen führte, für die du ihn töten willst.

Das Ende der Ausbildung

Orem saß in der Studierstube, Halbpriester Dobbick ihm gegenüber, und las seine Kopie des »Erweckens der Weine«. Er hatte aus einer Laune heraus die Worte Blatt, Blüte, Blume und Blut in die Winkel der Jahrgangsfässer geschrieben und ähnliches mehr. Dobbick runzelte ab und zu die Stirn, und Orem fürchtete, er habe zu viel Bedeutungen in das Buch gelegt. Er wollte sprechen, sich entschuldigen, erklären. Aber Schweigen, das wußte er, war die beste Politik.

So sah er aus dem Fenster auf die Straße. Draußen saß der taube Jawollja auf seinem angestammten Platz am Tor des Hauses Gottes und schrie mit einer Stimme, die man in jedem Winkel des Hauses hören konnte: »Oh, Herr, freundlicher Herr, Ihr habt die Gnade Gottes in den Augen, Herr, Ihr seid so gütig, Gott wird Euch lohnen für Eure Großzügigkeit, und Gott wird Eure geheimsten Namen mit einem Segen benennen, Eure geheimsten Namen.« Undsoweiter undsoweiter in einem andauernden Monolog, was einzigartig wirksam war, die Münzen aus den Taschen der Vorbeigehenden zu ziehen. Die Novizen waren überzeugt, daß Jawollja ebensowenig taub war wie sie, aber keine Stichelei vom Spielplatz her konnte sein Geschrei unterbrechen oder ihn zu Wut oder Lachen reizen; wenn er nur so tat, als sei er taub, dann spielte er seine Rolle gut.

Wenn ich sehr hungrig wäre, würde ich dann auch ein Bettler werden?

Dobbick legte das Buch nieder. »Du übertriffst dich selbst.«

Orem hatte nicht gewußt, wie angespannt er gewesen war, bis die Spannung nachließ. »Ist es gut genug?«

»Oh, ja. Ich werde es dir als Meisterstück anerkennen.«

Orem war schockiert. »Mein Meisterstück? Aber ich bin erst fünfzehn.«

Dobbick lehnte sich stumm zurück und zwang Orem, geduldig auf seine Worte zu warten. Endlich: »Deine Ausbildung ist beendet, Orem.«

»Es kann nicht zu Ende sein. Ich bin noch nicht einmal durch die Bibliothek gekommen, und meine Arbeit ist noch grob ...«

»Deine Arbeit ist die beste, die wir hier in Bannestrand gesehen haben, seit Gottes Lehre erstmals in diesem Land verbreitet wurde. Wer, denkst du, schrieb das Manuskript vom Erwecken der Weine, das du abgeschrieben hast?«

»Ich weiß es nicht. Es ist nicht signiert.«

»Priester Abrekem.«

»Er selbst?«

»Der Prophet, der Palicrovol als erster die Wege Gottes erläutert hat. Und du hast seine Arbeit verbessert. Nicht nur ein wenig, sondern beträchtlich. Was sollen wir dir hier in Bannefort noch beibringen? Die Bücher, die du nicht gelesen hast, enthalten nichts, was du brauchst – du hast unsere schwierigsten Bücher genommen und sie ganz geschluckt.«

Orem hatte gewußt, daß er gute Fortschritte machte, aber er hatte sich nicht vorstellen können, daß seine Ausbildung bereits beendet sei. »Ich bin noch kein Mann.«

»Du bist ein Mann«, sagte Dobbick. »Du bist das größte Wesen im Haus Gottes, sollen wir dich immer noch Junge nennen?«

»Ich bin nicht weise.«

»Wir haben nie behauptet, wir könnten dich Weisheit

lehren. Nur, daß wir die beibringen könnten, was die weisen Männer schrieben.«

»Ich kann nicht die Gelübde ablegen.«

Aha. Das war die Sache, die auszusprechen er solche Angst gehabt hatte, daß er geglaubt hatte, er würde sie in Jahren nicht herausbringen.

»Warum nicht?« fragte Dobbick ruhig. »Das Leben ist nicht schlecht hier. Du bist bei uns glücklich gewesen.«

Orem blickte aus dem Fenster.

»Ist es die weite Welt? Zieht die dich an? Aber du brauchst nicht im Haus zu bleiben. Du kannst ein Wanderpriester werden ...«

»Nicht ...«

»Oder ein Ausreiter, unser Einkäufer. Oder wir könnten dich in den Großen Tempel nach Inwit schicken; dort würde man sich über dich freuen, und wir würden uns über deine Rückkehr freuen.«

»Ihr versteht nicht ...«

»Meinst du wirklich?« fragte Dobbick. »Du machst dir Sorgen, weil du denkst, du glaubst nicht genug, um ein Priester zu sein. Das ist im Alter von fünfzehn eine Krankheit. Wenn sich das Fleisch regt, scheint der Geist unwirklich.«

»Ob mein Fleisch sich regt, das weiß ich nicht«, sagte Orem. »Mein Problem ist nicht Ungläubigkeit. Mein Problem ist ein Zuviel an Glaube.«

Dobbick kniff die Augen zusammen. »Du warst ein Kind, als du hierherkamst. Hast du dich nicht von dem kindischen Aberglauben gelöst?«

»Es gibt Zauber in der Welt. Die Frauen, die die Süßen Schwestern verehren, leugnen Gott nicht ab. Warum müssen Gottesmänner die Schwestern und den Hirschen ableugnen?«

»Die Welt ist komplizierter, als du denkst.«

»Nein, Halbpriester Dobbick. Die Welt ist komplizierter als Ihr denkt. Ich will nicht in einem Drittel des Universums leben, wenn ich doch alles durchwandern kann.«

»Du willst also Benisonen und Orisonen und Psalmen nicht huldigen, um einem Haushaltsgnom zu huldigen?«

Orem lachte. Er konnte nicht anders, als lachen, wenn Dobbick ins Reimen verfiel, und Dobbick wußte es.

»Komm, Orem. Du brauchst heute keine Entscheidung zu treffen. Solange es dich nicht langweilt, gibt es genügend Dinge zum Abschreiben. Wenn ein Mann als Meisterschreiber gekennzeichnet ist, legt er normalerweise die Gelübde ab oder geht, aber wir können dich zu einem unverpflichteten Bruder machen – das ist eine ehrenwerte Position, und sie erkennt an, daß du uns in der Ausbildung, wenn auch nicht in der Heiligkeit gleichgestellt bist. Aber ich werde nicht mehr so tun, als sei ich dein Lehrer. Ich lese deine Manuskripte nicht, um sie zu korrigieren, – ich lese sie, um zu lernen, was für kluge Dinge du in ihnen gefunden hast.«

Orem sprach da die unverblümte Wahrheit, auch wenn er wußte, daß es Dobbick verletzen würde. »Wie könnt Ihr auf meine Werke blicken und Wahrheit finden, wenn ich doch nur spiele? Wenn meine Scherze und Rätsel Vexierspiele Euch wie Wahrheit erscheinen, was soll ich denken, außer, daß alle anderen Wahrheiten auch nur Scherze und Rätsel und Vexierspiele sind?«

Wieder schwieg Dobbick, bis er schließlich sagte: »Vielleicht bist du zu jung, um zu wissen, daß Scherze und Rätsel die einzigen Wahrheiten sind, die wir haben, und daß wir sie daher wertschätzen.«

Orem schämte sich, seinem Lehrer wehgetan zu haben. Er ging zum Fenster und blickte hinaus. Es gab ein Gewühl, und die Menschen eilten hin und her, obgleich nicht einmal Markttag war. Und dann ertönten in der Ferne Trompeten, die näher drangen. Kam die Armee wohl früher, Und ritt vielleicht König Palicrovol an ihrer Spitze? Das war das einzige, was Orem dieser Tage wirklich interessierte. Die bloße Erwähnung von König Palicrovol rührte etwas in dem Jungen an. Was für ein Mensch ist König Palicrovol? fragte sich der Junge, was für ein Mensch ist es, der spricht, und die Armeen gehorchen ihm, der ruft, und tausend Priester beten für ihn?

»Das Fenster scheint dich anzuziehen.«

»Mir sind die Fahnen aufgefallen. Ihr könnt das Fenster schließen.«

»Was bedeutet, du willst es offen haben. Glaubst du, ich kenne dich nicht?«

»Nein.«

»Du bist nicht anders als die anderen Jungen. Du träumst von Palicrovol und seinem verderbten und hoffnungslosen Ringen um eine Stadt, die er zuerst gestohlen hat.«

»Er ist aber ein Gottesmann, oder?« fragte Orem.

»Nur dem Namen nach. Er hält sich ein paar Priester zur Schau. Aber er schützt sich mit Zauberern gegen die Königin, der Narr.«

Draußen öffnete sich das Tor in der Palisade der Stadt – ja, der König kam, denn vor dem Tor sah man Soldaten zu Pferde und zu Fuß, und ihre Brustpanzer und Helme glänzten in der Sonne. Es war ein blendender Anblick, aber Soldaten besaßen nur wenig Anziehungskraft für Orem. Es war der Zauber, der seine Träume anregte. Nicht der Zauber der Süßen Schwestern, sondern der Zauber des hundertendigen Kopfes, der Geweihkrone. Es war König Palicrovol, dessen Zauberer sich täglich mit der Königin schlugen. Und wo er wieder an den König dachte, ritt Palicrovol durch das Tor von Bannefort in einem hohen Sattel auf einem großen grauen Pferd, auf dem Kopf die goldene Geweihkrone von Burland. Er sah jeder Zoll wie ein König aus. Er wandte nicht den Kopf, starrte nur direkt geradeaus, während die Menge jubelte und ihn mit Rosen bewarf.

Er kam näher, und Orem zuckte zurück, als die helle Sonne von König Palicrovols Augen zurückgeworfen wurde. Wo seine Augen hätten sein sollen, saßen zwei Goldbälle und glitzerten in der Sonne, so daß der König vollständig am Sehen gehindert wurde. »Die Königin blickt heute durch Palicrovols Augen«, sagte Orem. »Warum tut sie das, wo sie doch das Suchende Auge hat?«

Dobbicks Stimme klang überraschend zornig, als er antwortete: »Wenn du jemals etwas über Gott gelernt hättest, dann wüßtest du, daß ihr Suchendes Auge keinen Tempel und kein Haus Gottes durchdringen kann, noch den siebten der sieben Kreise. Warum, glaubst du, umgibt sich

König Palicrovol nicht mit Priestern, um ihren Blick abzuwehren? Weil auch sein Herz schwarz ist. Weil er der Mann ist, der ein Kind auf den Stufen zur Gesichterhalle vergewaltigte, um die Krone zu rauben, die ihre einzige Macht darstellte. Gott hat an ihm keinen Anteil, Orem. Und Gott wird auch an dir keinen haben, wenn du dich der Magie zuwendest, wie du …«

Aber nun war es Dobbick, der den Satz abbrach und sich zum Fenster wandte. Denn draußen war die Menge verstummt, und als Orem auf die Stelle blickte, auf die der Halbpriester starrte, sah er, daß König Palicrovol stehengeblieben war, die Geweihkrone vom Kopf genommen hatte und vor sich hielt.

Der König wendete die blinden Augen von einer Seite zur anderen, als könne er suchend sehen. »Nein!« schrie eine seltsame, ächzende Stimme, und erst nach einem Moment begriff Orem, daß der König so gesprochen hatte. »Oh, Inwit, nicht hier, nicht durch meine Augen!« Und dann blickte der König auf, und die goldenen Kugeln schienen sich auf Orems Gesicht zu heften, und der König deutete auf Orems Herz und rief: »Mein! Mein! Mein!«

Soldaten sprangen aus der Reihe, und plötzlich merkte Orem, wie er ins Haus Gottes zurückgerissen wurde. Es war Dobbick, und seine Stimme klang belegt vor Angst. »Oh, Gott, oh, Gott, oh, siebenmal sieben die dunklen Tage, die von der Unvorsicht herrühren. Oh, Gott, Orem, er will dich, er will dich …«

Orem war verwirrt, leistete aber keinen Widerstand, als Dobbick ihn aus dem Raum zerrte. Nachgiebigkeit hatte so lange sein Verhalten bestimmt, daß er nicht an Flucht dachte, um dem Griff des Halbpriesters zu entkommen, der ihn die Treppen hinauf und hinunterschleifte, durch Türen, die gewöhnlich verschlossen waren, schließlich durch eine Falltür stieß, die auf einen Geheimgang führte.

»Das Haus Gottes ist alt«, sagte Dobbick, »es besteht seit den dunklen Tagen, ehe Gott über alle Feinde und alle Mächte siegte. Dieser Weg endet neben dem Fluß, außerhalb der Palisade. Geh heim. Geh auf den Hof deines Vaters und verabschiede dich von deiner Familie und dann geh fort. Weit weg zum Meer, zum Gebirge, wo der König dich nicht finden kann.«

»Aber was hat das zu bedeuten?«

»Es bedeutet, daß der König in seinem Kampf eine Verwendung für dich hat. Und darauf kannst du dich verlassen – es geht auf deine Kosten. Ein Mann wie Palicrovol hat keine drei schwarzen Jahrhunderte gelebt, indem er die Kosten selbst zahlte. Im Spiel der Macht gibt es nur zwei Spieler, und alle anderen sind Figuren. Oh, Orem ...« Und der Halbpriester umarmte den Jungen vor dem geheimen Tor. »Orem, wenn du doch nur in die sieben Kreise getreten wärest, nur einen einzigen Schritt, dann hättest du nichts von ihm zu befürchten. Gott weiß, ich hasse es, dich ziehen zu lassen.«

»Was geschieht mit mir?« fragte Orem, den Dobbicks unvermuteten Ausbruch von Liebe ebenso erschreckt hatte wie das, was mit dem König geschehen war.

»Ich weiß es nicht. Aber was immer es ist, es wird dir nicht gefallen.«

Aber in diesem Augenblick erkannte Orem, daß dies genau das war, was er wollte. In diesem Augenblick erkannte er, daß es die Sicherheit des Gotteshauses war, die er am meisten haßte. Im Haus Gottes würde er sich nie einen Namen oder einen Platz im Leben oder ein Lied erwerben. Hier am Tor stand er auf der Schwelle zu allen Dreien, und er spürte es an der Furcht in seinem Magen und der Klarheit in seinem Blick.

»Du bist fünfzehn, du bist nur ein Kind«, sagte Dobbick. Aber Orem wußte, daß dies das Alter war, mit dem Jungen gewöhnlich Soldaten wurden, das Alter, in dem ein Mann eine Frau nehmen konnte. Nur im Haus Gottes galt fünfzehn als jung. »Ah ja«, sagte Dobbick und malte mit einem zärtlichen Finger die sieben Kreise auf das Gesicht des Jungen. »Ich hatte recht. Du bist kein Werkzeug im Krieg Palicrovols. Du bist Gottes Werkzeug.«

Das machte Orem wütend. »Ich bin kein Werkzeug.«

»Oh, wir sind alle Werkzeuge, jedermann. Du willst kein Diener Gottes sein, nicht wahr? Nun, dien dir selbst,

Orem, und ich glaube, du endest doch, indem du Gott dienst.«

Und dann hieß es Gottbefohlen und Abschiednehmen, und das Tor schloß sich hinter ihm. Orem rannte eine kurze Strecke durch einen Tunnel, der aussah wie ein Abwasserrohr, aber keins war, und stieg dann aus dem Ende der Röhre, das mit Schlick und Gebüsch überzogen war. Er hörte, wie der Halbpriester die Röhre hinabrief: »Orem! Geh, wohin du willst, aber nicht nach Inwit!«

Nicht nach Inwit? Oh, nein, antwortete Orem stumm. *Nur* nach Inwit führt mein Weg. Was immer der Zeigefinger des Königs bedeutet haben mag, das hat es bedeutet: Orem trug ein Lied in sich, und er wollte es sich verdienen. Und wenn Inwit der Ort war, wohin er dem Gottesmann zufolge nicht gehen sollte, dann wußte Orem, es war Inwit, das ihn rief. Zuerst nach Hause, wie Dobbick gesagt hatte, um sich zu verabschieden, damit sein Vater nicht bekümmert sein sollte. Dann Inwit, wohin alle Wasser der Welt flossen.

Ich bin so schnell wie ein Reh, dachte Orem, als er über die Landstraßen rannte. Unermüdlich rannte er weiter, und dann ging er ein Stück, bis er wieder Luft hatte, und dann rannte er wieder. Ihm taten nicht die Beine weh, aber das Stechen in seiner Seite kam und brachte ihn schier um, und dann verging es wieder. Und früher, als er erwartet hatte, war er zu Hause. All die Jahre hatte er sich danach gesehnt, hierher zurückzukommen, und die ganze Zeit war es gar nicht so weit entfernt gewesen.

»Warum bleibst du nicht hier?« fragte sein alternder Vater. »Ich würde mich freuen.«

Aber es war ein leeres Angebot, denn Bornsen würde nicht ewig leben. Seine Brüder runzelten die Stirn, und seine Mutter Molly starrte lediglich ins Feuer. Orem lachte. »Bei dir würde ich immer bleiben, Vater, aber würdest du bei mir bleiben?«

»Was wirst du denn tun? Ich kann dir den Weg nach Zwingfesten sagen. Dort bin ich einst gewesen, mit meinem Vater!«

»Das ist nicht das Feuer, das ich zu sehen begehrte.«

Darüber lachte Prems ältester Bruder. »Was weiß denn ein Aschekopf wie du schon vom Feuer?«

»Mehr als das Stroh«, gab Orem zurück, denn er hatte keine Angst vor seinem Bruder, der nichts von der Astronomie und den Zahlen wußte und seinen Namen nicht schreiben konnte.

»Inwit«, sagte Orems Mutter.

Orem blickte sie überrascht an, und zum ersten Mal flachte seine Begeisterung ab. Was seine Mutter für ihn wollte, konnte nicht gut sein. Oder war es möglich, daß seine Mutter und er einen gemeinsamen Traum hatten?

»Es ist Inwit«, sagte Molly, »wohin das zehnte Kind und der siebente Sohn ziehen müssen.«

»Sch, Molly«, sagte der Vater erzürnt.

»Inwit«, sagte Molly. »Inwit.«

Daher verließ Orem sein Zuhause nicht mit fliegenden Fahnen, wie er gekommen war. Er ging, und sein Schritt war langsam, und seine Gedanken waren tief. Was bedeutet es, daß seine Mutter auch ein Lied für ihn wünschte?

Er stand am Flußufer, an dem geheimen Ort seiner Mutter, und wartete auf ein Schiff, das ihn mitnehmen und davontragen könnte. Beim Warten schrieb er in den Uferschlamm und fragte sich, was seine Mutter wohl den fremden Zeichen entnehmen würde, wenn sie zum Baden hierher käme. Er schrieb:

Orem von Bannestrand
frei entflieht
Palicrovol
seufzt und sieht.

Und die Lettern nach unten gelesen ergaben:

Sieh mich groß.

Aber er merkte nicht, was Dobbick erkannt hätte, daß nämlich die Lettern nach oben gelesen bedeuteten:

Mein Sohn verschied.

Er wußte noch nicht, daß ein Mensch mit Rätseln spielen und sich dabei zufällig die Wahrheit sagen konnte.

Beim Sonnenuntergang kam das Floß eines Händlers vorbei, der sich furchtsam an dieser gefährlichen Stelle, wo die Strömung viel zu schnell war, am Ufer der Banne hielt. Der Händler auf der anderen Seite mühte sich ab und sah ängstlich aus. Orem grüßte ihn:

»Willst du Hilfe auf deiner Fahrt?«

»Nur, wenn du schwimmen kannst«, ertönte die Antwort.

Orem band also sein Hemd um die Brust, nahm den Beutel zwischen die Zähne und schwamm rückwärts durch das Wasser. Er schätzte es gut ab, und seine Hand traf auf den Rand des Floßes. Der Händler sah in an, zog eine Grimasse und sagte: »Deine Stimme lügt. Ich dachte, du seist ein Mann.«

Aber Orem lachte nur und nahm das kleine Ruder, während der Händler die Stange hielt, und zusammen bewegten sie das Floß durch die Blätterhöhle, bis der Fluß wieder breiter und langsamer und sicherer wurde. Da legte Orem das Ruder nieder, band sein Hemd ab und ließ es wieder über den Körper fallen. Er wandte sich zu dem Händler und sagte: »Wenn ich nicht die Arbeit eines Mannes verrichtet habe, dann sag es, und ich verlasse dich wieder.«

Der Händler sah ihn mißmutig an, aber er schickte ihn nicht fort. Mein Abenteuer hat begonnen, dachte Orem. Ich bin jetzt auf mich gestellt, und ich kann mit meinem Namen machen, was immer mir gefällt.

10

Das Lied des Händlers

Wie Orem Schmalhans seinen Weg flußabwärts nach Inwit fand, wo er sich einen Namen und ein Lied verdienen sollte, aber keinen Platz im Leben.

Die Wasser seines Vaters

»Wie weit fährst du?« fragte Orem fröhlich. Der Händler sah ihn lediglich einen Moment skeptisch an, wandte sich dann aber der Strömung zu und benutzte die lange Stange, um das Floß in der Flußmitte zu halten.

Orem wußte aus Gesprächen von anderen Reisenden in Bannestrand, daß die Strömungen der Banne recht gefährlich waren, aber der Fluß war dort, wo er langsamer war, gefährlicher, – denn es gab Piraten, wann immer Palicrovols Armee weit fort war, und Plünderer, wann immer sie in der Nähe war, und beide benutzten ungefähr die gleiche Strategie zum gleichen Zweck, mit dem Unterschied, daß Palicrovols Männer nicht einmal halbsooft töteten.

»Der König ist in Bannestrand«, meinte Orem. Wenn der Händler es hörte, so ließ er es sich nicht anmerken, er war überhaupt so dumm und unfreundlich, daß Orem sich wunderte, daß ein so mürrischer Mensch ihn überhaupt an Bord genommen hatte.

Hinter den Bäumen im Osten fiel rasch die Sonne herab, und als das letzte Licht verschwunden war, stieß der Händler das Floß langsam auf das Ufer zu, wenn auch nicht weiter als hundert Meter vom Rand entfernt. Dann nahm er drei schwere Ankersteine in starken Beuteln, und ließ sie hinter dem Floß ins Wasser fallen. Rasch trieb sie die Strömung von den Steinen fort, bis die Leinen straff gespannt waren.

Orem sah stumm zu, wie der Händler ins Zelt kroch und eine große Tonpfanne herauszog. Darin zündete er ein Holzkohlefeuer an. Darauf stellte er eine Messingschüssel, in der er aus Karotten, Zwiebeln und Flußwasser eine Suppe kochte. Orem war nicht sicher, ob er ihn einladen würde, mitzuessen, und unsicher, ob er fragen solle. Wenn sein Gastgeber schließlich das Schweigen wählte, war es nicht seine Sache, auf Sprechen zu beharren.

Also öffnete er seinen Beutel und nahm zwei Würste heraus.

Der Händler warf einen kurzen Blick darauf. Orem streckte ihm eine entgegen, dünn und weiß und steif in ihrer Hülle. Der Händler nahm sein Messer und hielt es ihm entgegen. Orem steckte die Wurst auf die Spitze. Der Händler grunzte – immerhin ein Laut! – und Orem sah zu, wie er die Wurst in so dünne Scheiben schnitt, daß er auf ewig damit beschäftigt zu sein schien. Als der Händler nicht den Anschein erweckte, daß er nach der zweiten Wurst greifen würde, tat Orem sie zurück in den Beutel. Es würde also Fleisch in der Suppe geben, und Orem hatte seinen Teil zum Mahl beigesteuert. Er würde nun so lange er wollte an Bord bleiben, denn es ist Brauch der Oberen Flußlande, daß man sich der Gesellschaft des anderen nicht verschließen darf, wenn man eine Mahlzeit miteinander geteilt hat.

Stumm aßen sie zusammen, spießten Karotten und Fleischstücke mit dem Messer auf und tranken abwechselnd die Brühe aus der Messingschüssel. Als das Mahl vorbei war, spülte der Händler die Schüssel im Fluß aus und tauchte dann seine Hand hinein, um sie an den Mund zu führen.

Orem streckte ihm seine Flasche entgegen. »Aus der Quelle meines Vaters.«

Der Händler blickte ihn ernst an, und endlich sprach er: »Dann spar es dir lieber auf, Junge.«

»Gibt es kein Wasser, da, wo wir hingehen?«

»Wenn du in den Kleinen Tempel kommst, mußt du

Wasser von zu Hause versprengen und Gotteswasser mit hinausnehmen.«

»Um es zu trinken?«

»Um es in die Quelle deines Vaters zu gießen. Ist denn auf dem Hof deines Vaters Gott vergessen?«

Dobbick hatte ihm oft von den Riten des Kleinen und des Großen Tempels in Inwit erzählen wollen, aber Orem hatte niemals das einfache Gelübde abgelegt. Aber es wäre nicht gut, wenn der Mann seine Familie für Ungläubige hielt. »Wir beten die fünf Gebete und singen die zwei Lieder.«

»Sparst's Wasser auf, 's ist besser.«

Sie saßen schweigend da, als der Wind sich auftat und die Kohlen in der tönernen Feuerschüssel anfachte. Wir fahren also nach Inwit, dachte Orem. Es war immerhin wahrscheinlich, daß der Händler dorthin zog, denn der größte Teil des Verkehrs flußabwärts zog dorthin, und alle Wasser führten in die Stadt der Königin. »Ich will auch nach Inwit«, sagte Orem.

»Gut«, meinte der Händler.

»Warum?«

»Weil der Fluß dorthin führt.«

»Wie ist es da, in Inwit?«

»Hängt ganz davon ab, nicht wahr?« antwortete der Händler.

»Von was?«

»Durch welches Tor du einziehst.«

Orem war verdutzt. Er kannte Tore – Bannestrand hatte eine Palisade, und es gab die Mauern um das Haus Gottes. »Aber führen nicht alle Tore in die gleiche Stadt?«

Der Händler zuckte die Achseln und kicherte dann. »Tun sie und auch wieder nicht. Ich frage mich aber, durch welches Tor du einziehen wirst.«

»Das am nächsten liegende, vermutlich.«

Der Händler lachte laut auf. »Das denke ich nicht, Junge. Nein, in der Tat. Es gibt nämlich Tore und Tore, weißt du. Das Südtor zum Beispiel ist das Tor der Königin, und nur die Paraden und die Armee und die Botschafter benutzen es. Und dann gibt es das Gottestor, aber wenn du da durchgehst, brauchst du einen Pilgerpaß, und wenn sie dich zwischen den Tempeln fangen, brennen sie dir ein O auf die Nase und werfen dich hinaus und lassen dich nie wieder hinein.«

»Ich bin kein Pilger. Durch welches Tor wirst du ziehen?«

»Ich bin ein Händler. Das Schweinetor auf dem Schlächterweg.« Ich bekomme einen Händlerpaß, aber mehr will ich auch nicht. Der läßt mich auf den Großen Markt und den Kleinen Markt, in die Blutige Stadt und die Schenken. Ach, die Schenken, die sind die Reise schon wert.«

»Es gibt auch in Bannestrand Schenken«, sagte Orem.

»Aber sie haben dort keine Hurenstraße, oder?« Der Händler grinste. »Nein, kein anderer Ort in der Welt hat eine Hurenstraße. Für zwei Kupfermünzen tun's die Damen dort an die Wand gelehnt, hoch die Röcke, und in drei Minuten füllst du sie bis an die Augen. Und wenn du fünf Kupferstücke hast, dann nehmen dich die Damen mit auf ihr Zimmer, und du kriegst fünfzehn Minuten, Zeit, es zweimal zu machen, wenn du schnell bist, was ich bin.« Der Händler zwinkerte ihm zu. »Du bist noch Jungfrau, nicht wahr, Junge?«

Orem wandte den Blick ab. Seine Mutter und sein Vater sprachen niemals so, und seine Brüder waren Schweine. Aber dieser Händler schien recht wohlgesonnen, wenn auch Orem dachte, daß die Reise angenehmer gewesen war, ehe der Händler zu sprechen begonnen hatte. »Es wird nicht lange dauern«, sagte Orem. »Wenn ich erst in Inwit bin.«

Der Händler lachte laut und schoß mit einer Hand unter Orems langen Rock, um ihn in den Oberschenkel zu kneifen. »Da sind die Eier, Junge! Da sind die Eier!« Es war ein Kneifen, an das sich Orem nur zu gut erinnerte, und mit leisem Abscheu hörte er den Geschichten des Händlers von seinen sexuellen Erlebnissen auf der Hurenstraße zu. Offensichtlich hatte Orem eine bestimmte Probe bestanden, und der Händler betrachtete ihn als eine Art Freund, einen, der an allem, was er sagte, Interesse haben würde. Orem war erleichtert, als der andere endlich gähnte, aufstand, seine Kleider anlegte und sie zu einem Kissen zusammenrollte, das er vor sich herschob, als er ins Zelt kroch.

Orem erspähte einen Teil des Zeltinneren, als der Händler sich hineinschob: es gab keinen Platz für ihn. Der Händler schenkte ihm keine weitere Beachtung, daher rollte sich Orem auf Deck zusammen und lehnte sich gegen die Ladung. Es war kühl, insbesondere, weil Orems Hemd noch feucht war vom Schwimmen ein paar Stunden zuvor, aber es hätte schlimmer sein können.

Der Preis von Corthen

Am Morgen herrschte wieder Stille. Dieses Mal tat Orem allerdings nichts, sie zu stören. Er half bei der Arbeit mit dem Floß, brachte dem Händler Wasser zu trinken, wenn dieser mit der Stange beschäftigt war, und tauchte von Zeit zu Zeit das Ruder ins Wasser, wenn es in schnellen Strömungen oder flachem sandigem Wasser schwierig wurde. Orem gab dem Händler zu Mittag ein Stück von seinem Brot ab, und dieser nahm es wortlos entgegen. Aber heute bat der Händler ihn, bei Nachtanbruch mit ihm zusammen die Ankersteine auszuwerfen, und das Gespräch begann sofort, nachdem sie gegessen hatten. Der Händler wurde immer fröhlicher, wenn er auch kein Bier anrührte, und er erzählte Orem immer mehr über Inwit.

»Es gibt das Eselstor, aber du bist kein Händler. Und das Hintere Tor ist nur für die, die auf den Hohen Höfen leben, was du nicht tust und niemals könntest, weil diese Familien älter sind als der Königin eigen Volk, und fast ebenso magisch, wie es heißt. Nein, Junge, für dich gibt es nur das Pißtor und das Loch. Beim Pißtor gibt's einen Dreitagepaß für die Armen, und wenn du innerhalb dieser drei Tage keine Arbeit findest, dann mußt du wieder fort, oder sie schneiden dir die Ohren ab. Wenn sie dich das zweite Mal mit einem abgelaufenen Paß antreffen oder ohne einen, hast du die Wahl. Entweder verkaufen sie dich als Sklaven oder sie schneiden dir die Eier ab und 's ist besser ein geiler

Sklave zu sein als ein freier Eunuch, das kann ich dir sagen.«

Drei Tage. In drei Tagen würde er viel Arbeit finden.

»Und was ist das Loch?«

Plötzlich wurde der Händler ruhig. »Es ist *Das* Loch, nicht einfach irgendeines. Das ist geschlossen, und dafür gibt's keine Pässe. Nicht von der Wache jedenfalls. Aber es gibt Wege durch das Loch, und auch Möglichkeiten, von dort in die Stadt zu gelangen, aber davon weiß ich nichts. Nein, ich bin ein Gottesmann, das bin ich, und die Wege durch das Loch sind alle entweder verzaubert oder kriminell. Nein, such' eine Chance beim Pißtor und für einen Dreitagespaß, und wenn du keine Arbeit findest, dann gehst du wieder heim. Aus dem Loch kommt nichts Gutes. Es ist schwarzmagisch, und Gott haßt es.«

Magie. Genau, dachte Orem. Man sagt, Königin Schönheit ist eine Hexe, und in Inwit liegt die Magie in der Luft, wenn auch die Priester ihr bestes tun, sie zu unterdrücken, und die Gesetze alle dagegen sind. Vielleicht sehe ich einen Zauberer, dachte Orem, obwohl er wußte, daß Gott es nicht mit den Zauberern hielt, und sieben fremde Teufel die Seele fraßen, wenn ein Mensch sich einen Fluch kaufte. Die sauberen Bannsprüche der Süßen Schwestern, der Zauber, den die Frauen der Bauern betrieben, das war natürlich anders. Aber die Magie des Lochs war von einer anderen Art, dessen war sich Orem sicher. Und er merkte, wie ihn der Gedanke anzog, durch das Loch zu ziehen, um die Stadt zu finden, die er suchte.

»Mir gefällt deine Miene nicht«, sagte der Händler. »Du hast doch nicht etwa Hexengedanken im Kopf?«

Orem schüttelte den Kopf, zugleich beschämt, im Herzen den Halbpriester Dobbick so verraten zu haben. »Ich bin auf dem Weg, mir einen Platz im Leben zu suchen und einen Namen zu machen. Und mir ein Lied zu erwerben, wenn ich kann.«

Der Händler entspannte sich. »Es gibt keine Gedichte in Inwit. Ich habe da einen Mann getroffen, dessen Gedicht war so lang wie sein Arm – das meine ich wirklich, er hatte es in die Haut geritzt, und es war auch ein feines Gedicht.«

Plötzlich wurde der Händler verlegen. »Ich hab' auch ein Lied, das mir drei Sänger in Hochbanning gemacht haben. Es ist kein Inwit-Lied, aber es ist meins.«

Plötzlich wurde ihre Stimme feierlich. Orem kniete sich auf die harten Bretter des Floßes und streckte die geöffneten Hände aus. »Würdest du mir dein Lied vortragen?«

»Ich bin kein guter Sänger«, antwortete der Händler. Aber er legte seine Linke in Orems Hände und die Rechte auf Orems Kopf. Er sang:

Klasin Krämer wandert weit
Fährt die Flüsse, treibt hinab
Geht nach Norden, hin nach Corthen
Füttert den furchtbaren Heiligen Hund.

»Du«, sagte Orem ehrfürchtig.

Klasin Krämer nickte verlegen. »Hier auf meiner Schulter«, sagte er und entblößte sich, damit Orem die Narben sehen konnte. »Ich hatte Glück. Es war der erste Tag des Hundes, und er hat nur wenig genommen, ehe er zurück in den Zwinger ging.«

»Hattest du Angst?«

»Hab' mir in die Hosen geschifft«, sagte Klasin und kicherte. Orem lachte auch ein wenig. Aber er stellte sich vor, wie es gewesen war, wie der riesige schwarze Hund ohne einen Laut aus den Wäldern kam und einen mit einem Blick fixierte, der einen erstarren ließ. Und dann niederknien und beten, wenn der Hund kam und die Zähne in einen schlug und soviel Fleisch herausriß, wie er wollte, und man weder die Kraft hatte, fortzurennen, noch den Atem zu einem Schrei.

»Ich bin ein Gottesmann«, sagte Klasin Krämer. »Ich hab' nicht geschrien, und der Schmerz wurd' mir erspart. Man trug mich in die Stadt, und die Sänger gaben mir mein Lied. Beste Ernte, in dem Jahr.«

»Ich habe von diesem Jahr gehört. Es hieß, der Hund habe einen Engel erwischt.«

Klasin lachte und schlug sich auf die Schenkel. »Ein Engel! Nie!«

Wann immer Klasin lachte, wehte sein Atem, der nach faulenden Zähnen stank, in üblen Brisen unter Orems Nase, und Orem hätte sich abgewandt, wenn er nicht hätte respektvoll sein wollen. Und Klasin war es jetzt wert – nur ein einziger Biß vom Heiligen Hund und eine gute Ernte dazu. »Du warst der Peis von Corthen«, sagte Orem kopfschüttelnd.

Klasin stieß Orems Schulter an, und Klasin sang wieder sein Lied. Er sang es viele Male den Fluß entlang, in den zwei Wochen, in denen aus der Banne die Burre wurde, und sie an den großen Burgen von Schnellen, Gronsburg, Heiligknie, Sturks und Pry vorbeikamen. Je südlicher sie kamen, desto voller wurde es auf dem Fluß von den anderen Flößen, Kähnen und Booten, und desto schmutziger wurde das Waser von den Abwässerkanälen der Uferstädte. Aber die Gerüchte und der Lärm und die Streitereien der Schiffer dämpften nicht die Aufregung ob des Wissens, daß Inwit näherkam. Das einzige, was Orems Tage störte, war Klasin selbst. Viele Male wünschte sich Orem innigst, daß er und Klasin nicht zu Freunden geworden seien, und er vermißte schmerzlich das frühere Schweigen. Klasins Lachen war so unbedeutend, daß es in ein paar Nächten voller Gespräche erschöpft war, und Orem zwang sich dazu, nichts zu sagen: Aber du hast dein Lied doch nur deshalb bekommen, daß der Heilige Hund durch Zufall auf dich gestoßen ist, und du unschuldig warst. Ein leeres Leben, dachte Orem. Ich werde ein Lied haben, das so lang und gut ist, daß ich es selbst nie werde singen müssen, sondern andere werden es für mich singen, weil sie die Worte auswendig kennen.

An einem Morgen begann Klasin sogar schon zu sprechen, als er das Floß zurück in die Strömung stakste. »Du denkst sicher, ich könne meinen Mund nicht halten«, sagte er, »aber du siehst, wie ich meinem Rat folge. Habe ich dir gesagt, daß wir heute Inwit erreichen und im Bauernhafen anlegen? Wenn ich auch nur ein Wort gesagt hätte, du hättest die ganze Nacht nicht geschlafen und wärst heute todmüde gewesen. Ich habe mir gesagt, heute braucht er seinen Schlaf. Aber sieh dort, da erkennst du den Ainnwald, und der niedrige Hügel dahinter ist der Ainnfels, und der Ainnbach liegt direkt dahinter.« Nicht nur auf Klasins Floß war die Aufregung groß. »Die Schlehmbucht!« rief eine Frau auf einem nahen Boot. »Die Bootsinsel!« schrie ein Mann.

Und dann kamen sie um die Biegung, und dort, auf dem linken Ufer des Flusses, lag Inwit, eine hohe Steinmauer mit bunten Fahnen, darunter sah man die Docks des Bauernhafens, dahinter ragten die großen Mauern der Königsstadt – nein, der Königinnenstadt – auf, und am höchsten von allen das Alte Schloß. Klasin nannte alle Orte, so daß er fast die Abzweigung verpaßte und nur noch eine der letzten Anlegestellen des Bauernhafens erwischte.

11

Das Pißtor

Wie der Kleine König die Stadt zum ersten Mal durch das Pißtor betrat, mit einem Armenpaß, und keiner erkannte, wer er war.

Unter Dieben

Der nächste Hafenarbeiter band ihre Leine an einen Poller, und Orem wollte sofort an Land springen. Aber Klasin funkelte ihn an und befahl ihm, zu bleiben. Sie warteten, und bald kamen mehrere Männer in den bunten Hosen des Südens, und beäugten sie und ihr Floß.

»Ein ziemlich wackliges Ding«, sagte der eine.

Klasin wandte sich von dem Mann ab und sah einen anderen an.

»Alles Eiche«, sagte er trotzig.

»Mit Pech und Darm verbunden?« gab der Mann zurück.

»Nur als Bauholz zu gebrauchen«, sagte ein Dritter. »Und braucht drei Tage zum Trocknen. Einen Karren dafür.«

»Karren und zwanzig Kupferstücke«, sagte ein weiterer.

Klasin schnaubte und drehte ihnen den Rücken zu.

»Karren und Esel«, sagte der Mann, der es ein wackliges Ding genannt hatte.

Klasin wandte sich stirnrunzelnd um. »Das und vier Silbermünzen, und du hast das Floß und Zelt.«

»Silber! Und was soll ich mit dem Zelt?«

Klasin zuckte die Achseln.

Ein anderer Mann nickte. Der dritte wandte sich ab und schüttelte den Kopf. Der erste, der Augen wie ein Habicht hatte, von denen eines immer offen stand, auch wenn sich das andere schloß, hob die Hand. »Gott schickt Diebe als Händler verkleidet den Fluß hinab«, sagte er. »Zwei Silber, einen Esel und einen Karren, aber um Gottes willen, du kannst dein Zelt behalten.«

Klasin blickte den anderen Bietenden an, aber der hielt nicht mehr mit. Der Handel war beschlossen.

Oder fast zumindest. Habichtsauge sah Orem an. »Der Junge auch zu verkaufen?« fragte er.

Zu verkaufen? Orem war empört – wie konnte irgend jemand ihn für einen Sklaven halten? Er hatte doch keine Ringe im Gesicht, oder? Er hatte auch kein Brandzeichen. Aber der Mann hatte gefragt, und der Händler sagte nicht nein, sondern stand da und schien zu überlegen.

»Ich bin ein freier Mann«, sagte Orem wütend, aber Habichtsauge ließ nicht erkennen, ob er das gehört hatte, sondern beobachtete Klasin weiterhin. Endlich schüttelte der Händler den Kopf. »Ich bin ein Gottesmann, und dieser Junge ist frei.«

Der Käufer sagte nichts weiter, sondern warf Klasin zwei glänzende Münzen zu, der sie geschickt auffing, damit sie nicht zwischen die Bretter und in den Fluß fielen. Der Käufer winkte, und vier Männer kamen herbei, von denen einer einen traurig aussehenden Esel mit einem Karren führte, während die anderen rasch das Floß abluden, alles in den Karren hoben und den Rest auf der Hafenmauer aufstapelten. Danach nickte der Hafenmeister, trieb einen roten Nagel in den Pfosten und ging fort.

Orem kletterte auf die Kaimauer und blieb neben dem Warenstapel stehen. Nicht, daß ihn der Händler darum gebeten hätte; Klasin hätte ebensogut vergessen haben können, daß Orem da war, so wenig Aufmerksamkeit schenkte er ihm. Orem wußte einfach nicht, wohin er gehen oder was er tun sollte. Die weite Fläche am Fluß war voll von Karren und Männern und auch einigen Frauen, die schrien und fluchten; an anderen Punkten wurden andere Flöße abgeladen, und Orem war erst ein paar Minuten an Land, als Habichtsauges Männer das leere Floß losgebunden hatten und auf den Fluß fuhren.

»Sie bringen es auf die Bootsinsel«, sagte der Händler. »Dort nehmen sie es auseinander und bauen meerestüchtige Schiffe daraus. Von der Bootsinsel geht es hinaus aufs Meer, wo die großen Schiffe fahren. Mein halber Profit stammt vom Floß – der Esel allein bringt mir im Norden zweimal soviel wie das Holz, und der Karren ist meine ganze Ladung wert, wenn ich auf den Landmärkten einkaufe. Und nun, Junge, wie steht's mit dir?«

Orem begriff nicht.

»Wenn du bleibst und auf meine Sachen aufpaßt und nichts fortnehmen läßt, was immer man dir bietet, gebe ich dir fünf Kupfermünzen, wenn ich zurückkomme.«

»Wohin gehst du?«

»Auf den Markt, einen Stand mieten. Wenn ich jetzt gehe, während alle anderen Morgenhändler ihre Karren beladen, bekomme ich einen besseren Platz. Aber kann ich dir vertrauen?«

Orem blickte ihn nur erzürnt an. Einen Mann zu fragen, ob man ihm trauen konnte, war, wie wenn man ein unverheiratetes Mädchen fragte, ob es Jungfrau sei. Die Frage war wichtig, aber gefragt zu werden war eine Beleidigung.

»Gut dann«, sagte der Händler. »Ich bin bald zurück. Rede mit niemandem.«

Orem nickte, und sofort war der Händler verschwunden und trottete schwerfällig durch die Menge.

Orem beobachtete die anderen Händler ringsum, wie sie stritten und handelten und die Waren der anderen herabsetzten. Hier und dort standen Hafenarbeiter Wache, wie es auch Orem tat; er vermutete, daß man ihnen ein gutes Stück mehr zahlte als nur ein paar Kupfermünzen. Es spielte aber keine Rolle. Er hatte den abstrakten Wert von Münzen im Haus Gottes kennengelernt, aber noch nie in seinem Leben war er gezwungen gewesen, zu lernen, wie lange man mit wieviel Geld leben konnte. Und selbst, wenn er es gelernt hätte, in Inwit waren alle Werte anders. In Bannestrand würde sich eine sechsköpfige Familie einen Monat lang von sechs Kupferstücken ernähren können. Hier war das anders.

Es gab noch andere Unterschiede. Orem war nicht so

naiv, daß er nicht wußte, was geschah, als ein Mann mit goldenen Beinkleidern einem Wachestehenden einen kleinen schweren Beutel gab. Der Wächter wandte den Rükken, als zwei Wagen zu dem Stapel des abwesenden Händlers fuhren und die Waren aufgeladen wurden. Orem wartete darauf, daß jemand Alarm schlagen würde, wartete, daß die Menge unruhig würde, aber es geschah nichts. Noch gab Orem keinen Laut von sich, denn er hatte Angst, an einem Ort Alarm zu schlagen, wo so offen ein Verbrechen begangen werden konnte. Vermutlich war die Bestechung nur die eine Hälfte der Transaktion. Die grob aussehenden Männer, die die Sachen aufluden, sahen leicht gewalttätig aus; er fragte sich, ob man, wenn man Widerstand leistete, nicht im Wasser enden und um sein Leben schwimmen würde.

Bald stand ein Mann mit roten Hosen und goldenen Armbändern neben ihm.

»Ich habe hier einen Beutel mit Kupfermünzen«, sagte der Mann leise, »die ich einem Jungen geben würde, dessen Blick abwesend ist, wenn er den Fluß betrachtet. Zwanzig Kupferstücke habe ich hier, mein Junge.«

Orem wußte nicht, was er sagen sollte. Es war in der Tat ein großzügiges Angebot, und es gab ihm eine Ahnung, wie knauserig Klasin gewesen war. Ihm kam in den Sinn, daß Klasin ihm eigentlich vertrauen müsse – oder überzeugt war, daß Orem ein Narr war, der keine Ahnung von Geld hatte.

Der Mann zog aus Orems Schweigen seine Schlüsse. »Ich gehe herauf auf fünfzig Kupfermünzen. Fünfzig Kupfer, Junge, aber ich sage dir, die Fische im Fluß können hungrig sein, und wir versuchen sie immer mit widerspenstigem Fleisch zu füttern.«

Genau – die Bestechung und die Drohung, da waren sie, und er war nur ein fünfzehnjähriger Junge. Die grob aussehenden Auflader warteten schon mit den leeren Wagen. Welche Chance hatte Orem, wenn sie ihn in den Fluß warfen? Sie würden die Waren des Händlers bekommen, ob ihm das paßte oder nicht; warum also nicht wenigstens die Kupfermünzen herausschlagen?

Aber es würde kein Gedicht für hundert Kupfermünzen geben, kein einziges, und weder einen Platz noch einen Namen.

»Bist du taub? Du weißt doch wohl, was das bedeutet?« Und die Hand des Mannes hielt einen Dolch. Einen Moment lang fühlte sich Orem versucht, einen Trick auszuprobieren, den ihm der Sergeant beigebracht hatte, aber es war vor zu langer Zeit gewesen, als er noch klein war, und Orem wußte nicht, ob er die Kraft und die Schnelligkeit hatte, ihn gegen einen solchen Burschen anzuwenden. Wer vermochte zu sagen, wozu der Mann mit den Hosen imstande war? Aber die Worte des Mannes über die Taubheit gaben ihm eine Idee.

»Oh, Ihr seid großzügig, Herr«, brüllte Orem. »Oh, Ihr seid freundlich und klug!« Er hatte nicht die Lungen des alten Jawollja am Tor zum Haus Gottes, aber seine Stimme war recht kräftig vom jahrelangen Singen der Gebete. »Oh, Euer Gesicht ist freundlich, Herr, und Gott kennt Euren innersten Namen. Gott und ich kennen Eure innersten Namen, und wir werden sie nennen!« Und bei diesen Worten streckte Orem die Hand aus und zog sie leicht über die Dolchspitze. Es blutete und schmerzte mit einem scharfen Stich, aber Orem wußte aus Zaubereien, die er bei seinem Vater beobachtet hatte, was dies bedeutete. Er hielt die Hand hoch und ließ das Blut den Arm entlang in den Ärmel rinnen. »Ich werde Eure Namen nennen!«

Das reichte, o ja, um den Mann fortrennen zu lassen, und man hörte seine Hosen zischen, als die Beine aneinanderrieben. Orem wußte jedoch nicht, ob er das Richtige getan hatte; es war schrecklich, Zauber nur vorzutäuschen. Schrecklich, Blut ohne Zweck zu vergießen, einen Preis zu zahlen ohne Gesuch; aber das war alles, was ihm in diesem Augenblick eingefallen war, und der Mann war fort, starrte Orem zwar wütend über die Schulter zurück an, aber er und seine groben Kumpane flüchteten. Das war interessant für Orem. Ja, sagte er sich immer wieder, ja, dies ist ein hoher und tiefsinniger Ort, aber sie haben immer noch Angst vor Magie hier, in der Stadt der Königin Schönheit selbst, und sie können keinen tauben Zauberer von einem verzweifelten, umherwandernden Jungen unterscheiden.

Und ängstlicher als der verhinderte Dieb sogar; die anderen Händler blickten ihn mißtrauisch an. Nur der am nächsten stehende Hafenarbeiter schien zu begreifen – er zwinkerte ihm zu und malte einen Kreis auf seine Hose. Aber sollte der Kreis ihm Respekt bezeugen oder seine vorgetäuschte Kraft abwehren? Orem vermutete das erstere, und er merkte auch, daß die Hafenwachen einen hohen Preis verlangen mußten, denn kein Dieb scherte sich um diejenigen von ihnen, die Wache standen. Hundert Kupferstücke konnten sie nicht in Versuchung bringen, und wo Hunderte von den Grünblusen umherstanden, vermutete Orem, daß sich auch nicht der Verwegenste trauen würde, einen von ihnen in den Fluß zu werfen. Das Leben in Inwit war offen kriminell, aber es gab Schutz, und gut war es, in Gesellschaft loyaler Männer zu sein. Orem fragte sich vage, wie er im Grün der Hafenarbeiter aussehen würde.

Gegen Mittag kehrte Klasin mit breitem Lächeln zurück. »Ich hab' einen Stand auf dem Großen Markt«, sagte er, »und ich brauch' mit niemandem zu teilen.« Orem roch Bier in seinem Atem. Der Händler mußte ihm in der Tat vertraut haben, um eine Pause einzulegen, ehe er zu seinen Waren im Hafen zurückkehrte. »Und jetzt hab' ich zuviel für eine Wagenladung. Du wartest noch eine Stunde für drei Kupfermünzen?« Der Händler sah ihn mit hochgezogenen Brauen an.

Aber inzwischen hatte Orem begriffen, wieviel der Händler durch seine Dienste gewann. Klasin brauchte keinen der Hafenwachen zu bezahlen, noch brauchte er seinen Stand auf dem Großen Markt einem anderen Händler überlassen, weil er die Waren im Hafen bewachen mußte. Und dann fiel Orem ein, daß Klasin in Erwägung gezogen hatte, ihn als Sklaven zu verkaufen. Klasin war vielleicht der Preis von Corthen gewesen, aber er war zu gerissen. Wenn er nun die Waren im Hafen zurückließ, die er nicht verkaufen wollte? Wenn Orem den ganzen Tag auf ihn wartete und er nicht zurückkam?

»Zuerst meine fünf Kupferstücke«, sagte Orem.

Das war ein kalkuliertes Risiko; ein ehrlicher Mann hätte ihn vielleicht aus Wut auf der Stelle entlassen. Aber Klasin lachte nur. »Dann also sechs Kupfer für nochmaliges Warten.«

Er wollte ihn also betrügen. »Zuerst die fünf, die ich verdient habe.«

Erst da kniff Klasin die Augen zusammen. »Und komm' ich zurück, und du bist mit meinen fünf Kupfern verschwunden und auch die Waren? Ich bezahl' dich erst, wenn die Arbeit getan ist.«

Orem konnte die Anschuldigung von Unehrlichkeit nicht ertragen, wo er bereits ein Risiko eingegangen war, Klasins Waren zu retten. »Mir hat ein Mann fünfzig Kupfer angeboten und mir gedroht, mich zu töten! Ich habe ihn für dich verscheucht, und das alles für fünf Kupfer!«

Klasin glaubte ihm offensichtlich nicht. »Was für einen Mann könntest du schon verscheuchen? Du kanst mich nicht mit einer so albernen Lüge übers Ohr hauen.«

Aus Gewohnheit wandte sich Orem an die nahen Wachen und Händler, um seine Geschichte bestätigen zu lassen. »Das stimmt, ihr habt mich gesehen!« rief er. Aber alle taten, als ob sie ihn nicht gehört hätten.

»Warum sollte es jemand für dich bezeugen?« fragte Klasin.

»Was könntest du schon bezahlen?«

»Ich könnte ihnen meine fünf Kupferstücke geben«, entgegnete Orem.

»Fort mit dir! Ich hab' keine Verwendung für dich! Versucht, mich zu betrügen! Wo ich einen so nutzlosen Jungen wie dich umsonst auf meinem Boot hab' mitfahren lassen! Hier sind deine fünf Kupfer, die du nicht verdient hast. Und jetzt fort, eh' ich die Wachen hole und dich als Dieb bezeichne! Fort! Hau ab!«

Und nun begannen die anderen Händler zu Orems Überraschung Notiz zu nehmen. »Will der Junge dich betrügen?« riefen sie. »In den Fluß mit ihm!« rief ein anderer. »Fort mit einem solchen Jungen!«

Was konnte er also anderes tun als rennen? Er war wütend über die Ungerechtigkeit, aber es war offenkundig, daß so, wie die Hafenarbeiter nur beieinander Sicherheit fanden, auch die Händler eine Gemeinschaft bildeten, und sie traten nur füreinander ein, wie sehr das Recht auch auf der Seite eines Jungen wie Orem lag. Es war eine schwache, unzuverlässige Gemeinschaft, denn sie hatten weder etwas gesagt, noch getan, als ein Dieb die Waren von einem der ihren stahl – aber es war doch eine Gruppe. Wo war Orems Gruppe? Wer würde ihn beschützen? Es war wieder wie im Haus Gottes, wo seine Feinde ihn ins Feuer werfen konnten, weil er keine Freunde hatte.

Er floh also vor dem Händler, die paar Kupfermünzen in der Hand. Aber Angst oder nicht, er mußte sichergehen; daher blieb er und sah zu, wie Klasin seine Waren alle auf einmal auf den Karren lud und nur das schlechte Zeug zurückließ. Verfaulendes Essen bewachen! Orem hätte den ganzen Tag gewartet und keine Bezahlung bekommen. Es gab keine Ehre in Inwit, keine, und das machte ihm mehr Angst als die Dolchspitze auf seinem Bauch. Ein Dolch hat nur eine einzige Spitze, aber ein Verräter sticht von allen Seiten zu, so sagte man, und jetzt erst begriff Orem die Wahrheit.

Orem sieht das Verbotene Tor

Wohin jetzt? Bei seinen Gesprächen auf der Flußreise hatte Klasin viel über die verschiedenen Wege in die Stadt erzählt. Doch jetzt spürte Orem nur wenig Drang, seinem Rat zu folgen, aber was für andere Führer hatte er schon an diesem Ort? Klasin hätte nur wenig davon, wenn er ihn in seinen Geschichten über die Stadt angelogen hätte. Orem hatte keine andere Wahl, als seinen Andeutungen zu trauen. Was hatte Klasin gesagt? Das Pißtor natürlich, und in drei Tagen Arbeit finden, ehe man ihn hinauswarf. Nun, dort mußte er hin, denn die Wege durch das Loch waren gefährlich, hatte Klasin gemeint, und was würden das für Gefahren sein, wenn der offene Hafen schon voller Fallen steckte?

»Kauf nichts vor dem Tor«, hatte der Händler noch geraten. »Und kaufe bei niemandem, der dir eine Ware anbietet, ohne den Preis zu nennen. Man wird dich in der ersten Sekunde als Bauern ausmachen, und dann die Preise um das Zehnfache heraufsetzen.« Das war alle Weisheit, die Orem besaß, das einzige Rüstzeug, als er sich auf der Schlächterstraße wiederfand, wo vier lange Reihen von Karren, Tieren und Menschen darauf warteten, durch das Schweinetor eingelassen zu werden.

Die Wächter trugen Kilts aus Metallstreifen und Brustpanzer aus Messing; offensichtlich waren es nicht die Soldaten, die die Stadt verteidigten, denn Palicrovols Männer trugen stählerne Kettenhemden und Schwerter, die durch solch dünnes Metall durchbeißen würden wie eine Kerze durch Papier. Und wenn die Mauern der Stadt auch hoch waren und die riesigen Holztore fest, fragte sich Orem dennoch, warum König Palicrovol mit seiner Armee, die als die stärkste der Welt galt, niemals diese Mauern hatte schleifen oder stürmen, ja, nicht einmal, wie es hieß, einen einzigen Soldaten der Königin Schönheit töten können. Sicher hatte die Königin eine schreckliche Armee, die sie versteckt hielt, und diese altmodisch ausgerüsteten Wächter waren nur zur Schau.

Zur Schau, abgesehen von der Tatsache, daß sie ein ebenso großes Hindernis für Orems Eintritt in die Stadt bildeten, wie ein Mann mit Stahlrüstung und Stahlschwert. Er sah ihnen zu, und sie ließen sich von der riesigen Menge fluchender Händler und Metzger nicht treiben; jeder Paß wurde gründlich untersucht, und mehr als nur einer mußte heraustreten, während andere an ihm vorbeizogen. Und über allen hockten die Bogenschützen auf den Tortürmen und beobachteten aufmerksam, was unter ihnen vorging. Es bestand für Orem keine Möglichkeit, unbemerkt hineinzugelangen, selbst wenn er das gewollt hätte.

»Gucken bringt nichts, Bauer«, sagte eine Stimme hinter ihm.

Orem wandte sich um und sah einen wieselig aussehenden Mann, fast einen Kopf kleiner als er, der ihm zulächelte. So lächeln, dachte Orem, ausgemergelte Hunde, wenn sie ein Eichhörnchen in die Ecke gedrängt haben.

»Ich bin kein Bauer«, sagte Orem.

»Dann kommst du auch nicht durch das Schweinetor.«

»Ich suche das Pißtor.«

Der Mann nickte. »Das suchen sie alle, Jungchen, alle. Nun, wenn du das Pißtor abgehakt hast, findest du den alten Braisie hier, und er wird dich durchschleusen. Er bringt dich durch für den geringen Preis von fünf Kupferstücken und einen kleinen Gefallen.« Und dann war Braisie verschwunden, und weil er so klein war, verlor Orem ihn rasch in dem Meer von Köpfen, das sich nach allen Richtungen auf der Metzgerstraße ausbreitete.

So unfreundlich die Stadt auch wirkte, Orem mußte doch den Weg hinein finden. Er stellte Fragen, und unter den mürrischen Antworten gab es auch die Information, wie er in die Scheißestraße gelangte, die zwischen stinkenden Viehhöfen nach Norden in die Bettlerstadt führte.

»Die Türme vom Pißtor findest du leicht, wenn du nur hochblickst und die Mauer auf deiner rechten Seite liegt«, sagte ein Mann mit einer blutigen Metzgerschürze. Aber die Scheißestraße wurde rasch schmaler und bog immer wieder vom Hauptverkehrsstrom ab. Es gab immer weniger Schilder, je weiter er ging; denn wer konnte an einem solchen Ort schon lesen? In der Bettlerstadt wohnten nämlich die Leute, die mit den Armenpässen keine Arbeit gefunden hatten und nicht innerhalb der Stadtmauern bleiben durften; es war ein armseliger Ort mit herabgekommenen Holzbuden, die allmählich übergingen in Bretterverschläge, die trotz Schmutz und Unrat bewohnt waren, und auch diese sahen noch fein aus, verglichen mit den Erdlöchern, die an jedem Flecken auftauchten, der zwischen den baufälligen alten Hütten blieb. Die Hütten wuchsen bis auf das Sträßchen hinaus: die Menschen, die auf der Ostseite der Gasse im Schatten hockten, sahen hungrig aus. Orem begann, sich vor Dieben zu fürchten, denn hier konnten schon fünf Kupferstücke ein Menschenleben wert sein.

Bald hatte er sich verirrt. Nur die Mauer blieb: hoch und grau ragte sie über der schmutzigen Stadt auf, die bereits dreimal so groß war wie ganz Bannestrand. Orem wagte nicht, die Leute unterwegs nach der Richtung zu fragen. Er hielt sich so weit wie möglich von den Gebäuden entfernt. Und je weiter er ging, desto weniger Menschen traf er, bis er niemanden mehr sah, als die beiden Zwillingstürme vor ihm aufragten.

In der Nähe des Tores waren die Straßen schrecklich leer. Die Häuser waren mit Brettern vernagelt, oder, was noch unheimlicher wirkte, ohne Dach und Fensterläden verlassen, als seien sie nur halb fertiggestellt. Nicht eine Menschenseele war zu sehen, nicht einmal das Schlagen einer Tür unterbrach die Stille. Er wußte, dies konnte nicht das Pißtor sein, wo die Armen die Stadt Inwit betraten. Aber das hielt ihn nicht zurück, denn er wußte, was dieses Tor sein mußte, und er wünschte sich um so mehr, es von nahem zu sehen.

Er stand am Fluß der Türme und blickte hoch. Die Straße hatte sich zu einem Platz erweitert und hörte dann auf. Wo die riesigen Holztore hätten offenstehen müssen, erhoben sich steile Häuserfronten, lehnten gegen die Türme und bedeckten ihre Fläche, so daß nur ganz oben ein Teil vom Holz der Tore zu sehen war. Der Anblick wechselte auf merkwürdige Weise; zuweilen schien es, als hielt das Tor die Gebäude, dann wieder schienen die Gebäude die Mauer zu stützen und sie davon abzuhalten, nach vorn zu fallen und Orem zu zerschmettern, wo er stand und sie anschaute.

»Ho, Junge!«

Orem zuckte zusammen, denn er hatte gedacht, er wäre allein.

»Ho, was machst du denn hier?«

Dort, im Schatten eines vernagelten Gebäudes, standen zwei Wachen. Ihre Bronze sah weniger glänzend und poliert aus als die Brustpanzer der Wächter am Schweinetor. Aber es ließ sie bedrohlicher erscheinen als jene. Ohne nachzudenken beschloß Orem, daß es dieses Mal sicher richtig war, sich als das auszugeben, was er in Wirklichkeit auch war – ein Bauernjunge, der sich in den Slums der Stadt verirrt hatte.

»Ich suche das Pißtor«, sagte Orem. »Ich bin zum ersten Mal hier. Hat man das Tor geschlossen?«

Die Wächter sahen einander an und lächelten dann. In ihrer Freude lag Spott, und Orem fühlte sich unbehaglich.

»Nicht das Pißtor, das ist gewiß, denn das Pißtor erkennt man am Gestank der Diebe und Bauern, die den Fluß herab kommen, weil sie hoffen, in der Stadt reich zu werden.« Die Wächter näherten sich ihm, und jetzt erkannte Orem, daß es mehr als ein Dutzend waren; sie waren in den Schatten verborgen gewesen oder, wie er vermutete, in den leeren Gebäuden, die vielleicht nicht völlig zugenagelt waren.

»Ich bin nicht hierhergekommen in der Hoffnung, reich zu werden«, sagte Orem und versuchte ängstlich zu klingen, und das gelang ihm besser, als er erwartet hatte.

»Woher stammst du, Junge?«

»Einem Hof. Dem Hof meines Vaters. Flußaufwärts, in der Nähe von Bannestrand.«

Jetzt merkten die Wächter mehr auf, und Orem erkannte, daß ihre Hände an den Schwertgriffen lagen und sich ihre Finger um die Axtschäfte schlossen. »In der Nähe von Bannestrand gibt es eine illegale Person«, sagte einer von ihnen.

»Illegale Person?« Der König natürlich. Und einen schrecklichen Augenblick lang fürchtete Orem, man würde ihn für einen Spion halten. Spione, das wußte er, wurden bei lebendigem Leibe gehäutet und gezwungen, die eigenen Herzen zu essen. Sollte er so tun, als wisse er nicht, daß Palicrovol in der Gegend war? Nein, das würden sie nie glauben. Es war unmöglich, es nicht zu wissen, wenn eine riesige Armee die Gegend heimsuchte. »Ich weiß nur, daß die Sergeanten in der Gegend Soldaten warben. Ich wollte nicht in die Armee.«

Der Wächter, der den Befehl zu haben schien, sah an ihm auf und ab und lachte dann. »Wenn du in Gefahr warst, angeworben zu werden, dann müssen die Rebellen verzweifelter sein, als alle glaubten.«

Bei dem folgenden Gelächter versuchte Orem ein Lächeln, in der Hoffnung, mit einbezogen zu werden. Seine Fröhlichkeit erregte ihren Zorn. Der Kommandeur ergriff ihn nicht beim Hemd, er packte ihn schmerzhaft am Bauch, ein harter Griff, der einen unfreiwilligen Schrei aus Orem herauspreßte. »Weißt du, wie nahe du dem Tod bist?«

»Nein, Herr.«

Ein Wächter hatte Orems Beutel geöffnet. Darin befanden sich nur seine Flasche mit dem Wasser aus der Quelle seines Vaters und das letzte Stückchen Brot, jetzt hart wie ein Stein. Seine Kupferstücke hatte er an einem sicheren Ort versteckt.

»Das ist ein Reicher, das ist klar«, sagte der Wächter, als er Orem den Beutel zurückwarf.

Orem wagte es, eine Frage zu stellen. »Warum ist dieses Tor geschlossen?«

»Es ist besser für dich, wenn du die Antwort auf diese Frage nie erfährst.«

Ein Wächter mit weißen Haaren, der aussah, als habe er alle Sünden begangen und sei immer noch nicht zufrieden, sagte leise: »Er ist ein Narr vom Land. Es ist heller Tag.«

»Ich sage, befragt ihn«, meinte ein anderer.

Der Weißhaarige sprach noch leiser. »Ich sage, friß Scheiße. Die Spione kennen alle ihren Weg in die Stadt, und sie kommen nicht am hellichten Tag durch das Loch.«

Der Befehlshaber stieß Orem von sich und versetzte ihm dabei noch einen schmerzhaften Stoß. »Mach dich hier fort, Junge, und komm nicht wieder zurück. Wenn du zum Pißtor willst, folge der Nordmauer und halte dich immer dicht an ihrer Seite.«

»Oder geh heim«, sagte der Weißhaarige. »In Inwit gibt es nichts für dich. Weißt du nicht, daß diese Stadt Kinder frißt und starke Männer bei lebendigem Leibe häutet?«

Orem lächelte verständnislos und wich zurück. »Danke, meine Herren. Einen guten Tag. Ich werde nie wiederkommen.«

»Dein Name, Junge!« brüllte der Kommandeur. »Und keine Lüge!«

»Orem sen Bornsen.«

Der Weißhaarige lachte laut. »Was für ein Name. Das kann sich nur ein Bauer ausdenken.«

Die anderen Wächter stießen einander in die Seiten und lachten ihn aus, aber am wütendsten machte ihn, daß er ihr Lachen verdient hatte. Ein Narr, das war er gewesen, und es war nicht einmal gespielt gewesen, nein, nicht einmal zur Hälfte.

Die lebenden Toten

Je weiter nördlich er kam, desto weniger ausgestorben erschien der Ort; ein Kind spielte auf der Straße, und ein Bettler lag ausgestreckt schlafend da, und schließlich sammelte sich Unrat am Straßenrand, und der Abwasserkanal in der Mitte begann von verrottendem Schmutz zu stinken. Die Bettlerstadt wurde wieder lebendig, je weiter er sich vom Loch entfernte, und die Gesichter, die ihm zuvor furchterregend erschienen waren, waren nun ein willkommener Anblick. Orem begann nun anstatt ihrer Sonderbarkeit, ihrer Dunkelheit und ihres Schmutzes, ihre Schwäche und ihr Leid zu sehen. Die meisten trugen elegante Kleider, aber so zerrissen und schmutzig, daß die Farben, die einst leuchtend gewesen waren, nun zu einem dunklen Braun oder Grau abgestempelt waren. Auch in den Augen lag Abgestumpftheit, als zöge etwas in der Bettlerstadt den Verstand aus dem Kopf, als könnten die Menschen dort ihre Tage verbringen, ohne jemals zu erwachen.

Orem begann so etwas wie Mitleid zu verspüren und verlor fast seine Furcht, bis ein Mann mit einem ebensolchen leeren Gesicht zu einem Mann in Orems Nähe trat und ihn tief mit einem Dolch ins Auge stach. Das Opfer fiel ohne einen Laut zu Boden, und Blut quoll auf und ergoß sich auf die Straße. Orem verspürte mehr Schmerz als Furcht, denn wenn ein Mensch mit einem so toten Gesicht töten konnte, wenn die Toten die Hand ausstrecken und die Lebenden ins Grab ziehen konnten, welche Chance hatte er dann, hier sein Leben zu behalten?

Am Hafen war ein Dieb von den Zeugen seines Verbrechers allein gelassen worden, aber hier herrschte ein anderes Gesetz. Während der Mörder sein Opfer entkleidete, versammelten sich fünf oder sechs Männer um ihn und begannen, den Dieb mit Steinen zu bewerfen. Dieser duckte sich trotzig und gab schließlich den Versuch auf, dem Sterbenden das Hemd herabzureißen. Als er von seinem Opfer forttaumelte, fingen ihn die anderen, traten ihn, warfen ihn zu Boden und schlugen ihn stumm, wortlos. Zuerst versuchte der Dieb, sich zu schützen, aber schließlich ließ er seine Deckung fallen. Er war nicht bewußtlos, das erkannte Orem, noch waren die Männer, die ihn schlugen, von Haß getrieben. Sie traten und schlugen einfach auf ihn ein, bis ein Mann in die Luft sprang und mit beiden Füßen auf Hals und Kopf des Mörders landete. Der Hals brach, der Mund fiel auf, und der Kiefer knackte, doch die Augen sahen nicht toter aus als zuvor. Die Männer, die den Mörder umgebracht hatten, ließen ihn auf der Straße neben seinem Opfer liegen. Schon sammelten sich die Ratten und niemand erhob eine Hand, um die Leichen zu bedecken. Orem hatte das Gefühl, alles gesehen zu haben, was es an Leben in diesem Ort gab. Hier gab es kein Geborenwerden, nur Tod, nur nagende Ratten.

Aus dem Auge des Opfers ragte das Messer. Aus einem Impuls heraus schritt Orem zu der Leiche und streckte die Hand aus, um das Messer zu nehmen; im gleichen Augenblick streckte sich eine lange dünne Hand ebenfalls nach dem Messer aus. Einen Moment lang dachte Orem, jemand würde ihm den Besitz der Waffe streitig machen, aber nein, es war eine alte Frau, und sie hielt einen Becher, um das letzte Blut aufzufangen. Eine Hexe also, die selbst aus unverdientem Blut noch Nutzen ziehen konnte. Orem fragte sich, was für ein schmieriger Zauber wohl aus zufälligem Tod entspringen könne, während er zurückwich und sie nehmen ließ, was sie wollte.

Sie war fertig. Sie blickte auf und lächelte ihn an. Sie bückte sich und küßte das Messer. Einen Moment überlegte Orem, ob er es überhaupt nehmen sollte; wer wußte schon, was dieser Kuß zu bedeuten hatte? Aber dann entschied er sich anders. Selbst ein zum Priester ausgebildeter Junge konnte einen Dolch gebrauchen, und in seiner Lage hatte er nicht vor, sich einfach mit dem abzufinden, was die wandelnden Leichen über ihn entscheiden mochten. Er trat also wieder vor und zog das Messer heraus, wobei eine letzte Blutblase aus der Augenhöhle aufquoll. Er säuberte das Messer an den Kleidern des Toten, weil er nichts besseres fand, und steckte es in seinen Beutel.

Die Frau fing an zu reden, und ihre Stimme zischte wie der letzte Atem einer geschlachteten Sau. »Es gibt drei Dinge in der Natur, die kein Maß kennen, im Guten oder Bösen.« Sie neigte den Kopf und wartete ab.

Orem schauderte. Er kannte die Litanei und wußte genau so gut, daß sie nicht unvollständig bleiben würde. Wenn sie aufhörte und wartete, mußte er an ihrer Stelle weitermachen. »Wenn sie von Güte regiert sind«, sagte er leise, »sind sie von höchster Tugend.«

»Die Zunge«, sagte die Frau, »und ein Mann im Priesterkleid.«

»Aber wenn sie schlecht werden, gibt es keinen Boden, der ihren Sturz in die Hölle auffängt.« Reicht das, oder muß ich den dritten Namen nennen?

»Und eine Frau.« Sie lächelte und nickte ihn weise an, als hätten sie etwas Wunderbares gemeinsam; dann nahm sie den Becher mit dem abkühlenden Blut und trug ihn fort.

Orem fühlte das Messer in seinem Beutel wie Feuer brennen und seine Haut versengen, wenn es ihn auch nicht direkt berührte. Was hatte sie gemeint, als sie ihn die Ambivalenzen aufsagen ließ? Warnte sie ihn, seine Begierden im Zaun zu halten? Aber ich habe keine wirklich unausgesprochenen Begierden, und außerdem bin ich kein Mann im Priesterkleid mehr. Warum sollte ich mir um eine Frau Sorgen machen, die bereits so schlecht ist, daß sie gefundenes Blut nimmt? Aber ihm schauderte immer noch. Doch das Messer brannte auf seinem Rücken. Immer noch ließ das Messer seinen Rücken erstarren, bis er weit genug gegangen war und an andere Dinge dachte und inwendig genügend Lieder gesungen hatte, bis die Litanei der drei grenzenlosen Freunde und Feinde Gottes aus seinen Gedanken entfallen war, und er das Messer vergessen hatte, das er trug.

Wie Orem zu dem Namen Schmalhans kam

Endlich das Pißtor. Aus der Ferne sah es aus wie das Schweinetor und das Loch; aus der Nähe hatte es einen eigenen Charakter. Dieser Ort gehörte keinen ständigen Bewohnern. Es war nicht still und verzweifelt. Die Reihe war lang und die Leute drängelten sich, und nur die Gegenwart der vielen Wächter verhinderte, daß Streitereien in Kämpfe ausarteten. Die Wächter waren grimmig und geschäftig, und sechs von ihnen, die zu Pferde saßen, ritten an der Menschenschlange auf und ab. Die Leute in der Reihe sahen nicht so leblos aus. Sie mochten wütend oder ängstlich oder ehrfürchtig oder fröhlich sein, aber sie waren nicht tot. Orem erkannte sich an vielen Stellen in dieser Reihe wieder, war zugleich beschämt über die offene Naivität von anderen Burschen seines Alters und erleichtert, daß es hier in der Tat noch möglich war, Hoffnung zu behalten. Leute von Bauernhöfen, Leute mit dem Traum, ihr Glück in der Stadt zu machen. Orem nahm seinen Platz in der Schlange ein und fühlte sich kleiner – aber sicherer als in den Straßen der Bettlerstadt.

Sobald er sich eingereiht hatte, wuchs die Schlange um hundert weitere Menschen hinter ihm. Die Wächter hatten die Händler in Dreier- und Viererreihen eingelassen, aber hier waren sie nicht so rasch. Die riesigen Tore standen nicht offen. Nur eine schmale Tür im Tor diente den Armen zum Eintritt. Doch die Menschen hatten die gleiche Eile wie die Händler und Metzger. Es herrschte der Glaube, wenn man gerade vor einem anderen durchkam, konnte man vielleicht die Arbeit bekommen, die dieser sonst erlangt hätte. Hinter diesem Tor lag die Antwort zu allem – wenn man nur hindurchkam und die Fragen zuerst stellte. Eine

Stelle, einen Arbeiterpaß, das Recht, in der Stadt zu bleiben, dies war das Tor zum Himmel, und die Engel mit den bronzenen Brustpanzern hielten die Ketten der Erlösung. Orem konnte nicht umhin, die Welt so zu sehen wie die Priester, er konnte ebenfalls nicht umhin, sich über die Vorstellung lustig zu machen, in diesen übelgesichtigen Soldaten Engel zu sehen. Ist das die Silberbrücke und das Goldene Tor und die Ketten aus Stahl? Nehmt das als Lehre, Halbpriester Dobbick!

»Das erste Mal?«

Das war der Mann vor ihm, der drei dünne Narben auf der Wange hatte, zwei davon alt und weiß, die andere ein wenig rosa. Er sah nicht freundlich aus, aber zumindest hatte er gesprochen.

»Ja«, antwortete Orem.

»Nun, merk dir eins. Nimm keine Arbeit an von den Männern direkt hinterm Tor.«

»Ich suche aber Arbeit.«

Der Mann verzog den Mund. »Sie versprechen, dich für ein Jahr zu nehmen, aber nach drei Tagen übergeben sie dich der Wache, ohne daß du deinen Dauerpaß kriegst. Wie gefällt dir das? Und zahlen tun sie dir auch nicht. Sie haben drei Tage Arbeit von dir, und zwar umsonst, und werfen dich dann raus. Die richtigen Stellen gibt es weiter drinnen.«

»Wo?«

»Wenn ich das wüßte, würde ich dann in dieser Schlange stehen?«

Und endlich waren sie – die Sonne fiel schon heiß und rot durch die Tür im Tor – bei den Torhütern angelangt. Der Mann, mit dem Orem geredet hatte, beantwortete dumpf die Fragen: Name, Handwerk, Herkunft. Rainer Schreiner, ein Zimmermann, auf der Suche nach einer Arbeit, Bürger von Cresting. Der Wächter faßte Rainer beim Kinn und drehte sein Gesicht herum, damit er einen Blick auf die vernarbte Wange werfen konnte. Die rosafarbene ließ den Wächter die Augen zusammenkneifen.

»Immer noch rot, Rainer. Verdammt, bist du blind?«

»Hab' keinen Spiegel«, antwortete Rainer. »Frau hat mir gesagt, sie ist weiß.«

»Wie ich mir gedacht habe. Nur eine blinde Frau nimmt dich. Geh fort und komm wieder, wenn die Zeit um ist.«

Und jetzt stand Orem an der Spitze der Schlange, sich nur vage bewußt, daß Reiner Schreiner sich immer noch in der Nähe aufhielt.

»Name?«

»Orem.«

Der Wächter wartete und sagte dann ungeduldig: »Den ganzen Namen!«

Orem erinnerte sich an das Gelächter beim Loch über seinen Vatersnamen. Rainer hatte sein Handwerk als Namen benutzt, wie auch Klasin. Nun, Orem hatte kein Handwerk. Warum hatten sie gelacht? Vielleicht nannte man hier nicht den Namen seines Vaters? »Das ist alles. Nur Orem.«

Der Wächter war belustigt. »Aus einem so kleinen Dorf, eh?« Er betrachtete Orems Körper, und seine Freude nahm zu. Orem verfluchte seine Magerkeit und geringe Größe. »Wir schreiben dich einfach als Orem Schmalhans auf, eh? Schmalhans!« Er sagte es so laut, daß die anderen Wächter lachten. »Handwerk?«

»Ich suche Arbeit.«

»Was für Arbeit?«

»Irgendwelche.«

»Irgendwelche? Niemand stellt einen Mann ein, der nichts kann. Glaubst du vielleicht, es gibt hier Bauernhöfe, die noch einen Lastesel brauchen?«

Würden sie ihn ohne Handwerk nicht einlassen? Was konnte er denn? Ich kann alle offenen Gebete auswendig. Ich kann die großen Buchstaben, die kleinen Buchstaben, die geistigen Buchstaben, die wirklichen Zahlen, die ganzen Zahlen, die variablen Zahlen. »Ich kann lesen und schreiben.«

Auf dem Gesicht des Wächters zeigte sich gespielte Überraschung. »Ein Gelehrter, eh?« Aber belustigt war er nun nicht mehr. Er streckte die Hand aus, nahm Orem den Beutel fort und öffnete ihn. Eine Flasche Wasser, ein Klumpen

Brot und ein Dolch, an dem noch ein wenig Blut klebte. Nicht das stumpfe kleine Brotmesser, das Orem an der Hüfte trug – das war zum Käseschneiden. Das hier war offensichtlich ein Messer zum Töten, lang und spitz. Der Wächter hielt es hoch. »Lesen und Schreiben? Oh, das habe ich schon einmal gehört. Und was ist das hier, deine Feder?«

Orem wußte nicht, was er sagen sollte. Der Dolch war ihm begehrenswert erschienen, als er durch die Bettlerstadt ging, jetzt hielt er ihn vielleicht vom Betreten der Stadt ab oder bewirkte noch Schlimmeres.

Aber da ergriff Rainer Schreiner aus der Nähe das Wort. Das Ding gehört mir«, sagte er.

»Dir?« fragte der Wächter.

»Als ich das letzte Mal hier war, bin ich beraubt worden, und ich wollte das nicht noch einmal riskieren. Ich habe nicht gedacht, ihr würdet in den Beutel des Jungen sehen. Er hat nicht gewußt, daß es darin steckte.«

Der Wächter blickte zwischen Orem und Rainer hin und her. Der erstaunte Blick Orems war aufrichtig, und in Rainers Blick war nichts zu lesen. Schließlich zuckte der Wächter die Achseln. »Rainer, du bist ein Narr. Du weißt, daß wir dich dafür mit der Glasrute auspeitschen könnten, wenn du reingekommen wärest.«

»Glasrute oder Bleirohr, was macht das schon aus«, gab Rainer zurück. Und der Wächter schrieb wieder etwas auf Orems Paß. »Herkunft?«

»Bannestrand, Hochwasserwacht.«

Wieder blickte der Wächter ihn mißtrauisch an. Wieder mußte Orem behaupten, daß er vor den Werbern von Palicrovols Armee davongelaufen war. Wieder lachte man über seinen Körper, und er verspürte ein Bedürfnis, den Wächtern in ihre spöttisch grinsenden Gesichter zu schlagen. Aber immerhin würde er hineingelangen, immerhin hielt er seinen Paß in der Hand, und das alles wegen Rainer Schreiner, einem Mann, den er nicht kannte. Gerade, als Orem zu dem Schluß gekommen war, daß es an diesem Ort keine Freundlichkeit gab, log ein Fremder für ihn, damit er in die Stadt kam. Orem wagte es nicht, sich umzudrehen und ihm zu danken – das würde alles zunichte machen. Aber Teil seines Namens und seines Gedichtes würde eine Wiedergutmachung seiner Schuld sein. Rainer würde merken, daß es sich lohnte, Orem sen Bornsen zu helfen.

Er wurde von den gleichgültigen, geschäftsmäßigen Händen der Wächter durch das Tor geführt. Aber sie waren noch nicht mit ihm fertig, auch, als er schon drinnen war. Dort gab es einen Wächter mit einem kurzen Rasiermesser, und ehe Orem merkte, was ihm geschah, hatten ihn zwei andere ergriffen. Sie hielten seinen Kopf still, während der andere seine Wange anritzte. Der Schnitt war dünn und nicht tief, aber dennoch tropfte Blut aus der brennenden Wunde auf sein Hemd.

An seinem Ohr sprach ein Mund: »Wir wissen aus Erfahrung, daß du wieder draußen sein solltest, wenn diese Wunde geheilt ist. Jeder Wächter, der diese Narbe sieht, wird deinen Paß überprüfen, und wenn du zu lange geblieben bist, werden wir dir ein Ohr abnehmen. Verstehst du? Wenn wir dich zweimal erwischen, sind es deine Eier. Du hast drei Tage. Sonnenuntergang, klar? Und wenn du erst wieder draußen bist, muß die Narbe ganz weiß sein, ehe wir dich wieder hineinlassen. Und bleib von der Steinstraße fort. Geh.« Man stieß ihn in den Rücken, und Orem stolperte nach Inwit hinein.

12

Die süßen Schwestern

Das ist die Geschichte, wie Orem, genannt Schmalhans, genannt Bannestrand, in die Hurenstraße ging und unbefriedigt blieb.

Die Hure und der Knabe

Wenn man über die Pißstraße nach Inwit hineinkommt, sieht man zur Linken die elende Hüttenstadt des Sumpfs und zur Rechten die grellen Fassaden der Schenken, und vor einem ragt in der Ferne das Alte Schloß auf.

Für einen Neuankömmling ist das keine schwere Wahl. Orem wandte sich nach rechts zu den Schenken, wanderte in der hereinbrechenden Dunkelheit die Straßen entlang und fragte sich, wieviel Essen und Unterkunft er mit seinen fünf Kupfermünzen wohl bekommen würde.

Im Schenkenviertel führten alle Wege in die Hurenstraße, und da Orem nicht wußte, wohin er ging, endete er bald dort. Er wußte zuerst nicht, daß es die Hurenstraße war. Für ihn sah es aus wie der reichste Ort, den er jemals gesehen hatte, denn die Häuser waren hier hoch und sauber, und es gab Bäume mitten auf der Straße, und Büsche, so daß es wie ein Gang durch einen offenen Wald war. Die Häuser waren einfach, anmutig und wohlgebaut, und mehr als nur eines sah aus wie das Haus Gottes.

Der Charakter des Ortes enthüllte sich, als eine Bande halbbetrunkener, kichernder, maskierter Jungen zwei Frauen anhielten und einer jeden eine Münze gaben. Es dauerte nur wenige Minuten, bis alle Jungen befriedigt waren: Sie keuchten, während sie die Frauen gegen die

Bäume lehnten, und drückten ihnen betrunkene Küsse auf, hoben ihnen die Röcke hoch, während sie diskutierten, welche besser war. Der Verkehr war ein wenig so, wie wenn kleine Jungen pinkeln; denn sie kicherten, wähend sie ihre Werkzeuge verglichen, und zählten laut, um zu sehen, wie lange ein jeder brauchte. Orem war durchaus aufgeklärt – er war auf einem Bauernhof großgeworden. Aber er hatte noch niemals gesehen, wenn es ein Mann und eine Frau machten, und er konnte den Blick nicht von der Szene wenden. Erst als es vorbei war, sah er in die Gesichter der Huren. Er sah sie, als die Jungen gerade gingen, als das Lächeln verebbte und sie seufzten, ihre Kleider zurechtzupften und das Geld einsteckten. Sie nahmen eine unterbrochene Unterhaltung an der gleichen Stelle wieder auf, weil ihnen das Zwischenspiel mit den Jungen nichts bedeutet hatte. Als Orem mir von dieser Nacht erzählte, war er immer noch voll Staunen, daß ein Mann im Vorüberziehen in die Fontäne der Schwestern tauchen konnte, und die Frau es nicht bereute.

Eine Stunde später lehnte Orem gegen einen Baum und beobachtete eine der eleganteren Orgien, wo Männer und Frauen sich unter den Bäumen etwa eine Stunde lang über philosophische Dinge unterhielten, ehe das Paaren begann. Er merkte nicht, daß sich eine Frau genähert hatte, bis sie seinen Arm berührte.

»Wenn du nicht mehr Geld hast, als es den Anschein hat, kannst du nach Hause gehen«, sagte sie. »Je weiter du über die Hurenstraße gehst, um so teurer wird es.«

Sie bestand nur aus Brust und Zähnen – zumindest für Orem, denn alles, was er von ihrem Gesicht sehen konnte, waren ihre beiden Zahnreihen, wenn sie lächelte, und wenn er nicht in ihr Gesicht blickte, konnte er nur erkennen, wie die Brüste aufreizend in ihrer Bluse hingen.

Vielleicht war sie eine der wenigen Huren, die noch nicht den Sinn für Schönheit oder Liebe verloren haben. Nicht etwa, daß Orem schön war. Aber er hatte eine Art von Anmut, wie ein Fohlen, wenn es zum ersten Mal rennt, und er konnte zugleich kindlich und gefährlich wirken. (Vielleicht habe ich nur die Gefahr in seinem Gesicht gesehen; Schönheit wäre es besser ergangen, wenn sie sie früher erkannt hätte). Was auch immer der Grund war, sie nahm ein Angebot an, das er nicht machte. Er war so vertrauensvoll, daß er ihr auf die Frage hin antwortete, er habe fünf Kupfermünzen. Sie hatte ein Gewissen – sie knöpfte ihm nur vier ab.

Seine gerade angeheuerte Hure brachte ihn an einem brutal aussehenden Wächter an der Tür eines nahen Hauses vorbei und verkündete mit lauter Stimme allen, die es hören wollten, daß sie einen jungfräulichen Stengel gefunden habe, den sie nun ernten wolle, und schob ihn zur Treppe. Sie ging hinter ihm her und griff zweimal unter seine Tunika, um sein Lendentuch auf die Schenkel herabzuziehen. Jedes Mal sprang er überrascht hoch; jedes Mal kicherte sie.

Oben an der Treppe wollte er den breiten, teppichbelegten Gang hinabgehen, aber sie riß ihn am Hemd zurück.

»Das kostet einen Silbergroschen. Das verlangt das Haus, und ich habe keinen Einfluß auf den Preis.« Es ging eine weitere Treppe hinauf. Hier endete der Teppich hinter der Biegung, in dem Augenblick, wo die Stufen vom Absatz aus nicht mehr zu sehen waren. »Es ist wie hundert Häuser in einem«, sagte sie. »Hängt davon ab, was du zahlst.« Die nächste Treppe quietschte, und im vierten Stock wackelten die Dielen. »Das sind die billigen Zimmer. Verzeih die Flöhe, aber vier Kupfermünzen sind nicht sehr viel.«

Sie gingen vorsichtig durch einen dunklen Gang, der nur an den Enden von einer Fackel beleuchtet wurde. Orem warf einen Blick in die offenstehenden Zimmer. Erst nur einen Blick, doch dann blieb er stehen und starrte auf das, was er sah.

Sie saßen nebeneinander. Zwei Frauen, die einfach dasaßen, so still wie Bäume. Sie waren wie die anderen Huren gekleidet, und ihre Körper waren vielleicht schöner als die der anderen. Aber ihre Gesichter! Welches war das Schrecklichste? Das mit nur einem Auge und einem an einer Seite geöffneten Mund und einer verdrehten Nase, so daß das eine Nasenloch nach oben zeigte? Oder das, wo es gar kein Gesicht gab? Weder Brauen, noch Augen, noch eine Nase, noch Lippen, nur einen Kreis aus Haaren und glatter Haut, von einem schmalen Schlitz unterbrochen, der nicht die Bezeichnung Mund verdiente, denn er hatte keine Lippen und hing in einem schlaffen Oval herab, aus dem ein beständiges Rinnsal von Speichel auf den Busen tropfte.

»Sie waren zusammengewachsene Zwillinge«, sagte Orems Hure flüsternd und zog ihn fort. Er konnte zwar den Anblick der Frauen nicht ertragen, blieb aber zurück; sie zog fester, und er wandte sich ab. »Vereinigt im Fleische. Wie es heißt, kamen sie aus einem vornehmen Haus, und sie hatten die besten Ärzte und die besten Zauberer, von dem Priester ganz zu schweigen, der sie segnete, bis ihnen fast Flügel wuchsen.

Dann hat man sie auseinandergeschnitten. Sie waren im Gesicht zusammengewachsen, nur die eine blickte ein wenig von der anderen fort, so daß sie ein Auge hatte und einen halben Mund und eine halbe Nase, aber die andere hatte nichts, nur ein winziges Loch, durch das sie Luft aus dem Mund der anderen bekam. Man hat das Loch vergrößert. Der Segen hat gewirkt, denn sie haben überlebt. Und die Zaubersprüche wirkten, denn ihnen wuchs Haut über die Wunden. Aber was hatten sie davon? Und welche ist schlimmer dran? Die, die nicht sehen kann? Oder diejenige, die in einen Spiegel blicken kann? Wir nennen sie die Süßen Schwestern. Ist so ein Scherz, weißt du?«

Orem hatte noch nie im Leben eine Frau getroffen, die über die Süßen Schwestern Witze machte.

Seine Hure öffnete eine kleine Tür und duckte sich, um hineinzugehen, stieß sich aber dennoch den Kopf. »Niedrige Decke«, sagte sie.

Seine Hure zog die Bluse von der Schulter; ihre Brüste wurden hochgeschoben und fielen wieder zurück, als sie die Arme senkte. Orem sah es, aber er konnte nur an das schlaffe Gesicht mit dem drohenden Loch denken. Die Hure zog ihn aus, aber er dachte nur an das Gesicht mit dem einen Auge, der schiefen Nase und dem Halbmund. Seine Hure streichelte ihn und küßte ihn, aber es half nichts. Er zitterte und lag unfähig und kalt auf dem dünnen Teppich. Was immer er gewollt oder nicht gewollt hatte, als er die Treppe hochkam, die Hure hatte nichts von ihm, weil er die zusammengewachsenen Zwillinge gesehen hatte, die einst ein gemeinsames Gesicht gehabt hatten, und er konnte an nichts anderes denken.

»Fünfzehn«, sagte seine Hure verächtlich. »Könntest ebensogut fünf sein. Was wolltest du denn da reinschieben? Dein Knie vielleicht? Gott weiß, mager genug ist es. Du hast Eier wie eine Maus, und den Schwanz eines Flohs, also sag mir ja nicht, es sei meine Schuld. Ich bin immer noch hübsch. Unten auf der Straße hast du ja auch nicht gesagt, daß ich häßlich sei, oder?« Sie zog sich schnell wieder an, bückte sich dann und hob die vier Kupferstücke vom Boden auf. »Du bezahlst aber für meine Zeit – das ist nicht meine Schuld, daß du sie nicht genutzt hast. Du hast verdammtes Glück, daß ich wegen der Beleidigung nicht noch dein letztes Geld nehme.« Sie spuckte auf seinen Lendenschurz, der jämmerlich und leer auf dem Boden lag, und trat dann darauf. »Das und Pisse ist alles, was du je morgens in deinem Tuch finden wirst. Such dir selbst den Weg zurück, du Welpe. Komm zurück, wenn du zehn bist, und dann sehen wir, was wir für dich tun können.« Und war fort.

Vereint im Gesichte

Beschämt versuchte Orem die Spucke vom Schurz zu wischen, indem er sie mit dem Hemd forttupfte. Würde so sein Lied beginnen?

Er zog sich an und duckte sich zurück in den vollgestellten, niedrigen Flur. Sofort sah er den Lichtschein vor der Tür, wo die Monster mit dem Namen Süße Schwestern auf sein Vorbeigehen warteten. Er fühlte sich zugleich von ihnen abgestoßen und angezogen. Vorsichtig und mit zittrigen Knien taumelte er näher und lehnte sich gegen die Wand. Trotz seiner Bemühungen, keinen Lärm zu machen, war er nur um so lauter.

»Wer ist da?« fragte eine dünne, brüchige Stimme.

Er blieb still und kniete sich in dem dunklen Flur auf den Boden. Kommt nicht raus und seht mich an. Bleibt, wo ihr seid. Geht schlafen, sterbt. Laßt mich vorbeigehen.

»Antworte. Du weißt, es macht meine Schwester wütend, wenn man nicht antwortet.«

Das war das letzte, was Orem wollte, eine der Schwestern wütend machen. Im Namen Gottes, sagte Orem lautlos, seid nicht wütend auf mich. »Ich bin gefallen«, sagte er.

»Die Stimme eines Kindes, ja? Die Stimme eines unbeholfenen Kindes, ja? Die Stimme eines Jungen, dem man vier Kupfermünzen abgenommen und nichts gegeben hat? Aber denk nach, denk nach, sie hat auch nichts von dir genommen. Für den Preis von vier Kupfermünzen bist du immer noch ein See, dem kein Fluß das Wasser entzogen hat. Und dann ein leises Lachen, das ihn wütend machte. Seine Hure war zu laut gewesen; sie wußten von seinem Versagen.

»Komm herein«, sagte die Stimme.

»Nein.«

»Muß ich dich holen kommen?« Er stand auf und ging weiter und drehte sich bei ihrer Tür um. Das einzige Auge aus dem einen Gesicht sah ihn an, aber wenn er fortsah, war das einzige andere Ziel für seinen Blick das andere, das leere Fleisch, das beständige Tröpfeln von Speichel. Er zwang sich, sich im Zimmer umzusehen. Außer denen, auf denen sie saßen, gab es einen einzigen weiteren Stuhl, der alt und brüchig und dem Zusammenbruch nahe war. Es gab einen kleinen Webstuhl mit einem halbbeendeten Tuch, einem zerlumptem Tuch, das ebenfalls vor sich hinrottete, und der Webstuhl war so von Spinnweben verknotet und verdreckt, daß er offenkundig schon seit Jahren nicht mehr benutzt worden war. Und dann der Teppich auf dem Boden, genau wie jener, auf dem er hilflos mit seiner Hure gelegen hatte; nur glänzte dieser im Licht, und Orem erkannte, daß er mit einem Goldfaden durchwoben war.

»Setz dich.«

Er versuchte den Stuhl erst gar nicht, sondern setzte sich auf den Boden.

»Vier Kupferstücke. War der Anblick schlaffer Brüste diesen Preis wert?« War das ein Lächeln auf dem deformierten Gesicht? »Sie ist eine alte Hexe – du mußt neu in der Stadt sein, daß du das nicht gewußt hast.« Die Einäugige blickte auf die stumme Schwester. »Wie alt ist er deiner Meinung nach?«

Zu Orems Entsetzen versuchte der lippenlose Mund eine Antwort. Ein Stöhnen, ein moduliertes Stöhnen wie ein Lied des Schmerzes, und die einäugige Schwester nickte. »Ja, fünfzehn, aber mager. Meine Schwester sagt, dein Wille sei wie Stein – du vergehst vielleicht unter dem Hammer, aber wenn der Hammer schon lange verrostet ist, wirst du noch da sein. Ist das nicht schön? Wie heißt du?«

»Orem.« Er konnte immer noch nicht lügen.

»Orem. Willst du deine vier Kupfermünzen zurück haben?«

Es war ihm noch immer nicht in den Sinn gekommen, daß dies möglich war. »Ja.«

»Dann mußt du uns unterhalten.«

»Wie?«

»Erzähl uns eine Geschichte von zwei Schwestern, die beide Zwillinge im Fleisch waren, im Gesicht zusammengewachsen, die durch Zauberei, Gebete und Operationen getrennt wurden, die eine mit einem einzigen Auge, die andere ohne Gesicht, abgesehen von einem Mundloch, das ständig tröpfelt und eine Speichelspur zwischen ihren Brüsten bis zum Bauch hinabzieht.«

»Ich ... ich kann ... diese Geschichte nicht erzählen.«

»Oh, wir würden sie doch nicht glauben. Sowas gibt es doch nicht. Erzähl uns, was diese jämmerlichen Frauen in einem Hurenhaus machen?«

»Sie ... sitzen da. In einem Zimmer im Obergeschoß.«

»Und was tun diese Frauen da?«

»Sie hören ... zu.«

»Und was hören sie deiner Meinung nach?«

»Die Geräusche von ... von ...«

»Liebe?«

Orem nickte. Die Einäugige schüttelte den Kopf.
»Nicht Liebe«, sagte Orem.
»Was dann?«
»Die Geräusche ... der Vögel.«
»Jawohl, der Vögel. Und was noch?«
Was noch außer den Vögeln? Was sollte diese Geschichte bedeuten? »Das Geräusch des Windes über dem Dach des Hauses.«
Die Glattgesichtige stöhnte, und die andere brüllte vor Lachen. »Ja, er weiß es, er weiß es. Er hat viele, viele Ohren in seinem Kopf. Und was hören wir noch?«
Jetzt begriff er. Es war ein Spiel, wie die Rätsel und Vexierspiele in den Manuskripten. »Das Geräusch der aufgehenden und untergehenden Sonne. Das Geräusch der Sterne, die über ihnen vorbeiziehen. Das Geräusch, wie Gott die Augen über der Welt schließt. Das Geräusch des Hirschen, wenn er den Kopf schüttelt und die Planeten zittern läßt.«
Das einzige Auge wurde weit aufgerissen; das Loch von einem Mund hörte deutlich einen Moment auf zu tröpfeln, so daß der Speichelschleim abbrach, und die Spitze des Fadens hoch in den Mund gezogen wurde wie der Körper einer herabhängenden Spinne.
»Der Mund öffnet sich und spricht«, sagte die Einäugige.
»Nnnnnnnnng«, meinte die andere.
»Wir sind durch Magie gebunden«, sagte die Einäugige, »aber er redet mit unseren Zungen. Schönheit hat uns zum Schweigen gebracht, aber unsere Gaben kommen aus dem Mund des Jungen. Ach, Hirsch, du hast mehr Verstand als wir.«
»Was bedeutet das?« fragte Orem.
»Nichts für dich. Vergiß, vergiß alles und erzähle niemandem, was du gesehen hast, denn es ist keine besondere Gnade, du bist *nur ein ganz gewöhnlicher Junge.*«
Sein Magen krampfte sich zusammen aus Angst vor der Macht ihrer Worte.
»Wir sind auch Huren, wußtest du das? Wir haben das Haus unseres Vaters verlassen und sind hierhergekommen, weil wir wußten, daß wir auch ohne Gesichter immer

noch unsere Körper haben. Weißt du, was es kostet, uns zu nehmen? Tausend in Gold oder hundert Ar gutes Land. Für eine einzige Nacht. Und wir haben zwanzig Nächte im Jahr zu tun. Oh, wir sind reich, wir Zwillinge im Fleisch, wir Schwestern der Schönheit. Wir sind gesegnet. Und es sind nicht nur Männer, die zu uns kommen. Es gibt auch Frauen, die eine Nacht bei uns verbringen und uns erkunden und herauszufinden versuchen, was uns so schön macht. Sie können es nicht erraten. Aber du weißt es, nicht wahr?«

»Nein, ich weiß es nicht.«

»Genau. Du kannst es nicht wissen, wenn du denkst, du weißt. Wir hören noch etwas anderes, nicht nur die Sterne. Nicht nur den Herzschlag des großen tausendendigen Hirschen, der die Welt auf den Spitzen seines Geweihs hält. Nicht nur die großen Eruptionen der Sonne, die ihre Lichtstöße aussendet, um die Welt zu befruchten. Wir hören auch dies:«

Und sie brach ab.

Und nach einem langen, langen Schweigen, in dem Orem nichts anderes hörte als seinen eigenen schweren Atem, sagte sie: »Hast du es auch gehört?«

»Nein.«

»Daher zahlt man soviel für uns.«

Die mit dem einen Auge öffnete einen Kasten neben sich. Er war mit Juwelen gefüllt, die im Fackelschein wie tausend winzige Feuer glitzerten.

Und die, deren Gesicht so konturenlos war wie Nebel, sie stand auf und machte eine Handbewegung. Unvermittelt war sie nackt, und ihr Gesicht glühte wie die Sonne selbst; auf ihrem Körper war kein Haar, und ihre Haut war so braun wie Bernstein, und sie war so schön, daß Orem nicht anders konnte, als zu weinen, damit er nichts mehr sah.

»Es ist, wie ich gedacht habe«, sagte diejenige, die sprechen konnte. »Seine Augen können nicht geschlossen werden, es sei denn, durch seine eigenen Tränen und sein Vertrauen.«

Die Leergesichtige setzte sich wieder, so unvermittelt wie

sie aufgestanden war; wie hatte sie sich so rasch wieder anziehen können?

»Hhhhnnnnnnnng«, stöhnte sie. »Ngiiiiiiiunh.«

»Vier Kupfer, sagte meine Schwester, und einen Kuß.«

Er küßte sie nicht wegen der Kupfermünzen, sondern aus Furcht. Er küßte sie auf die Münder, wenn man sie so nennen konnte, und die Kupfermünzen fielen in seine Hand, und er floh aus dem Zimmer.

Als er über die Hurenstraße rannte, konnte er zum ersten Mal in seinem Leben das Lieblingslied seiner Mutter hören: das stetige Zischen, wenn der Saft in den Bäumen steigt, das Lied der Natur, ach, es war schön, und er weinte, bis der Speichel der nebelgesichtigen Frau auf seinen Lippen getrocknet war.

Eine Pritsche im »Grab und Spaten« kostete nur eine Kupfermünze für zwei Nächte, nicht so viel, wie er gefürchtet hatte. Er lag eine Weile da, beide Hände zwischen seine Beine gepreßt wegen des Schmerzes im Bauch. Er spürte auch in sich den Saft aufsteigen. Warum bin ich nach Inwit gekommen? rief er sich zu. Aber er wußte, daß schon die Frage eine Lüge war. Er war gar nicht hergekommen. Er wurde getrieben.

Daher war Orem noch unberührt, als Schönheit ihn brauchte.

13

Diebe

Wie Orem lernte, was das Leben in Schönheits Stadt wert war.

Das Lied in der Zisterne

Orem erwachte im oberen Bett auf dem hintersten Gestell im »Grab und Spaten«. Die Decke befand sich nur wenige Zentimeter über seinem Kopf, aber nach den überfüllten Zellen im Haus Gottes hatte er vor solch engen Orten keine Angst mehr. Vorsichtig rutschte er an den Rand des rauhen Brettes und stieg an sieben anderen Betten vorbei hinab. Es stank nach Erbrochenem. Jeder Schritt bog das Bett eines anderen Schläfers durch, einige stöhnten, andere fluchten und schlugen nach ihm.

Als er an dem Schankwirt vorbeikam, warf ihm der Bursche eine Essensmarke zu. Orem sah sie an. »Ich will sie aber nicht den ganzen Tag mit mir herumtragen.«

Der Schankwirt zuckte die Achseln. »Wie du willst. Aber ich warne dich, ich werde dich übers Ohr hauen, wenn du mich läßt.«

Orem steckte die Münze in seinen Beutel. »Danke. Wird jeder Dieb in Inwit so nett sein, mich zu warnen?«

Der Schankwirt betrachtete ihn ruhig. »Ich bin ein Gottesmann. Ich haue nur diejenigen übers Ohr, die danach verlangen.«

Nichts in Orems Leben hatte ihn auf das Alltagsleben in den Straßen Inwits vorbereitet. Die Menschenmenge führte ihn auf den Großen Markt, und eine Zeitlang wurde er in den Fluten von Kauf und Verkauf hin und her geschwemmt. In seinem ganzen Leben hatte er noch nie so viele Leute gesehen, wie auf diesem Marktplatz an jenem Tag: Lumpen und Samt, Uniformen und Livreen, alles raufte sich zusammen im Kampf darum, für wenig viel zu bekommen. Orem starrte, und so machte er sich zum leichten Angriffsziel für Diebe.

Ein Junge stieß gegen ihn, und eine kleine Hand griff unter sein Hemd, und ehe Orem erkannte, was geschah, waren seine Kupfermünzen aus dem Lendenschurz verschwunden. Ohne nachzudenken holte Orem aus und versetzte dem Kind einen Hieb ans Kinn. Der Junge fiel lautlos zu Boden, und lautlos sprang er wieder auf – aber Orem hatte im Haus Gottes gelernt schnell zu sein. Er packte den Jungen am Knöchel, noch ehe er richtig wieder auf den Beinen war. Das Kind trat nach Orems Gesicht. War dieser Kampf ein Auge wert? In Orems paar Münzen lagen hier sein Leben und seine Hoffnung, und so wehrte er sich trotz der Hiebe.

Niemand schien den brutalen Kampf zu beachten, der mitten auf der Straße stattfand, abgesehen davon, daß man ihnen Platz machte, damit sie sich im Sand rollen konnten. Schließlich bekam Orem den Dieb im Würgegriff zu packen und beugte ihm schmerzhaft den Rücken, und fest griff Orems Hand dem Jungen zwischen Beine, bereit, ihm jenen unerträglichen Schmerz zuzufügen.

»Ich will die Münzen, kleiner Bastard«, sagte Orem.

»Münzen?«

»Oder ich werde dir im Namen der Schwestern die Eier abdrehen.«

»In Gottes Namen, da hast du deine Münzen!« Das Jammern des Jungen klang laut und mitleiderregend. Jetzt, wo der Kampf vorbei war, begannen die Leute aufmerksam zu werden.

»Laß ihn«, sagte eine Stimme in der Menge. »Nur ein Feigling vergreift sich an einem kleinen Kind.«

Das kleine Schwein jammerte mitleiderregend. Orem bückte sich und flüsterte dem Jungen ins Ohr: »Ich bin ein Bauernjunge, und ich habe schon mal mit bloßen Händen aus Bullen Ochsen gemacht.« Das reichte. Der Junge riß die

Augen weit auf und spuckte die vier Kupfermünzen in den Staub.

Orem ließ den Jungen los und griff schnell nach den Münzen. Aus dem Augenwinkel sah er, wie der Junge fortschlich, als habe er einen neuen Angriff vor – einen Tritt vielleicht? Jawohl! Orem wich gerade rechtzeitig aus und sprang dann auf die Beine, gewappnet für eine neue Attacke.

Doch diese erfolgte nicht. Das Kind sah ihn mit unschuldigen Augen an und lachte.

»Weißt du nicht, daß alle Pisser sie an der gleichen Stelle aufbewahren? Und die Hälfte hat Dreck im Schurz, und es ist verdammt schmutzige Arbeit, sie in den Mund zu stekken.«

»Wenn es dir nicht gefällt«, sagte Orem, der seine Kupfermünzen fest umklammert hielt, »such dir was anderes.«

»Stell *du* mich doch ein, wenn du Arbeit gefunden hast.«

Es versetzte Orem einen Stich, daß der Junge annahm, dies würde ihm nicht gelingen. »Ich werde dich einstellen«, sagte Orem verächtlich. »Ich werde bald eine Stelle haben und dich einstellen.«

»O ja, und die Königin trägt einen Lendenschurz.« Der Junge wirbelte herum, zog sein Hemd hoch und zeigte Orem einen Moment lang sein Hinterteil. Dann war er in der Menge verschwunden.

Orem wanderte in Richtung Norden, wo sich der Große Markt zur Straße der Königin erweitert. Er staunte über die großen Häuser, starrte auf die Karossen mit den Spinnennetzrädern, bestaunte die Damen, die oberhalb der Taille so nackt waren, wie es anständigerweise irgendwie ging, und so nackt unterhalb, wie es die Mode befahl. Und er stand am Fuß einer hundertstufigen Pyramide, die hinauf zur Gesichterhalle führte, wo Palicrovol Nasilees kleine Tochter vergewaltigt hatte, wo er ihr innerstes Blut vergoß und so ihr Mann und König wurde und sie dann verstieß. Der Beginn allen Leids in der Welt, dort in der Gesichterhalle.

»Deine Leber soll von den Adlern gefressen werden!« Ein Wächter hielt ihn an der Schulter und schüttelte ihn. »Hat man dir nicht am Tor gesagt, daß du nicht auf die Straße der Königin darfst? Die Steinstraße? Bist du taub? Hast du einen Pudding, anstatt eines Hirns?« Weitere Schläge und Tritte, als ihn der Wächter durch eine Gasse führte, ihn erst gegen die eine Wand stieß, dann gegen die andere, bis Orem mit dem Gesicht nach vorn in den Staub einer Nebenstraße fiel. »Und komm nicht wieder auf die Straße der Königin, oder ich hänge dich an den Ohren auf, bis sie abreißen!« Orem lag auf der Straße und lauschte, bis sich die Schritte des Wächters entfernten. Alles tat ihm weh, doch war er weniger wütend als froh, daß er aufgehört hatte. Auch froh, daß es nicht schlimmer gewesen war. Er zuckte zusammen und mühte sich vorsichtig auf die Beine.

»Sanfte Leute, nicht wahr?«

Orem drehte sich mühsam um, um das Gesicht zu sehen, zu dem die Stimme gehörte. Es war das Kind, das ihn ausgeraubt hatte, das so keck wie möglich lächelte, die Hände in die Hüften gestemmt, die Beine gespreizt, wie Gott rittlings über der Welt.

»Du siehst ziemlich schlimm aus, weißt du.« Der Junge sah ihn bösartig an. »Als du mich bei den Eiern hattest, da hattest du die große Schnauze.«

»Du hattest alles genommen, was ich besaß«, entgegnete Orem stumpf. Er zuckte vor Schmerz zusammen, als er Luft holte.

»Und du hast alles genommen, was ich hatte.«

»Aber es gehörte mir.«

»Nicht, als ich es hatte.«

Das war ein Streit, der sie nirgendwohin führen würde. Orem erkannte es. »Wo bin ich?«

»Was kümmert es dich?«

»Nichts.« Orem blickte sich um. Er konnte nur die Rückseiten der öffentlichen Gebäude auf der einen Seite sehen und auf der anderen die hohen Gartenmauern großer Häuser mit grausamen Speerspitzen auf der Krone. Da es abgesehen von dem Gäßchen zur Steinstraße nur eine andere Richtung gab, machte sich Orem auf den Weg über die schmutzige Straße. Der Dieb trabte hinter ihm her.

»Geh fort«, sagte Orem.

»Ich bin dir den ganzen Weg gefolgt.«

»Meine Kupfer bekommst du nie.«

»Du hast aber gesagt, du würdest mich einstellen.«

»Wenn ich einen Job bekomme.« Aber plötzlich wirkte der Junge nicht mehr so eindeutig wie ein Dieb. »Hast du mir geglaubt?«

»Du hast zu dumm ausgesehen für eine Lüge.«

»Warum denkst du dann, ich würde eine Stelle bekommen?«

»Weil du mich nicht losgelassen hast, als ich dir ins Gesicht getreten habe.« Der Junge kicherte. »Du bist kein besonders guter Kämpfer, weißt du. Ein Mädchen könnte dich unterkriegen.«

Orem stieg vor Wut die Hitze ins Gesicht, aber er sagte nichts. Die Straße verbreiterte sich, und jetzt tauchten an beiden Seiten schmierige Läden auf. In der Mitte der Straße befand sich eine niedrige runde Mauer, wie eine Brunnenummantelung aus zerbrochenen Ziegeln. Orem wollte darum herumgehen, aber er hörte ein Geräusch. Es hörte sich an wie ein Singen, das aus einem Brunnen kommt. Er blieb stehen.

»Das ist die Zisterne«, sagte der Junge. »Singt die ganze Zeit. Hat nichts zu bedeuten. Die Zisterne ist leer.«

»Warum? Trocken?«

»Sie sind für Belagerungen. Es gibt in Inwit nie Belagerungen. Außerdem würde man die Stimmen ertränken.«

Orem trat an den Rand der Zisterne und beugte sich hinüber, um zu lauschen. Außer dem Singen drang ein so fauliger Geruch herauf, daß er zurücktaumelte, keuchte und hustete.

»Seit sie leer ist«, sagte der Junge, »wirft jeder seinen Scheiß hinein. Und Scheiße ist ziemlich direkt.« Und zur Demonstration hockte sich der Junge auf die Mauer, wobei sein Hinterteil weit über den Rand hinausragte. Ohne Vertun entleerte er sich und wartete dann mit geneigtem Kopf. »Hörst du das Platschen? Sie muß eine halbe Meile tief sein.«

»Und was ist mit den Stimmen?«

»Wahrscheinlich ein Chor von Ratten. Sie leben fein von

dem Schmutz. Bist du nicht Bauer? Weißt du nicht Bescheid über die magischen Fähigkeiten von Dung?« Beim Reden wischte sich der Junge mit der Linken sauber, spuckte auf die Hand und rieb den Schmutz ab, bis sie wieder sauber war. »Hier«, sagte er und deutete auf Orems Beutel. »Nehmen wir ein wenig Wasser.«

Orem schüttelte den Kopf.

»Oh, du teilst nicht einmal Wasser?«

»Es ist von der Quelle meines Vaters. Für den Brunnen im Kleinen Tempel.«

»Was, du bist ein Pilger? Du hast das Gesicht eines Priesters. Wie eine hungrige Ratte.«

»Ich habe bei den Priestern gelernt.«

»Ach so.« Der Junge nickte weise. »Ich wußte, daß du lesen kannst. Ich kann auch ein wenig lesen. Habe es mir selbst beigebracht.«

»Die Stimmen in der Zisterne. Wie lange geht das schon so?«

Der Junge zuckte die Achseln. »Mein ganzes Leben.«

Orem zitierte die Siebte Warnung von Priester Zenzil: »Lernt nicht die Lieder, die Stimmen in leeren Zisternen und in toten Brunnen singen.«

Der Junge blickte ihn fragend an. »Du kannst sie nicht lernen. Es gibt keine Worte. Und außerdem versteht sie niemand.«

Orem zog seinen Lendenschurz halb herab und setzte sich auf den Rand der Zisterne, um sich zu entleeren. Die Stimmen klangen deutlicher, ein Echo von Klagen und hohen Tönen, die ihn plötzlich mit Furcht erfüllten. Warum sollte ich Angst haben? fragte er sich. Dann blickte er den jungen Dieb an und dachte, er sähe Mord in seinen Augen. Ja, Mord, und was für einen besseren Zeitpunkt gäbe es schon, wo er hilflos über einem Abgrund saß, der tief in die Erde hineinreichte, wo niemand jemals eine Leiche finden würde, selbst wenn er sich die Mühe gab, nach einem heruntergekommenen jungen Mann mit einem Armenpaß zu suchen. Der Junge konnte einfach herbeirennen und ihn stoßen, und er würde tot sein. Und außerdem – ja, der Junge wirkte gespannt. Und beugte sich vor. »Bleib da –

oder bei Gott ...« Und dann leerten sich seine Därme, und er sprang von der Mauer und wich vor dem Dieb zurück.

»Nur eine Idee«, sagte der Junge lächelnd. »Hat nichts zu bedeuten. Wollte dir nur Angst einjagen.«

Orem tat das gleiche, was der Junge getan hatte, wischte erst sich selbst ab und dann seine Hand. Dann zog er seinen Schurz hoch. Er zitterte. Nicht nur, weil das Kind ihn hatte töten wollen, sondern weil ihn die Stimmen in der Zisterne gewarnt zu haben schienen. War dies vielleicht ein echter Zauber? Zum ersten Mal in seinem Leben hatte ihn Magie berührt.

»Tut mir leid«, sagte der Junge nach einem Blick auf Orems Gesicht. »War nur ein Scherz.«

Orem sagte nichts, ging nur von der Zisterne fort auf die Straße zu. Nach ein paar Schritten wußte er, wo er war. Die Pißstraße mit dem Pißtor am westlichen Ende.

»Laß mich nicht allein«, sagte der Junge.

Orem wandte sich wütend nach ihm um. »Merkst du nicht, wenn du unerwünscht bist?«

»Ich heiße Flohbiß.«

»Ich will deinen Namen nicht wissen.«

»Ich sage ihn dir aber trotzdem. Das war der Name, den mir meine Mutter gegeben hat. Sie stammt aus Brack, das liegt weit im Osten, und sie wurde von Seepiraten gestohlen und ist hier schließlich als Pisser geendet. Sie hatte einen Paß. Man gibt einem dort Namen wie Flohbiß, weil es das erste war nach meiner Geburt, was sie sah und was sie spürte. Ihr Mann liegt tot auf dem Grund des Meeres. Er hatte Perlen anstelle von Augen.«

»Warum glaubst du, interessiert mich das?«

»Du hörst doch zu, oder? Es sind ohnehin Lügen. Mein Vater ist noch am Leben. Er nennt mich Schlappschwanz und noch Schlimmeres, wenn er wütend ist. Er hat keinen Paß, also muß er sich im Sumpf verstecken, wenn die Wächter kommen. Ich bekomme keinen Paß, wenn meine Mutter nicht einen anderen Paßträger heiratet. Also stehle ich. Mir geht's gut dabei. Ich stehle für dich, wenn du willst.«

»Ich will nicht, daß du für mich stiehlst.«

»In Wahrheit ist mein Vater tot. Meine Mutter hat ihn umgebracht, als er mit einem Messer auf sie loswollte. Wir haben ihn im Garten begraben. Er wird von Blumen bedeckt sein, wenn ihn die Hunde nicht vorher ausgraben. Gestern abend war das.«

»Das ist alles Lüge.«

»Nur zum Teil. Laß mich mit dir gehen.«

»Warum? Was habe ich, das du willst? Wenn du glaubst, ich gebe dir eine Kupfermünze, wenn du mich in Ruhe läßt, wirst du über die Geschichte weinen müssen, die ich dir dann erzähle.«

»Meine Mutter ist verschwunden, mitsamt ihrem Paß.«

»Das interessiert mich nicht.«

»Ihr Liebhaber hat sie mitgenommen, nachdem sie meinen Paps umgebracht haben.«

Liebhaber. Das war ein sonderbares Wort. Was für eine Rolle spielte die Liebe in Inwit? Aber der Junge blickte ängstlich drein, und er sah so aus, als sei er jeden Moment bereit, loszuspringen, auf ein Wort hinwegzurennen. War dies denn wahr? Hatte er wirklich keine Eltern?

»Ich habe nichts«, sagte Orem. »Wenig genug für mich, nicht für dich.«

»Ich kenne die Stadt. Ich kann dir nützen.«

»Ich finde mich schon zurecht.«

»Wenn mich die Wächter schnappen, kann ich dein Bruder sein, und dann schneiden sie mir kein Ohr ab, weil ich keinen Paß habe.«

Das hatte Orem noch nicht bedacht. Daß sie einem Kind ein Ohr abschnitten.

»Würden sie nicht tun.«

»In Gottes Namen, das tun sie.«

Was sollte er mit einem solchen Jungen anfangen? Er würde es so aussehen machen, als versuche er eine Familie zu unterhalten, als sei er nicht mehr frei, würde ihm in den Weg kommen, ihn höchstwahrscheinlich um eine Arbeitsstelle bringen. Geh weg. »Komm mit.«

Flohhüpfer grinste, und plötzlich war sein Pathos verschwunden. Hatte er ihn doch betrogen? Orem schalt sich einen Narren. Aber er schickte ihn nicht fort.

»Wie heißt du?« fragte der Junge.
»Sie nennen mich Schmalhans.«
»Bei Gott, dieser Name ist schlimmer als meiner.«
»Ich nenne dich Floh. Das ist kein schlechter Name.«
»Und ich nenne dich Schmaler.«
»Du nennst mich Herr.«
»Das glaubst auch nur du! Komm, ich habe gehört, wie andere auf der Landstraße Jobs gefunden haben.« Und sie mischten sich unter die Menge auf der Pißstraße.

Floh war ein Gefährte, wie ihn Orem noch nie in seinem Leben gehabt hatte. Er war so keck, daß selbst die Kälte der Ladenbesitzer Grund zum Lachen abgab. Floh verbeugte sich und machte den Ladenbesitzern weitschweifige Komplimente – denen, die sie nicht sofort wieder hinauswarfen. Und wenn man sie wieder fortschickte, dann äffte Floh sie nach und spottete. »Oh, ich liebe dich wie einen Sohn, aber auch wenn ich einen Sohn hätte, ich müßte ihn ohne Arbeit fortschicken, Jungs, ihr müßt verstehen, die Zeiten sind so hart, daß ich sterbe, wenn das noch zwanzig Jahre so weiter geht!«

Orem lachte oft über Floh und lernte mehr kennen, weil er sich so gut in Inwit auskannte, aber am späten Nachmittag wurde klar, daß es keine Arbeit auf der Ladenstraße für ihn gab. Er brauchte eine Ruhepause, und Floh führte ihn auf einen großen Friedhof. Die Bäume waren für Orem wie der Himmel, wie sein Zuhause, auch wenn es kein Gebüsch gab und die Bäume gestutzt und gezäunt waren. Wie zu Hause, aber es gab keine Vögel. Orem bemerkte es und sagte es.

»Die Toten nehmen sie und fliegen«, sagte Floh. »Sie fliegen auf Vogelrücken überall hin. Daher darf man nie einen Vogel töten. Es könnte ein Geist sein, der nicht mehr nach Hause kann, und er wird dich auf ewig verfolgen.«

»Die Toten sind doch in den Netzen Gottes«, sagte Orem.

Floh blickte ihn unverständig an. »Ich dachte, du wärst kein Priester.«

»Ich bin gar nichts, wenn ich keine Arbeit finde«, sagte Orem. »Ein Mann ist das, was er tut, um sein Brot zu verdienen. Ein Schreiner, ein Bauer, ein Halbpriester, ein Bettler.«

»Oder ein Dieb?« fragte Floh. In seiner Stimme lag ein Hauch Wut.

»Warum nicht? Wenn du davon lebst?«

»Ich stehle, Schmaler, aber das ist nicht, was ich bin.«

»Was bist du denn?«

»Ein Mann ist das, was er sich zu tun getraut. *Ich* spiele mit Schlangen.«

Orem zuckte mit den Achseln. »Ich weiß nicht, was das bedeutet.«

Floh grinste. »Dann komm und sieh es dir an, Schmaler!«

In der Schlangengrube

Orem vermutete, daß sie sich in der Nähe der Sümpfe befanden, als der Gestank der Stadt immer schlimmer wurde und die wenigen Hütten auf Pfählen standen. »Halte dich dicht bei mir«, sagte Floh. »Hier gibt es Treibsand, und der Sumpf kann dich hinabsaugen, wenn du einen falschen Tritt machst. Halte dich bei mir.«

Orem hielt sich direkt hinter ihm und folgte, so gut es ging, dem geschlängelten Pfad, den Floh durch die dickwurzeligen Bäume und Rohrkolben beschrieb. Nach ungefähr einer Meile durch bedeutungslosen Nebel blieb Floh unvermittelt stehen. Orem prallte fast auf ihn.

»Halte dich zurück«, sagte Floh. »Man weiß nie, was die Schlangen tun.«

Floh machte einen Stock mit einer kurzen Gabel am Ende – er sah aus wie zurechtgeschnitzt. Damit fing er an zu graben und die Erde von einem in der Erde verborgenen Brett zu kratzen. Dann schob er ihn unter den Rand des Bretts. Aus dem Loch drang ein hoher, jammernder Ton. Unfreiwillig wich Orem zurück. Es gab kein Kind in Burland, das nicht wußte, daß das Klagen einer Heulnatter den Tod bedeutete, wenn man nicht fortlief. Sie lebten nur an solchen Orten, wo sich das Land nicht entscheiden konnte, ob es ein See war oder Land. Es gab immer guten Grund, sich aus Sümpfen fernzuhalten.

Floh lachte, aber nicht über Orem. »Drei Tage, und sie ist nicht erstickt. Das ist aber schön!«

Orem sah fasziniert zu, wie Floh das Brett vorsichtig beiseite schob, immer mit dem Stock. Wenn sich eine Natter bewegte, dann so rasch wie ein Vogel, schnell und unsichtbar, bis sie wieder innehielt. Und da war sie, ein grüner Blitz, der über den Boden schoß, in Richtung auf das nächste Wasser. Sie kam nur ein paar Schritt weit und lag dann wieder mit windendem Körper unter Flohs Stock.

»Kann ich dir mein Leben anvertrauen?« fragte Floh.

»Heute ja.«

»Dann halt diesen Stock und laß nicht los.«

»Nein.«

»Wenn diese Natter das Wasser erreicht und trinkt, wird sie uns aus dem Sumpf folgen, das weißt du.«

»Das ist eine Geschichte, mit der man Kinder erschreckt.«

»Erzähl das den toten Kindern im Sumpfdorf.«

Orem nahm den Stock. Bei der leisesten Veränderung des Drucks jammerte die Natter in hohen Tönen, aber Orem hielt sie fest. Floh lachte nervös. »Genau, genau, halt sie fest, man sagt, sie seien wie Frauen, erst die Musik, und dann, wenn sie beißen, den Tod.« Orem wußte, daß Floh nur redete, um den Klang seiner Stimme zu hören. Die Schlange begann, mit dem Körper um sich zu schlagen.

Floh tat, als beachte er das überhaupt nicht – er streckte die Hand aus und packte die Natter direkt hinter der Stelle, wo der Stock sie hielt, und zog sie dann langsam zurück, bis der Kopf direkt unter dem Stock war. Die Natter gab einen erstickenden Laut von sich, aber Floh summte. Jetzt wagte er sich, sie direkt hinter dem Kiefer anzufassen; er hielt sie sehr, sehr fest. »Noch nicht«, flüsterte er. Die Schlange jammerte. Floh ließ die Linke über den sich windenden Körper der Schlange gleiten, bis er auch den Schwanz fest hatte. »Und jetzt laß los.«

Orem wartete – angstvoll – noch eine Sekunde.

»Laß los, oder willst du sie erwürgen?«

Er ließ los. Sofort wand sich die Schlange heftig in schrecklichen Zuckungen. Floh hielt sie fest. Die Schlange jammerte, sie schrie, als sei ein Kind gestorben. Floh kicherte erleichtert. »Schöner Trick, ganz schön schwierig. Wenn man den Schwanz nicht hält, peitscht sie ihn in dein Auge, und dann läßt du sie fallen, und sie haut ab. Jetzt komm. Die Grube liegt ein Stück weiter.«

Orem hatte gehofft, daß das Fangen der Schlange das Soll an Mut für diesen Tag erfüllt hätte. Er hätte Floh gern zurückgelassen, aber er kannte den Weg zurück aus dem Sumpf nicht.

Die Schlangengrube war nicht tief – es konnte keine tiefen Gruben im Sumpf geben, denn das Wasser würde in jede Senke sickern. Sie waren erst einige Augenblicke da, als andere Jungen ankamen, ein jeder eine Schlange am Hals.

»Floh!« riefen einige. Und »Biß!« Floh hielt ihnen spielerisch den Kopf der Schlange entgegen. Ein paar betrachteten Orem.

»Schmaler«, sagte Floh anstelle einer Vorstellung. »Er ist ein Pisser, aber sonst in Ordnung.«

Einer nach dem anderen kamen die Jungen an den Rand der Grube und warfen die Schlangen hinein. Jede Natter schlängelte sich unverzüglich zum Wasser und trank. Dann versuchten sie herauszugleiten, auf die Jungen zu. Jede Schlange, die sich dem Rand näherte, wurde mit dem Stock zurückgeworfen. Es hörte sich an wie bei einer Beerdigung, so jammerten und klagten die Nattern.

»Du, Schmaler«, sagte einer der Jungen. »Du hast keinen Stock. Du übernimmst die Ratten.«

»Ratten? Floh instruierte ihn rasch über das, was Orem nicht wußte. »Da rechts, in der Burg.«

Die Burg war eine Steinmauer mit einem Dach aus Holz. Drinnen befanden sich huschende, quiekende Ratten. Orem war nicht begeistert über die Vorstellung, hineinzulangen und eine herauszuholen. Wieder erteilte ihm Floh einen Rat. »Nimm den Beutel und halt ihn bereit, und nimm einen Stein aus der Mauer.« Orem versuchte es ungeschickt einmal, und die erste Ratte entkam; die beiden nächsten landeten im Beutel, und dann konnte er den Stein zurück in die Mauer treten, so daß die anderen drinnen blieben. Die Ratten bekämpften einander und strampelten in dem Beutel, sprangen in alle Richtungen und machten es schwer, ihn festzuhalten.

»Hast du zwei?«

Orem nickte dem Jungen zu, der gefragt hatte; er war der einzige, der in Orems Alter zu sein schien.

»Vermutlich willst du nicht nur eine greifen.«

Orem zuckte die Achseln. Nicht gut, sich selbst als Feigling hinzustellen. »Wie ihr wollt.«

»Eine also. Und wirf sie mitten hinein.« Der Ältere sah ihm nicht zu – er hatte genug zu tun, die herausschnappenden Nattern wieder zurück ins Wasser der Grube zu stoßen.

Orem hielt den Beutel an der Öffnung mit der einen Hand zu und benutzte die andere, um den Stoff zwischen den Ratten zusammenzudrücken. Die eine am Boden hielt er zurück, indem er den Beutel in der Mitte mit den Knien zusammenhielt. Dann machte er den Sack vorsichtig kleiner, bis die andere vor der Öffnung gefangen war und sich nicht mehr bewegen konnte. Vorsichtig drehte er sie so herum, daß der Rücken vor der Öffnung lag. Vielleicht bekomme ich Pisse an die Finger, dachte er, aber das ist besser als Zähne.

Vorsichtig öffnete er den Beutel gegen den Druck der Finger seiner anderen Hand und fühlte nach der Ratte, bis er ein Hinterbein fand. Dann öffnete er ihn weit, zog die Ratte mit einem Ruck heraus und schleuderte sie mit einer einzigen Bewegung mitten unter die Schlangen.

Wenn er auf bewunderndes Gemurmel gehofft hatte, wurde er enttäuscht. Die Ratte landete fast in der Mitte der Grube, aber sofort beobachteten die Jungen, wie sich ihre Schlangen verhielten. Die Nattern wurden totenstill, und die Ratte hing zwischen den Mäulern von einem Dutzend Schlangen, die sie alle festhielten. Die Ratte hatte kaum Zeit zu kreischen, soviel Gift hatte sie in sich; aus ihrem Maul schoß Blut, das aus den tiefsten Eingeweiden hervordrang, und dann war sie nur noch Fell und Knochen und

Fleisch. Die Schlangen kämpften und zerrten, und die Ratte wurde regelrecht in Stücke gerissen. Einige Schlangen bekamen nichts ab, und schließlich hingen nur noch zwei an dem Nager, und beide schluckten wütend, bis sie sich Fangzahn an Fangzahn gegenüber lagen, beide tief in die Ratte verbissen.

Die beiden Jungen, deren Schlangen auf diese Weise verbunden waren, heulten einander Glückwünsche zu. Sie hatten den ersten Teil des Wettbewerbs gewonnen. Es war jedoch nur für ihre Schlangen das Ende der Vorstellung, denn jetzt begannen die anderen heulend nach ihnen zu schnappen. Nattern sind nicht leicht durch ihr eigenes Gift umzubringen, aber nach ein paar Dutzend Bissen wurden sie langsamer, und nach hundert Bissen starben sie. Jetzt begannen die anderen Schlangen zu beißen und alles zu fressen, was ihnen zwischen die Fänge kam. Einige starben, nachdem sie den Körper einer anderen halbwegs verschluckt hatten, einige starben mit nichts, und am Ende, als alles still war, traten die Jungen näher, um Bestandsaufnahme zu machen. Welche Schlange hatte wieviel von den anderen gefressen?

Orem versuchte herauszufinden, worum das Spiel ging. Jene, deren Schlangen übriggeblieben waren, entweder angefressen oder nicht, waren offensichtlich aus dem Spiel – sie trotteten knurrend fort. Die anderen Jungen schätzten ab, wie tief eine Schlange verschluckt worden war, ehe sie starb, und die Jungen taten sich entsprechend der Schlangenpaare zusammen, und immer hatte einer ein triumphierendes Gesicht und der andere ein grimmiges. Zum ersten Mal kam Orem in den Sinn, daß keiner dieser Jungen Geld hatte. Was war also der Preis? Was hatten die anderen verloren?

»Deine ist am weitesten aufgefressen«, sagte der älteste Junge zu einem Jüngeren.

»Schau sie dir doch an«, sagte der Verlierer. »Das war doch eine kleine Schlange.«

»Ich habe recht«, sagte der Ältere.

»Ich sagte, schau hin. Deine ist am weitesten aufgefressen.«

Orem betrachtete die Schlangen und dachte, der Jüngere habe wohl recht. Er dachte auch, wenn der Verlust nicht etwas Hartes bedeutete, wäre es die Sache nicht wert gewesen, über diesen Punkt zu streiten; denn der Ältere machte eine so fröhliche Miene, daß es einem fast Angst einjagte.

»Ich sage nein.«

Der Jüngere sah furchtsam aus, aber immer noch trotzig. »Ich bin nicht hergekommen, um von einem Fresser wie dir übers Ohr gehauen zu werden«, sagte er laut. Die anderen Jungen wichen zurück.

»Ich auch nicht«, gab der Ältere zurück. »Ich auf keinen Fall. Ich nicht, sage ich. Du sagst es auch. Ich nicht.«

»*Ich* nicht!«

Nun erfolgte eine Berührung der Brust, ein Schritt zurück, ein Stoß, ein Schritt. Orem hatte den Blick des Älteren schon zuvor gesehen – es waren die Gesichter von Cressam und Morram und Hob, als sie ihn in den Heustapel warfen, damit er bei lebendigem Leibe verbrenne.

»Hopp, das macht doch nichts«, sagte Floh. Wer war Hopp? Wollte Floh den Älteren beruhigen oder dem Jüngeren versichern, daß Verlieren nicht so schlimm sei? Orem wußte es nicht, denn kein Junge gab ein Zeichen, daß er es gehört hatte. Der Streit ging nicht mehr um die Schlangen. Es ging darum, wer nachgab.

Und dann war es vorbei. Der Jüngere stieß zurück, nur einmal, und der Ältere packte ihn und schleuderte ihn mit einer einzigen Bewegung in die Grube. Zuerst wurde Orem nur übel bei dem Gedanken an die Landung auf den Schlangenleichen. Dann entdeckte er, daß die Nattern nicht tot waren. Sie waren nur ruhig und träge. Als der Junge auf den Schlangen im Wasser landete, erwachten einige wieder zum Leben, rasch genug, daß sofort mehrere Schlangen an ihm hingen. Orem konnte nicht anders. Er schrie mit dem gleichen Entsetzen wie der Junge. Es war schlimm genug, daß die Fangzähne die Haut durchbohrten wie Nähnadeln, aber die Schlange, die an seinem Auge hing, sah aus, als sei sie dort angewachsen. Der Junge beugte sich vor und schien alles Blut seines Körpers zu erbrechen. Dann fiel er um und blieb so still liegen wie die

Ratte, und die Schlangen versuchten vergeblich, die Kiefer weit genug aufzusperren, um ihn ganz zu verschlingen.

Aus irgendeinem Grund war alles, woran Orem denken konnte, wie der Hund Klasins Schulter mit seinen Zähnen gepackt und zerfleischt hatte. Aber dies hier war kein so ruhmreiches Opfer. Der Junge war von Schlangen bedeckt, die ihn mit den Körpern umschmeichelten und ihn mit den herausschießenden Zungen kitzelten, aber Orem konnte sich nicht abwenden.

»Hast du genug gesehen?« fragte Floh leise.

Orem konnte nicht sprechen.

»Wir gehen jetzt«, sagte Floh, »sonst kommen wir nicht mehr lebendig aus dem Sumpf. Kommst du?«

»In Wasserwacht«, sagte Orem, »haben wir gerungen und gekämpft. So haben wir gespielt.«

»Es gibt davon keinen Namen für einen Mann«, sagte Floh. »Aber ich erinnere mich, daß du schnell genug warst, für vier Kupfermünzen nach meinen Eiern zu greifen.«

Orem folgte Floh aus dem Sumpf und hörte den ganzen Weg entlang das Jammern der Nattern hinter sich. Erst als sie bei den Kneipen ankamen, merkte Orem, daß er immer noch den Beutel mit der Ratte hielt. Impulsiv schleuderte er ihn fest gegen eine Hausmauer.

»Im Namen Gottes!« rief Floh. »Was machst du da?«

»Ist sie so wertvoll?« fragte Orem.

»Nicht die Ratte, Hip, das Haus. Wenn du ihnen ein Loch in die Wand brichst, bringst du sie vielleicht im nächsten Winter um, wenn sie kein Flickwerk finden.«

Das Haus war heilig, aber ein Junge konnte um nichts und wieder nichts im Sumpf sterben. Orem reichte Floh den Beutel. Floh drehte ihn um und ließ die Ratte heraus. Das Tier war nicht tot, aber der Schlag gegen die Mauer hatte es benommen gemacht. Es torkelte davon. Floh gab ihm einen Tritt und schickte es dreißig Meter durch die Luft, und es strampelte im Flug.

»Worum ging es?« fragte Orem. »Für die Jungen, die verloren?«

Floh zuckte die Achseln. »Nur ein kleines Spiel. Hopp

hätte nicht streiten sollen. Er hat eine Schwester, die für ihn bezahlt.«

»Hast du auch eine Schwester?« fragte Orem.

»Nein«, antwortete Floh. »Aber ich verliere auch nicht.« Er grinste. »Ich verstehe etwas von Nattern.«

»Warum tust du das?« fragte Orem. »Warum spielst du so mit dem Tod?«

Floh zuckte die Achseln. »Ich bin eben so.«

Das Geheimnis des Brunnens

Orem bestand darauf, daß er den Weg von der Holzstraße nach Hause selbst finden könne, und sie trennten sich, um am nächsten Morgen Orems Arbeitssuche wiederaufzunehmen. Orem hatte noch etwas zu tun, ehe er in die Schenke zurückkehrte. Er fand seinen Weg durch die dunkler werdenden, leerer werdenden Straßen bis zum kleinen Tempel, und ein Halbpriester zeigte ihm den Brunnen, zu dem die Fremden immer kamen.

Es war kein bedeutender Brunnen. Niemand bat ihn um Bezahlung oder eine Opfergabe; er ging hin und goß seine Flasche mit Quellwasser aus. Er war nicht sicher, welches Gebet er aufsagen mußte, also murmelte er ein Gebet für seinen Vater, und dann tauchte er die Flasche ein und füllte sie mit dem Heiligen Wasser, das nach Glasins Auskunft so wertvoll war.

Ehe er ging, sah er in das Wasser, um herauszufinden, wie sich der Brunnen füllte, und um die Stelle zu finden, wo die Quelle eintrat. Er suchte eine Weile, ehe er merkte, daß es so etwas nicht gab. Es war einfach ein Teich, keine Quelle. Ohne es gekostet zu haben, goß er das Wasser wieder aus. Der Brunnen wurde von allen Besuchern Inwits gefüllt, die Wasser von zu Hause mitbrachten und von Inwit nichts anderes mitnahmen, als die halbverdunsteten Gaben, die die anderen Narren mitgebracht hatten. Alles Betrug. Orem spuckte fast ins Wasser, hielt aber inne, als er daran dachte, daß der nächste Besucher nicht durch ihn Schaden erleiden sollte. Er hätte sein Wasser mit Floh teilen können, wenn er es gewußt hätte. Und das machte ihn am wütendsten, daß er so geizig mit dem Wasser umgegangen war.

Im »Grab und Spaten« forderte der Schankwirt ein weiteres Kupferstück von ihm.

»Aber ich habe gestern abend für zwei Nächte bezahlt.«

»Ich weiß, aber die eine Münze ist für Morgen.«

»Aber das ist nur eine Nacht. Das kostet nur eine halbe.«

»Bleib und benutze sie zweimal.« Das war alles. Der Paß galt drei Tage, die Zimmer für zwei mal zwei Nächte, und er konnte es entweder annehmen oder ablehnen. Immerhin bekam Orem eine Schüssel Suppe. Man hatte auch ein Gewissen.

14

Diener

Ich habe nie gewußt, was Sehen ist, außer, aus einem Nebel zu kommen, so sagte Orem, der Kleine König, und er sagte es mir, als er dachte, er sei nicht klug.

Das Wasser der Königin

Es sah kaum aus wie Morgen, als Orem die Schenke verließ, so dick war der Nebel. Die Gebäude auf der anderen Straßenseite waren kaum zu erkennen, ehe er sich auf der Straßenmitte befand. Unvermittelt ragten andere morgendliche Passanten aus dem Nebel auf und stießen fast mit ihm zusammen. Er mußte langsam gehen und aufpassen. Hier und dort hörte man Flüche, dann und wann einen Streit darüber, ob jemand blind sei oder nur ein Tolpatsch. Orem hatte Angst, sich zu verirren und seinen letzten vollen Tag in der Stadt zu vergeuden, aber Floh fand ihn.

»Kümmere dich nicht um den Nebel«, sagte Floh, »wenn wir wegen Nebel drinnenbleiben, würde verdammt wenig Arbeit getan in Inwit. Ich hatte heute morgen bereits drei Kupfermünzen, ohne nur ein Messer in einen Beutel zu stecken.«

Es machte Orem unbehaglich, von einem Dieb begleitet zu werden, aber er hatte keinen anderen Führer, und an einem Tag wie diesem brauchte er Floh mehr denn je. Gestern hatten sie es auf der Nordseite versucht. Heute gingen sie nach Osten, in der Hoffnung, Arbeit für Orem in einem Zahlhaus zu finden, wo ihn seine Fähigkeiten des Lesens und Schreibens vielleicht nützlich werden konnten.

Aber in dem östlichen Teil wollten sie weder Leser noch

Schreiber noch Rechner. Man wollte Jungen für grausame Wettspiele, für die Betten der Päderasten – Jungen, die einfach verschwinden konnten, und niemand würde sich um sie kümmern. Zweimal redete sich Orem aus einem Ort, den sie besser vermieden hätten; zweimal mußte Floh sie herauseisen, und zwar nicht durch Reden. Sie ließen einen Spieler zurück, der sich die eingetretenen Hoden festhielt. In der Großen Börse befanden sie sich in größerer Gefahr, denn als sie das lohnende Angebot von einem Pimp von Bankier abschlugen, erhob er ein Diebsgeschrei. Der Nebel rettete sie, sowie Flohs Fähigkeit, seinen Weg durch Orte zu finden, an denen Erwachsene sie nicht suchen würden. Am späten Nachmittag langten sie erschöpft vom Rennen am Ende eines Aquaedukts an.

Die großen wassertragenden Bögen endeten gerade vor der Straße. Am Fuß des Bogens befand sich ein kleiner Wassertümpel, den die Wächter übersehen hatten, und der von einer Menschenmenge umgeben war, die darauf wartete, daß sie eine Flasche, einen Krug, einen Wasserbeutel hineintauchen und füllen konnten.

»Durst?« fragte Floh.

»Sind wir denn sicher, wenn wir hier lange warten? Meinst du, sie verfolgen uns nicht mehr?«

Floh grinste. »Versuchen wir, die Schlange kürzer zu machen.« Er ging zwischen den Menschenreihen entlang bis zu einer Stelle ziemlich dicht vor dem Wasser und sagte mit großartiger Geste laut: »So freundlich ist die Königin.«

Jemand in der Nähe versuchte, sie zum Schweigen zu bringen, aber die anderen taten so, als hätten sie nichts gehört. »Wasser«, sagte Floh, »aus dem großen Wasserhaus im Schloß. Eine Quelle, die das ganze Jahr über gut fließt, ohne daß man graben muß; sie fließt einfach, und aus reiner Menschenfreundlichkeit läßt die Königin die Hälfte des Wassers in die Stadt fließen. Und nachdem das Wasser in die reichen Häuser auf beiden Seiten der Straße der Königin gepumpt ist, und nachdem der Tempel und die Zünfte und die Wasserfälle im Park ihr Wasser bekommen haben, gibt es diese kleine Pfütze hier für das Volk von Inwit.«

Diese Rede zeigte Wirkung. Sie waren allein an dieser Stelle des Teiches, denn die Leute vor und hinter ihnen waren zur Seite gewichen, hatten sich von der lauten Diskussion über die Königin abgesetzt. Aber es war nichts Verräterisches gesagt worden; die Wächter konnten nur wütend blicken, als Orem seine Flasche ins Wasser tauchte und sie randvoll wieder hochbrachte. Er trank jedoch nicht. Er reichte das Wasser Floh und goß bewußt ein wenig auf dessen Hand, als dieser danach griff. Floh sah ihn überrascht an und gab ihm dann feierlich einen Teil des Wassers zurück. Es war angemessen, daß sie das Wasser teilten, auch wenn Floh ein Dieb war und Orem fast einmal ein Gottesmann gewesen wäre.

Der Diener eines Dieners

Sie machten am Nordufer des Teiches eine Pause, am Eingang zu einer Gasse, die zwischen großen Häusern verlief. Livrierte Diener liefen aus und ein. Orem beobachtete sie, die alle so geschäftig waren, alle so wichtig, und doch Zeit hatten für ein Lächeln oder ein Nicken für andere, ob sie die eigene Livree trugen oder nicht. Oh, es gab welche, die gingen so kalt aneinander vorbei, wie es nur ging, aber auch das war so deutlich, daß es ein Zeichen für einen Streit war – unter den Dienern gab es keine Fremden.

»Vergiß es«, sagte Floh.

»Was?«

»Von den Großen Häusern wirst du niemals angestellt. Du kommst niemals an dem Türhüter vorbei.«

»Dann gehen wir eben nicht durch den Vordereingang.«

Floh weigerte sich. »Wenn wir zurückgehen, denken sie sicher, wir seien Diebe.«

»Wir sind einmal davongekommen«, sagte Orem.

»Aber verdammt knapp«, antwortete Floh.

»Du hast mit den Schlangen gespielt, und du hast Angst vor Dienern?«

Also ging Floh mit ihm, hielt sich aber dieses Mal im Hintergrund und zwang Orem, voranzugehen. Rasch wurde die Straße schmaler, und wenn auch immer noch Nebel herrschte, gab er den Gebäuden links und rechts doch nicht mehr als einen gräulichen Schimmer. Zuerst gab es immer noch Tore, denn ein paar der weniger großen Häuser gingen auf die Gasse und nicht auf die Straße. Dann hörten die Tore auf, und unvermittelt erweiterte sich die Gasse zu einem Platz zwischen hohen Häusern. Auf dem Platz gab es ein kleines Labyrinth von Sträßchen, und entlang der Sträßchen kleine hölzerne Nachbildungen der großen Steinhäuser. Hatten die großen Häuserfassaden Säulengänge? Dann gab es hier feingeschnitzte Holzpfosten. Hatten die großen Häuser viele, große, vergitterte Fenster? Dann waren diese kleinen Häuschen besetzt mit Fenstern, und Holzstangen gaben Bronze und Eisen ihrer Vorbilder wieder. Die Diener imitierten ihre Herren so gut es ging, wenn auch ihre kleinen Häuschen in die Küchen der großen gepaßt hätten.

Orem hatte keine Ahnung, wohin er sich wenden sollte, als er hier ankam. Er hatte eine Herausforderung erwartet, aber niemand tat ihm den Gefallen. Es gab andere Leute ohne Livree, die ebenso einfach gekleidet waren wie er. Das gab ihm Hoffnung. Vielleicht gab es hier wirklich Arbeit.

»Ist wie eine kleine Stadt«, flüsterte Floh.

»Komm«, antwortete Orem. Kühn schritt er auf das hintere Tor eines großen Hauses zu, wo die Küchenfeuer heiß und rauchig brannten und mehr Nebel ausstießen, der das Licht trüb und gelblich machte.

»He, Jungs!« Aus dem Eingang eines Holzhauses beobachtete sie ein alter Mann.

»He, Alter«, rief Orem zurück.

»Wollt ihr Arbeit?« wollte der Alte wissen.

»Nichs lieber als das«, antwortete Orem.

»Ach ja, Arbeit. Alle Welt will Arbeit, außer denen, die bereits eine Stelle haben. Und abgesehen von mir. Ich habe eine nette Pension und sitze den ganzen Tag auf der Veranda und sage ›Hallo‹ zu Jungen in hoffnungslos bäuerlicher Kleidung. Wißt ihr, daß diejenigen im Haus, die kochen und schlachten, die backen und bedienen, wissen, daß ihr kommt?«

»Das wissen sie? Wie denn?«

»Der Geruch eines Bauernjungen und eines Burschen aus der Sumpfstadt kann schon Straßen weiter gerochen werden. Das grobe Klopfen eurer Holzsandalen und der grobe Akzent eurer Sprache verraten euch mehr als alles andere. Man hat euch gesehen, als ihr beim öffentlichen Brunnen wart. Ihr wurdet bemerkt, als ihr euch bei den Portalen unseres kleinen Gäßchens hingekauert habt. Und jetzt werdet ihr von einem alten Mann untersucht, der nichts besseres zu tun hat, als die armseligen Fremden abzuweisen, die denken, es gäbe hier Arbeit für sie.«

Orem war nun schon zu oft abgewiesen worden; er hatte die Angst vor der Zurückweisung verloren. »Hier gibt es Arbeit. Warum sollte ich sie nicht tun können?«

Der Alte kicherte. »O ja, ja – aber du kannst es nicht. Jeder Mensch kann lernen, ein Edelmann oder ein Bettler zu werden, aber zu einem echten Diener muß man geboren sein.«

»Ich war dazu geboren, ein Priester oder ein Schreiber zu werden«, sagte Orem. »Ich bin nicht duldsam genug für das eine und nicht stark genug für das andere. Warum kann ich nicht lernen, was Diener tun? Jemand mußte doch der erste Diener sein – wer hat es ihn gelehrt?«

»Genau – das ist das erste, was du ablegen mußt – diese Unverschämtheiten.«

»Gehen wir«, sagte Floh. »Er will nur quatschen.«

Der Alte hörte ihn und rief ärgerlich: »Geht weg! Wenn ihr nicht wollt, was ich zu bieten habe, dann geht! Ihr werdet von mir keine zweite Chance bekommen.«

»Was bietest du denn an?« fragte Orem.

»Eine Arbeit und einen Paß. Bedeutet euch das etwas?«

Sie blieben stehen und hörten zu. Er winkte sie hinter sein Tor, und bald standen sie vor dem Alten, der sie zahnreich angrinste. Seine Zähne waren alle aus Bronze. Er sah damit aus wie eine Statue, zumindest der Mund. Es war wie ein Wunder, wenn er redete.

»Bleibt stehen, jawohl, das tut ein Diener, wenn sein

Herr spricht. Steht still und seht mich respektvoll an, und blickt nicht beiseite, nein, und lauscht auf jedes Wort, für den Fall, daß ich euch eine Frage stelle. Ihr dürft niemals dabei erwischt werden, daß ihr nicht zugehört habt. Und setzt einen Fuß zurück, damit ihr immer bereit für eine Verbeugung seid, und habt immer eine Antwort auf den Lippen. Ihr nennt euren Herrn ›geehrter Herr‹ und seinen Sohn ›junger Herr‹ und seinen zweiten Sohn und alle Töchter ›Gesegnete‹ und seinen dritten und die folgenden Söhne ›hoffnungsloser Herr‹, dies mit dem gleichen Respekt und mit einem Hauch Ironie, damit sie wissen, ihr seid ihr Freund, wenn es auch ihr Vater nicht ist. Und wenn jemand Herr eines anderen Hauses ist, dann ist er ein ›geschätzter Herr‹, es sei denn, dein Herr und er stehen nicht auf gutem Fuß, denn dann wird er zur ›hohen und edlen Eminenz‹, was man völlig ohne Ironie sagt, damit er nicht die phallische Bedeutung mitbekommt, und seine Frau nennt man ›geehrte Dame‹, wenn sie eine Freundin ist, aber wenn dein Herr sie verachtet, ist sie die ›fruchtbare Mutter einer adligen Familie‹, und wenn eure Dame sie verachtet, ist sie der ›Neid der Nationen‹, und wenn sie sie beide verachten, dann sagt ihr nichts, sondern verbeugt euch ganz tief und berührt mit der Stirn den Boden, was für sie eine unerträgliche Beleidigung ist, aber sie wird es nicht wagen, zu antworten. Habt ihr das verstanden? Könnt ihr das jetzt?«

»Wenn du mich fragst, das ist alles Scheiße«, sagte Floh.

»Aber du, junger Bursche, so groß und dünn wie der letzte Rauch aus einem Weihrauchspender, hast du es verstanden?«

Orem lächelte. »Im Haus Gottes hatten wir es ebenso schwer. Wenn man mit einem sündenbeladenen Herzen mit Gott spricht, aber andere zugegen sind,und du keine Fragen willst, dann redest du Gott an als ›Heiliger, der im Himmel wohnt‹. Wenn man seine Sünden beichten und Buße tun will, dann redet man ihn mit ›Heiliger Vater, der die Schwachen liebt‹, an. Wenn man um Gesellschaft Höhergestellter betet, lautet der Name Gottes ›Meister der Brüder‹, aber wenn man um Gesellschaft gemeiner Leute oder gemischte Gesellschaft betet, ist es: ›Schöpfer von allen, Erster und Oberster‹, und wenn der König zugegen ist, dann ...«

»Genug, genug«, rief der Alte. »Du bist also als Priester ausgebildet, ja?«

»Genug, um zu wissen, daß ich niemals Priester sein werde.«

»Und auch kein Diener in einem großen Haus. Nicht, daß dir jemand Übles will. Überhaupt nicht. Wir wollen nur dein Bestes. Aber die Arbeit eines Dieners muß unsichtbar getan werden, und alles muß schweigend geschehen, die Arbeit eines Dieners muß so getan werden, als würde keine getan. Ein Diener ist wie ein Tänzer. Es ist eine Kunst. Eine Kunst, und wir sind dazu geboren und aufgezogen, und es gibt keine Hoffnung, daß man einfach da so hineinstolpert. Was, wenn der Herr zuviel Wein trinkt und noch mehr verlangt?«

Orem lächelte ein wenig und zuckte die Achseln. Wie sollte er das wissen?

»Gießt du Wasser in seinen Wein? Niemals. Kannst du es ihm abschlagen oder ihm nur ein halbes Glas geben? Niemals. Nein, du fügst den stärksten Gin hinzu, den du findest, und dann haut ihn das nächste Glas um, und dann steht ihr freundlich neben ihm und verabschiedet seine Gäste in seinem Namen, einen nach dem anderen, und sie alle berühren beim Gehen seine Hand, damit ihr ihm am nächsten Morgen erzählen könnt: »Ihr habt jedem die Hand zum Abschied gegeben.« Niemand denkt übel über ihn, weil es mit Anstand geschah, und wenn er auch in Wahrheit weiß, was ihr getan habt, hat er doch nichts dagegen, weil es immer so gemacht wird. Wir sind es, die alles in Inwit in Gang halten. Wer, glaubt ihr, dient im Palast? Wir, die fünfzig Familien. Wir sind die einzigen Diener in Inwit und sind es immer schon gewesen. Als Gott seinen Namen noch Fremden verriet, da haben wir schon das Brot gereicht und das Fleisch geschnitten. Braucht das Haus Grell einen Jungen für die Treppe? Ich habe einen Neffen. Braucht das Haus Bran eine Frau für die Kinder? Meine Frau hütet Kinder und bringt ihnen noch das Tanzen bei.

Meine Familie heißt Färber und wir haben einen Mann oder eine Frau in jedem großen Haus, auch in verantwortlichen Positionen. Auf der Straße der Königin passiert nichts, was wir nicht wissen.«

Mir tun die Füße weh, dachte Orem. Wie lautet dein Angebot?

»Glaubt ihr, die Herren regieren in Inwit? Quatsch. Wir sind es. Es ist einer von uns, der als Majordomo über das Haus gebietet. Wer ist sein Verwalter, der sich um das Land kümmert, wenn nicht einer von uns? Oh, der Herr trifft die Entscheidungen, aber wer gibt ihm die Informationen, die er zur Entscheidung heranzieht? Wir sind die Herren von Inwit, wir sind Ebbe und Flut von allem. Wir geben ihnen, was ihnen zusteht, und sie denken, sie bezahlen uns! Sie denken, sie haben uns angestellt!«

»Aber das Angebot, von dem du geredet hast, was könnte das sein?«

Der Alte beugte sich vor und lächelte. »Nun, wenn wir dabei sind, uns um *ihre* Anwesen zu kümmern, was geschieht mit unseren eigenen Häusern? Wir haben hier wunderbare Häuser, siehst du? Die besten in Inwit, abgesehen von denen unserer Herren. Und wer dient im Haus der Diener? Dazu würden wir euch anstellen.«

Der Diener eines Dieners. Das ist mein Paß. Das ist mein Einstieg für Inwit. Orem war nicht überschwenglich darüber, daß er Arbeit gefunden hatte. Anstatt dessen überlegte er, ob er jemals ein Lied über einen Diener gehört hatte.

»Wieviel?« fragte Floh.

»Zwei Kupfer die Woche«, antwortete der Alte. »Zwei Kupferstücke die Woche und einen Nachmittag frei, einen weiteren an Festtagen, wenn ihr Gott verehrt, ein Zimmer und zwei Mahlzeiten.«

»Zwei Kupfer«, wiederholte Floh ehrfürchtig.

»Hier ist es am besten. Hier heiratet ihr, legt euch nieder, zeugt eure Söhne, eure Töchter, die tun, was euch versagt bleibt. Sie werden Livree tragen, sie lernen die Worte und Zeiten, sie stehen an der Seite der großen Herren und sind Teil unserer Familie, der Familie Färber, und machen uns auf immer stolz. Ihr werdet Mitglieder der Fünfzig Familien zeugen, wenn ihr auch niemals selbst zu uns gehören werdet.«

Da erkannte Orem, daß er ablehnen mußte. Er begriff einen Moment lang nicht, warum. Es war Arbeit. Es war eine Möglichkeit, in Inwit zu bleiben, aber es war unerträglich. Seine Söhne und Töchter Diener, und auch deren Töchter und Söhne, auf immer und ewig, alle seine Kinder würden sich verbeugen und verschwinden, kochen und verschwinden, putzen und verschwinden. »Nein«, sagte Orem. »Danke, nein.«

Floh schnappte ihn am Hemd, so fest, daß der Stoff am Hals riß.

»Gottes Name, Schmaler, das ist die Sache! Bei einem Paß und zwei Kupfern die Woche handelt man doch nicht!«

»Der Junge ist grob, aber er hat recht«, meinte der Alte. »Ich würde nicht handeln. Ich weiß, daß ich großzügig bin.«

»Ich handele nicht«, sagte Orem.

»Was dann?« fragte der Alte.

»Ich lehne ab.«

»Dann bist du ein Narr«, sagte der Alte verächtlich.

»Ja. Ohne Zweifel.«

»Was ist denn mit mir?« fragte Floh. »Wirst du mich auch ohne ihn nehmen?«

Der Alte lächelte dünnlippig. »Zu einem Kupfer die Woche. Dieser hier kann lesen. Die zwei pro Woche waren um seinetwillen, weil ihr zusammen kamt.«

»Ob einen oder zwei pro Woche, mir ist es recht.«

»Dann bleib hier, Floh«, sagte Orem. »Danke für alles. Gottes Segen sei mit dir.« Er nickte und trat von der Veranda herab. Sein Vater war bloß Bauer gewesen, zu arm, um seinem siebten Sohn einen Anteil zu geben, aber er war frei, und sein Sohn war ebenfalls frei, und er würde keine Kinder in die Welt setzen, die weniger frei sein würden.

Er ließ die Gasse hinter sich und schritt in die Dunkelheit und den dichter werdenden Nebel, als er hinter sich Schritte hörte. Er erkannte den Laufenden. »Floh«, sagte er.

»Du Mistkerl«, sagte Floh.

»Das kannst du halten, wie du willst.«

»Zwei Mahlzeiten täglich und noch Geld. Warum im Namen des Blutes meiner Mutter hast du das abgelehnt?«

»Ich bin nach Inwit gekommen, um einen Namen zu bekommen, einen Platz und ein Gedicht.«

»Ich dachte, du hättest Arbeit gesucht?«

»Warum arbeiten? Um mich am Leben zu halten. Aber warum dann leben? Nicht dafür. Mach mir keine Vorwürfe. Du hättest ja bleiben können.«

»Du Mistkerl. Ich dachte, du wüßtest, was du tust. Ein Gedicht! Pisse meines Vaters.« Und Floh spuckte nachdrücklich auf den Boden.

»Dann geh doch zurück.«

»Das tue ich auch.«

»Gut dann.«

»Morgen.«

Schweigend gingen sie weiter und blieben vor der Tür zum »Grab und Spaten« stehen. Der Nebel war dicht, die Nacht lag über ihnen, und nur über den Dächern war ein schwacher Schein zu sehen; die Laternen waren so kläglich, als hätten sie keine Chance, ihr Licht in einen so feuchten Himmel zu senden. »Was für ein Gedicht?« fragte Floh leise.«

»Ein wahres.«

»So ein Gedicht für dich, Schmalhans?«

»Warum nicht.«

»Helden tun große Dinge.«

»Das habe ich auch vor.«

»Bei den Augen meiner Mutter.«

»Und es gibt keine Hoffnung für den Diener eines Dieners.«

»Und was nun, Schmaler? Morgen hast du keinen Paß.«

»Dann gehe ich wieder fort. Und komme wieder.«

»Wenn deine Wange verheilt ist. Das dauert Monate.«

»Ich komme auf andere Weise zurück.«

Floh schüttelte den Kopf. »Das andere Ende der Stadt kenne ich nicht. Ich kenne die nicht, die anders hineinkommen.«

»Gute Nacht, Floh«, sagte Orem. »Ich bin sicher ein Narr. Geh zurück zu dem Alten und hab' ein gutes Leben!«

»Das wahrste, was ich je gehört habe.« Und Floh verschwand im Nebel.

Händel

Zu seiner eigenen Überraschung schlief Orem in dieser Nacht gut, und am nächsten Morgen ging er hinunter und sagte dem Wirt fröhlich, er solle sich sein Frühstück irgendwohin schieben, wenn er auch immer noch nicht genau wußte, was dies bedeutete. Dann ging er in ein anderes Gasthaus und aß sich für eine Kupfermünze satt, worauf ihm sein Magen wehtat, aber es schmeckte ihm darum nicht schlechter. Es war seine Trotzgeste nach fast dreitägigem Fasten aufgrund mangelnden Geldes.

Und als er das Gasthaus verließ, mit schwerem Bauch und zufrieden, stieß er gegen einen kleinen Jungen, der an der Tür herumlungerte, und er merkte nicht, wer es war, bis er ein paar Schritte auf die Straße getan hatte. Dann drehte er sich um und sagte: »Floh!«

Floh sah verärgert drein. »Du hättest mr etwas von dem Essen aufheben können.«

Sie gingen nebeneinander her nach Norden auf die Pißstraße zu.

»Ich dachte, du hättest bei dem Alten gefrühstückt«, sagte Orem. »Ich dachte, du hättest mich abgeschrieben.«

»Hätte ich besser getan«, erwiderte Floh. »Aber ich bin so verdammt dumm, ich habe geglaubt, was du gestern abend gesagt hast. Wenn du ein Gedicht haben kannst, Schmaler, warum nicht ich auch? Wenn ich erwachsen bin, bin ich zweimal so schwer wie du. Mein Vater hat für einen König die Axt geschwungen, das hat mir meine Mutter erzählt. Hat mir auch andere Sachen erzählt, aber wer weiß? Vielleicht.«

»Vielleicht.«

»Nimm mich mit, wenn du dir dein Lied verdienen gehst. Versprich mir das.«

»Bei meiner Hoffnung auf einen Namen und ein Lied, ich verspreche es«, gab Orem feierlich zurück.

Floh gab keine Antwort. Er berührte nur stumm Orems Hand. Und als er die Finger wieder zurückzog, hatte Orem drei Münzen in seiner Hand.

»Nein«, sagte Orem.

»Sie gehören mir nicht. Du kannst sie doch nehmen.«

»Ich kann nicht dein Geld nehmen.«

»Weil ich für sie einen Beutel durchgeschnitten habe? Ich kann auch lügen und sagen, ich hätte sie gefunden, wenn dir das besser gefällt.«

»Du schuldest mir nichts.«

»Du wirst mich in dein Lied aufnehmen. Ich will nur helfen, daß auch etwas daraus wird.« Und mit diesen Worten rannte Floh fort und verschwand in der Menge auf der Pißstraße.

Orem sah ihm nach, bis er verschwunden war, und blickte immer noch in die Richtung, als Floh schon nicht mehr zu sehen war. Er schuldete einem Dieb in Inwit etwas, und einem Schreiner außerhalb ebenfalls. Unter allen, die er bislang getroffen hatte, kamen sie der Vorstellung von ehrenwerten Menschen am nächsten.

Die Schlange vor dem Tor war ebenso lang wie beim Hereinkommen, aber nur, weil es früh am Morgen war. Diesmal wurde die Menschenmenge rasch abgefertigt. Name, Vorzeigen des Passes, die rötliche Narbe auf der Wange darbieten und durch die Tür zum Tor. Einen Moment lang wollte er sich umwenden, in die Dienerstraße rennen, und seine Stelle bei dem alten Mann annehmen und seine kindlichen Träume vergessen. Aber dann bewegte sich die Schlange vorwärts, man schob ihn durch, und er war froh.

Dort stand Braisie, der kleine windige Mann, an eine Mauer gelehnt und sah zu wie die entmutigten Armen aus dem Tor ausgespieen wurden. Orem trat mutig auf ihn zu.

»Fünf Kupfermünzen«, sagte er.

»Eine freundliche Begrüßung. Fünf war alles, was du vor drei Tagen hattest. Was hast du nun?«

»Fünf.«

Braisie sah ihn mit hochgezogenen Brauen an. »Ein findiges Knäblein, das bist du.«

»Fünf. Ich will über den anderen Weg hinein. Wenn es dort Arbeit gibt.«

»Ich kann nichts versprechen. Verdammt, ich kann nicht einmal versprechen, dich den ganzen Weg hineinzukriegen. Ich kenne die ersten Portale und die Namen der Leute, sofern sie welche haben. Mehr als du kennst. Und fünf Kupfermünzen kostet es bis dahin.«

»Gehen wir.«

»Ein heißer kleiner Bastard bist du.« Braisie leckte sich die Lippen. »Aber vielleicht wartest du besser hier draußen, bis deine Wange verheilt ist.«

»Willst du den Preis hochdrücken?«

Braisie sah ihn einen Moment prüfend an und lächelte dann. Wenn er mehr Zähne gehabt hätte, hätte Orem sein Lächeln bedrohlich gefunden. »Nun dann. Fünf Kupferstücke. Sofort.«

»Eine jetzt, eine an der ersten Tür und den Rest, wenn wir so weit gekommen sind, wie du mich bringen kannst – wenn ich meine, daß es weit genug ist.«

»Zwei jetzt, drei vor der Tür.«

»Eine jetzt, zwei an der Tür und zwei am Ende.«

»Einverstanden. Aber zeig sie mir alle.«

Orem trat zurück und zeigte ihm die Münzen aus sicherer Entfernung, damit er sie ihm nicht aus der Hand riß.

»Hast Vorsicht gelernt, ja?«

»Eine jetzt.« Und er warf ihm die Münze zu. Braisie fing sie geschickt auf, wog sie auf einem Finger und ließ sie in sein Hemd unter dem Arm gleiten. Mußte dort eine Tasche haben, dachte Orem. Ich brauche auch so einen Beutel. Ist sicherer. Es gibt Diebe, die einem was aus dem Lendenschurz klauen können.

So brach Orem das Gesetz, um durch das Westtor zu kommen, anstatt die Sicherheit als Diener eines Dieners zu wählen. Sag mir, Palicrovol, kannst du dir vorstellen, daß dein Sohn eine andere Wahl getroffen hätte?

15

Das Loch

Wie Orem Schmalhans zuerst erkannt wurde, als er durch das Loch nach Inwit hineinkam.

Ein Schatten kennt ihn nicht

Braisie führte ihn auf gewundenen Wegen durch die Bettlerstadt, die schließlich in einer Schenke weit entfernt von den Zwillingstürmen des Lochs endeten. Es war kein buntbemaltes Haus wie das »Grab und Spaten«, sondern eine schmierige Taverne, äußerlich verfallen und schmutzig und drinnen korrupt. Braisie ließ eine Münze aufblitzen, und der Schankwirt nickte. Die Münze wirbelte durch die Luft. Ehe der Schankwirt sie fing, erkannte Orem, daß sie aus Silber war. Kein Kupfer. Da bekam er Angst. Wenn Braisies erstes Bestechungsgeld so viel mehr war als der ganze Lohn, den Orem ihm zahlte, bedeutete das sicher, daß jemand anders Braisie für Orems Durchkommen bezahlte.

»Ich muß mal pissen«, sagte Orem.

»Nicht jetzt«, erwiderte Wiesel. So leicht konnte er nicht entkommen. Hart und schmerzhaft umklammerte Braisie seinen Arm und schob ihn die Treppe hinauf durch eine offene Tür.

Durch die Ritzen eines vernagelten Fensters drang nur spärliches Licht. In dem Raum war noch jemand anders. Es war zu dunkel, um mehr zu erkennen als einen aufragenden Schatten vor dem Lichtstrahl durch das Fenster. Schweres Atmen von dem Schatten und der Gestank aus einem fauligen Mund.

»Name.« Es wurde geflüstert, und immer noch hatte

Orem keine Ahnung, ob es ein Mann oder eine Frau war, alt oder jung, freundlich oder grausam.

»Orem.«

»Name.«

»Man nennt mich Schmalhans.«

»Name.«

»Von Bannestrand. Orem Schmalhans von Bannestrand.«

Weitere Atemzüge. Der Schatten glaubte ihm immer noch nicht.

»Im Namen Gottes, es ist wahr«, sagte Orem.

Ein Seufzer, wie das leiseste Heulen einer Jammernatter. »Wie soll ich wissen, was Lüge und Wahrheit ist?«

»Den Stich also?« fragte Braisie.

Orem bereitete sich darauf vor wegzurennen – er würde nicht an einem solchen Ort durch eine Klinge sterben. Aber Braisie war stark, stärker als ein so klein gebauter Mann aussah. Und dann strich die trockene Hand des Schattens, knisternd und leicht wie Papier, über seinen nackten Arm. »Sicher, sicher«, ertönte das Flüstern. Und dann ein winziger Stich in den Arm, und etwas wie die Schneide eines Rasiermessers oder die scharfe Kante eines Steins kratzte das Blut ab, das sich bildete, und der Schatten bewegte sich fort.

»Süße süße Schwester Schwester Schwester«, zischte es aus einer anderen Ecke des Zimmers. »Nichts, nichts.«

»Was dann?« fragte Braisie. Seine Stimme klang laut, so still war es in dem Raum.

»Gehen oder bleiben, bleiben oder gehen, alles eins, was macht's?«

Zögern.

»Ich muß pissen.«

Braisie umklammerte seinen Arm fester. »Nicht jetzt, nicht jetzt. Ich muß nachdenken. Was bist du, Junge?«

Ich habe Angst vor dem Sterben, das habe ich. Du hast mein Blut genommen, im Namen Gottes! Laßt mich gehen. »Orem sen Bornsen«, sagte er. »Versuch's mit diesem Namen.«

Schnell kehrte der Schatten zurück. »Der Sohn von Bornsen? Aber das ist eine Lüge, eine Lüge, eine Lüge, es liegt kein goldweizener Samen in dir.«

»Ich schwöre es bei Gott.«

»Es gibt das Wort«, sagte der Schatten, »eines gelehrten Doktors.«

»Würde dieser Junge ihm nützen?«

»Wer kann das sagen? Nimm den unteren Weg hinab zu Segrivaun, und frag nach dem Glas des öffentlichen Todes.«

»Scheiße«, murmelte es.

»Oder gar nichts.«

»Und ich sage Scheiße. Aber ja. Ja, den unteren Weg, verdammt.«

»Und verdammt seist du«, flüsterte es.

Braisie zerrte ihn hinab in eine entlegene Ecke des Raums, wo in der schwarzen Wand dunkleres Schwarz auf sie wartete. Braisie bückte sich und schob ihn hinein. Einen schwindelerregenden Augenblick lang dachte er, er fiele in eine Grube. Dann traf sein Fuß auf eine Stufe. Im falschen Winkel. Er sprang, stolperte drei weitere Stufen herab, und als er sich fing, brannte sein Fuß vor Schmerz, und er hatte Angst.

»Vorsicht, Junge«, sagte Braisie.

»Ich kann nichts sehen.«

Leise schloß sich über ihnen eine Tür. Erst dann versuchte Braisie, ein Licht anzuzünden. Klick; Funke. Klick; Funke. Klick – Licht. Eine kleine Flamme in einem Busch trockener Wolle. Mit den nackten Händen trug Braisie die brennende Wolle vorsichtig und langsam zu einer kleinen Lampe. Sie nahm das Feuer an. Die Treppe führte steil hinab, und es gab keine Biegung. Die Stufen waren nur wenige Zoll breit, aber mindestens einen Fuß hoch, und sie führten weit tiefer in die Dunkelheit, als das Haus reichen konnte. Der untere Weg.

Und wenn ich entkomme, was dann? Muß mir den Weg merken. Die Treppe hinauf, aus dieser Tür heraus, wie immer sie auch zu öffnen ist, an dem flüsternden Schatten vorbei, in der Halle links, die Treppe hinunter und hinaus. Er bildete sich eine Hilfe, indem er eine Reihe Worte zusammenfügte, aus denen Zahlen wurden, und aus den Zahlen wurden wieder Worte. Es bildeten sich kleine memotechnische Hilfen heraus. Stein-Straße-Knochen-Straße. Die Treppe endete in einem schmutzigen Tunnel, der keine drei Meter gerade verlief, mit Biegungen hier und Löchern nach oben dort und Löchern nach unten, und Rinnsalen schmutzigen Wassers, die sich über den Pfad zogen.

Die Wände aus Lehm gingen in gemauerte über, in denen alle paar Zentimeter eine Lücke klaffte, kleine Aussparungen von Ziegelbreite. Aus ihnen tröpfelte es. Regnete es oberirdisch? Warum gab es einen solchen Tunnel? Flieg-Hund-Himmel-Hund-Eis-Wasser-Unter-Wasser. Der Faden der Erinnerung an den Weg wurde länger, und Orem fragte sich, ob er alles behalten könnte. Und immer entlang der Mauern die kleinen Schlitze.

Der Gang bog nach links unten ab, und der Boden bestand aus glitschigem hartem Lehm mit einer dünnen, fließenden Wasserschicht. Orem glitt aus. Er hielt sich an der Wand fest. sein Mittelfinger glitt in eine der Ziegellükken. Wasser rann ihm am Arm hinab.

»Im Namen Gottes«, sagte Braisie. »Nimm deine Hand da raus.«

Orem zog den Finger aus dem Schlitz.

»Sieh dir deinen Arm an.«

Er war naß. Braisie hielt die Lampe über die Stelle, wo das Wasser darüber geflossen war. »Sollte schwarz sein. Sollte eigentlich schwarz sein, Junge. Hier endet die Asche der Toten. Sie füllen die Schlitze mit der Asche der Toten, und wenn man das Wasser berührt – aber du bist nicht schwarz geworden, oder? Was bist du, Junge?«

Sie kamen nach einer weiteren nach unten führenden Treppe. Wasser floß in Kaskaden über die Stufen. Sie gingen hinab, immer nur einen Schritt auf einmal. Wasser tropfte nun auch aus den gerundeten Ziegeln über ihnen. Hin und wieder zischte die Lampe, wenn sie ein Tropfen traf. Braisie schien vor jedem Wassertröpfchen zurückzuzucken, das ihn traf.

»Still hier«, sagte Braisie leise. »Die Wächter haben hier

unten Tunnel, um auf Leute wie uns zu lauschen, die das Loch versuchen. Und wenn du denkst, du könntest um Hilfe rufen, dann erinnere dich daran – alle, die man auf den Weg durch das Loch gebracht hat, sagen, sie seien gezwungen worden, und sie hätten sich in den Grabstätten verirrt. Der Wächter schneidet sie aber ohnehin in kleine Stücke, Junge. In kleine Stücke. Denk daran, ehe du um Hilfe schreist.«

Die Treppe hörte auf, und jetzt war über ihnen Stein, kein Holzwerk mehr. Hier und dort gab es einen Pfahl, der das Dach stützte. Das Wasser rann träger; wohin würde es letztendlich fließen? Auf den Grund der Welt?

»Was willst du mit mir machen?« flüsterte Orem.

»Halt die Klappe«, antwortete Braisie.

Weitere Biegungen und Kurven, und Orem merkte, wie es wieder bergauf ging. Der Weg stieg nun an, und das Wasser wurde flacher und begann ihnen entgegenzulaufen nach unten, und schließlich befanden sie sich auf einer engen Spirale, die durch den Felsen hinaufführte. Nach drei Windungen des Pfades gingen Steinwände und -stufen in Holz über.

»Langsam«, flüsterte Braisie. »Kein Knarren, kein Quietschen.« Schritt für Schritt, die Füße auf den Rand der Stufen gesetzt, schlichen sie sich hoch. Plötzlich stieß er mit dem Kopf gegen eine Decke. Über ihnen war ein Dach, glatte Bretter von einer Seite der Treppe bis zur anderen, und die Stufen verliefen direkt darauf zu und endeten dort.

»Das ist recht, klopf an«, flüsterte Braisie. »Warum rufst du nicht gleich laut? Wir werden dich nicht als besonders klug ausgeben oder?« Braisie stieg unsicher neben ihn und steckte die Finger aus, bis er ein Loch in einem der Bretter fand. Er fuhr mit dem Finger darin herum und hielt dann die Lampe dagegen. Die Flamme wurde flacher und sprang dann wieder auf. Länger als eine Minute hielt er die Lampe dort, dann flog die Diele hoch, ebenso die daneben und die daneben, bis es genügend Platz zum Heraussteigen gab. Die Dielen waren geschickt aufgehängt und lautlos zu bewegen.

»Versuchst du, uns auszuräuchern?« fragte eine ungeheuer fette Frau. Ihre Stimme klang leise, doch zugleich scharf. »Willst du ein Feuer anzünden? Sollen wir eine Ratte über dem Loch rösten? Braisie, du bist ein schmieriger Hund, das bist du. Komm herauf, komm herein.«

Segrivaun

Die Frau gab den beiden die Hand und zog sie in einen hellen Raum, in den überraschenderweise Tageslicht drang. War es nicht Nacht? Waren sie stundenlang im Dunkeln gewesen? Oder war es schon Morgen? Nein, *so* müde war er nicht. Es gab kein offenes Fenster, nur ein paar Spalten in der Holzwand mit einer Rolle schweren Tuches darüber, das man zur Nacht herablassen konnte, um Kerzenschein im Zimmer zu halten. Orem fragte sich, ob die Frau ihr ganzes Leben hier zubrachte. Vielleicht. Es zahlte sich aus. Braisie reichte ihr zwei Silbermünzen.

»Ah«, sagte die Fette. Die Brüste hingen ihr bis gut unter die Hüfte, als schmuggele sie Mehlsäcke unter der Bluse. Ihr Bauch wackelte beim Gehen hin und her. Auch ihr Gesicht war mit Fleisch behangen, selbst die Stirn hing schlaff über die Augen, und sie mußte wirklich die Hautlappen mit der Hand hochschieben, um Orem betrachten zu können.

»Was ist er? Warum über diesen Weg? Er ist doch bestimmt nicht für den König.«

»Ein Schatten befahl, ihn zu dir zu bringen, Segrivaun, und sagte, du würdest uns zum Glas des öffentlichen Todes führen.«

Segrivaun wandte den Blick ab und ließ die Stirn wieder über die Augen fallen. »Den da?«

»Sagte, es würde ihm etwas fehlen.«

»O ja, fehlen. Was ihm fehlt, haben sie vor einer Stunde gebracht, mit einem gespaltenen Huf, und zwei Männer banden ihn. Nur vier Hörner, aber genug, genug, ein kleiner zwar, aber es reicht. Ich will nichts von ihm. Geht weiter, hier durch.«

Sie ging ihnen in einen höhlenartigen Gang voran. Orem

mußte sich in dem niedrigen Tunnel bücken, und da er direkt hinter der Frau ging, konnte er ihrem Gestank nicht entkommen – es war übel. Aber es war kein langer Weg. Sie gelangten in ein Zimmer mit einem runden Loch in der Decke, aus dem zwei dicke Taue hingen. Ein Seil war gespannt und an einen mächtigen Eisenring im Boden gebunden; das andere war ebenfalls gespannt, hing aber frei in einem Loch neben dem Ring und führte tiefer hinab.

Die fette Frau stellte sich auf die andere Seite und bat sie, sich von den Seilen fernzuhalten, während sie das befestigte Seil zwischen Bauch und Brüste klemmte und das freie Ende mit beiden Händen ergriff. Sie grunzte und zog an dem lockeren Seil. Unter ihren Füßen hob sich der Boden.

Nicht der gesamte Boden, sondern ein Kreis, und es wackelte wie verrückt. Sie stiegen an einer Etage vorbei, an einer weiteren, und hielten schließlich in der dritten an. Segrivaun hob sie ein paar Zentimenter über den Boden und begann dann hin- und her zu schwingen. Es war eine furchterregende Bewegung, und Orem konnte sich kaum rasch genug ins Gleichgewicht bringen, um nicht zu fallen. Aber als er dann fiel, fiel die Plattform mit, und zwar so nahe an den Rand des Loches, daß sie liegenblieb, als Segrivaun auf den Rand trat und ihn mit ihrem Gewicht festhielt.

Braisie huschte mit der Lampe ein paar Schritte weit fort, wo schwere Bretter auf dem Boden lagen. Eines nahm er hoch, legte es über das Loch im Boden und schob es unter den Rand des Holzkreises. Segrivaun trat herab, und nun war es offensichtlich nicht mehr nötig zu flüstern.

»Steh auf«, sagte Braisie ungeduldig.

Orem stand auf und trat rasch von dem Kreis und dem Loch zurück. Heiß-sengt-geil-hängt-Nummer-Finger-Stein-Straße-Knochen-Straße. Die Gedankenkette hielt noch. Orem erkannte, daß jetzt seine Chance da war, wenn er sich in das Loch schwang und auf die darunterliegende Etage fiel, dann an dem freien Ende des Seils nach unten kletterte und alle Schritte zurückverfolgte.

Segrivauns dicke Hand umschloß seinen Arm. Orem versuchte, sich loszureißen.

»Manche haben es versucht«, sagte Segrivaun. »Sie sind aber alle tot. Alle haben sich in den Katakomben verirrt.«

Ich nicht.

»Aber Braisie hat bereits drei Silbermünzen bezahlt; er will keinen Toten, oder? Oder einen Verirrten. Komm.«

Segrivaun öffnete eine Tür, und sie betraten eine winzige Kammer. Braisie schloß hinter ihnen die Tür und stellte die Lampe auf ein hohes Bord. Dann holte er tief Luft. »Zieh dich aus«, sagte er.

Und meinte das auch so, denn er begann selbst alle Kleider auszuziehen. Orem nahm den Gürtel ab und zog das Hemd über den Kopf; er fühlte sich unbehaglich, weil er nicht wußte, was als nächstes geschehen würde. Auch Segrivaun zog sich aus; schamhaft kehrte sie ihnen den Rücken zu, während sie sich ellenlange Stoffbahnen über den Kopf zog. Ihre Hinterbacken waren, wie Orem sah, ebenso schlaff wie ihre Brüste und reichten fast auf den Boden.

»Nimm auch deinen Lendenschurz ab«, sagte Braisie. »Und die Sandalen.«

Orem band die Sandalen los und ließ sie auf den Boden fallen. Braisie stieß sie mit dem Fuß in eine Ecke. Dann, als Orem mit seinem Lendenschurz zu langsam war, zerrte er daran und riß ihn herunter. Orems letztes Geld fiel auf den Boden und rollte fort. Noch ehe sie landeten, hatte Braisie alle drei. »Das schuldest du mir noch.«

»Du läßt dir auch kein bißchen entgehen«, kicherte die fette Frau. Sie kreuzte die Arme über der Brust in gespielter Züchtigkeit; die riesigen schwarzen Nippel hingen weit unten, wo sie die Hände gar nicht mehr erreichen konnten. »Sie sind bereits da drin, sicher warten sie schon.«

Orem streckte die Hand aus und hob die Kleider auf und klemmte sie sich in einem Bündel unter den Arm. Braisie griff danach und warf sie auf den Boden, und dann öffnete sich die Tür.

Drinnen war es hell. Ein rundes Zimmer mit steinernen Wänden und ohne Fenster. An einer Wand mündete eine

Treppe in einem Bogen. An den Wänden hingen Kerzen, und es gab ein kleines Feuer in einer Tonschale, das süß und schwer roch und in Orems Nase brannte. Die Steine der Wände waren so groß, daß Orem sofort erkannte, daß dieser Raum in einem der Türme des Lochs liegen mußte. Und die Türme waren gewiß von den Wächtern besetzt; gewiß war er verraten.

Dann sah er mitten im Raum den Vierender-Hirsch, und er hatte keinen Gedanken mehr übrig für Wände und Soldaten.

Der Hirsch im Turm

Der Hirsch lebte, seine Augen waren weit aufgerissen vor Schrecken. Er lag auf dem Rücken, in einer hilflosen, unnatürlichen Haltung. Die vier Beine waren in alle vier Richtungen ausgestreckt und auf dem Boden befestigt. Zwischen Hinterbeinen und Bauch klaffte ein Schnitt, und das Blut des Hirschen pulste träge in eine flache Kupferschüssel, die ein alter Mann hielt. Ein alter Mann, der nackt war bis auf ein Hirschfell über der Schulter, ein Rehfell, denn der Kopf auf dem grauen, struppigen Haar war hornlos.

»Hirschtöter!« rief Orem leise. Und im gleichen Augenblick, als der Name für dieses Verbrechen in der steinigen, stillen Luft schwebte, starb der Hirsch. Der Kopf hing schlaff herab, die Zunge trat heraus.

Unter dem Rehfell kam eine tiefe Stimme hervor. »Ein Junge«, sagte sie. »Und aus Wasserwacht, wo sie immer noch das Andenken des Hirsches bewahren. Was hast du mir gebracht?«

»Sein Name ist ...«

Aber Braisie wurde durch einen Wink zum Schweigen gebracht. Die langfingrige Hand des Alten schien zu viele Knöchel zu haben, zu viele Glieder. Ein einziger Finger richtete sich gerade in die Luft, aber vom Handrücken aus, so daß es schon beim Zusehen wehtat. Alle anderen Finger wiesen nach unten, und dieser einzige nach oben.

Und sie warteten. Die Hand zitterte nicht.

Die fette Frau schleppte sich vor. Der Alte tauchte einen Finger der anderen Hand in den Kupfertopf und legte die hellrote Fingerspitze auf ihre Zunge. Braisie kostete ebenfalls, und auch nach Orem streckte sich der Finger aus, und er schmeckte das abkühlende Blut. Es schmeckte süß, so süß, und brannte sich einen Weg in seine Kehle.

Braisie und Segrivaun starrten ihn mit aufgerissenen Augen voller Entsetzen an. Was war falsch? Orem bekam Angst und sah hinter sich, aber dort war nichts. Er war es, der sie in Furcht versetzte. Welche Veränderung hatte das Hirschblut in ihm hervorgerufen, daß sie ihn so furchtsam ansahen?

»Was ist das für ein Opfer?« fragte Segrivaun mit hoher stimme. »Oh, Gott, eine Pilgerfalle!«

Braisie kicherte nervös. »Das hast du mir nicht gesagt, Junge. Betrüger, Betrüger. Gott haßt alle Lügner!«

Orem verstand kein Wort. Was redeten sie da von Pilgern und Gott, mit einem ausgebluteten Hirschen auf dem Boden, dem Geschmack des Hirschblutes auf den Lippen?

Etwas berührte ihn am Bein. Orem blickte hinab. Es war die Hand des Zauberers, immer noch gespreizt wie Natternfänge, die ihn umklammerte.

»Kein Pilger?« fragte eine tiefe Stimme. Sie klang freundlich. »Kein Pilger, aber immer noch sehen wir dich, wir alle sehen alles, wo alles beim Kosten des Hirschblutes hätte verschwinden sollen.«

Verschwinden. Sie hätten verschwinden sollen. Und sie machten ihm zum Vorwurf, daß es nicht geklappt hatte.

»Vergib mir, Galgenglas«, begann Segrivaun.

»Vergeben? Ein Dutzend Silbermünzen soll ich dir vergeben? Welchen Kummer du mir gebracht hast! Was steckt in diesem mageren kleinen Jungen? Ein Dutzend Silberstücke, Segrivaun. Du weißt nicht, wer deine Schritte über den unteren Weg lenkte, Braisteneft. Du weißt nicht, wer dich am Spinnenstrang hochzog, Segrivaun.«

Galgenglas stand auf. Er war groß für einen alten Mann. Er sah Orem direkt an. »Und so früh und so jung. Welch ein Jammer.«

Orem wußte nicht, was der Alte meinte. Er wußte nur,

daß Galgenglas' Augen tränenerfüllt waren, und dennoch blickte er neugierig.

»Wie lange werden sie dich bleiben lassen, meinst du?« fragte er so leise, als rede er mit sich selbst. »Vielleicht lange genug. Vielleicht zu lange. Aber es ist es wert, ja. *Wenn* du lernen kannst – wenn ich dich lehren kann ...«

Unvermittelt flog Galgenglas' Hand durch die Luft und hielt direkt vor Orems Gesicht inne, und jener einzelne aufgerichtete Finger senkte sich rasch und legte sich auf Orems Augapfel. Ruhte auf dem offenen Auge, aber Orem zwinkerte nicht. Er starrte einfach auf das rötliche Schwarz des Fingers des Alten und war sich vage bewußt, daß er heiß war. Plötzlich nahm der Finger unmöglich scharfe Konturen an. Jede Widmung und Furche war sichtbar, und in ihnen sah er, wie sich in hundert Meter Tiefe, in schwindelnden Abgründen im Finger Tausende von Menschen abmühten, schrien, die Hände nach ihm ausstreckten aus dem Gewirr der Linien, und sie ihn anflehten, sie freizugeben.

»Ich kann nicht«, flüsterte er.

»Oh, doch, du kannst es«, sagte der Zauberer. Und jetzt klang seine Stimme nicht mehr tief und alt. Es war Orems eigene Stimme, die aus dem Mund des Zauberers zu ihm sprach. »Du kannst es. Alles, was ich tun kann, ist, dich mit dem Hirschblut zu halten, und das auch nicht lange. Was hast du mir gestohlen, allein dadurch, daß du zusammen mit mir in diesem Raum warst?«

»Nichts«, antwortete Orem. Was hätte er auch stehlen können, so nackt wie er war? Der Zauberer nahm den Finger von Orems Augen, und Orem schlug die Hand davor und rieb es sich, während Tränen das trübe Glas seines Blicks wieder säuberten. »Weißt du nicht, Segrivaun, daß ein Pilger nur für sich selbst unsichtbar bleiben würde?« Aber du bist auch sichtbar, wie auch Braisteneft und ich und der Hirsch. Kein Pilger. Aber etwas, was mir gehört, sicher mir. Eine Börse voller Silber, Breisteneft. Zehn Silberstücke für dich, Segrivaun. Genug? Genug?«

»Oh, genug, Galgenglas«, rief Braisie.

»Genug um zu vergessen, daß dieser Junge hierhergebracht wurde?«

»Schon vergessen.«

»Genug, um sich nicht an einen Hirschen zu erinnern, dessen Blut versagte, als es heiß war?«

»Schon vergessen, mein Herr«, sagte Segrivaun.

Galgenglas lachte. »Ihr schwört beide hundertmal am Tag. Nein, nein, wir wollen beim Hirschen schwören, ja? Beim Hirschen!« Nun knieten alle, auch Orem, um den Bauch des Hirschen, und alle tauchten einen Finger in den weichen blutigen Schlitz der Wunde, und alle, auch Orem, schwuren. Es war ein schrecklicher Eid, und Orem wußte, daß in diesem Moment sein Lebensfaden zerschnitten wurde. Er erinnerte sich an jedes Wort, aber es gab jetzt keinen Weg mehr zurück.

Ein Beutel Silber wechselte die Hand. Orem wußte, was geschah. Er war verkauft worden. Er gehörte jemandem. Er hatte Inwit ohne Paß verlassen, weil er nicht Diener eines Dieners sein wollte. Und jetzt würde er – irgend etwas – von diesem Galgenglas sein. Und nicht mehr frei.

Aber er hatte nichts dagegen.

Die anderen gingen, und Galgenglas gab Orem seine Kleider. Gemeinsam zogen sie sich an, Orem die schmutzigen Reisekleider, Galgenglas eine grüne Robe.

»Was geschieht nun mit mir?« fragte Orem.

»Du bist eingestellt.«

»Wie lange?«

»Lebenslang, schätze ich, wie lange das auch immer sein mag. Aber verzweifle nicht. Du hast die Freiheit der Stadt und die besten falschen Pässe, die man für Geld kaufen kann, da ich bei dir keinen Bann anwenden kann, um die Wächter zu blenden. Und deine Aufgabe besteht darin, mir zu dienen.«

»Ich wollte nur in die Stadt hinein.«

Galgenglas warf ihm seinen Gürtel zu. »Das bist du doch auch. Oder wirst es in Bälde sein.«

»Woher nimmst du an, daß ich für dich arbeiten will?«

Galgenglas lächelte nur freundlich und tätschelte das runde Muster vorn auf seiner Robe. Zuerst sah es aus wie die sieben Kreise der Gottesmänner. Aber es waren acht Kreise. Zweimal zweimal zwei. Es war ein furchterregender Bann. Denn aufwärts gelesen hieß es: Mein Blut. Und abwärts: Trockenes Wasser. Und rundherum in den Zwei und Zwei und Zwei hieß es: Keine Hoffnung.

»Du hast doch nicht etwa Angst, mein Junge?«

»Doch.«

»Sag mir, wieviel Magie hast du in deinem Leben schon gesehen?«

»Ein wenig.«

»Aber was hast du tatsächlich mit eigenen Augen gesehen?«

Nichts. Daher sehnte er sich so danach. Zauber war etwas, von dem alle anderen redeten, daß alle von Kindheit an gesehen hatten, aber noch nie in seinem Leben hatte er den Moment der Veränderung beobachtet. Denn wenn er zugegen war, klappte es nie richtig, wie sehr man sich auch bemühte.

»Das stimmt, Junge. Nichts. Nie in deinem Leben. Deine Mutter, hat sie Magie betrieben?«

Er nickte.

»Sie hat dich aber aus dem Haus geschickt, wenn sie es tat, nicht wahr? Wenn sie webte oder kochte – sie hat dich aus dem Haus geschickt.«

Die Flut der Bitterkeit drohte den Damm zu brechen. »Ja«, antwortete Orem.

»Sie haben dich immer fortgeschickt, Junge. Warum, Junge? Warum? Wenn sie auf dich den Bann der Stärke legten, dann wirkte er nicht, oder? Hast nie Muskeln bekommen, bist nicht stark. Kein Dorfwerber wollte dich haben, oder? Denn wo du bist, mein Junge, wo immer du bist, da hat das Gewebe der Welt ein Loch. Du bist ein Abfluß, mein Junge, ein Sog.«

Er hatte keine Ahnung, was das zu bedeuten hatte. War es gut oder schlecht? Wenn er mich dafür bestrafen will, werde ich das nicht einfach hinnehmen. »Ich bin Orem Schmalhans.«

»Was glaubst du, ist Magie, Schmalhans?«

»Macht. Erkauft mit Blut.«

»Erkauft. Ja, das ist alles, was du wissen kannst, vermute ich. Aber es ist kein Kauf. Nicht, wie es die Händler mit Geld tun. Sie trennen das Verdienen vom Erwerben, und das Geld ist dazwischen, daher kann der Preis herauf- und herabgehen und die Verbindung mit der Arbeit verlieren. So kann man betrogen werden. Aber die Preise in Blut ändern sich nicht.«

»Verdienen also.«

»Es ist auch kein Verdienen, Junge. Denn man kann nicht mehr tun und dafür mehr bekommen. Es ist einfach da, in dir, einfach so. In jedem lebendigen Ding, dem Blut entsprechend. Das Blut des Lebens ist ein Gewebe, ein Netz, das wir mit uns ziehen und darin das Leben der Welt einfangen. Alles lebendige Blut zieht Macht an sich und hält sie, und wenn einer wie ich, der diese Macht benutzen kann, heißes Blut entnimmt, dann kann ich formen, kann ich bauen, kann ich schöpfen und töten. Aber nicht mit deinem Blut, Orem Schmalhans. Oh, du fängst das Leben ein, wie es vorüberzieht, und die Macht fließt dir zu wie anderen auch. Besser als bei anderen, denn dein Netz ist groß; es schleppt hinter dir her, setzt sich um dich und zieht Macht und Leben von jedem zu dir hin. Aber füllst du dich mit Macht? Ist in dir größere Kraft?«

»Nein?«

»Du raubst die Magie direkt aus dem Blut, aber dann sikkert sie aus dir, zieht sich zurück in die Erde, wartet, daß Bäume und Gras sie aufsaugen, daß sie in die Luft schmilzt, vom Vieh gefressen wird, sich wieder ins Blut anderer Menschen setzt. Du kannst sie nicht nutzen. Sie durchläuft dich einfach nur und ist verschwunden.«

»Wieviel?«

»Du hast das Blut eines ganzen Menschen in einem einzigen Moment in dich aufgenommen, Schmalhans. Das ist Macht. Für dich gibt es keine Grenzen. Schwestern, Schwestern, keine Grenzen, abgesehen von der Form deines Netzes, Meisterspinner. Ich werde dich lehren.«

»Was?«

»Wie du das Netz auslegen mußt. Wie du Macht schlukken kannst, wo immer und wann immer du es wünscht.

Du wirst für mich rauben, wirst jeden Zauber zunichte machen, wann immer ich es dir sage. Wer kann mir dann noch widerstehen? Wer wird sich mit Galgenhans anlegen?« Fordert mich heraus, alle, und mein Sog, mein Orem Schmalhans, er wird das Herz eurer Macht anbohren und euch austrocknen.«

»Warum du?«

»Weil du zu mir gekommen bist. Das war kein Zufall. Macht kommt zu dir, und du kommst zur Macht. Ich bin der größte Gelehrte der Zauberstraße. Der Macht wegen bist du zu mir gekommen. Oh, es ist ein Risiko, das ich auf mich nehme, ein Opfer. Wie rasch wirst du lernen? Bis dahin gibt es keine Magie mehr in meinem Haus. Du stellst eine Gefahr für mich dar. Wenn du natürlich zu gefährlich wirst, werde ich dich umbringen. Also lern schnell, Junge. Lern schnell.«

»Das werde ich tun.«

»Mein ganzes Leben lang habe ich Geschichten über Soge gelesen, aber nie gedacht, ich würde mal einen zu Gesicht bekommen. Folge mir, Bursche.«

Der Weg hinaus war ebenso schwierig wie der hinein, aber Orem machte sich nicht mehr die Mühe, ihn sich zu merken. Er war zu dem Inwit gekommen, von dem er geträumt hatte, dem Inwit der alten Magie aus der Zeit vor Gott.

Endlich standen sie in einem dunklen Haus und sahen in der Ferne die Silhouette der beiden Türme. »Das Westtor«, sagte Galgenglas. »Schönheit hat es geschlossen in dem Jahr, als Palicrovol die Stadt verließ. Aber Westtor hieß es eigentlich damals schon nicht. Vor Palicrovol war es das Haupttor der Stadt. Hirschspur, so hieß es, und die alte Stadt hieß nicht Inwit, sondern Hirschhoffnung. Hirschhoffnung, denn lange ehe die Sieben Kreise auf das Gottestor gemalt wurden, hatte man den hundertendigen Leuchter in den Hallen der großen Häuser angezündet. Und man ging auch noch nicht in den Großen Tempel. Die Pilger gingen in die Schreinstraße, zu dem kleinen gebrochenen Baum, der nicht sterben will. Auch Palicrovol, der sich für einen Gottesmann hält, selbst er weiß die Wahrheit.

Glaubst du, daß er in dreihundert Jahren vergessen hat, daß er den Hirschen vergaß?«

Dann schickte ihn der Zauberer hinaus auf die Straße, während er mit einem Zauber den Eingang versperrte. Schickte ihn los mit der Warnung: Du hast keinen Paß, versuch nicht zu fliehen. Aber Orem wollte nicht fliehen. Als er auf der dämmrigen Straße stand, war er froh. Hirschhoffnung. Hirschspur. Der gebrochene Baum, der nicht sterben wollte. Schreinstraße. Die Stadt, wie sie vor Gott war. Das war die Stadt, die Orem zu finden gehofft hatte.

16

Der Geschmack der Macht

Wie Orem den Tod kennenlernte, der am Herzen der Welt nagte.

Im Haus des Zauberers

Wie alle Zauberer in Inwit zu dieser Zeit wohnte Galgenglas in der Zaubererstraße. Sein Haus sah von außen recht gewöhnlich und bescheiden aus. Der einzige Schmuck war ein Hufeisen an einem Nagel, denn es war einst eine Schmiede gewesen. Die Angeln waren so schief, daß die Tür eher anzulehnen als zu schließen schien, und ein Laden schwang träge im Wind, der die Straße entlang seufzte. Auf der Veranda lag Staub, der seit Jahren unberührt zu sein schien. Doch der Zauberer schien nichts Derartiges zu sehen, als er die Treppe hinaufging, die Tür packte und aus dem Weg stemmte.

»Hinein, hinein«, flüsterte er. Orem trat ein und duckte sich, um dem schwer beladenen Spinnennetz auszuweichen, dessen grimmige Herrin nicht gern gestört zu werden schien. Drinnen war es dunkel und wurde noch dunkler, als der Zauberer eintrat und die Tür hinter sich zuzog.

»Lampe, Lampe«, sagte er und suchte im Dunkeln.

»Was ist das für ein Haus?«

»Der himmlische Herd, das freundliche Feuer, der Bewahrer des Herzens, der Ort der Ruhe und Bequemlichkeit. Mit einem Wort – mein Zuhause.«

Galgenglas fand ein Zündholz. Er versuchte eines, noch eines – nichts. Auch Zündhölzer konnten verhext sein, das wußte jeder, und jetzt begriff Orem, warum seine Mutter ihn immer aus dem Haus schickte, wenn sie das Kochfeuer neu anzünden mußte. Galgenglas legte die Zündhölzer nieder. »Wir müssen dir rasch was beibringen, nicht wahr?«

Er entzündete auf unzaubrische Weise eine Flamme. »Feuerstein und Stahl, Stein und Erz, ja, ja, hier.« Galgenglas war nicht geschickt wie Braisie. Endlich sah man einen Funken und eine kleine Flamme, nicht in Wolle, sondern an einem Stück Papier. Brennendes Papier hatte Orem noch niemals gesehen. Im Haus Gottes in Banningstrand war Papier etwas viel zu Kostbares. Aber es brachte Licht, und Orem sah sich in dem Raum um, während Galgenglas die Lampe anzündete.

Es war ein vollgestelltes, enges Zimmer, und auf den Regalen lag Krimskrams in einem so hoffnungslosen Durcheinander, daß die Bretter vor den Wänden sich bogen. Auch auf dem Boden sah man Stapel, ebenso auf der Treppe, die steil und eng in ein obengelegenes Zimmer führte. An einer Nordwand standen drei große Fässer, unbezeichnet, aber feucht und bemoost. Und auf allem lag eine zolldicke Staubschicht.

»Ist das das beste Haus, das du finden konntest?« fragte Orem.

Galgenglas blickte ihn verärgert an. »So sieht es nicht immer aus. Aber jetzt bist du da, und daher werde ich die normale Möblierung einstweilen lassen müssen.« Bei diesen Worten ging die Lampe wieder aus. »Verdammt, geh nach oben, damit ich das anständig machen kann!«

Orem stolperte in der Dunkelheit zur Treppe und griff dabei in Spinnweben. Dann lauschte er, wie Galgenglas unten auf und ab ging. Bald knisterte ein Feuer im Kamin, wenn es auch im unten gelegenen Zimmer keinen Kamin gegeben hatte. Und er hörte, wie Galgenhans von einem Zimmer ins andere ging, Türen öffnete und schloß, wenn es auch zuvor nur einen einzigen Raum gegeben hatte. Mit Magie war das Haus wie ein Palast. Mit einem Sog dabei ein übler Ort. Der Zauberer hatte sich in Wirklichkeit nie mit dem Haus abgegeben, weil er die ganze Zeit über mit Magie lebte.

Dann hörte er Galgenglas reden. »Ich konnte nicht

anders«, sagte er klagend. Dann erfolgte eine geflüsterte Antwort. Niemand war mit ihnen hereingekommen. Orem wartete und versuchte zu lauschen, und schließlich, nach einer Wartezeit, die ihm wie Stunden erschienen, wurde er ungeduldig.

»Galgenglas!«

»Komm nicht herunter, sonst breche ich dir die Knochen!«

»Mach ich nicht! Ich habe mich nicht bewegt.«

»Gut. Das ist das einzige, daß dich am Leben hält.«

»Ich habe Hunger. Hier oben ist es dunkel!«

Unten wurde ein Faßdeckel mit einem Hammer festgeklopft. Darauf hörte Orem die Schritte des Zauberers auf der Treppe. Zunächst klang sein Tritt nach Teppichbelag, aber dann änderte sich das Geräusch unvermittelt zu dem Klatschen von Leder auf nacktem Holz. »Mögen die Knochen deiner Vorfahren verfaulen.« Die Stimme klang leise, aber deutlich, weil der Kopf des Zauberers nun in den Raum ragte. Er hob die Lampe, um den kleinen Raum zu beleuchten.

»Oh, Trübsal«, sagte der Zauberer.

Orem stimmte insgeheim zu. Vollgestopft, schmutzig und nach Verfall stinkend und nicht halb so gut wie die Zimmer im »Grab und Spaten«.

»Hier«, sagte Galgenglas. Er reichte ihm einen Teller mit sehr trockenem Brot.

»Es war gebratene Taube, als ich es unten gezaubert hatte. Was kann ich dafür, daß es sich in deiner Gegenwart zurückverwandelt?«

»Ich kann auch nichts dafür«, erwiderte Orem. »Aber davon kann ich nicht leben.«

»Dann lern schnell«, gab der Zauberer zurück. »Ich war bereit, die Gefahr auf mich zu nehmen, dich hierzubehalten. Aber diese Umstände!« Galgenglas durchwühlte den Trödel und kam mit einer schäbigen Pritsche wieder zum Vorschein, die in der Mitte einen Riß im Bezug hatte. »Das Beste, was ich finden kann«, sagte er. »Doch da ist es. Bis du lernst.«

»Mein Bett?« fragte Orem.

»Bis du gelernt hast, du verdammte Plage. Beklag dich nicht, wo es doch dein Fehler ist.«

»Dann lehr mich doch!« gab Orem zurück.

»Ich kann dir nicht einfach so etwas beibringen!« Galgenglas schnippte mit den Fingern vor Orems Gesicht. »Ich kann nur anregen, reagieren, informieren – du mußt lernen! Es ist in dir, wenn du es erst erkannt hast und und kontrollieren kannst. Wie kann ich dich lehren? Ich bin doch niemals ein Sog gewesen!«

»Was immer du vorhast, fange besser gleich damit an«, sagte Orem.

»Du bist ein unverschämter kleiner Bastard.«

»Ich bin nur hungrig.«

Der Zauberer hieß ihn, sich mit einem Bündel unter dem Kopf auf den Boden legen. Und dann folgten leise, sonderbare Befehle: Streck die Finger aus, schließ die Augen und sag mir, wie die Luft über deinem Kopf aussieht. Versuch, ob du mein Bart wachsen hören kannst. Ja, lausche, streck die Finger aus, versuch den Geschmack deines Schweißes unter deinen Lidern zu schmecken.«

Orem verstand nichts von dem. »Ich kann es nicht«, murmelte er.

Der Zauberer schenkte ihm keine Beachtung, sondern fuhr fort: Du schläfst, während du hier liegst und mir zuhörst, schläfst, solange du dich für wach hältst, wachst nur, wenn du dich schlafend findest. Fühl, wie die Luft heißer wird, fühl sie im Nacken, sieh, wie die Sonne scheint, sieh sie durch die weiche Stelle hinter deinen Knien, ja, da hast du heimliche Augen, sieh, wie weiß sie ist.

Im Rhythmus der alten Stimme lag etwas Zwingendes, in den Kadenzen, die zuweilen wie ein Gebet klangen, zuweilen wie ein Lied, dann wieder wie das Bellen eines wütenden Hundes. Orems Sinne verwirrten sich. Er sah nicht mehr durch seine Augen, war sich aber immer noch eines Sehens bewußt oder etwas ähnlichem. Grau lag ringsum, wie der Nebel am Tag zuvor. Er hörte, wie die Zeit verstrich. Er fühlte nicht mehr in sich, wo seine Finger waren, sondern schmeckte sie, und seine Zunge brannte im Mund, wurde dann wieder kalt, schrumpelte und schrumpfte ein, bis er vergaß, was Mund war, was Zunge, selbst, was Orem war.

Orem versuchte zu sprechen und die Knie zu beugen, aber er spürte es wie einen Ausbruch aus Licht in der Brust. Orem versuchte, die Hand zu bewegen, und aus seiner Kehle drang ein leises Summen, aber er nahm es als schweres Gewicht wahr, das seine Hoden zerquetschte, und er weinte vor Schmerz.

Dann gab er etwas von sich, einen Befehl, ohne es zu merken, und der graue Nebel ringsum wand sich. Ein rasches Zusammenziehen. Er wußte nicht, was er tat, aber da! Da war es wieder, ja, und wieder. Wie Zuckungen, aber er lernte, wie er das Grau bewegen konnte; wieder zog er es an sich, stieß es ab, hielt dem Druck stand. Es schlüpfte fort, es versank, und er wurde müde und spürte die Erschöpfung wie ein tiefes Grün in seinen Schenkeln, aber dies erkannte er als das, was man von ihm forderte. Halten, ziehen, halten, halten, halten.

Und jetzt konnte er die Augen öffnen und sehen, nicht einen alten Mann, der eine schwache Lampe in einem schmierigen Dachzimmer hielt, sondern einen jungen, schönen Mann, der Mann, als den sich Orems Vater seinen Sohn gewünscht hatte, groß und stark, und er hielt keine Lampe in der Hand, sondern einen glitzernden Stern. Das Zimmer war nicht mehr eng und schmutzig; er lag in einem Bett in einem dunklen Raum mit schweren, geschnitzten Mahagonimöbeln und braunen Gobelins, und der junge, schöne Mann sah ihn an, und anstelle von Pupillen hatte er Diamanten.

»Das ist mein Heim, Orem, wenn du es so willst«, sagte der Sternenhalter, sagte der juwelenäugige Liebhaber.

Und dann wurde alles zu mächtig für ihn, und Orem spürte, wie etwas in ihm zerbrach, und das Grau brach aus ihm heraus, und seine Sinne wirbelten wie toll im Raum umher, in seinem Kopf herum. Er wand sich auf der elenden Pritsche, bis er schließlich wie eine Spinne in sanften Schlaf fiel, erschöpft und wieder vom Schmutz umgeben. Der Alte nickte. »Nicht schlecht für die erste Stunde. Es wird besser, je mehr Zeit wir haben. Wenn du es überlebst.«

Er wurde stärker und besser, bis er nach ein paar Wochen den Nebel in seiner Haut halten konnte, solange er wach war, und der Zauberer war sehr erleichtert. Sie konnten zusammen essen. Und nach zwei Monaten war es ein solcher Reflex, daß er die Macht sogar im Schlaf kontrollierte. Nur ab und zu entglitt sie ihm, und er erwachte wieder auf der Pritsche, anstatt in dem weichen Bett. Er erzählte Galgenglas von den Entgleisungen. Der Zauberer zuckte die Achseln und ließ die Diamantenaugen blitzen. »Du hast wahrscheinlich auch das Bett vollgemacht.«

Die Frauen des Zauberers

»Mein Essigfaß scheint dein Interesse zu finden«, sagte Galgenglas, als sie eines Abends in der Bibliothek lasen.

»Du mußt ... Essiggurken sehr mögen«, sagte Orem versuchsweise. Galgenglas lächelte sein helles, schönes Lächeln. Dann stemmte er den Deckel auf dem linken Faß mit einem Meißel auf. »Das liebe ich am meisten auf der Welt«, sagte der Zauberer. »Und es hat überhaupt nichts mit Magie zu tun, überhaupt nichts. Daher wurde es auch nicht zunichte gemacht, als du so hier hereinplatztest und mein Haus in Unordnung brachtest. Es ist einfach so, wie es aussieht. Der Deckel hob sich, und Wasser spritzte heraus. In dem Wasser schwamm kein Kürbis, keine Zwiebeln, nicht einmal Kohl, wie es für einen Moment schien. Denn der Zauberer streckte die Hand hinein, ergriff eine Handvoll Haar und zog den schrumpeligen Kopf einer Frau heraus.

Kopf, Hals und nackte Schultern. Die Lider hingen schlaff herab, der Mund war offen, die Haut verschrumpelt wie eine hundert Jahre alte Rosine und weiß. Bleich wie ein Termitenei, weiß wie das Auge eines Blindfisches aus den Höhlen des Wasserbergs

»Mein Liebstes, mein Leben, meine Geliebte, meine Frau. Die geliebteste aller Frauen. Der Staub der Börse an meinem Gürtel, der Staub ihres Blutes – eine Prise, nicht viel, nur eine kleine Prise, und sieh nur, sieh nur.« Schwärzlicher Staub rieselte von Galgenglas' Fingern, und Orem sah, wie der Körper unter seiner Hand zitterte. Die Lider bewegten sich und öffneten sich träge.

»Nnnn«, sagte der Leichnam.

»Meine Liebste«, sagte Galgenglas.

»Nnn.«

»Ich habe einen Lehrling, der dich gern sehen möchte.«

»Nnnn.«

»Er ist ein kluger Junge, auf seine Art. Er hat keine Manieren und ißt wie ein Schwein und riecht noch schlimmer, und es hilft nichts anderes als ein Bad, da er Zauber von sich weist wie Schmiere Regenwasser. Aber er hat ein mitleidiges Herz. Glaubst du, ihn würde deine Geschichte rühren, mein Herz?«

Die Stimme war immer noch nur ein Stöhnen, aber jetzt merkte Orem, daß die träge Zunge Worte zu artikulieren versuchte. »Laß mich schlafen«, konnte es vielleicht heißen. Oder: »Tief so tief.« Schwer zu hören. Und Galgenglas nickte lediglich.

»Kommst von so weit her, einen so langen, erschöpfenden Weg, mein Herz? Und wenn auch die Reise lang ist, weißt du doch immer noch, daß ich dich liebe. Das muß auch im Tod ein Trost sein, wie es auch für mich ein Trost ist, deine Gesellschaft zu haben.«

»Nnnn«, sagte der eingelegte Kopf. Aus dem Mund quoll ein Schwall Speichel, und dann wurde alles wieder schlaff. Sanft ließ der Zauberer den Kopf wieder herab. Als er sich zu Orem wandte, waren seine Augen Smaragde, grün wie der Bewuchs auf den Fässern.

»Habe ich dir erzählt, daß ich der größte Zauberer in Inwit bin? Das stimmt, ist aber nur eine geringe Ehre, geringe Ehre. Glaubst du, Königin Schönheit würde mich bleiben lassen, wenn ich stark wäre? Ein starker Zauberer muß seine Frau und Tochter nicht an einer lächerlichen Krankheit sterben lassen. Braucht sie nicht dahinsiechen zu sehen. Ein mächtiger Zauberer ist nicht so feige, daß er sie mit ihrem Blut sterben läßt. Ärmel hätte das nicht getan, daß weißt du. Ärmel hätte sie sterben sehen und hätte ihnen ruhig das Blut entnommen, wo die Macht noch heiß war. Aber ich habe wie eine Hexe gewartet und habe es kalt genommen, tot, gefundenes Blut. Habe es pulverisiert, und es ist nur gerade soviel Macht darin, sie hin und wieder für eine Unterhaltung zurückzuholen.« Tränen flossen über seine Wangen. »Ich werde sentimental, aber ich werde mein Herz nicht vor einem Schüler verstecken. Oh, Schmalhans, mein Bursche, mein Junge, meine Frau war die schönste aller mächtigen Damen, abgesehen nur von Schönheit selbst; meine Frau war schön, und ihre Schönheit war unvermindert, auch als sie zwischen meine Töchter aufgeteilt wurde. Sieh sie dir an!«

Galgenglas öffnete die anderen Fässer und hob die Töchter heraus, und Orem betrachtete sie, wenn er auch nicht eigentlich wollte.

»Sieh dir die Wölbung der Brüste an – sie sind jetzt schlaff, aber man kann sie sich vorstellen.«

Orem konnte es nicht, murmelte aber zustimmend. Ihm schien die Tochter unendlich viel älter als die Mutter, denn was die Jahre nicht vermocht hatten, hatte das Salzwasser vollbracht.

»Golden war ihr Haar, und das ihrer Schwester war dunkel, wie Tag und Nacht gingen sie durch die Stadt. Ich habe ihnen keinen Zauber gegeben, um sie schön zu machen – es war in ihnen, sie waren es. Ach, und die Männer, die mich anflehten, sie ihnen zu schenken! Aber ich habe sie für einen besseren Liebsten als jeden Mann aufgespart.« Wieder flossen helle Tränen aus den Smraragdaugen. »Ich habe sie für den Tod aufgespart, der hereinkroch und sie verführte, sie unter meinen Augen vergehen ließ. Aber ich habe genügend Macht, sie zu erwecken. Ich kann sie zurückholen. Du hast es gesehen!«

»Ja«, sagte Orem.

»Oh, bei den Schwestern, beim Hirschen, beim verdammten Gott, der unsere Nacht brach und uns in Fesseln schlug, wenn ich nur wüßte, was die Meister wußten! Ich schlachtete den Hirschen im Turm, damit meine Rivalen den Leichnam sehen und sich fragen sollten, ob ich vielleicht mehr Macht als sie habe – aber ich weiß nicht, was ich mit dem Blut anfangen soll, abgesehen von albernen Tricks der Unsichtbarkeit, und das kann man auch mit Schafen. Ich nehme das Blut des Hirschen, und was kann ich damit erreichen? Wieder einmal beweist es nur meine Schwäche.« Er schloß die Fässer und hämmerte die Deckel wieder zu. »Hier ist mein Leben, verschrumpelt in der Lake. Aber mit deiner Gabe werde ich der Mächtigste in Hirschhoffnung, der größte von allen sein. Und dennoch ...« Er ging zur Treppe und intonierte: »Der Stärkste von allen, und immer noch zu schwach, immer noch zu schwach. Ich konnte sie nicht retten.«

In dieser Nacht schlief Orem nicht lange. Er wachte verwirrt auf, und zwar auf der Pritsche, nicht in dem Mahagonizimmer. Im Traum hatte der eingelegte Kopf der Frau des Zauberers ihn gerufen, und so ging er zu ihr, weil er ihr nichts abschlagen konnte.

In der Bibliothek herrschte schwaches Licht. Es strömte aus dem leuchtenden Schleim in den Fässern. Er setzte sich auf einen Haufen Gerümpel in dem vollgestopften, unmagischen Zimmer und wartete.

Das Faß mit der Frau des Zauberers zuckte zuerst, dann die anderen, als erfasse die Leichen drinnen ein Krampf, und die Fässer schwankten und Wasser spritzte hoch. Dann sprang ein Deckel laut auf, ein anderer platzte in zwei Hälften, der dritte wurde in das Faß hineingesogen, und Wasser drang durch und floß über den Rand, als er hinabgezogen wurde.

Im Traum hatte keine Gefahr bestanden, aber jetzt hatte Orem Angst. Dinge, die tot waren, sollten sich ruhig verhalten, das wußte jeder. Aber wenn die Toten rufen, kann sich nur ein Narr ihnen verweigern. Und so blieb er und sah zu, wie sich aus einem Faß eine Hand reckte, dann aus zwei, dann aus allen Fässern, langfingrige Hände, an denen grünes Licht langsam wie Raupen zu den Gelenken hinabrann, hinein ins Wasser.

»Tut mir nichts«, flüsterte Orem.

Unvermittelt zeigten alle Hände auf ihn. Er keuchte, versuchte seine Macht der Negation anzuwenden, um sie aufzuhalten; aber dies war kein Zauber, nicht der blutsgebundene Zauber, den ein Sog verschlucken konnte. Die Hände blieben auch durch seine stärksten Anstrengungen ungerührt. Sie griffen über die Faßränder, und ein einziger Finger begann in den Schein zu schreiben. Orem konnte die dunklen Linien im grünen Glanz lesen; eine jede Frau schrieb ihr Wort, eine jede bebte, als würde sie von einer unkontrollierbaren Macht besessen.

»Schwester«, schrieb die Frau.

»Gott«, schrieb die dunkle Tochter.

»Horn«, schrieb die helle Tochter.

Dann schneller, als die Hände sicherer wurden:

Schwester	*Gott*	*Horn*
Hure	*Sklave*	*Stein*
Mußt	*Mußt*	*Mußt*
Du	*Du*	*Du*
Sehen	*Dienen*	*Retten*

Dann zitterten die Hände heftig, flogen hoch und spritzten wieder herab, streckten sich aus, wurden aber immer wieder hineingesaugt, als kämpften sie darum, mehr zu schreiben oder die Fässer sogar ganz zu verlassen, und etwas wehrte sich dagegen, um sie drinnen zu halten. Der Wille zum Schreiben war stärker. Die Finger malten kaum erkennbare Buchstaben und Worte, die nur zusammen eine Bedeutung ergaben.

Laß *mich* *sterben*

Es war vorbei. Die Hände spritzten zurück ins Wasser; rasch setzten sich die Deckel wieder an ihren Platz, und der zerbrochene schien dabei wieder zu heilen. Der Schleim wurde trübe, die letzten Buchstaben der letzten Worte verschwammen in eintöniger Schwärze. Orem floh nach oben.

Schwester Hure mußt du sehen
Gott Sklave mußt du dienen
Horn Stein mußt du retten
Laß mich sterben

Er verstand nichts und lag die ganze Nacht zwischen Schlaf und Wachen und versuchte, zu verstehen, versuchte, nichts zu denken. Wenn in der letzten Botschaft die Frauen des Zauberers für sich selbst gesprochen hatten, wessen Botschaft war dann der erste Teil? Oder hatte er überhaupt eine Bedeutung? Wer konnte die Hände von Toten erheben, selbst wenn die Macht eines Sogs allen Zauber weggenommen hatte?

Erst im ersten Morgenlicht fiel ihm das Offensichtlichste ein, das Instinktivste: er rechnete die Worte zusammen, von oben nach unten und unten nach oben und sah sie sowohl als Reihen als auch Spalten. Die Summe der Reihen nach oben lautete: »Palicrovol«. Nach unten war es: »Schönheit«. Und wie immer man die Spalten auch zusammenrechnete, es hieß immer: »Gib alles, bekomm nichts«.

Zaubertricks

Den ganzen Winter lang bis ins Frühjahr hinein lernte Orem seine neuen Sinne zu gebrauchen. Er wußte keine Sprache, mit der er es auch für sich selbst beschreiben konnte, daher paßte er seine eigene Sprache an. Als er es mir beschrieb, war es eine Geschichte der Zungen und Geschmäcke, der Nadelstiche und Keulenschläge, wenn er auch fast die ganze Zeit über wie tot auf seiner Pritsche lag.

Im späten Frühling stimmte Galgenglas zu, daß er beginnen könne, seinen Unterhalt zu verdienen. Er begann sich also nach außen zu wenden und sich einen Weg über die Zaubererstraße zu suchen. Er empfand die Magien der anderen Zauberer als winzige Feuer, heiß oder kühler, je nach ihrer Macht. Und er schmeckte sie oder zwickte sie, oder es gab ein anderes unpassendes Wort für das, was er tat, und alle Macht, die durch Blut erkauft war, schwand.

Von Anfang an war das Experiment ein Erfolg.

»Orem! Mein Schmalhans! Du hättest das Wehklagen hören sollen! Die ganze Zauberstraße auf und ab. Zwei Häuser, die durch Zauber gehalten wurden, sind zusammengebrochen. Ein alter Zauberer, der sein Horn nur mit

Magie aufrecht hielt, ist so gedemütigt, daß er in den nächsten Jahren nicht wieder auf die Hurenstraße gehen wird. Und nie zu wissen, ob ein Zauber wirkt oder nicht! Die Ratten und Schafte, die in diesen Wochen vergebens ihr Blut gelassen haben! Ach, wenn du doch nur die Abstecher klagen hören könntest! In den Schenken! In den Schenken, in die ich gehe, höre ich ihnen zu und klage mit ihnen. Sie denken zuweilen, die Gottesmänner müßten eine schreckliche Beschwörung erfunden haben. Und manchmal denken sie, es sei die Königin, die sie wieder an ihren rechten Platz weist, wenn es auch lange, lange her ist, daß sie sich um so gemeine Künste Sorgen gemacht hat. Manche denken, es seien die Süßen Schwestern, und es sei nun an der Zeit für die Frauen, ihren Platz in der Welt einzunehmen. Keiner von ihnen vermutet, keiner träumt auch nur, daß ich hier in meinem elenden schmutzigen Schmiedenest einen Sog gefunden und ausgebildet habe!«

»Es hat also funktioniert?« fragte Orem.

»Zu gut. Drüben in der Großen Börse gab es einen Mord, einen teuer bezahlten Mord – hast du das herausgefunden?«

»Ich weiß es nicht. Es gab etwas Entferntes. Ich kann sie nicht auseinanderhalten.«

»Es war Gift. Du hast die Wirkung fortgenommen, aber der Geschmack blieb. Glücklicherweise hat sich der Meuchelmörder selbst umgebracht, ehe er verriet, wer ihn anwarb – ganz zuverlässiger Bursche, selten heutzutage –, aber da war auch ein Zauberer, der dem Tod ins Gesicht starrte, da kannst du sicher sein, und zwar ein paar angstvolle Minuten lang.«

»Wer war es?«

»Ich. Das wird nicht gutgehen, wenn du nicht zwischen ihren und meinen Zaubern unterscheiden lernst.«

Und so besprachen sie alles, was Orem getan hatte, und Galgenglas verriet ihm alle seine Bannflüche und Zauber, und Orem lernte allmählich die Flamme des einen Zauberers von der der anderen anhand des Geschmacks, der Struktur oder der Farbe zu unterscheiden. Daher lernte er Königin Schönheit zuerst durch ihren Zauber kennen.

Wie Orem zum ersten Mal gegen die Königin kämpfte

Es war Spätherbst, und Orem wandte sich in die Nähe und Ferne und folgte seinen Sinnen überallhin, wohin sie ihn führten. Er wußte da schon, welche Lichtpunkte Männer waren und welche Frauen; er hatte bereits den Unterschied zwischen der Weiße eines wachen Menschen und dem hellen Silber einer schlafenden Seele gelernt. Er hatte auch gelernt, daß Dinge, die an einem Ort geschehen waren, dort verweilten, auch wenn die Menschen schon gegangen waren, so daß er eine lange und leidenschaftliche Liebesgeschichte schmecken und sagen konnte, wenn der Verkehr nur erkauft war, den Unterschied zwischen einem Haus roch, in dem Liebe wohnte, und einem mit Haß, im Boden fühlte, welche Art Mensch durch welche Tür getreten war. Es gab die Feuer der Zauberer, deren Werke er nun leichter erkannte, es gab die Teiche mit bitterem Wasser, wo die Gottesmänner Inseln in der umgebenden Süße bildeten. Orem folgte dem Leben der Welt, als habe er eine Karte vor sich ausgebreitet. Er vernichtete die anderen Zauberer so leicht, daß es keinen Spaß mehr machte. Es war die Langeweile in der Kälte eines Herbstnachmittags, die ihn auf die Suche nach König Palicrovol brachte. Es war ein Spiel, um zu sehen, ob er auf seine kleine Weise das Suchende Auge der Königin nachahmen konnte.

Er begann, indem er den Fluß fand und dessen Lauf folgte. Er suchte nach jedem Pünktchen Verstand, das vielleicht ein herabfahrender Bauer war. Er suchte lange, ehe er zur ersten Stadt gelangte. Erst da merkte er, was für ein großes Land Burland war. Er hatte zu lange in Inwit gelebt, hatte wie viele seiner Bürger das Gefühl gewonnen, daß Inwit die Hälfte der Welt darstellte, und alles außerhalb klein und nah war. Anstatt dessen war es weit, und wenn er auf diese langsame Weise weiter flußaufwärts suchte, würde er eine Woche brauchen, ehe er nach Banningstrand gelangte.

So erhob er sich also in die Lüfte, um wie ein Vogel von oben Ausschau zu halten. Beim Abstieg hörte das Meer der Süße, in dem er sich immer bewegte, unvermittelt auf, und anstelle des gewöhnlichen dunklen Sehens und schwachen Riechens hatte er ein Gefühl, als könne er alle Dinge auf einmal spüren. Aber als er weiter nach unten tauchte, war wieder die Süße da, wie Nebel in der Stadt, die ihn langsamer machte und alles verhüllte, was er sehen wollte.

Er versuchte, herauszufinden, was es sein konnte, fragte sich, ob es eine Schicht in der Luft gab, oder ob seine Sicht sich verbesserte, wenn Wolken auftauchten. Aber die Süße hing zu niedrig; denn sie erhob sich niemals höher als über die Spitzen der höchsten Gebäude hinaus – und plötzlich begriff Orem. Das süße Nebelmeer war nicht natürlichen Ursprungs. Es war Königin Schönheits Suchendes Auge. Es war ihr Zauber, der alles durchdrang. Natürlich gab sie sich nicht die Mühe, ihn weit über der Ebene der Menschen aufrechtzuerhalten. Denn sie wollte ja die Menschen beobachten.

Sieht sie mich? Oder verschluckt ein Sog den Zauber der Königin? Mutig tauchte er in den süßen Nebel hinab, und anstatt hindurch zu dringen, schmeckte er ihn, wie er die Feuer der Magier schmeckte. Er hatte keinen Mittelpunkt, keine dichte Stelle, die man herausschnüffeln konnte, aber er merkte, daß er weite Flächen ebenso leicht auslöschen konnte wie Kreide von einer Schiefertafel, ganz mühelos, und was er gesäubert hatte, blieb gesäubert.

Zuerst beunruhigte ihn seine Tat. Sicher würde die Königin die Lücke in ihrem Sehfeld bemerken, würde nach ihm suchen. Aber als er ein wenig krank vor Angst auf seinem Bett lag, merkte er, daß er ihr Suchendes Auge meilenweit über Inwit ausblenden konnte, und um sich herum ebenso. Und so blendete er ihre Sicht von der Zauberstraße aus, von den Rändern der bitteren Insel des Großen Tempels und auch von anderen Stellen, so daß sie keine Lücke als den Platz ihres Feindes ausmachen konnte.

Feind? Bin ich ein Feind von Königin Schönheit?

Er erinnerte sich an Palicrovol, wie er ihn mit den goldenen Augen im Haus Gottes in Banningside angesehen hatte. Hatte er oder ein Gott ihn gerufen, so daß er dieses Werk ausführen würde, die Königin Schönheit zu blenden? Er hatte noch nie gehört, daß ein Zauberer ihr Suchendes Auge herausgefordert hätte. Er hatte noch nie einen Zauberer kennengelernt, der auch nur wußte, wie sie dies tat. Zum ersten Mal kam es Orem in den Sinn, daß ihm seine Kraft als Sog nicht verliehen war, um Späßchen mit anderen Zauberern zu spielen, sondern um Königin Schönheit selbst herauszufordern. Sein Vater hatte ihn gerufen, wie er im Schmutz Soldatenspiele spielte – aber konnte er jetzt König Palicrovol dienen, wie es kein anderer konnte? Konnte er nicht die Macht von Königin Schönheit beschränken, Feiglinge aus seinen Männern zu machen, und seine Armee gegen eine wehrlose Stadt zu führen?

Jetzt suchte Orem ernsthaft nach Palicrovol, erhob sich über die Wolke der Königin, bis er an eine Stelle kam, wo ihr süßer Zauber heller wurde und blendete. Hier griff sie die Zauberer des Königs an, warf ihre Verteidigungen über den Haufen, zersiebte, zerschlug und zerbrach sie so spielerisch, wie eine Katze Seidenpapier zerriß. Und da war der König, ein einziger wacher Punkt einsamen Lichts in einem Meer priesterlicher Bitterkeit, in seinem Kreis eleganter, aber machtloser Mauern, die seine Zauberer errichtet hatten. Palicrovol, der gute König, der immer noch für eine jahrhundertealte Sünde bestraft wurde, der niemals seine Leiden an sein Volk weitergegeben hatte. Ich kann dir wenigstens für eine einzige Stunde in einer einzigen Nacht Erleichterung verschaffen, dachte Orem still.

Aber ehe er handelte, dachte er an die Königin. Sie war der unausgesprochene Atem im Rücken jedes Sprechenden, der verstummte, jedes Liebhabers, der sich über die Schulter blickte, jedes Denkers, der summte, um einen gefährlichen Gedanken aus seinem Kopf zu vertreiben. Er erinnerte sich, daß sie das hilflose Kind war, das auf dem

Rücken der Hindin vergewaltigt worden war. Wer war er, daß er beschließen sollte, ihrer Rache in den Arm zu fallen, daß es an der Zeit war, ihre Macht zu brechen?

Du weißt, was Orem entschied, Palicrovol. Du erinnerst dich an die Macht. Plötzlich kam ein Zauberer herein, das Gesicht blaß vor Schreck, um zu berichten, daß die Königin alle ihre Zauber vernichtet habe; dann kam ein weiterer, um zu sagen, daß auch die Macht der Königin nicht mehr vorhanden sei. Du wagtest nicht zu glauben, daß der Zauber vollkommen zunichte gemacht sein konnte, bis das Jukken in den Lenden mehrere Stunden lang versiegte, deine lange versiegten Gedärme wieder frei flossen und schmerzlos, ein paar Stunden lang, und du zum erstenmal seit dreihundert Jahren wieder traumlos schlafen konntest. Da hast du es geglaubt.

Aber warum entschied sich Orem, den Kampf mit der Königin aufzunehmen? Er hatte keine Ahnung, daß er dein Sohn war. Du hattest ihm keine Freundlichkeit erwiesen. Die Königin hatte ihm kein Leid zugefügt. Es war einfach so: Wenn Orem am Leben gewesen wäre, als du Asineth auf dem Rücken der Hindin vergewaltigtest, und er hätte die Macht gehabt, dich davon abzuhalten, er hätte es getan. Er kämpfte instinktiv gegen die Starken, um dem Hilflosen zu helfen. So war er von Geburt an. Er hatte kein Herz für die unnötige Grausamkeit, so wie du. Und so forderte er Königin Schönheit heraus, teils, weil er mutig war und sie sein einzig interessanter Gegner, aber überwiegend aus Mitleid für den schwachen, geschlagenen König. Es gab eine Zeit, als du hilfos warst, und er half dir.

In dieser Nacht griff Orem vermutlich an, stundenlang, und verschluckte nicht allein allen Zauber in deiner Nähe, sondern breitete sich über eine so groß wie nur mögliche Fläche aus, fegte das Auge der Königin hinweg, in der Hoffnung, sie zu verwirren, sie abzulenken, um dir Zeit zu erkaufen. Er hatte keine Hoffnung, sie im Schloß herauszufordern, denn seine Kraft lag in der Aufhebung – er konnte ihr nicht direkt etwas zuleide tun. Aber er konnte ihr Werk zunichte machen, und so löste er ihre Netze auf, solange er in dieser Nacht die Kraft dazu hatte.

Endlich schlief er erschöpft ein; und nach mehreren Stunden der Suche, Palicrovol, fand dich Königin Schönheit wieder, und dein Leiden begann aufs Neue, stärker als zuvor, und viele deiner Zauberer starben. Orem war jung, und er wußte nicht, wie zornig sie sein konnte, oder daß du die Last ihres Zorns würdest tragen müssen. Er nahm an, daß sie wisse, wer er sei, und daß sie nach ihm suchen würde. Aber dennoch verriet er dir etwas. Du wußtest, das Schönheit zornig war; das bedeutete, es gab eine Kraft in der Welt, die sie in Schach halten konnte, wenn auch nur für kurze Zeit. Du wußtest nicht, ob einer der Götter sich von ihr hatte befreien können, oder ob es Ärmel gelungen war, sich von ihr zu lösen und einen Zauber anzuwenden, aber du wußtest, es war ein gutes Omen, und daß du aufs neue versuchen solltest, deine Armeen vor die Tore Inwits zu bringen. Gib es zu, Palicrovol: Es war Orem, der dich zur letzten Schlacht gegen die Königin rief.

Und was die Königin angeht, so erinnere ich mich an jene Nacht im Palast. Sie weckte jedermann mit einem Schwall strenger Befehle. Die Wachen waren aufgerufen, auf den Mauern zu stehen, und Urubugala wurde einer harten Folter unterworfen, bis er gestand, daß er von nichts wußte. Craven lächelte nur über die Neuigkeiten – sie wußte, er hatte nicht die Macht, so etwas zu tun. Und Wiesel Silberzunge sagte der Königin die bittere Wahrheit, wie es ihre Gewohnheit war:

»Du wirst alt, und die von dir gekaufte Macht vergeht.«

Daher hast du begonnen, deine Armeen wieder zu sammeln, und Schönheit suchte nach einem geeigneten Vater für ihr Zwölfmonatskind. Als sie sich erst wiedergefunden und sich vergewissert hatte, daß sich weder die Götter noch einer deiner mächtigen Freunde losgerissen hatten, zwang sie die Süßen Schwestern, ihr einen Traum in dem lange unbenutzten Webstuhl zu wirken. Zeig mir das Gesicht des Gefährten, der mir das mächtige Kind zeugen wird, befahl sie. Und die Süßen Schwestern – sie kannten das Gesicht und schickten es im Traum zu ihr.

Die Verwundung des Hirschen

Er hätte am Morgen lange geschlafen, aber Galgenglas weckte ihn kurz nach der Dämmerung. »Was hast du getan?« fragte der Zauberer streng.

»Getan?« fragte Orem.

»In der letzten Nacht hat das Haus gezittert, und ich erwachte heute morgen und hörte den Gesang von Hunderten von Vögeln. Ich blickte aus dem Fenster, und der Himmel war voll von ihnen, und sie wirbelten herum, und plötzlich verteilten sie sich und flohen weit, aber alle schossen über diesem Haus hinab und kehrten um. War es wirklich oder eine Vision?«

»Hast du sie gerufen?«

»Ich weiß nicht, wie ich sie hätte rufen sollen.«

»Nein, es war eine Vision. Ich weiß es. Keine Magie. Ich hätte Magie erkannt, das verwechsele ich nicht oft. Merkst du nicht, wie der Fußboden zittert?«

Ja, da war ein leises, tiefes Summen, das ihn im Bett vibrieren ließ. Jetzt bekam er Angst, weil er sich an seine alberne Heldentat der letzten Nacht erinnerte. Er wagte es nicht, Galgenglas im Unklaren über das zu lassen, was er getan hatte, da nur Galgenglas wußte, was er jetzt tun konnte. Daher erzählte er ihm vom Kampf der letzten Nacht zwischen Palicrovol und der Königin.

»Oh, Orem«, flüsterte der Zauberer, »gerade erst hast du die Macht gewonnen, da schießt du schon über das Ziel hinaus! Misch dich nicht in Dinge der Königin ein!«

»Läßt sie das Haus erzittern?«

»Nein! Nein, nicht Königin Schönheit. Sie kann auf keinen Fall wissen, wo du bist. Schlimm genug, daß sie von deiner Existenz weiß.«

»Wird sie merken, daß ich ein Sog bin?«

»Sie wird merken, daß irgendwo in Burland ein Zauberer

lebt, der ihre Magie zunichte machen kann. Das wird ihr Sorgen bereiten. Sie wird suchen, sie wird fragen, und dann wird sie erfahren, daß auch hier auf der Zauberstraße ihre Zauber nicht wirken, und dann wird sie sich fragen, was wohl in der Welt los ist.«

Er ging auf und ab und schlug mit der Faust in die andere Handfläche. »Nur ein Narr mißt seine Kraft an der Königin. Die Königin kann uns in einem einzigen Augenblick zerschmettern. Sie läßt uns nur zaubern, weil sie weiß, daß wir ihr nichts anhaben können. Wir können Warzen heilen und andere Makel. Wir können Liebestränke bereiten und Feinde verfluchen. Wir können sogar das Blut eines Hirschen auf der Stadtmauer heiß halten und uns bei Tageslicht unsichtbar machen, wenn das nötig ist. Aber wir verdunkeln nicht den Himmel und bewegen nicht die Herzen der Massen in der Stadt. Wir stellen die Süßen Schwestern nicht in Frage und lassen die Erde nicht erzittern. Den Lauf des Fluches dürfen wir nicht ändern, und mit dem Wind dürfen wir nicht reden, wir dürfen weder die Milch in den Brüsten vergiften, noch den Samen in den Lenden eines Mannes austrocknen.«

Orem gab keine Antwort, denn direkt hinter Galgenglas stampfte ein Hirsch ungeduldig den Boden, und er hatte ein hundertendiges Geweih. Den starken Hals reckte er empor, um das Gewicht zu halten. Galgenglas hörte das Tier fast zum gleichen Zeitpunkt, als Orem es sah, und er drehte sich um, kniete nieder und sagte: »Oh, Hirsch, warum bist du gekommen?«

Der Hirsch sah ihn an und schwieg.

»Bist du wirklich oder ein Traumbild?« rief Galgenglas.

Der Zauberer hatte Angst, Orem hingegen nicht. Das war das Tier, was er schon zuvor gesehen hatte, in den Büschen am Ufer der Banne, als er seine Mutter beim Baden beobachtet hatte. Er blickte in die glänzenden Augen und wußte, daß er keine Angst zu haben brauchte. Der Hirsch kam nicht im Zorn. Orem schlug die Decke zurück und trat auf den großen Hirschen zu.

»Tu nichts, wodurch er Angst bekommen kann«, sagte Galgenglas.

»Er ist nicht deinetwegen gekommen«, sagte Orem. »Er vergibt dir für die Hirsche, die du auf der Mauer hast ausbluten lassen.« Jetzt sah Orem, daß die Brust unter tiefen, lautlosen Atemstößen zitterte; der Hirsch war schweißnaß und hatte dunkle Flecken auf dem Fell.

Wo bist du heute Nacht gewesen? Und schnell gelaufen?«

Orem kniete nieder und griff nach dem Huf des Hirschen. Willig reichte das Tier sein Bein, aber es war nicht eigentlich da, Orem fühlte nichts, kein Gewicht. Und dennoch konnte er die Hand nicht schließen, und eine tiefe Wärme zog seinen Arm hinauf. Der Hirsch, nicht körperlich in Inwit, weilte im Fleische in der Stadt Hirschhoffnung.

»Warum bist zu zu mir gekommen?« fragte Orem, und seine Stimme klang so ehrfürchtig wie die eines Priesters im Gebet.

»Schweig«, flüsterte Galgenglas leise.

Orem blickte auf, und der Hirsch senkte langsam den Kopf. Das Gewicht des Geweihs war für jeden Hals zu groß, aber dieser Hals hielt stand. Der Hirsch schlug die Hinterbeine unter sich und rückte rückwärts, und der Kopf senkte sich, bis die Hörner direkt vor Orems Gesicht tanzten, bis eine einzige Spitze so still wie ein Berg dort verharrte, wo er nur sie und nichts anderes mehr sehen konnte. Und er sah eindringlich hin und sah tiefer, und das sah er:

Daß die Sterne eines winzigen Himmels um das Horn tanzten. Daß er in die Sterne fiel, an ihnen vorbei – und die Hornspitze ragte auf, so groß wie ein Mond, groß wie die Welt, und Orem konnte keinen Atem mehr holen, während er hinabstürzte, immer weiter hinab, bis plötzlich alles still war, und er keuchend über der Stadt Inwit hing.

Unter ihm wimmelte die Stadt vor Leben; Im Hafen legten Boote an und fuhren ab, hier und dort marschierten die Wächter wie Ameisen über die Stadtmauer. Aber es war nicht das Leben in der Stadt, was den Eindruck hatte, als befände sich alles in Bewegung. Denn während Orem zusah, löste sich die Stadt auf, als sei die Zeit aus den

Fugen geraten und drehte sich ein, zwei Jahrhunderte zurück. Straßen änderten ihre Richtung, Gebäude wurden wieder neu und blitzten kurz in Gerüsten auf, um von älteren, kleineren Gebäuden ersetzt zu werden. In der Stadt gab es immer mehr Bauernhöfe, und die Siedlungen draußen schrumpften und verschwanden fast. Plötzlich war der Große Tempel verschwunden, und der Kleine Tempel veränderte sich, so daß nicht mehr sieben Kreise um jede Säule lagen, und dann war auch der Kleine Tempel verschwunden, und die Stadt nahm eine andere Form an. Die Straße des Königs bog scharf nach Westen, und das Große Tor der Stadt war Hindinspur, das Westtor, das Loch.

Dann ging auch das vorbei; die Mauern der Stadt lösten sich auf, enthüllten kleinere Mauern, und auch jene zerbröselten, und es gab überhaupt keine Mauer mehr, auch kein Schloß, nur das winzige Alte Schloß am östlichen Punkt des Königshügels. Dies blieb eine Weils so. Und dann war auch das Schloß verschwunden, und nur noch Wälder standen an seiner Stelle, und von Inwit blieb nichts weiter, als ein paar hundert Häuser, die sich in Kreisen um einen einzigen Schrein scharten. Und auch diese Häuser wurden immer weniger, und Stück für Stück auch der Schrein, und Orem fiel wieder abwärts, bis er nur noch wenige Meter über dem Boden schwebte. Es gab kein Dorf mehr. Nur Wald, und eine Lichtung mit einer Hütte in der Mitte, und wo der Schrein stehen würde, gab es nur einen Bauern, der das Feld bestellte.

Dieser Bauer pflügte anders als Orems Vater. Der Bauer selbst zog die Pflugschar, die die Erde aufriß, und seine Frau führte sie und sie schürfte nur eine flache, kleine Furche in den Boden. Es war eine mühsame Arbeit, und Orem erkannte, warum das Feld nur so klein war – es bestand keine Hoffnung, auf diese Weise ein größeres Feld zu bebauen.

Plötzlich erfolgte am Rand der Lichtung eine Bewegung. Zu Orems Erleichterung floß die Zeit nun wieder vorwärts und in normalem Tempo. Ein Hirsch sprang in die Furchen; seine Hufe senkten sich tief in das lockere Erdreich. Er hatte Angst. Hinter ihm folgten vier Jäger mit Pfeil und

Bogen und mit Hunden, die den Hirschen wie verrückt anbellten. Der Hirsch rannte zum Bauern, der das Geschirr des Pflugs abwarf und den Kopf des Hirschen einen Moment zwischen die Hände nahm und dann wieder losließ. Der Hirsch regte sich nicht. Noch zeigte er Angst vor dem Bauern, und vielleicht blieben die Jäger nur stehen, um ein solches Wunder zu bestaunen.

Der Bauer hob eine Hand, und der Hirsch trat einen Schritt von ihm zurück auf den Wald auf der anderen Seite der Lichtung zu. Da regten sich auch die Jäger wieder, und die Hunde sprangen in einem einzigen Satz voran. Der Bauer senkte die Hand, und die Bewegungen hörten auf, und alle warteten wieder auf sein Zeichen.

Der Bauer wandte sich dem Pflug zu. Er hob ihn auf, so schwer er war, und legte ihn umgekehrt vor die Jagdhunde. Zitternd kniete er vor dem Pflug nieder. Dann bückte sich seine Frau hinter ihm und nahm seinen Kopf zwischen die Hände, half ihm, seine Kehle auf die Flugschar zu legen. Einen Moment lang warteten sie unbeweglich. Es war nicht die Frau, denn sie zog im letzten Moment die Hände fort, zu mitleidig, so etwas zu tun. Es war der Bauer selbst, der seinen Hals heftig auf die Pflugschar fallen ließ. Blut schoß auf, und Orem zuckte vor Schmerz zusammen. Jetzt vollendete die Frau, was der Mann begonnen hatte; sie schob den Kopf des Mannes weiter herab, bis das Blut herausschoß und die Klinge fast den Kopf abgetrennt hatte.

Da senkten die Jäger die Bogen und merkten nicht, wie der Hirsch zwischen den Bäumen entkam. Anstatt dessen sahen sie, wie die Hunde aufstanden und das Blut von der Pflugschar leckten. Dann wurden sie wild vom Blut; sie sprangen hoch in die Luft, als tanzten sie, und rannten fröhlich von der Lichtung in die Richtung, aus der sie gekommen waren. Die Jäger knieten staunend nieder, und die Frau tauchte ihren Finger ins Blut und malte das Zeichen des Hirschen auf ihre Gesichter. Auch dic Jäger gingcn freudig fort.

Es war dunkel, und der Mond ging auf, und die Leiche des Mannes lag immer noch zusammengesunken über dem

Pflug, als der Hirsch auf die Lichtung zurückkehrte. Dieses Mal wurde er von einem Dutzend Hirschen und einem Dutzend Hindinnen begleitet; und dann kamen sieben mal sieben von ihnen, und einer nach dem anderen leckten sie dem toten Bauern über das Haar. Als sie damit fertig waren, kamen sie zur Bauersfrau, und der Hirsch, dessen Leben der Bauer gerettet hatte, reckte ihr den Hals entgegen. Sie streckte die Hand aus und nahm einen kleinen Baum, der neben ihrer Hütte wuchs, und zerbrach ihn, als sei er morsch, wenn auch die Blätter daran frisch und grün aussahen. Dann stach sie mit dem spitzen, starren Ende des Baumes den Bauch des Hirschen von der Brust bis zu den Lenden auf. Die Gedärme des Hirschen platzten heraus. Der blutende Hirsch stolperte zu dem Mann und legte sich neben ihn, und auf dem Pflug vermischte sich ihr Blut.

Dann wurde unter Orems Augen aus dem Pflug ein Floß, und der Kopf des Mannes und der Kopf des Hirschen rollten über den Rand und trieben in dem hellen Wasser. Das Floß schwamm gegen den Strom. Oder floß das Wasser aus den wunden Körpern der zwei zerbrochenen Lebewesen? Entlang der Flußufer knieten Millionen von Menschen, und alle tranken einen Schluck und gingen singend davon.

Schließlich trieb das Floß an ein Ufer. Die beiden Leichen schienen leer wie Weinschläuche, und kein Wasser floß mehr aus ihnen heraus.

Orem blickte auf und sah neben den Leichen am Ufer den lebendigen Mann und den lebendigen Hirschen, beide wieder heil, nackt im Mondschein stehen.

Und das Gesicht des Bauern war Orems Gesicht, und der Hirsch war das gleiche Tier, das nun vor ihm im Raum stand, das Horn gesenkt, um ihm eine nackte, braune Spitze darzubieten.

Orem atmete tief durch, um das heftige Schlagen seines Herzens zu beruhigen. Wieviel davon war wahr, und wenn es wahr war, was bedeutete es?

Anstelle einer Antwort tauchte das Gesicht einer Frau auf. Es war das schönste Gesicht, das Orem jemals gesehen hatte, ein freundliches und liebevolles Gesicht, ein Gesicht wie ein Schrei einer tragischen Jungfrau, die sich nach dem

Leben eines Mannes in ihr verzehrt. Orem kannte sie nicht, erkannte sie aber sogleich. Nur ein einziger lebendiger Mensch konnte ein solches Gesicht haben, denn das Gesicht schrie einen einzigen Namen: Schönheit. Es war die Königin, und sie streckte die Arme nach ihm aus und umfing ihn.

Dann war die Vision unvermittelt verschwunden, und Orem und Galgenglas waren allein im Dachzimmer.

»Hast du es gesehen?« fragte Orem.

»Ich sah, wie du vor dem Hirschen knietest, und er dir sein Horn bot, und plötzlich kam Blut aus einer tiefen Wunde in deine Kehle, und ich dachte, du seist tot.«

Wunde. Orem griff nach seinem Hals, und jawohl, er spürte den Wulst der langen, langen verheilten Narbe. »Ich habe da nie eine Verletzung gehabt.«

»Was hast du denn gesehen?«

»Ich habe gesehen, wie die Stadt zu ihrem Namen gekommen ist. Und wozu es den Schrein des Gebrochenen Baumes gibt. Und ich habe das Gesicht von Schönheit gesehen.«

Es hörte sich zweifelnd an, als er diesen Namen aussprach. Schönheit trug in Burland immer nur ein Gesicht, aber nur wenige hatten es mit eigenen Augen gesehen. Jeder Mensch hatte sein eigenes Bild der Königin vor Augen, um es zu fürchten und anzubeten, wenn er mit sich allein war. Jede Frau kannte sie, und jede Frau wußte auch, wie sich Schönheit über ihre Unzulänglichkeit lustig machte.

»Hat sie mich gefunden?« fragte Orem.

»Nein«, antwortete Galgenglas. Unvermittelt drehte er sich um und taumelte aus dem Zimmer. Orem brauchte einen Moment, bis er erkannte, daß der Zauberer trauerte. Dann stand der Junge auf, zog Lendenschurz und Hemd an, gürtete sich und folgte dem Magier die Treppe hinab. Als er in die Diele trat, hatte der Zauberer bereits den ersten Deckel abgehoben, und nun stemmte er den nächsten und den anderen, und dann hob er die Körper der Frauen heraus, die in der Lake schwebten, hob sie heraus und hing sie schlaff über die Faßränder, die Gesichter nach oben, mit dem Kopf nach unten, und auf dem Teppich bildeten sich Pfützen aus Schleim. »Ihr habt mich verraten!« rief der Zauberer. »Ihr Eidbrecher! Ihr Diebinnen!« Und er ergriff den verschrumpelten Kopf der goldenen Tochter und hielt ihn so dicht vor sich, daß er ihr in die starren Augen spuckte. »Was bedeutest du mir schon, du aufgeblasenes, schmutziges Fleisch! Ihr habt mich um meine Macht betrogen, mich um euer Leben in diesem Haus gebracht, und jetzt ist der Hirsch in mein Heim getreten, und wo wart ihr? Wo wart ihr, als das Leben aus der Kehle meines schrecklichen Jungen tropfte? Ein Schluck, und ihr hättet gelebt, ihr hättet gelebt, ihr hättet gelebt!«

Und der Zauberer richtete sich auf und ließ den Kopf wieder herabbaumeln. Zum Regal, zum Beutel mit dem getrockneten Blut. Orem konnte nicht ertragen, die Frauen wieder dem Halbtod entrissen zu sehen, den ihnen Galgenglas aufgezwungen hatte. Und so schickte er seine Macht aus, unvermittelt, wie ein Taschendieb das Messer für den Beutel zückt, und im nächsten Augenblick hatte das Blut nicht mehr seine durch Trocknen bewahrte Kraft. Er wußte, während er dies tat, daß er dem Wunsch der toten Frauen gerecht wurde und Galgenglas das Herz brach. Der Zauberer warf den Blutzauber, aber anstatt sich zu beleben, fielen die Körper zusammen, die Gesichter wurden schwarz und das Haar fiel in Büscheln zu Boden; die Haut schälte sich ab und rieselte auf den durchweichten Teppich, und einer nach dem anderen lösten sich die Köpfe und fielen herab, um sich rasch zu formlosen Klumpen aus Fäulnis aufzulösen.

Erst als die Knochen auseinandergefallen waren und in unordentlichen Haufen auf dem Teppich lagen, erst als die unteren Hälften der Frauen zurück ins Wasser glitten und nicht mehr zu sehen waren, erst da wandte sich Galgenglas zu Orem, und sein Gesicht war schrecklich. Seine Augen glitzerten rubinrot, die Zähne waren entblößt wie bei einem Dachs, und Orem sah Mord in den Händen des Mannes.

Er schoß nach links auf die Tür zu und stieß sie auf. Eine Hand griff nach seinem Kragen und hielt ihn zurück, aber Orem schüttelte sie ab und ließ das Hemd zerreißen, als er sich durch die Tür warf. Er rannte hinaus auf die bitterkalte Straße; das Hemd hing ihm von der Schulter, nur durch den Gürtel am Körper gehalten. Er rannte hinaus in die bittere Kälte, unter dem stetigen Tröpfeln schmelzender Eiszapfen, rannte über die eisige Straße, und kaltes Sonnenlicht lag auf seinem Rücken.

Der Schrein des Gebrochenen Baumes

Er rannte ohne Ziel, mehr aus Angst vor dem, was er getan hatte, als vor Galgenglas selbst. Als er auf der Diebesstraße angelangte, bildete sich jedoch ein Plan in seinem Kopf heraus. Er würde Floh suchen und ihn um Hilfe bei der Suche nach einem Versteck bitten. Die Königin würde ihn unter den Zauberern suchen, und Galgenglas würde ihn niemals finden, denn er konnte keinen Zauber anwenden.

Womit er natürlich nicht gerechnet hatte, war der Feind, der in Inwit stets demjenigen droht, der nicht auf der Hut ist. Im billigsten Viertel patroullierten die Wächter. Ein Blick auf sein zerfetztes Hemd und sein angstvolles Gesicht verriet ihnen, daß er ihnen gehörte. Sie brauchten sein Verbrechen nicht zu kennen, um zu wissen, daß er schuldig war. Sie schrien ihn an stehenzubleiben und forderten seinen Paß.

Er hatte keinen Paß dabei, noch wagte er, ihnen zu sagen, daß sein Paß bei Galgenglas sei; denn sie würden ihn in dessen Haus bringen, um sich zu vergewissern, und Galgenglas würde jedwede Rache ausüben können, derer er fähig war. Daher kehrte Orem um und rannte zurück, rannte tief hinein in das Billige Viertel, duckte sich hier und dort in die schmalen, sich windenden Gäßchen.

Er rannte schneller als die Wachen, aber sie waren viele, und er war allein. Wo immer er sich hinwandte, warteten sie schon, und schließlich trieben sie ihn zurück, bis er bei dem schäbigen Schrein des Gebrochenen Baumes landete. Er sah auf beiden Seiten der Schreinstraße die Wachen kommen. Es gab keinen Fluchtweg. Und so lehnte er sich über die niedrige Mauer, die den Schrein umgab, und blickte hinab auf den Stumpf, sah die scharfe, herausragende Spitze, wie die Bauersfrau in seiner Vision sie zurückgelassen hatte. Der Traum war also wahr. Gut zu wissen, daß etwas wahr war. Aber was war im Namen der Himmel, hatte es zu bedeuten?

17

Käfige

Wie die anderen Tiere Orem am Leben hielten, bis er erkannt wurde.

Die Ochsengrube und der Zoo

Die Bürger von Inwit, deren Papiere in Ordnung sind, gehen in die Gesichterhalle, um sich vor den Richtern zu verantworten. Die Priester werden im Tempel vor Gericht geführt. In der Zunfthalle werden Lizenzen ausgegeben und angefochten. Aber die Paßlosen wandern ins Gefängnis, denn sie haben kein Recht, in Inwit zu sein. Ihre bloße Existenz ist schon ein Verbrechen.

Sie brachten Orem zusammen mit anderen Gesetzeslosen in einem Karren über die Straße der Königin in eine riesige Grube zwischen den Mauern des Schlosses. Die Pferde strengten sich an, den Karren den steilen Berg hinaufzuziehen, und die Mauern schlossen jedes Geräusch aus, so daß alles, was die Gefangenen in ihrem Elend hören konnten, das Peitschenknallen und das Ächzen der Pferde war. Am Hohen Tor wurden die Gefangenen von einem Offizier in Empfang genommen.

Er nannte ihnen ihre Rechte: Keine.

Er nannten ihnen ihre Wahl: Verlust eines Ohrs beim ersten Mal, Sklaverei oder Kastrierung beim zweiten Mal, interessanter und beispielhafter Tod beim dritten Mal.

Und um die Sache zu unterstreichen, wurden sie auf dem Weg zum Gefängnis an der Ochsengrube vorbeigeführt. Die Behörden sorgten dafür, daß jedesmal, wenn neue Gefangene ankamen, irgendein armer Verbrecher, der die Freiheit des Eunuchen wählte, dort in Handschellen mit den Hüften im Schraubstock hing, nackt und auf die Drahtschlinge und das Messer wartend. Die Männer der Justiz in Inwit hatten es lieber, wenn die Gefangenen die Sklaverei vorzogen, daher ließen sie die Kastration so fürchterlich wie möglich aussehen. Deshalb erhielt sich die Justizmaschinerie selbst, weil sie Sklaven an die schwarzen Händler verkaufte, die die Gefangenen nach Westen übers Meer verschacherten.

Nachdem er einen Blick auf die Ochsengrube hatte werfen können, steckte man Orem in einen der Käfige. Diese Käfige hatten keinen Boden und kein Inventar, nur Kreuzgitter unten, oben und auf den vier Seiten. Es gab keinen Schutz vor dem Wind, und keine Möglichkeit, eine bequeme Haltung einzunehmen. Die Zellen waren zu niedrig, um darin zu stehen, aber Sitzen bedeutete, daß das Gesäß gegen die kalten runden Eisenstäbe des Käfigs gepreßt wurde. Die Füße konnte man nicht unter sich ziehen, weil die Stangen wehtaten, und wenn man sich legte, was sollte man mit dem Kopf anfangen? Orem versuchte jede mögliche Position, während die anderen Gefangenen ihn stumm beobachteten. Schließlich lehnte er sich in eine Ecke, was für eine Weile die am wenigsten unbequeme Stellung war.

Über ihm gab es noch zwei weitere Reihen von Käfigen, und unter ihm nichts als den Boden, aber der war zu weit entfernt, um ihn mit ausgestrecktem Arm erreichen zu können. Er hing in der Luft und fühlte sich hilflos und elend.

»Wie lange halten sie einen hier?« fragte Orem den Mann im nächsten Käfig. Der Mann sah ihn nur unverwandt an, sagte aber nichts. »Ich sagte, wie lange ...« Aber dann sah er ein Glitzern im Auge des Mannes, und verstummte. Nicht, daß der Mann ihn nicht gehört hatte; ihn interessierte eine Unterhaltung einfach nicht. Er stand auf und trat zu der Ecke, in der Orem lehnte. Es war nicht zu erkennen, was er vorhatte, aber Orem war sicher, er wollte es lieber von seiner anderen Käfigseite aus sehen. Der Mann zog mit steinernem Gesicht und stumm seinen Lendenschurz beiseite und begann Orem anzupissen. Es schlug auf die

Bodenstangen auf und spritzte. Orem zog sich in die entfernteste Ecke zurück und hielt sich für einen Moment sicher, bis er das Heißkalt der Pisse seines Nachbarn auf dem Rücken spürte, wie sie in seinen Lendenschurz lief. Er wirbelte herum, um dem Strahl zu entkommen, glitt auf den Stangen aus und fiel hin. Sein Fuß glitt durch den Spalt, und er verrenkte sich die Hüfte, als sein Körpergewicht ihn nach unten zog, wobei das Bein immer noch zwischen den Stangen verfangen war. Er hatte Schmerzen, und immer noch bepißten sie ihn von beiden Seiten, und der Mann über ihm spuckte ununterbrochen. In seiner Wut wollte Orem sie anschreien, sie verfluchen, und jetzt wünschte er sich mehr als je zuvor die Kraft, einen Feind zu vernichten, anstatt die passive, nutzlose Kraft eines Sogs. Endlich hörte das Pissen auf. Der Spucker über ihm drehte sich um und setzte sich in eine Ecke. Nur der Wind blieb und ließ den Urin auf der Haut trocknen und gefrieren. Wind und Gestank. Orem fühlte sich bald zu schlecht, um noch wütend zu sein. Die Pisse war wie die Kälte, sie mußte achselzuckend ertragen werden. Er konnte im Augenblick nichts dagegen unternehmen. Vorsichtig zog er sein Bein aus dem Gestänge und rieb sich die schmerzende Hüfte. Er humpelte in eine andere Ecke und setzte sich, wobei er die anderen Männer vorsichtig im Auge behielt. Sie beachteten ihn nicht mehr.

Nach wenigen Minuten holten die Wächter den Mann über Orem. Sie rollten eine leichte Leiter an die Käfige und hielten sie vor Orems Zelle an. Der Mann über ihm stand nicht auf. Er wartete einfach ab. Die Wächter kamen und blieben vor seiner Tür stehen. Sie traten nicht ein, redeten auch nicht. Warteten nur. Der Mann drinnen, die Wächter draußen, und Orem war sich nicht einmal sicher, ob sie einander ansahen. Sie warteten lange. Dann wehte der Wind heftiger. Er ließ Orem frösteln. Offensichtlich wisperte er auch dem Gefangenen oben etwas zu, denn jetzt stand er auf und machte sich auf den schwierigen Weg zur Tür der Zelle, sah gleichgültig zu, wie die Wächter die Tür öffneten und an die Seite schoben. Sie banden seine Arme oberhalb der Ellbogen und zogen die Kette fest im Rücken an, so daß die Arme fast aus den Gelenken kugelten. Der Mann ließ keinen Schmerz erkennen, sondern folgte ihnen gefügig.

Die Nachmittagsonne brachte ein wenig Wärme, und Orem zitterte darin, genoß sie. Er hoffte, daß sein Prozeß, wie immer er auch aussah, vor Einbruch der Nacht erfolgen würde, ehe die Kälte einsetzte.

Der Himmel rötete sich im Sonnenuntergang, als ein weiterer Mann in die Zelle über ihm gebracht wurde. Orem sah gleichgültig zu, wie seine Nachbarn auch ihn bepinkelten. Das meiste bekam Orem ab, und er konnte nicht ausweichen, und mit dem aufkommenden Abendwind war es noch kälter. Aber dieses Mal duckte sich Orem nicht. Er bewegte sich nicht von der Stelle. Er schloß lediglich die Augen und preßte die Lippen aufeinander und wartete, bis es vorüber war. Der Mann schrie und schrie und rannte von einer Seite zur anderen. Es gab keinen Schutz. Aber weil er schrie, attackierten sie ihn weiter. Spuckten, als ihnen die Pisse ausging, und der Mann in der dritten Ebene tat so, als wolle er sich durch den Käfig entleeren. Schließlich konnte Orem es nicht mehr aushalten. Das Fluchen und Schreien des Neuen ließ den Regen von Unrat nur länger herabfallen, und Orem war verärgert. Er trat unter den Mann, der seine Peiniger anschrie. Der Mann sah ihn nicht – er beobachtete die stummen, ausdruckslosen Männer, die spuckten, so oft sie Wasser im Mund zusammenbringen konnte. Orem streckte die Hände durch die Stangen und zog kräftig an den Fersen des Mannes. Mit einem entsetzten Schrei sackte der Mann nach unten und konnte sich gerade noch abfangen, ehe er mit dem Schritt auf den Eisenstangen aufkam. Orem hielt seine Füße fest.

»Laß mich los!« schrie er.

Aber Orem umklammerte stumm seine Füße und wartete. Solange der Mann stillhielt und sich nur darauf konzentrierte, seine Genitalien über der wartenden Stange zu halten, während Orem ihn nach unten zog, fanden die Spucker ihr Opfer oft genug, um zufrieden zu sein. Als der Neue vor Erschöpfung weinte, hörten sie endlich auf, und da ließ auch Orem seine Beine los. Der Mann stand unter

Mühen auf und zog die Beine durch die Stangen. Dann taumelte er in eine Ecke und jammerte still vor sich hin.

Das Gefängnis schien fast voll zu sein; es schien, als würden sie einen Gefangenen nur herausbringen, wenn ein neuer auf den Platz wartete, als würden die Gefängnisse der Fülle bedürfen, um das Elend voll zu machen.

Orem konnte nicht schlafen, wagte nicht zu schlafen in solcher Kälte. Hände und Füße wurden taub. Er stand auf und ging im Käfig herum, hielt sich an den Stangen fest, damit er nicht wieder in der Dunkelheit fiel, weigerte sich, seine wunde Hüfte zu schonen, aus Angst, das Bein würde zu kalt. Gegen Morgen ging der Mond auf und gab ein wenig Licht, gerade genug, um der Kälte zu spotten. Und bald nach Mondaufgang zogen von Westen her Wolken über den Himmel. Der neue Mann oben hatte zu jammern aufgehört. Orem fragte sich, ob er schlief oder tot war oder einfach die Nutzlosigkeit des Weinens entdeckt hatte. Orem umschritt wieder seinen Käfig, wieder und wieder. Einmal umfaßte die Hand eines Mannes seine Finger an den Stangen. Einen Moment fürchtete Orem kurzen scharfen Schmerz, aber die Hand hob sich rasch wieder, und Orem merkte, daß auch sein Nachbar auf und ab schritt.

Im Morgengrauen begann der Schnee. Er brannte auf der Haut und fiel dicht und schnell auf Orem. Er ging nur schneller im Käfig herum, bis er im fahlen Licht erkannte, daß die anderen Männer den Schnee mit den Fingern von den Stangen kratzten und aßen. Natürlich, er hatte den ganzen Tag noch kein Wasser getrunken, und wer wußte, wie lange diese Männer hier schon ohne Essen und Trinken waren? Orem fegte ebenfalls den Schnee zusammen und leckte sich die Finger ab. Das Wasser schmeckte kalt, hatte aber so einen reinen Geschmack, wenn der erste Geschmack von Pisse vorbei war, daß es seine Kehle bis zur Schädelbasis zu durchbohren schien.

Weiter, weiter, bleib so warm, wie du kannst. Die Wachen kamen durch den Schnee und nahmen den Mann neben Orem mit, ebenso den Mann hinter ihm. Die Wächter blieben immer an der Tür stehen, bis der Mann zu gehen aufhörte und zu ihnen kam. Der Schnee fiel dichter. Der Mann neben ihm blieb stehen und schiß in seine Hände, rieb den warmen Dung auf seinen Bauch und zitterte vor Erleichterung.

Bald brachte man zwei neue Gefangene, um die alten zu ersetzen. Dieses Mal machte Orem mit, als sie bepinkelt wurden. Beide waren klüger als der Neue über ihm. Als der erste Schock vorbei war, taten sie das gleiche, was Orem getan hatte – sie ließen es über sich ergehen. Dann begannen sie rasch mit der Routine des Gefängnisses, aßen die leichte Schneeschicht, die ein paar Augenblicke auf den Bodenstangen haften blieb, gingen auf und ab, um warm zu bleiben, setzten sich wieder hin, wenn Gehen unmöglich wurde. Wenn sich einer zu lange setzte und eindöste, begannen die anderen, ihn stumm anzuspucken, um ihn zu wecken. Kein Wort. Keine Stimmen. Wir haben hier keine Stimmen, aber wir sind immer noch Menschen: Wir versuchen, einander am Leben zu halten.

Der Mann über ihm lag jedoch still und lag still und lag still, und schließlich häufte sich der Schnee auf seinem kalten Körper. Als deutlich wurde, daß er tot war, griff Orem durch die Stangen nach oben, fegte den Schnee von der Leiche und stopfte ihn in den Mund. Es schmeckte kalt, aber schmolz zu einem vollen Schluck Wasser. Als er genug getrunken hatte, streckte er eine Handvoll dem Mann nebenan durch die Stäbe, der es stumm nahm, sich den Mund füllte und weiterging. Orem gab jedem Nachbarn eine Handvoll Schnee von der Leiche, und als sie genug hatten, reichten sie die Händevoll weiter. Unter den Käfigen wurde der Schnee höher. Gegen Mittag war er einen Fuß hoch, und am Nachmittag reichte er bis zum Boden der Käfige. Jetzt brauchte man nicht mehr den Schnee von dem Toten zu kratzen – es gab genügend in Reichweite aller in der unteren Reihe. Orem merkte, daß seine Haut blau wurde. Wie lange dauerte es, bis die Finger erfroren und abfielen? Wie lange, bis die Vergiftung einsetzte? Wie lange, bis er einfach zu müde wurde? Seit gestern morgen hatte er nicht mehr geschlafen, und jetzt war es fast wieder dunkel.

Bei Einbruch der Dunkelheit schafften sie die Leiche fort,

und in der Nacht brachte die Wache den letzten der Männer fort, die Orem anfangs bepinkelt hatten. Im Käfig herum, herum, herum, warm bleiben, warm bleiben, und Orem sang und sprach vor sich hin, betete sogar, wie nutzlos das auch immer sein mochte für einen, der Gott entsagt hatte, betete und fragte sich, ob die Visionen vom Hirschen nur eine Prophezeihung seines Todes war.

Als es dunkel wurde, hörte es auf zu schneien, die Wolken trieben fort, und die wirkliche Kälte setzte ein. Jetzt werde ich sterben, dachte Orem.

Eine Weile hörte er auf, sich zu bewegen, setzte sich in eine Ecke und zitterte heftig, als der kalte Wind auf ihn einpeitschte. Nur der Speichel, der ihn ins Gesicht traf, bewahrte ihn vor dem Einschlafen. Ein letzter, heftiger Schauder, schüttelte ihn, dann sprang er vor, packte die Stangen des Käfigdaches und klammerte sich trotz seiner kalten Hände mit aller Kraft daran. Ich werde leben, beschloß er, als er sich hochzog und langsam wieder sinken ließ. Mögen die Kinder der Wachen vor ihren Augen verbrennen. Grimmig schwang er die Beine hoch und klammerte die Füße zwischen die Dachstangen. Mögen die Frauen der Wachen von hundert Leprakranken vergewaltigt werden. Er stöhnte leise vor Schmerzen und zwang sich, sich hochzuziehen, herabzulassen, hochzuziehen, herabzulassen.

Als endlich die Dämmerung kam, taumelte Orem immer noch in seiner Zelle hin und her, hin und her. Viele lagen still in den Käfigen. Schwarze Klumpen im Sonnenschein, die reglose Schatten auf den Schnee unter den Stangen warfen. Ein Spinnennetz, in das Pakete sicher eingewebt sind, um später verzehrt zu werden. Vielleicht die Hälfte kämpfte noch in dem Gewebe.

Sie nahmen zwei neue Männer mit, vielleicht, um ihn bewußt zu quälen, ehe sie Orem schließlich holten. Wie er sie haßte, weil sie vor ihm nach Drinnen kamen. Aber er sagte nichts, zeigte bewußt nichts von seiner Wut, kreiste einfach nur weiter, hing an dem Dach und zog sich hoch und senkte sich ab, mit Händen, die steif wie Pranken waren.

Aber als sie kamen, rannte Orem nicht auf die Käfigtür zu, beeilte sich nicht. Allein der Abbruch seiner Überlebensroutine war zu schwer; er mußte sich Mühe geben, er mußte beschließen, nicht mehr dem gewohnten Bewegungsablauf zu folgen. Dann schließlich trat er zur Tür und wartete. Die Handschellen waren aus kaltem Eisen, fühlten sich aber auf seinen Armen warm an. Im Scharnier fing sich ein Stück Haut, aber Orem war zu benommen, um den Schmerz zu spüren, als die Haut aufriß und Blut über seinen Arm tröpfelte und gefror.

Das Kohlenhaus

Der Prozeß fand im Kohlenhaus statt. Die Wände waren dunkel und fettig vom schwarzen Ruß, und in der erstikkend heißen Luft hatten sich die Gesichter der Wachen vom Schweiß streifig verfärbt. Die Hitze war fast stärker, als Orem aushalten konnte, und seine Erleichterung ließ seine Beine so zittrig werden, daß die Wachen ihn aufrecht halten mußten. Das morgendunkle Zimmer war nur von zwei hohen, schmalen Fenstern und ein paar Fackeln an den Wänden erleuchtet. Es war ohnehin gleich; Orem sah nur den Boden, der sich vor seinen Augen drehte.

Die Wachen ließen ihn mitten im Raum fallen. Orem lag dankbar auf dem nackten Boden und lauschte, als die Stimme des Richters einsetzte: »Verbrechen?«

»Kein Paß und kein Gesuch.«

»Geschlecht und Alter?«

»Männlich und jung.«

»Gefangener, was hast du zu sagen?«

Orem brauchte einen Moment, ehe er merkte, daß man von ihm etwas erwartete, und einen weiteren Augenblick, sich zu erinnern, wie das ging. Kastriert mich nicht, wollte er sagen. Ich habe die Frauen des Zauberers getötet und verdiene alles, was ihr mir antut, sagte er fast.

»Ich bin ein Bauernjunge aus dem Norden und habe meinen Paß verloren«, sagte er endlich.

Ein Wächter riß ihn auf die Knie und drehte den Kopf so,

daß der Richter seine Wange sehen konnte. »Seit Monaten geheilt«, sagte er.

»Wie bist du die ganze Zeit den Wachen entgangen?« fragte der Richter.

Orem sah zum ersten Mal hoch, weil der Wächter ihn hielt. Auf einem hohen Podest saßen drei Richter, und zwischen ihnen und ihm befand sich ein Drahtgitter. Sie trugen Masken, schreckliche, weiß-grüne Masken wie Fäulnis, und sie sahen ihn ebenso gnadenlos an wie Gott, denn die Masken verrieten keinerlei Regung. »Ich habe aufgepaßt«, antwortete Orem.

»Wir haben ihn im Freien gefunden, mit zerrissenem Hemd und halbnackt im Schnee«, sagte der Wächter. »Wenn man aufpaßt, tut man so etwas nicht.«

»Bringt ihn näher heran«, sagte einer der Richter. Da sich keiner der Köpfe regte, konnte man nicht erkennen, welcher gesprochen hatte. Als der Wächter ihn vorwärtsstieß, sagte eine weitere Richterstimme: »Das Loch, kein Zweifel, und ein falscher Paß. Wer hat dir den Paß gegeben, Junge? Oder willst du, daß man dir die Hoden zerquetscht und dir als Mahlzeit serviert?«

Nicht, daß Orem da mutig wurde – Mut lag weit hinter ihm nach zwei Nächten in dem Käfig. Er erzählte ihnen deshalb nicht alles über den Durchgang durch das Loch, weil in diesem Augenblick einer der Richter einen leisen Schrei ausstieß und sagte: »Seht euch sein Gesicht an!«

Einer winkte dem Wächter, der Orem durch eine kleine Tür in dem Drahtgitter stieß und ihn direkt vor den Richtertisch brachte. Sie ließen ihn sich auf den Tisch aufstützen, während die Masken ihn reglos anstarrten. Orem war nun dicht genug vor ihnen, um das Weiße der Augen in den Masken zu sehen, und die Lippen und Zähne derjenigen, die sprachen.

»Wie hast du die Narbe am Hals bekommen?« fragte einer.

Er hatte die Narbe aus dem Traum vergessen. Wie konnte er antworten? Nur die Wahrheit kam ihm in den Sinn, nur die Wahrheit konnte leicht abgebogen werden. »Ich bin ein

Bauernjunge. Ich habe mich als Kind an einer Pflugschar geschnitten.«

Sie verstummten und sahen ihn an. Dann nickte der Mittlere und die anderen ebenso. »Der Traum der Königin, ganz genau«, sagten sie.

»Und kommt zu uns aus den Käfigen«, sagte ein anderer.

»Wie heißt du, Junge?«

Orem dachte einen Moment nach und erinnerte sich dann. »Orem.«

»Orem wie?«

Er konnte sich nicht erinnern. Hatte man ihn Schmalhans genannt? Oder Bannestrand? Oder sen Bornsen? Wie nur?

»Er ist nicht in dem Zustand, eine Antwort zu geben.«

»Die er gemacht hat, reicht auch.«

»Und was nun? Sie befahl, ihm nichts zuleide zu tun, und seht ihn euch an!«

»»An wieviel wird er sich erinnern?«

»Zuviel.«

»Wie hätten wir es wissen können? Er wurde festgenommen, noch ehe sie es uns sagte.«

Der Mittlere traf einen Art Entscheidung. »Brecht die Suche nicht ab. Sucht weiter, und bringt ihn irgendwohin, wo er schlafen kann. Erst, wenn es ihm bessergeht, werden wir die Suche abbrechen.«

»Narr. Sie weiß es schon.«

»Er wird ihr verdammt wenig nützen, ehe wir ihn wieder auf die Beine bringen. Decken und Suppe und ein Feuer in seinem Zimmer. Schnell! Und den nächsten bitte, schnell!«

Orem wurde wieder fortgezogen, aber dieses Mal von höflicheren Händen, und als sie in ein kleines, heißes Zimmer mit einem Kaminfeuer kamen, lösten sie die Fesseln um seine Hände und legten ihn in eine Ecke auf ein Federbett und deckten ihn zu. Er schlief ein, noch ehe sie den Raum verlassen hatten, und wachte kaum für die Suppe und später den Nachttopf auf, den sie ihm brachten. Endlich erwachte er wieder aus eigenem Antrieb und kroch unter der Decke hervor, weil er schwitzte und der Wollstoff der Decke ihn kratzte. Er spürte die Wunde, wo die Handschellen seine Haut verletzt hatten; seine Glieder schmerzten, und er zitterte mehrere Male heftig und erbrach dann die Suppe vor das Feuer.

Dann fühlte er sich besser, und er kroch in eine Ecke, lehnte den Kopf gegen eine Wand und beobachtete durch halbgeschlossene Augen das Feuer. Die Szene mit den Richtern stand so deutlich vor seinen Augen wie ein Traum, aus dem man noch nicht völlig erwacht ist. *Sie* hatte ihm die Wächter auf die Fersen gehetzt. *Sie* konnte ihn auch jetzt sehen. *Sie* hatte sein Gesicht in einem Traum erkannt. *Sie* konnte nur die Königin Schönheit sein, und jetzt begriff Orem, daß er dafür bezahlen mußte, daß er nur vor wenigen Nächten ihren Angriff auf Palicrovol angefochten hatte. Aber nach allem, was er durchgemacht hatte, gab er sich nicht einmal die Mühe, Angst zu haben. Was konnte sie ihm antun, um ihm noch mehr Schmerzen zu bereiten? Er war immer noch nicht wieder Herr seines Körpers; die Empfindungen seiner Sinne waren noch nicht ganz wieder die eigenen. Sollte sie ihn foltern, sollte sie ihn töten, ihm war es gleich, alles gleich.

Diener kamen mit einer Wanne, zogen ihm seinen Lendenschurz aus und steckten ihn in das warme Wasser. Einige trugen seine Kleider hinaus, andere wischten und schrubbten den Boden, während sein Rücken rauh gebürstet, das Haar gespült und ausgewrungen wurde wie der Mop. Der getrockente Urin und Speichel löste sich im warmen Wasser von seinem Körper: man trug die Wanne fort und brachte eine neue und wusch ihn noch einmal, dann trockneten sie ihn vor dem Feuer ab, schnitten ihm das Haar und kämmten es und zogen ihm ein schlichtes Hemd mit einem reich verzierten Kettengürtel an, der gelb wie Gold glänzte. Gelb wie Gold, dachte Orem, aber selbst da kam es ihm nicht in den Sinn, daß es richtiges Gold sein könnte. Er hätte richtiges von falschem ohnehin nicht unterscheiden können.

Die Richter nahmen ihn noch einmal in Augenschein, um sicherzugehen. Orem war egal, was sie beschlossen. Es reichte ihm, sauberes Tuch auf einer sauberen, schmerzenden Haut zu tragen, die Hitze eines Feuers gespürt, das warme Ziegelwerk mit jedem Finger berührt und bei jedem gemerkt zu haben, daß er noch lebte, seine Füße erprobt und sie beide lebendig und warm gefunden zu haben.

Offensichtlich war er der Mann, den sie suchten. »Ja, ja, das reicht. Das beste, was wir tun können.« Brüsk entschuldigten sie sich bei ihm. »Ein schrecklicher Fehler, Orem. Nur ein Fehler. Kann jedem passieren. Du wirst dich doch nicht über uns beklagen, oder?«

Beklagen? Worüber sollte er sich beklagen? Haltet mich nur warm, sagte er, haltet mich warm und sauber und trokken, und ich habe keine Klagen. Er schlief wieder ein, ehe die Richter gingen.

18

Tanz der Hingabe

Wie Orem Schmalhans die Königin traf und sie liebte

Die gequälten Bäume

Sie brachten ihn in einer zwölfrädrigen Kutsche in den Palast, die von elf Pferden gezogen wurde, aber er dachte nicht daran, sie zu zählen. Er war nach seiner Tortur im Gefängnis immer noch nicht wieder bei alter Kraft, und benommen von den Wundern des Palastes starrte er aus dem Fenster auf die mosaikbedeckten Mauern, die Dächer aus Türkis, die bunten Skulpturen, die dicht nebeneinander entlang der weißgepflasterten Auffahrt standen. Die Geschichte, die sie darstellten, war Orem nicht bekannt, aber er erkannte die Perfektion dieser Werke menschlicher Hände.

Aber als er den Skulpturengarten vor dem Palast sah, war er verstört. Andere hatten die Tiere und Bäume gesehen, die zu Elefanten und riesigen Rosen geschnitten waren, und sie bewundert. Die Klugheit von Liebhabern in Blättern gewachsen; das heroische Denkmal der Schlacht am Berge Grauling – Orem fand sie weder klug noch edel. Er hatte genug von seiner Mutter in sich, um die Gewalt zu hassen, die den Bäumen angetan worden war; er hatte genug von seinem Vater, um beim Anblick dieses Laubes im kalten Frühwinter grundsätzlich verstört zu sein.

Dann kamen Dienerhände, so viele, die ihn stumm berührten, ihn schwach und benommen aus der Kutsche hoben. »Fallen die Blätter hier nicht?« fragte er.

»Eine Woche lang, wann immer es die Königin befiehlt«,

sagte ein älterer Mann. »Von Zeit zu Zeit gefällt ihr der Herbst, aber nur, um am nächsten Tag wieder Frühling zu haben.«

Erst da erfaßte Orem die Macht der Königin. Er staunte, daß er sich jemals gewagt hatte, sie herauszufordern. Welche Strafe sie sich auch immer für ihn ausdachte – er erkannte, daß er nicht einmal die Hoffnung des Widerstands hatte. Er war ein Hai gewesen, der am Ufer knabberte, mit scharfen Zähnen und gefährlich, aber dennoch seines Gegners unwürdig.

Die jungfräuliche Tänzerin

Sie führten ihn durch Räume, die größer wirkten als die Stadt Bannestrand, und die Decken sahen so hoch aus wie der Himmel. Die Wände waren siebenfach mit Behängen und Metallreliefs und Stein bedeckt. Es gab kein Stück Marmor, das nicht unter den Figuren von Menschen und Tieren lebte, die schließlich mit dem Töten und Kopulieren beschäftigt waren. Es gab kein Eisen, das nicht versilbert, kein Silber, das nicht mit Gold eingelegt war. Das Mobiliar bestand aus schweren Hölzern, doch alles war prächtig geschnitzt, so daß das Holz tausende kleine Fenster hatte und aussah wie dunkle, durchsichtige Spitze. Und die ganze Zeit über redete niemand ein Wort mit ihm, so daß er nur allmählich merkte, daß die Königin ihn nicht um der Rache willen herbringen ließ.

Denn in den Dörfern und auf den Höfen wurde es nur symbolisch vollzogen, denn man war arm. Es war der Tanz der Hingabe, natürlich das letzte, was Orem erwartet hätte. Und er wurde wirklich verlegen. Er erinnerte sich nun, daß die Kutsche, die ihn zum Palast gebracht hatte, zwölf Räder hatte, daß eines der sechs Gespanne unvollständig war. Als er den Palast betrat, wurde er von zehn Bewaffneten umringt, und die Schilde waren mit neun schwarzen Steinen bestückt. Der rotbehemdete Barbier schnitt ihm das Haar mit acht Schnitten, und nun tauchten ihn sieben nackte Frauen mit Blut auf den Schenkeln sechsmal in heißes Wasser und fünfmal in kaltes, so daß er das Sakrament der Süßen Schwestern das einzige Mal in seinem Leben empfing, das ein Mann empfangen durfte.

Das einzige Mal im Leben, in dem ein Mann es empfing, und da endlich begann er zu zählen, zählte die Frauen und konnte es immer noch nicht glauben. Nicht dazu – nein, sie konnten ihn nicht dazu in den Palast gebracht haben. Aber als die Frauen gingen, öffneten sich vier Türen, und durch eine jede trat ein Knabe, nackt und ohne Schamhaare. Er konnte nicht mehr zweifeln, wenn er es auch nicht begriff. Er selbst war bei dem Tanz der Hingabe einer von dreien seiner Brüder, einer der vier jungfräulichen Knaben gewesen. Auf dem Hof waren die Drei Öle Schaffett, Schweinefett und Hühnerfett gewesen, und sie hatten miteinander gerungen und gescherzt, als sie ihn salbten und schrubbten. Jetzt war es kein Scherz. Die vier Knaben, die um ihn her knieten, während er nackt auf dem Steinboden lag, waren ernst und arbeiteten hart.

Das Öl roch nicht nach Tier, es war fein, aber von starkem Duft, und die Knaben rieben es fest in seine Haut, ein jedes Öl nach dem anderen, und dazwischen schabten sie seinen Körper ab. Sie sprachen nicht einmal, als sie ihn baten, sich umzudrehen; anstatt dessen streckten sie die jungen Arme aus und drehten ihn um, ohne daß er etwas dagegen unternehmen konnte, aber es war nicht unangenehm.

Ihm stieg der Duft der Öle zu Kopf, und er spürte einen Schmerz zwischen den Augen. Aber es war ein köstlicher Schmerz, und das Schaben des Körpers war eine Lust, auf die er nicht vorbereitet war. Er fühlte sich anschließend schwach und entspannt und zittrig, und dankbar griff er nach dem ersten der Zwei Becher, als man diese hereinbrachte.

Hier gab es keine großen Tonbecher. Der Becher zur Linken bestand aus einer Kristallschale in einer Halterung aus Goldfiligran auf einer dünnen Spirale. Die Flüssigkeit darinnen war grün und schien zu Leben, mit einem sanften Glühen, das nicht mit dem Licht der Wandlampen tanzte. Als er die Linke nach dem Becher ausstreckte, erfüllte

Orem aufs Neue Furcht. So etwas gab es nur in Gedichten, aber er war nicht darauf vorbereitet, nicht gewarnt worden. Ich bin wie Klasin Krämer, durch Zufall auserwählt für Abenteuer, die nur die Süßen Schwestern hätten voraussagen können. Ich bin nicht vorbereitet, rief er insgeheim, aber immer noch streckte er die Hand aus, und wenn er auch zitterte, vergoß er doch keinen Tropfen des Grüns. In den Dörfern war es Minztee gewesen. Hier war es Wein, und als seine Zunge inn berührte, ging der Geschmack durch ihn hindurch wie Eis, brachte Winter an jede Stelle seines Körpers, so daß er die Kälte scharf in den Fingern spürte und sein Gesäß sich unwillkürlich zusammenkrampfte. Doch er trank alles aus, aber als er den Becher geleert hatte, zitterte er heftig, und die Zähne schlugen aufeinander. Dampf stieg aus dem leeren Kristallbecher auf.

Der Becher zur Rechten bestand aus Stein, glattem unpoliertem Stein, ohne eine Figur oder ein Relief, abgesehen davon, daß er so geschnitten war, daß er die richtige Rundung zeigte, wie man es auch auf dem Land hatte. Die Seele der Frau hatte er getrunken, und jetzt streckte er die Rechte aus, um die Seele des Mannes zu trinken. Der Stein war nicht so schwer, wie er erwartet hatte, und fast vergoß er etwas, aber die dicke weiße Flüssigkeit war träge und dick wie Schlamm, und sie rann nicht leicht über den Rand.

Dieses Mal war das Getränk heiß und durchdrang ihn nicht so rasch wie die Kälte. Auf dem Bauernhof war es Sahne gewesen, und vielleicht war es auch hier Sahne, aber sie war süß, schmerzhaft süß, und heiß genug, um sich die Zunge zu verbrennen. Aber er leerte die dicke Flüssigkeit und stellte langsam den Becher ab, genoß, wie die Hitze in ihm gegen die Kälte kämpfte und gewann. Er wußte, daß seine Haut sich rötete, sein Gesicht rosig wurde. Er rang um Luft und kniete sich auf alle Viere und ließ den Kopf bis fast auf den Boden hängen, während sein Körper die Hitze der Seele des Mannes absorbierte.

Dann brachten die Diener die beiden Becher fort, und andere führten ihn zu einem goldenen Sessel, der mit dikkem Samt bezogen war, und da saß er und wartete auf den Einen Roten Ring. Der Ring, den sie brachten, bestand nicht aus angemaltem Holz; er war aus einem Rubin herausgeschnitten, ein Ding, dessen Wert so jenseits von Orems Vorstellung war, daß er erst nach längerer Zeit merkte, daß ihm der Preis dieses Ringes tausend Höfe wie den seines Vaters erkauft hätte, und es wäre noch genug übrig geblieben, um tausend Sklaven zu kaufen, die sie bestellten.

Welche Finger? Wie hatten das seine Brüder entschieden? Seine Zukunft konnte von der Wahl abhängen.

Er hob die linke Hand, die Hand der Leidenschaft, ohne viel an die Bedeutung zu denken, sondern nur, weil es die Hand war, die er heben wollte. Der Diener nahm den Ring zwischen Zeigefinger und Daumen und wartete auf Orems Entscheidung. Und er wählte: Den einzigen Finger, den ein Mann niemals wählen würde. Er wählte den kleinen Finger, den Finger der Schwäche und der Ergebung. Bei dieser Wahl errötete er vor Scham, aber er wußte, er konnte keine andere treffen. Warum? fragte er sich.

Aber er wußte heute nichts von irgend welchen Warums. Alles war zu rasch, zu sonderbar, zu unerklärlich. Er hatte vorgehabt, sich ein Gedicht zu verdienen. Anstatt dessen hatte er gerade den Tanz der Hingabe vollzogen, und irgendwo in der Nähe gab es eine Frau, die er heiraten würde. Heiraten, jetzt, im Alter von sechzehn Jahren, und bei allen, was im Tanz der Hingabe bislang geschehen war, hatte Orem wenig Zweifel, wer diese Frau sein würde, wenn es auch ein so umwerfender Gedanke war, daß er niemals gewagt hätte, ihren Namen laut auszusprechen.

Zu seiner Überraschung wurde er nicht gebeten, aufzustehen. Anstatt dessen saß er mit dem Rubin am Finger auf dem Sessel, während Träger Taus durch Ringe an den Seiten des Möbels zogen, ihn hochhoben und aus dem Raum trugen. An diesem Ende gab es keine Tür, sondern die Wand selbst teilte sich in einem großen Spalt vom Boden bis zur Decke, und er wurde zur Königin getragen.

Schönheits sanfte Hochzeit mit dem Sohn ihres Mannes

Hinter ihm glitten die Türen wieder zu, und das einzige Licht im Raum war der Mondschein, der durch die hohen Fenster fiel, und von Tausenden von Spiegeln wiedergegeben wurde. In dem gefleckten Silberlicht sah er sie allein und nackt mitten im Raum stehen, die nackten Füße weiß und glatt wie der kalte Marmor, aus dem sie geschnitten schienen. Könnt ihr verstehen, wenn ich zögere, sie zu beschreiben? Ihr Haar war lang und dicht und fiel hinab bis zur Taille, das Haupthaar war das einzige Haar auf ihrem Körper, und sie hätte ein Kind sein können, wenn sie nicht die kleinen, vollkommenen Brüste gehabt hätte, und deren leises Senken und Heben war der einzige Beweis, daß sie lebendig war.

Ihr Gesicht erkannte es wieder. Es war das vollkommene, flehende, liebende, unausweichliche Gesicht der Frau aus seinem Traum. Sie war die Jungfrau, die um seine sanfteste Liebe bat. Sie war Königin Schönheit, und sie war nun seine Frau.

Er stand von seinem Sessel auf, war sich seines eigenen dünnen, unproportionierten Körpers nur zu sehr bewußt, der von der Hüfte ab gebräunt und weitergegerbt war; aber er hatte kaum Zeit für den Gedanken, wie wenig er der einzig vollkommenen Frau in der Welt zu bieten hatte. Denn sie hob die Hand, und es war die rechte Hand, und der goldene Ring, den sie trug, steckte am unmöglichsten Finger, dem Finger, den er nicht hatte erhoffen können, dem kleinen Finger ihrer rechten Hand, dem rechtesten Finger, und als er mit erhobener Hand auf sie zuging, ruhten die Ringe auf ihren Fingern in gleicher Entfernung von den Fingerspitzen.

Wenn er die Wahl getroffen hatte, all seine Leidenschaft aufzugeben, so hatte sie erwählt, allen Willen aufzugeben.

»Bist du noch unberührt?« flüsterte sie, und ihre Stimme klang leise und drängend.

Er nickte.

Es reichte nicht. Ungeduldig fragte sie noch einmal: »Mein Junge, mein Mann, mein Kleiner König, hat sich dein Samen jemals in den Körper einer anderen Frau ergossen?«

Und Orem sprach, aber wo er die Stimme hernahm, das wußte er selbst nicht. »Nein. Niemals.«

Sie beugte sich vor und küßte ihn. Es war ein kalter Kuß, aber er dauerte an, und Orem wollte, daß er niemals aufhörte. Als sie ihn küßte, berührten ihre Brüste seine Brust, und dann trafen sich die Hüften, und ihre linke Hand glitt auf seinen Rücken, und sie klammerte sich an ihn. Er dachte nicht an die gesichtslosen Schwestern oder die Hure, die er nicht hatte befriedigen können; er hatte weder das Bedürftnis noch den Wunsch, sich darum zu sorgen, was sein Körper vermochte oder nicht. Der Kuß endete. »Ich werde dich niemals lieben«, flüsterte sie. »Du wirst niemals mein Herz besitzen.« Aber ihre Stimme klang liebevoll, und Orem zitterte angesichts der Macht, die sie ausstrahlte, ohne Magie anzuwenden.

Sollte er Antwort geben? Er konnte es nicht. Denn er hatte den Ring auf die Hand der Leidenschaft gezogen, und das war der Schwur, auf immer und ewig zu lieben. Aber im Herzen wußte er, ohne zu wissen warum, daß auch er sie niemals lieben würde. Sein Herz war erobert, aber nicht von ihr, ihr Wille hatte sich ergeben, aber nicht ihm.

»Wir werden ein Kind haben«, sagte sie leise und führte ihn zu der Stelle, wo der Boden in ein weites Meer von einem Bett überging.

»Es wird ein Junge werden«, sagte sie, als sie niederkniete und ihre Hände ihn sanft berührten.

»Ich werde ihm alles von mir geben«, sagte sie. »Und daher gibt es nichts von mir für dich.«

Sie lagen die ganze Nacht beieinander, und das Zwölfmonatskind wurde empfangen. Orem erkannte den Moment, in dem es geschah, denn die Königin schrie auf vor Glück, und einen Moment lang waren ihre Augen zu hell, um hineinblicken zu können. Ich bin in und von dir, sagte Orem stumm.

Zweimal hast auch du ihren Körper besessen, Palicrovol. Einmal wollte sie dich nicht, und einmal wolltest du sie nicht. Aber hast du ihr jemals ins Gesicht geblickt und gesagt: Ich bin in und von dir? Du hast ihr keinen Tanz der Hingabe gegeben, König von Burland. Neides du es ihr, daß sie einmal im Leben einen Mann hatte, der sie liebte, und zwar aus vollem Herzen, wenn auch nur für diesen Augenblick?

Und wenn es dich quält, zu wissen, daß sie einen anderen Mann im Leben hatte, tröste dich damit: Er hat sie nur ein einziges Mal gehabt, wenn Orem auch noch Wochen später nur an einen Moment in der Nacht mit Schönheit denken mußte, und sein Körper erregt war, sich heftig verausgabte, und das alles in ein paar Sekunden und aus bloßer Erinnerung. Wenn Schönheit einen Mann besitzt, Palicrovol, darf man ihn dann verantwortlich machen für das, was sein Körper tut?

Aber ich will nicht so tun, als habe sie ihn gezwungen, wie sie dich gezwungen hat. Orem wußte wie kein anderer Mann, daß es nichts mit Magie zu tun hatte. Sie hatte ihm in jener Nacht nicht verzaubert. Das hätte sie nicht tun können, denn ein Zwölfmonatskind kann nicht unter Zauber empfangen werden. Orems Gefühle für sie waren echt, und nicht nur aus Begierde nach ihrem perfekten Körper. Ich kenne Orem gut, und ich weiß, als er seine Braut liebte, war es nicht die Königin, die er liebte, sondern das Mädchen Asineth, wie sie vielleicht gewesen wäre, wenn man sie nicht in der Kindheit zerstört hätte.

Haßt du ihn daher so, Palicrovol? Weil er die Frau kennt, die sie hätte sein können?

19

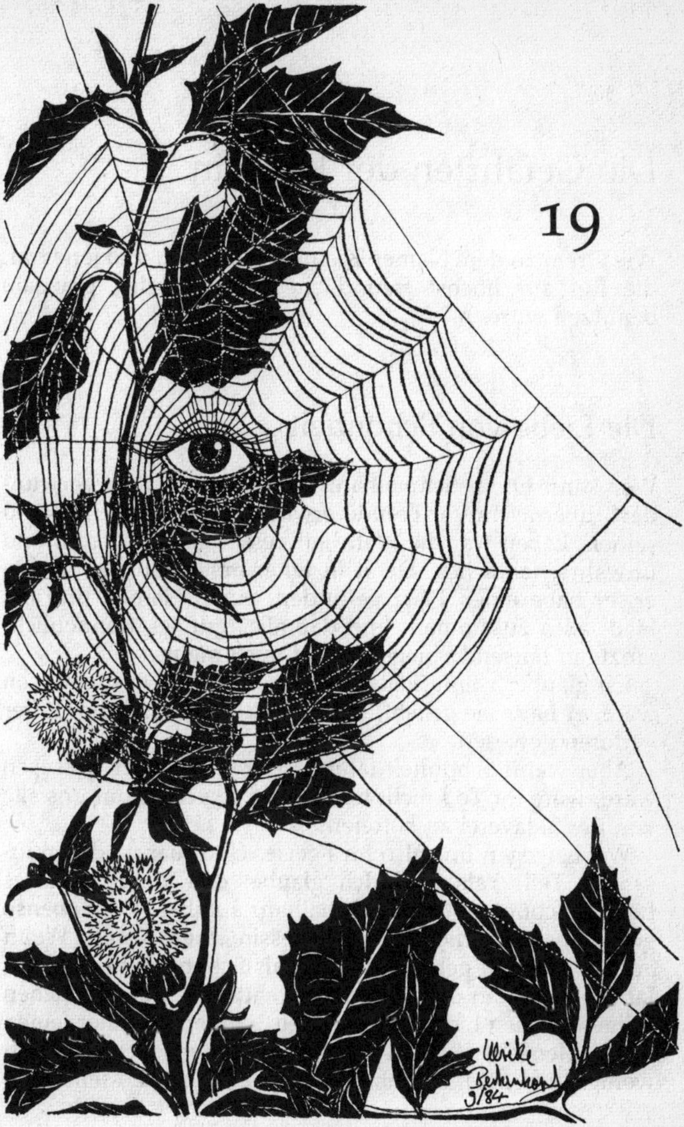

Die Gefährten der Königin

Wie Orem zu dem Namen Kleiner König kam und jene traf, die ihn auf höchst freundliche Weise höchst grausam benutzen würden.

Die Liebe von Schönheit

Wer kann Orem Schmalhans vorwerfen, daß er verwundert, überrascht vor Freude erwachte? Zum ersten Mal in seinem Leben war die Wahrheit besser als der Traum und unwahrscheinlicher. Denn in jener ersten Stunde dachte er, er habe einen Platz gefunden, einen Namen und ein Lied, alles zusammen, und daß alles gut sei. Sonnenlicht tanzte in tausend Spiegeln. Und noch mehr:

Ich glaube, wenn Schönheit freundlich zu ihm gewesen wäre, er hätte sie geliebt, und so wären wir und die Götter verloren gewesen.

Aber wenn Schönheit fähig zur Freundlichkeit gewesen wäre, wäre ihr Tod nicht notwendig gewesen, um uns alle von der Sklaverei zu befreien.

Wir bewegen uns also im Kreise. Und hier ist der grausamste Teil, Palicrovol: Ich glaube, daß am Ende ihres Lebens Schönheit Orem Schmalhans auf ihre Weise ebenso geliebt hat wie die Blütenprinzessin ihren König. Wenn auch Orem erst geboren wurde, als Schönheit bereits drei Jahrhunderte an der Macht war, hatte doch das Mödchen Asineth seinen Liebsten gefunden – einen Träumer, einen guten Menschen, einen freundlichen Menschen, der sich weniger um sein Vorhaben sorgte, als um die Menschen, die es betraf. Daher war er anders als du, Palicrovol, und daher liebte sie ihn.

Die arme Schönheit. Darf *ich* sie nicht wenigstens bemitleiden? Sie liebte ihn, aber sie hatte nur auf eine einzige Weise gelernt, ihre Liebe auszudrücken – durch Grausamkeit und Mißachtung. Wen liebte sie schließlich am meisten in der Welt? Jene, die ihr seit fünfzehn Dutzend Jahren immer zur Rechten und zur Linken gewesen waren: Wiesel, Silberzunge, Urubugala und Memme. Das war alles, was sie von Liebe wußte. Kein Wunder, daß Orem ihre Liebe nicht erkannte, als er sie empfing. Selbst jetzt würde es ihm noch das Herz brechen, wenn er erführe, daß sie ihn geliebt hat.

Aber er wußte es nicht und weiß es nicht, weil sie ihn vom ersten Tag ihres Lebens als Mann und Frau so behandelte:

Die Namengebung des Kleinen Königs

Am Morgen kleideten sie ihn in Samt und Brokat, mit so schweren Kleidern, daß er zuerst gebückt ging, was ein wenig lächerlich aussah. Er wußte nicht, wie man die Gewänder eines Königs trägt – das ist nämlich nicht angeboren. Dann führten sie ihn durch den Palast und flüsterten ihm die Namen der Räume zu, damit er wieder nach ihnen verlangen könne, aber er wußte noch nicht so recht, was er mit der Kammer der Sterne, oder der Halle der Nattern, der Veranda des Klagens oder dem Raum der Tanzenden Stiere anfangen sollte.

Am Fuß einer Treppe sah er einen alten Mann, der fehl am Platz erschien, denn anstelle einer Livree trug er einen alten, schmutzigen Lendenschurz und war mit harzigen Flecken übersät. Der Rücken des Alten war verkrüppelt, als hätten ihn große Hände ausgewrungen. Er beugte sich über die Treppe, goß eine klare Flüssigkeit über das Holz und rieb, es in die Maserung. Orem blieb nur stehen, um ihn nicht bei seiner Arbeit zu unterbrechen. Der Mann blickte auf. Seine Brauen waren so dicht wie Bärte, aber sie waren das einzige Haar in seinem Gesicht. Seine Gesichtshaut war durchsichtig, und die Venen und Arterien pulsierten blau und rot direkt unter der Oberfläche. Augen so tief wie Bernstein, dick wie Sahne und ohne Pupille, ganz ohne Pupille.

»Bis du blind?« fragte Orem leise. Sicher konnnte er ohne eine Öffnung im Auge nicht sehen; aber sahen ihn die Augen nicht an?

»Licht gegenüber bin ich blind«, flüsterte der Alte und nahm den Blick nicht von Orems Gesicht.

Wo hatte er schon solche Augen gesehen? »Wer bist du?« fragte Orem.

»Ich bin Gott«, sagte der Alte. Er lächelte, und sein Mund hatte weder eine Zunge, noch Zähne, noch sonst irgend etwas – nur Schwärze hinter den Lippen. Dann beugte er sich wieder über seine Arbeit, und die Diener drängten Orem sanft die Treppe hinauf.

Wer außer dem Kleinen König hätte zu einem alten nackten Diener gesprochen, der die Holztreppe ölte? Das ist gewiß: Nur der, der ein unsichtbares Loch in Königin Schönheits Suchendem Auge bei sich trug, hätte die Antwort hören können, die Orem hörte. Er verstand es nicht, er vergaß es aber auch nicht, trotz allem, was er vor Ablauf derselben Stunde über Königin Schönheit erfuhr.

Wer außer Königin Schönheit wäre im Mondzimmer aufgefallen, mit seinen großen Silberscheiben, die von tausend Kerzen beleuchtet waren? Sie benutzte diesen Raum für Privataudienzen. Die Diener führten Orem an den Rand jenes riesigen Glaskreises, den man nun die Tafelrunde nennt und damals den Mond von Schönheit nannte. Er sah die Königin an, die auf ihrem Elfenbeinthron saß.

Als die Diener gegangen waren, stand die Königin auf, trat vor und reichte ihm die Hand. Orem nahm sie und wollte sich vor ihr verbeugen, unsicher über das Protokoll, weil er nur an die vorige Nacht dachte, und er staunte über diese Frau, die nun seine Frau war. Aber die Königin hinderte ihn, sich zu verbeugen. Anstatt dessen senkte sie den Kopf vor ihm. Erst, als er hinter ihr ein Schnaufen vernahm, merkte er, daß sich noch jemand anders im Raum befand.

»Schönheit hat sich eine Frau genommen«, intonierte eine hohe Stimme, die leicht irre klang, »die ihr ganzes Leben bleiben soll. Hat sie ihn mit sich ins Bett genommen, ist das Knäblein vielleicht toll?«

Die Königin hob den Kopf und blickte zu den anderen im Raum. Orem wandte sich ebenfalls um. In der Mitte des Tisches saß ein schwarzer Mann, ein kleiner Mann, fast nackt, mit einem Kopfputz aus Kuhhörnern und einem riesigen falschen Phallus am Gürtel. Er war nicht dort gewesen, als Orem hereinkam. Jener hatte die Hymne angestimmt, und jetzt ergriff er wieder das Wort:

»Welch ein hübscher kleiner König
Mit 'nem hübschen kleinen Ding.
Doch bald, da singt das Vöglein wenig,
wenn es merkt, daß es nicht ging.«

»Halt die Klappe«, sagte die Königin sanft. Der Zwerg schlug einen Salto und landete lachend zu Füßen der Königin.

»Ach, schlag mich doch, Königin!« rief der schwarze Mann, und dann weinte er mitleiderregend. Nach einem Moment begann er, die Tränen aufzulecken, zog sich dann in eine Ecke des Zimmers zurück und betupfte die Augen mit dem ausgestopften Phallus, der länger war als seine Beine.

»Wie du siehst«, sagte die Königin, »habe ich mir einen Mann genommen. Er ist ein gemeiner Verbrecher aus dem schmutzigsten Teil der Stadt. Ich finde ihn so attraktiv wie einen leprösen Eber. Aber er wurde mir in einem Traum von den Süßen Schwestern gebracht, und ich fand es lustig, ihrem Rat zu folgen.«

Orem konnte die Unstimmigkeit zwischen ihrer süßen, melodischen Stimme und den groben Worten nicht festmachen. Er lächelte dümmlich und war sich undeutlich bewußt, daß er hier geschmäht wurde, konnte aber über das Lied von Königin Schönheits Lippen nicht wutend werden.

»Wie ihr seht, ist er auch ziemlich dumm. Er hatte auch

einmal einen Namen, aber hier bei Hofe wird man ihn den Kleinen König nennen. Aber abgesehen von der Tatsache, daß er ein Geschlechtsteil wie ein Mistkäfer hat, haben wir letzte Nacht ein Kind gezeugt.«

Orem war nicht überrascht, daß Königin Schönheit es bereits wußte. Andere Frauen mußten vielleicht warten, bis der Mond nicht für sie aufging, aber sie nicht. Bei Schönheit wurden solche Dinge nicht dem Zufall überlassen.

»Ihr werdet anderen von meinem Kind erzählen, meine Klatschbasen. Verbreitet das Gerücht in der ganzen Welt. Der liebe Palicrovol wird wissen, was es bedeutet, auch wenn es die anderen nicht wissen, und er wird kommen und an meine Tore klopfen. Ich vermisse den Mann. Ich will ihn noch einmal weinen sehen.«

Einer nach dem anderen kamen die Gefährten der Königin zu ihr, und sie empfing sie ernst.

Der Schritt des alten Soldaten war langsam und unsicher; er schleppte sich unter dem Gewicht der Rüstung voran. Seine Stimme klang hohl und sanft und voller Luft. Zuerst redete er Orem an.

»Kleiner König. Ich sehe, du trägst deinen Ring klug. Sieh ihn dir oft an und folge seinem Rat.« Dann wandte er sich an die Königin und blickte ihr in die Augen. Orem überraschte die Kraft dieses Blickes – als der Alte ihn angesehen hatte, war er freundlich und sanft gewesen, aber nun war er voller Feuer. Haß? Dieser Mann hatte trotz seines schwachen Körpers Kraft und die zu große Rüstung spottete ihrer. »Schönheit, liebe Schönheit«, sagte der alte Soldat. »Ich gebe deinem Kind den Segen. Möge dein Sohn meine Kraft haben.«

Orem sah die Königin beunruhigt von der Seite an. Sicher würde sie zornig auf den Mann werden, der ihr Ungeborenes so verfluchte. Orem kannte die Macht von Wünschen für die Ungeborenen – viele Tölpel und Krüppel waren das Ergebnis eines schlechten Scherzes. Aber die Königin nickte nur und lächelte, als habe sie ein großes Geschenk bekommen.

Und jetzt die Frau. Beim Gehen schwankte sie ein wenig, so daß der eine Schritt lang war, der nächste kurz. Ihre

Hände waren verkrüppelt und verdreht, und als sie Orems Wange berührte, fühlten sich ihre Finger an, als trügen sie Schuppen wie ein Fisch. Sie lächelte, und Orem merkte, daß der vermeintliche Schmutz auf der Oberlippe ein struppiger Schnurrbart war. Ihr Haar war dünn und stähnig, und an einigen Stellen war sie kahl; man hatte ihr nicht einmal die Gnade einer Perücke erwiesen. »Kleiner König«, sagte sie mit einer Stimme, die knirschte wie das Glucken einer Henne, »sei einsam, liebe niemanden und lebe lang.« Dann wandte auch sie sich an die Königin. »Ich gebe auch deinem Kind einen Segen. Möge dein Sohn meine Schönheit haben.«

Wieder akzeptierte die Königin den grausamen Wunsch, als sei er ein kostbares Geschenk.

Der kleine Mann watschelte vor, als er an der Reihe war, und grinste dümmlich. Er blieb vor Orem stehen und zog seinen Lendenschurz herab, um zu enthüllen, daß er nur einen Hoden und einen so kleinen Penis hatte, daß er kaum zu sehen war. »Ich bin nur die Hälfte dessen, was ich sein sollte«, sagte der Narr, »aber zweimal so viel Manns wie du.« Dann kicherte er, rückte seinen Schurz wieder an Ort und Stelle und schoß auf Orem zu, öffnete dessen Kleider und spähte darunter. Orem versuchte, zurückzuweichen, aber der Zwerg war schnell und sah, was er sehen wollte. »Kleiner König!« krähte er, als er unter den Kleidern wieder auftauchte. »Kleiner König!« Dann wurde er ernst. »Die Königin sieht alles, abgesehen von dem, was sie nicht sieht, und das sieht sie nicht. Denk daran, Kleiner König.«

In dem Augenblick, ehe sich der schwarze Zwerg abwandte, zwinkerte er mit den Augen, und Orem war sich auf unerklärliche Weise sicher, daß dieser Narr etwas wußte, was Orem dringend erfahren mußte.

»Schönheit, liebe Schönheit«, sang der kleine schwarze Mann der Königin vor:

»Dein Kindlein, das ich segne hier
Mit allen Göttern außer vier,
Wird Lügen hör'n sein Leben hin,
Und wird so klug, wie ich es bin.«

Dann lachte der Narr dröhnend, schlug einen Salto rückwärts und legte sich flach unter den Tisch.

Orem war entsetzt über die bitteren Geschenke, die sie dem Kind der Königin gegeben hatten – auch seinem Kind übrigens, wenn er auch noch weit davon entfernt war, elterliche Gefühle einem Wesen gegenüber zu entwickeln, das er sich nicht einmal vorstellen konnte. Orem wußte nur, daß eine Unhöflichkeit geschehen war, und er versuchte, es wieder richtig zu stellen. Er kannte keine Segenssprüche für Ungeborene, abgesehen von dem gebräuchlichen aus Bannestrand und dem Bauernland, den Segen, den Halbpriester Dobbick immer benutzte. Orem wandte sich zu der Königin und sagte: »Königin Schönheit, ich möchte das Kind segnen.«

Sie schenkte ihm ein halbes Lächeln; er hielt es für Zustimmung, nicht Belustigung. Er platzte mit Worten heraus, die für ihn an sich wenig Bedeutung hatten, außer, daß sie ein üblicher Segen waren: »Möge das Kind leben, um Gott zu dienen.«

Orem hatte es freundlich gemeint; die Königin nahm es wie einen Fluch auf. Sie schlug ihm mit solcher Kraft ins Gesicht, daß er zu Boden fiel. Ihr Ring hatte seine Wange aufgeschürft. Was hatte er gesagt? Er sah sie von seiner Stelle auf dem Boden aus an, wie sie herrisch auf die anderen herabblickte und mit einer vor Haß tropfenden Stimme sagte: »Das Geschenk meines Kleinen Königs hat nicht mehr Kraft als sein Schwanz.« Dann wandte sie sich an ihren jungen Mann. »Befiehl und segne, wie du willst, mein Kleiner König; dir werden nur die gehorchen, die über dich lachen.« Dann drehte die Königin sich um und ging auf die Tür zu. Auf der Schwelle blieb sie stehen. »Urubugala«, sagte sie fest. Der schwarze Narr kroch unter dem Tisch hervor, und Orem merkte, daß dies sein Name war.

»Komm her«, sagte die Königin. Urubugala kroch weiter und jammerte dabei über sein schlechtes Los. Er kam dicht an Orem vorbei, der instinktiv vor dem sonderbaren Mann zurückwich. Plötzlich schoß die schwarze Hand des Narren vor, griff Orem heftig beim Arm und zerrte ihn zu sich.

Orem kam aus dem Gleichgewicht, und als er sich wieder auf die Beine zu mühen versuchte, spürte er die Lippen des Narren am Ohr. »Ich kenne dich, Orem«, hörte er die fast lautlosen Worte. »Ich habe lange auf dich gewartet.«

Orem kniete, der Narr stand vor ihm – so befanden sie sich fast auf gleicher Höhe – und der Narr küßte ihn fest auf den Mund, legte die Hände auf Orems Kopf und schrie: »Ich gebe dir deinen wahren Namen, Junge! Du bist Hirschhoffnung!«

Orem durchfuhr ein Schauder, so heftig, als zittere der Boden selbst. Orem sen Barnsen, Schmalhans, Bannestrand, Kleiner König – man hatte ihm alle möglichen Namen gegeben, nur Hirschhoffnung wurde ihm mit der Geste der Taufe verliehen. Wenn er die Gelübde abgelegt hätte, wäre ihm sein Priestername so verliehen worden.

Und vielleicht hatte der Boden gebebt, denn der Narr wand sich am Boden und schrie vor Schmerz und umklammerte seinen Kopf. War das eine Schau, Teil seines Narrenspiels, oder war sein Schmerz echt?

»Sein Name lautet Kleiner König, und einen anderen wird er nicht bekommen«, sagte die Königin von der Tür her.

Sie ging. Urubugala hörte sofort auf zu schreien. Einen Moment blieb er keuchend auf dem Boden liegen, doch dann stand er auf und folgte der Königin aus dem Raum.

Orem stand ebenfalls auf. Die Wange tat ihm weh, ebenso sein Ellbogen, mit dem er auf den Boden aufgetroffen war. Er war verwirrt, begriff nichts. Er wandte sich an die anderen, die häßliche Frau und den schwachen alten Soldaten. Sie sahen ihn mit mitleidigen Blicken an. Er verstand auch ihr Mitleid nicht.

»Was soll ich jetzt tun?« fragte er.

Sie tauschten Blicke aus. »Du bist der Kleine König«, sagte der Soldat. »Du kannst tun, was du willst.«

»König.« Orem wußte nicht, was er damit anfangen sollte. »Ich habe Palicrovol einmal gesehen.«

»Ja?« fragte die Frau. Sie schien nicht interessiert.

»Er bedeckt die Augen mit goldenen Halbkugeln, damit die Königin seine Augen nicht benutzen kann.«

Die Frau kicherte. »Das tut er vergebens, oder? Denn die Königin sieht alles.«

»Außer da, wo ich ihr die Sicht nehme«, dachte Orem, sagte es aber nicht laut.

»Sie sieht alles wie ein Panorama von Visionen im Hinterkopf. Sie sieht immer zu.« Die Frau lachte. »Auch jetzt sieht sie uns. Und sie lacht, da bin ich sicher.«

Da bekam Orem Angst. Wieviel sah sie? Sie hatte ihm nicht zu verstehen gegeben, daß sie wußte, was er mit ihrem Zauber gemacht hatte. Aber wenn sie nichts von seiner Gabe wußte, warum hatte sie ihn erwählt? Nicht aus Liebe, das war jetzt klar, und er wußte genug, um sich vor diesen Gefährten der Königin zu schämen, zu schämen, weil er so schwach und hilflos und jämmerlich war. Seine Scham überdeckte die Angst. Wenn sie seine Macht entdeckte oder irgendwie einschränkte, sollte sie es jetzt tun. Er ließ sein Netz ausströmen, gerade so weit, um den Raum auszufüllen, um das Zimmer von der üblen süßlichen Schicht des Suchenden Auges der Königin zu befreien. Als Schönheit nichts mehr sehen konnte, sagte er: »Was darf denn der Eber tun, wo die Sau gedeckt ist?«

Sie rissen die Augen auf, und einen Moment lang sagten sie nichts und warteten vermutlich, daß Königin Schönheit ihn niederstrecken würde. Aber entweder hatte sie es gehört, und es war ihr egal, oder wie Orem hoffte, sie hatte es nicht gehört. Hatte es nicht gehört, und so hatte er auch hier eine kleine jämmerliche Macht, genug, um sich nicht mehr zu schämen.

»Ich fragte«, wiederholte er, »was ich tun darf.«

»Offensichtlich«, erwiderte die Frau, »alles, was du willst.«

Der Alte fügte mit ernster, grollender Stimme hinzu: »Du kannst jedermann befehlen. Du bist der Mann der Königin. Du bist der Kleine König, und sie müssen dir gehorchen.«

Das war ein berauschender Gedanke, und Orem mißtraute ihm. »Sagt mir eure Namen.«

»Ich bitte um Entschuldigung«, sagte die Frau. »Wir haben uns geirrt. Du befiehlst jedermann, nur nicht Urubugala und uns.«

»Und warum?«

»Weil wir nicht über dich lachen.«

Das war offensichtlich. »Dann werden alle anderen über mich lachen.«

Wieder sahen sie einander an, und die Frau flüsterte: »Das ist der Wille der Schönheit. Und wer will verhindern, daß man Schönheit gehorcht?«

Es war keine leere Frage, nicht gänzlich. Sie fragte ihn in der Tat, ob er etwas wußte, was sie nicht wußten. Aber er wagte nicht zu antworten, wagte nicht, ihnen zu erklären, worin seine Kraft lag, zumal er sich dessen selbst nicht sicher war. Wer will verhindern, daß man Schönheit gehorcht? Schönheit sieht alles – nur das nicht, von dem sie nicht sieht, daß sie es nicht sieht. Sieht sie mich nicht? Und sieht sie nicht, daß sie mich nicht sieht? Rätsel über Rätsel. Ich kann nicht antworten, weil ich es nicht weiß.

»Je weniger du befiehlst«, sagte der Soldat, »desto weniger werden sie lachen.«

»Sag ihm das nicht, Memme«, sagte die häßliche Frau. »Kleiner König, befiehl, wie du willst. Dein Leben wird leichter sein, wenn alle lachen. Halte sie am Lachen. Auch die Königin wird lachen.«

»Wenn die Königin lacht, beherrsche ich sie dann auch?«

Wieder ein verdutzter Augenblick über diese Unverschämtheit; wieder geschah nichts. Und dieses Mal lächelte die häßliche Alte, und der Soldat kicherte. »Wer weiß?« flüsterte der Soldat.

»Memme? Ist das dein Name?«

Der Soldat wurde unvermittelt wieder mürrisch. »Das ist der Name, den mir die Königin gegeben hat.«

»Und du?« wandte sich Orem an die Alte. »Wie darf ich dich nennen?«

»Mein Name ist Wiesel, genannt Rußmaul. Das ist der Name, den mir die Königin gegeben hat.«

»Ich hatte einen Namen, ehe sie mir einen gab«, sagte Orem. »Ihr auch?«

»Wenn ich einen hatte«, antwortete Wiesel, »dann erinnere ich mich nicht daran.«

»Aber das mußt du. Mein Name lautet in Wirklichkeit ...«

Aber sie legte eine rauhe, schuppige Hand auf seinen Mund. »Du darfst ihn nicht sagen. Und wenn du es könntest, es würde dich teuer zu stehen kommen. Versuch nicht, dich zu erinnern.«

Und dann machte er ihnen klar, daß er nicht der schmalhüftige Junge war, der er schien. Er streckte seine subtile innere Zunge aus und schmeckte sie sanft ab, wo ihre Funken hell glühten. Bei der kurzen Berührung spürte er, wie kalt und grau sie gebunden und ihre Lichter unter Tausenden von Zauberflüchen erstickt waren. Er machte nicht alle Flüche zunichte, nur den kleinen der Vergeßlichkeit, eine gewöhnliche und leichte Sache; hatte er das nicht schon für Galgenglas getan?

Sobald er es jedoch getan hatte, bereute er es auch schon. Sie sahen ihn mit aufgerissenen Augen an, Augen, die ihn nicht sahen; sie waren nach innen gerichtet, um zu sehen, was schon so lange aus der Erinnerung verschwunden und nun zurückgekehrt war. Und sie weinten. Der alte Soldat Memme mit seinen kalten grauen Augen hatte Tränenstreifen auf den Wangen, als er sich an seine Kraft erinnerte; die häßliche Wiesel Rußmaul, ihr Gesicht verzerrter als jemals zuvor, entsetzlich vor Kummer, erinnerte sich an ihren Mann.

Dann krümmten sie sich vor Schmerz und blickten zur Tür, und dort stand die Königin.

Königin Schönheit, aber nun war sie nicht hochmütig und herrisch, sondern sie tobte, und die Augen tanzten, als stünden sie in Flammen. Sie standen in Flammen, das sah Orem, denn Flammen leckten nach außen, warfen ein Licht, das auf den Silberscheiben tanzte und auf dem Tisch aufblitzte. »Wie konntet ihr euch daran erinnern, was ich euch nahm?« Ihre Stimme ließ den Raum erzittern.

Wiesel und Memme sagten nichts.

Die Königin schrie, und die Scheiben an den Wänden dröhnten. Wiesel und Craven fielen zu Boden. Orem war so verängstigt, daß er überlegte, ob er auch so tun sollte, als würde er durch ihren Zauber getroffen. Ehe er jedoch etwas unternehmen konnte, nahm Urubugala die Dinge in die Hand. Er rollte vor die Königin, streckte sich aus und lag auf dem Bauch vor ihr, das Gesicht fast an ihren Füßen.

»Urubugala kannst du nicht vergessen lassen«, sagte er. »Was Urubugala einmal war, wird er immer sein.«

Alle schwiegen. Die Königin blickte auf den Zwerg hinab und lächelte wunderschön. Es war das Lächeln bevorstehender Grausamkeit; wir alle wußten es inzwischen, nur Orem nicht.

»Ja?«, fragte sie. »Und was hofftest du damit zu erreichen? Du konntest mich schon einmal nicht hindern. Glaubst du, wenn ein paar kleine, einfache Zauber zunichte gemacht werden, das würde mich schrecken?« Sie griff nach seinem Haar und zog ihn hoch, als sei er nicht schwerer als ein Hund. »Urubugala, mein kleiner Narr, weißt du nicht, daß deine kleinen Zaubereien das alles verursacht haben? Oh, ja, Urubugala, durch deine kleinen Versuche, mir ein bißchen Widerstand zu leisten, daß mir der alte Hahn entkommen sollte, habe ich gemerkt, daß es fast an der Zeit war, mich zu erneuern, Urubugala, und daher ist der Kleine König hier; denn ich habe die Schwestern um einen Traum gebeten, und sie haben mir gehorcht und mir den Kleinen König und das Kind in meinem Schoß geschickt. Glaubst du, du kannst mich aufhalten?«

»Nein«, antwortete Urubugala grinsend.

»Oder hast du nur gehofft, ich würde dich sterben lassen?«

»Euer Gnaden hat mir schon zu lange gestattet, unter eurer unerklärlichen Gnade zu leben.«

Ihr Lächeln wurde breiter, und Flammen schossen aus ihren Augen und entzündeten Urubugalas Kleider. Der Zwerg schrie. Und als ob der Schrei ihm Flugkraft verlieh, hob er sich in die Luft, hoch über den Tisch, und dort brannte und brannte er und schrie. Orem wurde übel. Der Zwerg hatte die Schuld für seine Tat auf sich genommen, und jetzt würde er dafür sterben.

Aber er starb nicht. Denn die Flammen hörten ebenso

unvermittelt wieder auf, wie sie begonnen hatten, und der Zwerg senkte sich keuchend und jammernd auf den Tisch zurück. Königin Schönheit trat zu ihm, streckte die Hände aus, ergriff ihn bei den Ohren und zog sie, bis sie ihm über das Gesicht reichten, und dann sah sie ihm direkt in die Augen.

»Hast du mich im Lager des Königs abgeblockt? Laß mich rein, Urubugala, oder ich werde dich auf ewig brennen lassen.«

»Rein rein rein«, flüsterte er. »Alles was du willst, sieh alles ...« Und er holte tief Luft und fiel krampfend auf den Tisch. Sein Kopf hob sich, sein Blick traf sich mit dem Schönheits, bis ihre Gesichter einander berührten, Herrin und Sklave, Mutter und Kind, und Urubugalas Kopf wurde von nichts anderem gehalten, als von Schönheits Blick.

Sie war fertig. Urubugalas Kopf fiel mit einem lauten Knall auf den Tisch. »Die Wahrheit, die Wahrheit, bei den Schwestern, es ist die Wahrheit. Ich war so sicher, daß du es warst.«

»Schon gut«, flüsterte der Zwerg.

»Glaubst du, ich bin dem nicht gewachsen, was immer es auch ist? Ich lasse mich nicht von einem kleinen Zauberer bedrohen, der deine Gegenzauber gelernt hat, Urubugala.«

»Schon gut.«

»Reize mich nicht, Urubugala. Ich lasse dir keinen solchen Sieg.« Und dann berührte sie seine Stirn, und er entspannte sich unvermittelt. Schlief ein. Orem sah, daß seine Haut von den Flammen nicht gezeichnet war. Die Königin redete Wiesel und Memme an. »Und doch warum sollte ich euch aufs neue die Gande erweisen, die er von euch genommen hat? Mir gefällt es, daß ihr euch wieder an alles erinnert. Werdet ihr mich hassen? Haßt mich, wie ihr wollt. Ihr werdet sehen, wie ich wieder neu erstehe und mich dabei hassen, und immer noch werdet ihr nichts tun, weil ihr nichts tun könnt, nicht *könnt*, versteht ihr? Urubugala kann euch die Erinnerung zurückgeben, aber ich glaube, ihr werdet euch nach dem alten Vergessen zurücksehnen. Bittet mich ja nicht darum. Bittet ihn.« Sie deutete auf den schlafenden Zwerg. »Seht zu, was er für euch tun kann.«

Die Königin war gegangen. Cravan und Wiesel sahen ihr nach, drehten sich dann um und starrten Orem an. Er öffnete den Mund zum Reden. Aber Wiesel legte die Finger auf die Lippen und schüttelte den Kopf. Was nun? Sie warteten und beobachteten ihn. Bis er merkte, daß sie darauf warteten, daß er den Raum für ihre Worte sicher machte. Daher sandte er wieder behutsam das Netz aus und machte den Raum frei.

Unvermittelt richtete sich Urubugala mitten auf dem Tisch auf. »Nie wieder«, sagte er zu Orem. »Berühr, was immer du willst, tu, was immer du willst, aber nicht mit uns. Wir drei, die Gefährten der Königin, wir sind ihre Zierde, und sie wird es nicht dulden, daß wir verändert werden.«

Offensichtlich wußte Urubugala um Orems Macht, und ebenso offensichtlich glaubte er, daß die Königin sie nicht hören konnte. Wie konnte Orem umhin, ihm nicht zu trauen? »Es tut mir leid«, sagte er.

Wiesel sagte leise: »Du konntest es nicht wissen.«

»Warum bin ich hier?« fragte Orem.

Vielleicht hätte Wiesel es ihm erzählt; sie tat, als wolle sie reden. Aber Urubugala hob die Hand. »Es steht uns nicht an, zu raten, was die Götter im Sinn haben. Du wirst durch klügere Augen geleitet, und wir werden dir nichts weiter sagen. Nur dies: Suche nicht, und du wirst finden; frage nicht, und es wird dir gegeben werden; klopfe nicht an, und die Türen werden sich dir auftun.«

Dann rollte sich Urubugala vom Tisch und fiel vor Orems Füßen auf den Boden. Orem blickte hinab und sah ihm in die Augen.

»Selbst Schönheit weiß nicht, warum du hier bist.«

Und dann watschelte der schwarze Mann aus der Tür, wobei ihm Phallus zwischen den Beinen schleifte; aber er war nicht mehr komisch, nicht für Orem; denn er hatte gesehen, wie er Schmerz erduldet und dann wieder geredet hatte, als sei nichts geschehen.

Der Zwerg hatte ihn geschützt und seine Strafe ertragen und so den Verdacht von ihm genommen. Memme und Wiesel hatten um seinetwillen geschwiegen. Wenn das keine Freundschaft war, begriff Orem das Wort nicht. Sie würden auf ewig seine Treue haben. Aber in Wirklichkeit wollten sie das nicht. Sie waren dir treu, Palicrovol, nicht Orem, und das hat er bis zum Ende nicht begriffen – zu spät für ihn, und gerade noch rechtzeitig für dich.

20

Der Gebrauch der Macht

Welchen Gebrauch machte Orem vom Namen des Königs, als er auf deinem Thron saß, Palicrovol? Du hast schon zuvor über einen König von Burland geurteilt, als udu jung warst. Als Graf Traffin hast du König Nasilee beobachtet und ihn vür schwach und verderbt gehalten, so daß er nur den Tod verdiente. Was waren seine Verbrechen? Er war rachsüchtig und grausam, wüst und tyrannisch. Manche sagen, du hättest dich über seine Steuern geärgert, daß dich seine Schwäche herausforderte, du seine Tochteer begehrtest, wenn sie auch noch ein Kind war. Du warst ehrgeizig, sagen diese Neider. Aber du hast deine Taten bewiesen, daß du in Wahrheit die Rache und ungerechte Strafe verabscheust. Laßt uns nun den Kleinen König beurteilen, nicht aufgrund von Gerüchten, sondern aufgrund dessen, was er mit der Macht anfing, die er frei ausüben durfte. Nach diesem Maßstab war er, glaube ich, ein echter Sohn Palicrovols.

Der Kleine König bei Hofe

Eine Woche lang stellte Königin Schönheit ihn den Hunderten von Besuchern und Tausenden von Höflingen im Palast als ihren Mann vor. Sie sprach nie von ihm ohne einen groben und zugleich geistreichen Scherz, irgendeine Albernheit, so daß die Höflinge hinter ihren ach so feinen Händen kicherten. Seine Magerkeit, seine Jugend, seine vorgebliche Dummheit, seine echte Unschuld, das war alles Grund zum Lachen.

Aber Orem war weise, er achtete auf den Rat der Gefährten der Königin, ertrug es geduldig und lachte ebenfalls, und recht bald hatten sich alle, wenn sie ihn auch verachteten, an ihn gewöhnt und waren zufrieden mit seiner Rolle. Er hatte endlich seinen Namen und seinen Platz gefunden – als Kleiner König und Zielscheibe des Spotts.

Nach der ersten Woche kam die Königin nicht mehr, um ihn zu veralbern. Andere hätten sich in diesem Fall versteckt, wären vielleicht von den Bällen und Banketts ferngeblieben. Aber Orem hielt sich nicht fern. Er kam und lernte, sich königlicher zu benehmen. Das rief unter den Höflingen viel Gelächter hervor, weil sie dachten, er wolle es ihnen gleichtun. Sie merkten nie, daß er eigentlich das war, was sie zu sein vorgaben. Er kam und spielte offen die Rolle, die die Königin ihm aufgezwungen hatte. Teil von Orems Rolle war es, ein Narr und Langweiler zu sein. Er lernte sie früh, und er spielte sie gut.

Sechs Wochen nach der Hochzeit gab er ein kleines Bankett für die Höflinge. Zu seiner Rechten saß Rußmaul, zu seiner Linken Craven; diese Dinge haben ihre bestimmte Ordnung. die Bankettgäste hatten ausschließlich vor, ihn auf den Arm zu nehmen. Sobald der erste Gang auf den Tellern abgesetzt war, rief eine Frau: »Mein Herr Kleiner König, würdet Ihr Recht für uns sprechen? Mein Mann, der da mit der Hand auf dem Schenkel von Belfeva liegen hat – er hat mich betrogen.« Dann breitete sie vor allen die schockierende Geschichte aus – schockierend für Orem – wie ihr Mann ihr mit den Tieren im Hof untreu war. Sie erzählte es mit geübtem Witz und nur Orem unter all den Zuhörern wußte nicht um diesen Brauch geistreicher und anzüglicher Klagen. Er errötete, und seine Überraschung über die Geschichte machte Wut über das Benehmen des Mannes Platz, denn immerhin saß der Mann da und lachte mit allen anderen. Lachte! Diese Leute hatten kein Gefühl für Gut und Böse, so schien es.

Dann beugte sich Wiesel Rußschwanz zu ihm und flüsterte mit den schuppigen, verzerrten Lippen dicht an seinem Ohr: »Nimm es nicht ernst, Kleiner König. Das ist eine Lüge, um die anderen zu unterhalten.«

Zuerst konnte das Orems Wut nur wenig besänftigen.

Immerhin war eine Lüge eine Lüge, ob sie der Unterhaltung diente oder nicht. Aber nun nahm das Lachen eine andere Bedeutung für ihn an, und er begann zuzuhören, achtete nicht auf die Sünden des Mannes, sondern auf den Witz der Anklage. Sie war witzig. Die Wahl der Worte provozierte das Lachen, das und die angebliche Unbeholfenheit des Mannes. Schließlich war sie fertig, sah ihn flehend an und sagte: »Sagt mir also, Kleiner König, befehlt – soll ich ihn zurück in mein Bett lassen oder ihm gut sechs Zoll abschneiden, wenn er das nächste Mal kommt?«

»Das wäre eine zu harte Strafe, Lady«, antwortete Orem. »Wie kann man sechs von dreien nehmen und hoffen, etwas übrig zu behalten?«

Das war mehr, als die Höflinge erwartet hatten. Der grobe Akzent der Provinz, gewiß, die hohe, dünne Stimme eines Heranwachsenden, das unschuldige, arglose Gesicht war so, wie man es sich wünschen konnte. Aber wie er ihre Zote beantwortet hatte – dieser Abend versprach Besonderes. Besonderes. Die Königin hatte sich ihren Bauerntölpel gut ausgesucht.

Der vielgeschmähte Mann rief: »Ich flehe Euch an, Herr Kleiner König! Laßt mich nicht alle meine Affairen aufgeben. Die Hühner geben mir nur wenig Befriedigung, und die Eierproduktion ist beträchtlich abgesunken. Auch von den Kühen kann ich mich trennen. Aber der Sau gehört mein Herz, mein Leben, meine Liebe.«

»Wie kann ich das von hier aus beurteilen?« fragte Orem. »Ich muß dir ins Auge sehen. Laß jemand anderen hier am Kopf des Tisches sitzen. Nichts gegen Euch, versteht es recht, gab er Wiesel und Memme zu verstehen. Er spürte Wiesels Sorge um ihn, daß sie ihm nahe sein wollte, um ihm zu raten. Da das Lachen und die Unterhaltung laut genug waren, seine Worte zu überdecken, beugte er sich zu ihr und sagte: »Ich weiß jetzt, daß sie über kluge Gemeinheiten lachen.«

Dann nahm er seinen Teller und sein Besteck, nahm die Serviette zwischen die Zähne und marschierte den Tisch entlang, entfernte einen besonders bunten Dandy, um sich zwischen zwei der aufregenderen Damen des Hofes zu plazieren. Mann und Frau saßen ihm beide gegenüber, aber mehrere Plätze weit von einander entfernt, dann spähte er sie beide an und lachte. »lady, ich muß euch beide für eure Demut loben. Euch, daß ihr zugebt, eine Sau zur Rivalin zu haben, und ihn, weil er zugab, daß keine holdere Weiblichkeit seine Geliebte sein kann. Bei solcher Demut paßt ihr gut zueinander. Ihr müßt zusammenbleiben – solche Offenheit verdient nichts weniger als Gleiches.« Die anderen am Tisch lachten ebenso über seine Jungenhaftigkeit und seinen provinziellen Akzent wie über seinen Witz – aber nichts weiter. Er würde seinen Weg gehen und ertragen, was er tun mußte.

Aber die ungewöhnlich hübsche Dame am Tisch gegenüber lächelte nur, und in ihren Augen lag ein leises Zeichen des Bedauerns, ja Mitleids. »Solltet Ihr nicht am Kopf des Tisches sitzen?« fragte sie.

»Wo immer ich bin, ist der Kopf des Tisches«, antwortete Orem. Wenn du das gesagt hättest, Palicrovol, wäre es eine Zurechtweisung gewesen, und alle hätten gezittert. Aber mit seiner Stimme und seinem offenen Gebaren wirkten die Worte lächerlich, und selbst wenn sie es nicht gewesen wären, die Neigung zum Lachen war so stark, daß sie über alles belustigt gewesen wären.

Es gab jedoch einen, der nicht belustigt war oder zumindest nichts davon verriet. Ein jüngerer Mann und ein Favorit der Damen, weil er so dunkel und ernst und stark war. Die Sorte Mann, bei der man immer das Geschlecht eines Heuastes vermutet, für die man ihm die Manieren eines Igels vergeben wird. Er hieß Timias. Er gehörte zu jener Klasse Menschen, die wie Blumen einmal blühen, aber mit Dornen und bald vergehen und dann irgendeinen niederen Posten annehmen, um die Szenen ihrer Eroberungen wie ein Gespenst heimzusuchen.

Aber er hatte ein Geschick für die Wahrheit, was seinen Charme ausmachte, und eine Andeutung, daß er mit einer romantischeren und daher kürzeren Karriere enden würde, als andere seiner Sorte. Man könnte vielleicht mitleidlos vermuten, daß er den Jungen beneidete, der mit der Königin geschlafen hatte. Aber Orem sah etwas anderes in ihm.

Eine weitere von Orems unbesungenen Gaben war, in jemandem etwas zu sehen, was niemand anders sah.

Timias saß schräg gegenüber vom Kleinen König. Das Lachen verebbte, und die Damen neben dem König begannen zu strahlen über die Aufmerksamkeiten, die ihnen dieser schenkte – immerhin war er der einzige König in Inwit, ob er nun albern war oder nicht. Orem machte ein paar dumme Bemerkungen, wie viel schöner die Damen ohne ihre Farben wären, weil – wie er sagte – auch die Bauernmädchen ohne sie auskämen.

»Was tun sie denn, um anziehend zu wirken?« fragte die eine.

»Sie waschen sich«, antwortete Orem. »Und ohne Farbe sind sie nicht so schlüpfrig wie ihr Damen – wenn ein Mann zufaßt, winden sie sich nie aus seinem Arm.« Wie sie lachten. Es war eine zu gute Schau, um nachzulassen. Er rief nach Wasser und machte ein großes Getue daraus, einer Dame das Gesicht abzuwaschen, aber nicht von der neben ihm, denn er sah, daß sie in Wirklichkeit recht häßlich war, und ihre Schminke war ein Wunder an Wiedergutmachung. Anstatt dessen wusch Orem das Gesicht der Dame ihm gegenüber, die durch die Säuberung gewann, denn sie hatte feine Züge. Und sie hatte ihn kritisiert, wie leise auch immer, was ihm beim Abschminken auch mehr Vergnügen verlieh. Wer bemerkte Orems Takt und Freundlichkeit in dem einen Fall und sein kleines Vergnügen in dem anderen? Sie lachten nur, denn es war lustig, wie er mit jahrhundertealten Traditionen und wochenalten Moden aufräumte. Was für ein Clown. Was für ein Bauer. Was für ein Narr. Entzückend.

Da handelte Timias – streckte die Hand aus und griff den Kleinen König am Handgelenk, ehe er dem Lachen der Menge folgen und das falsche Muttermal vom Busen der Lady waschen konnte. »Ihr seid vielleicht ein Narr«, sagte Timais kalt, »aber Ihr solltet nicht mit einer solchen Selbstsicherheit den Beweis antreten.«

Da waren alle still, abgesehen von überraschtem Gemurmel. Timias lachte nicht. Timias verdarb allen den Spaß. Friede, Timias. Laß es, Timias. Aber Orem sah ihn an mit jenem halben Lächeln, das man in seinem Heimatland als Zeichen guten Willens erkannt hätte.

»Was denn, Mann, ist sie deine Frau?« fragte Orem.

Oh, wie sie darüber lachten. Aber Timias wurde nur noch kälter und dunkler. »Dein Schwanz war also in einer Königin, Junge. Muß dir ja verdammt gut getan haben.«

Das war eine Bemerkung, die man nicht machte, besonders nicht im Palast, denn sicher würde die Königin sie hören.

»Ja, in manchen Dingen hilft's«, antwortete Orem ruhig. Und dann fiel ihm ein, daß er ja lustig zu sein hatte. »Sollen wir ein Duell um die Ehre der Dame austragen?«

Darauf folgte einiges Gelächter. Wenn Timias nicht so ernst gewesen wäre, es wäre stärker ausgefallen.

»Die Ehre der Dame ist über jede Verteidigung erhaben«, sagte Timias. Das war die höfliche Weise, zurückzuweichen. Beleidigung war das eine, aber der Gedanke an ein Duell mit dem Kleinen König war zu gefährlich. Die Königin würde es sicher nicht zulassen. Die Chance, daß Timias verlor, war zu gering. Aber Orem würde ihm nicht gnädig aus der Sache heraushelfen. Der Kleine König war da, daß man über ihn lachte, nicht wahr? Also mußte er Zündstoff für viel Gelächter geben.

»Wie kannst du die Dame ohne Schutz lassen, wenn ich sage, ihre Brust muß gewaschen werden?« Er wandte sich an die Lady. »Wie heißt du eigentlich? Belfeva! Eine so edle Burst, Belfeva, und so freundlos in dieser Gesellschaft.« Er hatte die Diktion des Hofes rasch gelernt – es war nur ein weiteres Spiel mit Worten, wie die Worträtsel, die er im Haus Gottes geschaffen hatte. Was für ein Clown, dachten die meisten Anwesenden. Wie kunstreich er agiert, dachten jene wenigen, die aufmerksam zuhörten. »Ich nehme deine Herausforderung an, auch wenn du sie nicht anbietest. Und die Waffe – welche Waffe soll es sein, wenn nicht – ja, natürlich: Nehmt Euer Brot, Sir. Und den Kelch! Weingetunktes Brot auf zwanzig Schritt.«

Es war lächerlich, natürlich, allein der Gedanke. Aber für Timias war es unerträglich. Das ist der Fehler der Kalten und Ernsten – sie können es nicht ertragen, wenn sie lächerlich gemacht werden. »So etwas werde ich nicht tun«, antwortete er.

»Dann komm morgen mittag in meine Räume«, sagte der Kleine König. »Wir haben etwas zu bereden, mein Freund.«

»Ich habe mit Euch nichts zu bereden.« Aber die Sicherheit in seiner Haltung hatte nachgegeben. Als einziger der Höflinge hatte Timias gemerkt, daß Orem klüger war, als er schien, und die Dinge leichter wenden konnte als alle, und nur das Opfer merkte es.

»Dann bringt diese Lady, mit Brust, aber ohne Muttermal, und Ihr könnt mir bei dem Urteil helfen, wer schöner ist – Eure Gefährtin oder meine.«

»Niemand ist schöner als Königin Schönheit.«

»Ah, aber Königin Schönheit ist nicht meine Gefährtin. Sie hält mich als ihr Schoßtier, wie Ihr wißt, und mag es nicht, wenn ich zu oft oder in ihrer Nähe belle. Meine Gefährtin morgen wird ...« Er warf einen Blick zum Kopf des Tisches »... wird die edle Wiesel Rußmaul sein.«

Alle Blicke richteten sich auf die ungewöhnlich häßliche Frau. Sie begriff einiges von dem, was Orem tat, und so lehnte sie den Kopf zurück und lachte. Da konnten alle wieder lachen. Wieder einmal hatte der unfähige Kleine König für genügend Aufruhr gesorgt, um für eine Woche den Klatsch zu bereichern. Wieder einmal war ein Bankett ein Erfolg.

Orem war nicht so dumm, wie er den Höflingen erschien, noch so klug, wie Timias ihn hielt. Er hatte keinen bewußten Plan im Kopf. Er wußte nur, daß Timias nicht über ihn lachte, und das hatte ihn interessiert; er hatte Angst und war einsam und der ständigen Schau müde, die er abziehen mußte. Timias' Verachtung hatte ihn für Orem sympathisch gemacht.

Die Freunde des Kleinen Königs

Sie kamen wie befohlen in Orems Zimmer: Timias, die Frau Belfeva und Wiesel. Es war zu Beginn eine sonderbare Zusammenkunft. Fast nichts wurde gesagt, während die Diener den Tisch für eine »kleine Mahlzeit« deckten. Orem war bereits an den Überfluß gewöhnt und klug genug, niemals zuviel zu nehmen. Er sah zu, wie Timias und Belfeva unbehaglich aßen, und stellte ihnen wiederholt die gleiche Frage: »Ist es gut?«

»Oh, sehr, sehr gut«, versicherten sie ihm. Es war deutlich, daß die Anspannung Belfeva immer furchtsamer machte, aber die Wahrheit in Timias machte ihn eher wütend als ängstlich, und schließlich sagte er: »Mein Herr Kleiner König, warum habt Ihr uns hierherbefohlen? Wenn ihr wollt, daß ich mich entschuldige, dann werde ich es tun. Ich habe gestern abend unbotmäßig gesprochen. Wie immer Ihr Euch selbst in Schande bringt, es ist mir gleich.«

Orem verriet mit keinem Zeichen, daß er dies nicht für eine angemessene Entschuldigung hielt. »Ihr seid großzügig, aber was gestern abend war, ist mir ziemlich gleich.«

»Warum sind wir dann hier?«

»Ich will Gesellschaft. Für einen Ausflug.«

»Ausflug?« fragte Belfeva fröhlich. Timias blickte wütend.

»Bin ich ein Gefangener des Palastes?« fragte Orem. »Ich will hinausgehen. So weit, wie die Gärten reichen. Oder sollte ich mehr wagen? Die Königsstadt ist mir neu. Ihr kennt sie besser, da Ihr nichts anderes zu tun habt, als sie zu erkunden.«

»Ich habe Besseres zu tun.« Timias stand auf.

»In Wasserwacht hatten wir für Leute wie Euch einen Namen«, sagte Orem, und die Freundlichkeit war aus seiner Stimme verschwunden. »Wir nannten sie die kalten

Hähne. Eine Menge Angeberei, aber man konnte sie ein Jahr lang bei den Hennen lassen, und kein einziges Ei war die Folge.«

Timias errötete, aber er schwieg.

Orem trat näher an ihn heran. »Ihr seid zweimal so stark wie ich und vermutlich zweifach so gut in jeder anderen Tugend, die ich vielleicht besitze, Timias. Warum lacht Ihr nicht über mich?«

Timias wandte den Blick ab. »Ich habe eine Vorstellung, wie ein König sein sollte.«

»Ich auch«, gab Orem zurück. »Aber der Mann, der zu dieser Vorstellung paßt, ist irgendwo im Land und trägt goldene Kugeln auf den Augen und schläft nie ohne Priester und Wächter, die ihn gegen die Angriffe der Königin schützen sollen. Warum soll ich so tun, als sei ich wie er? Während der wahre König am Leben ist, kann ich nur ein Hanswurst sein.«

Und da lag er – der Schlüssel zu Orems wahrer Macht in Inwit. Die Königin hatte ihn zur Zielscheibe des Spotts gemacht, weil sie vielleicht erwartet hatte, daß er sich um Würde bemühen und um so lächerlicher wirken würde. Aber Orem hatte ein Werkzeug, von dem sie nichts wußte. Solange er in einem Raum sein Netz auswarf, um den Zauber der Königin einzufangen, konnte er jeden Verrat äußern, und sie hörte es nicht. Niemand würde es wagen, seine Worte zu wiederholen, daher würde die Königin niemals davon erfahren – und inzwischen war die Botschaft an die Zuhörer unmißverständlich: Der Kleine König kann sagen, was jedem anderen den Tod bringen würde, aber ihm geschieht nichts. Laß die anderen lachen. Unter den wenigen Leuten, die am wenigsten Anlaß zur Belustigung in ihm sahen, wurde er ganz anders angesehen. Die Königin bestraft den Kleinen König nicht für Verrat, daher hat der Kleine König Macht.

Er zeigte seine Macht nicht vielen; aber es gab auch nur wenige, die nicht über ihn lachten.

»Kommt mit mir, Timias, und Ihr Damen ebenfalls.«

Sie gingen mit ihm; viele Male gingen sie mit ihm, und sie zeigten ihm viele Dinge, und er zeigte ihnen nur wenig, aber was sie sahen, war genug. Ich werde es dir zeigen, Palicrovol, und vielleicht wirst du verstehen, warum Timias auch jetzt bei Orem Schmalhans bleibt, wo er nicht mehr der Kleine König ist.

Sie durchwanderten die Gärten und ärgerten die Gärtner mit ihrer Unterhaltung, besuchten die Werkstätten der Künstler, wo alte Werke restauriert, neue geschaffen wurden, ließen die Dichter am Park ihre Reime lesen, bewunderten und ritten die Pferde aus dem Stall der Königin, besuchten sogar die Armee, denn der Kleine König war der nominelle Befehlshaber der Truppen.

Die Taten des Kleinen Königs

Aber Orem hatte immer noch einen weiteren Besuch im Kopf. Es schien eines Morgens wie eine Laune zu kommen, als sie sich wie gewöhnlich in seinen Räumen versammelten, um die Entdeckungsreisen des Tages zu planen. »Warum nicht das Kohlenhaus, wo sie die Verbrecher verurteilen?«

Nicht einmal Belfeva hatte vergessen, daß man den Kleinen König aus diesem Haus herausgeholt hatte, um die Königin zu begatten, aber warum sollte man nicht auch dorthin gehen? Wenn der Kleine König sich gern erinnerte, wie tief er gestanden hatte, nur um besser zu schätzen, wo er nun stand, warum sollten sie ihn davon abbringen? Sie verließen also den Palast wie gewöhnlich über die Hintertreppe und durch die Küchenstraße und machten sich zu Fuß auf den Weg zum Kohlenhaus, wo die maskierten Richter ihre Tage damit verbrachten, zu entscheiden, welche Unglücklichen kastriert und welche lediglich getötet werden sollten.

Wiesel Rußmaul, die wußte, was für einen Aufruhr der unangekündigte Besuch des Königs verursachen würde, befahl einem Diener, vorauszueilen und die Richter vor ihrer Ankunft zu warnen. Naturlich taten sie alle, als seien sie überascht; natürlich war ihr Spiel wenig überzeugend. Orem hatte den Ort von der falschen Seite aus gesehen, so daß er sich durch das von ihnen nun aufgeführte Theater nicht mehr zum Narren halten ließ. Aber war nicht nachtragend. Er enthielt sich jeder Bemerkung darüber, daß sie sich schon einmal begegnet waren. Er hatte nur wenig Interesse an dem Kohlenhausgericht. Deshalb war er nicht gekommen. Das Gefängnis hatte er sehen wollen.

Ihr Führer versuchte abzuwiegeln. »Gemeine Verbrecher«, sagte er. »Warum wollt Ihr sie sehen?«

Nur zu rasch erinnerte ihn das folgende Schweigen, daß der Kleine König selbst einer der gemeinen Verbrecher gewesen war. Die Wächter führten ihn hinaus. Sie versuchten, den Kleinen König von der Ochsengrube fernzuhalten, aber er kannte den Weg. Sie langten in einem unangenehmen Moment an: Der Wächter legte seine Werkzeuge bereit, um seine Arbeit auszuführen. Ein neues Opfer stand bereit, und so mußte der, der noch im Schraubstock hing, fortgeschickt werden.

»Von allen Reliefs in den Palastwänden ist das meiner Meinung nach das lebensechteste«, sagte Orem.

»Was werden sie tun?« fragte Belfeva. Es war zwar kein Geheimnis für sie, aber in den großen Häusern wurde über die Grausamkeiten einfach nie gesprochen, die die Stadt für sie sicher hielten.

»Sie machen einen Ochsen aus ihm«, sagte Orem. Der Gedanke kam ihm gar nicht, daß sie keine Ahnung vom Unterschied zwischen Stier und Ochse haben würde.

Wiesel erklärte es ihr. Belfeva wandte sich entsetzt ab.

In der Grube wartete der Beschneider und fragte sich, was seine Zuschauer wohl von ihm erwarteten. Orem konnte ihm seine Angt nicht nehmen. Er selbst wußte es nicht. Das Opfer selbst hatte gewählt – lieber die Kastration als die Sklaverei. Wenn Orem dieses Gesetz nicht selbst ändern wollte, was konnte er tun, als die Entscheidung des Mannes zu respektieren? Und eine Gesetzesänderung lag außerhalb seiner Macht. Er konnte keine dauerhaften Veränderungen bewirken, sich nur mit Kleinigkeiten abgeben, die den Gang Inwits nicht beeinträchtigten, die die Königin nicht merken würde.

Endlich wandte sich Orem schweigend ab. Danach vergeudete der Beschneider keine weitere Zeit mehr – sie waren nur ein kleines Stück weit von der Grube entfernt, als sie die mitleiderregenden Schreie des Beschnittenen hörten.

Das Gefängnis war wie zuvor, abgesehen davon, daß jetzt Frühling herrschte. Die Gefangenen froren jetzt nicht. Anstatt dessen lebten sie mit dem Gestank und den Fliegen ihrer eigenen Exkrementen auf dem darunterliegenden Boden. Die obersten Gefangenen hatten es wie immer besser, denn dort gab es nicht so viele Fliegen. Es war offensichtlich, daß viele der Gefangenen krank waren.

»Der hier ist neu«, sagte Orem, als sie an den Käfigen vorbeigingen. »Und der hier ist schon tagelang da. Er wird noch vor dem Prozeß sterben.« Sie fragten ihn nicht, woher er das wußte. Er wußte es. Er verriet seinen Begleitern gegenüber keine Gefühle, aber sie spürten seine Ruhe, merkten, daß an dieser Stelle etwas in ihm zerbrochen und etwas Neues geschaffen worden war, etwas, das ihn über den Bauern hinaushob, für den die Königin ihn hielt. Wiesel nahm seine Hand. Er ließ sie gewähren, gab ihr aber kein Zeichen, daß es für ihn eine Rolle spielte, und bald ließ sie ihn wieder los. Sie hatte nichts dagegen; es reichte, etwas zu sehen, was die Königin nicht sah. Darin lag Hoffnung.

Die Reihen auf und ab, auf und ab, als sei nicht jeder Gefangene genauso wie der nächste. Schließlich wurde es Belfeva übel, und sie blieb zurück, und Timias wies dem Kleinen König zurecht: »Haben wir nicht genug hiervon gesehen? Warum hast du uns hierhergebracht?«

Orem wußte keine Antwort. Hatte er Floh nicht die gleich Frage nach dem Schlangenkampf gestellt? Ich habe euch hierhergebracht, weil wir zwei freie Stunden hatten. Ich habe euch hierhergebracht, damit ihr begreift, wie die Stadt der Königin in Wirklichkeit ist, und nicht, wie sie scheint. Ich habe euch hergebracht, weil in dem Kreuz und Quer der Stangen Fremde mein Leben retteten. »Sie haben mich angespuckt, damit ich in der Kälte wieder aufwachte.«

In diesem Augenblick schrie ein Gefangener in der zweiten Ebene auf, rannte auf die Käfigstangen zu und rief: »Orem, Junge, erinnere dich an mich! Der Gefallen, Junge, du schuldest ihn mir noch!«

Sofort versammelten sich die Wächter in dichten Reihen zwischen Orem und dem Käfig des Rufenden. »Ruhig da oben!« schrie einer, und mehrere Bogenschützen machten ihre Waffen bereit, um rasch wieder Ruhe herzustellen.

Orem erkannte den Mann, noch ehe er sich entscheiden konnte, ob er ihn kennen wollte oder nicht. »Braisie!« rief er.

Das reichte, um die Bogenschützen aufzuhalten. Der Befehlshaber der Wache kam zum Kleinen König, um eine Erklärung abzugeben. »Er ist ein gemeiner Schwindler, und nicht nur das, er schleust Leute illegal in die Stadt und wieder heraus. Wir konnten ihn endlich ohne Paß innerhalb der Mauern schnappen. Der Tod ist diesem sicher, Kleiner König.«

Hast du jemals, Palicrovol, eine unbequeme Bitte von jemandem erhalten, dem du etwas schuldest? Und wußtest du, daß ein Augenblick der Unentschlossenheit dich von seinen Forderungen befreit? Aber nicht von der Schuld, nein, denn dafür gibt es nur eine Erlösung. Orem entkleidete die Stelle von Schönheits Suchendem Auge. »Laßt ihn frei«, sagte er leise.

Der Wächter wurde rot. »Mein Herr Kleiner König, das kann ich nicht.«

»Ich gestehe hiermit ein«, sagte Orem, »daß ich an den Verbrechen dieses Mannes teilhatte, und ich bestehe darauf, daß es eure Pflicht ist, mich ebenso zu bestrafen, wie ihr ihn bestraft. Öffnet sofort den Käfig.«

»Aber Ihr seid … der Kleine …«

»Laßt ihn frei«, wiederholte Orem.

Timias trat hinzu und sprach leise mit dem Befehlshaber der Wache: »Ihr habt ihn gehört. Wenn sie etwas dagegen hätte, wäre es ihm dann erlaubt gewesen, es zu sagen? Wenn sie etwas dagegen hätte, wäre es Euch dann erlaubt, es zu tun? Aber ich kann Euch versichern, wenn Ihr es nicht tut, dann wird es Ärger geben.«

So wurde Timias zum Komplizen des Kleinen Königs bei hunderten von kleinen Gegenaktionen gegen die harte Justiz unter den Gesetzen von Inwit. Orems Grund für sein Handeln gegen die Gesetze war offensichtlich: Er selbst war ein Opfer der Gesetze gewesen. Timias war hingegen sein ganzes Leben lang von diesen Gesetzen beschützt worden. Er behielt seinen Reichtum nur deshalb, weil die Wachen die Armen von Inwit zu sehr in Angst und Schrekken hielten, als daß sie ihn bestohlen. Warum half Timias also dabei, zunichte zu machen, was ihn schützte? Weil Timias kein Speichellecker war, wie du ihn genannt hast. Timias war etwas Seltenes – ein Mensch, der echt leiden kann wegen etwas, was er selbst nie gefühlt hat.

Das war der Anfang einer Kette von kleinen Taten, den kleinen Taten des Kleinen Königs von Burland. Es ist keine lange Chronik; ich werde dir in hundert Atemzügen von allem berichten. Aber am Ende hatte er, glaube ich, keinen Grund, sich ihrer zu schämen.

Der Befehlshaber holte Braisie aus seinem Käfig. Der kleine Kriecher, so eifrig, die Füße des Kleinen Königs zu lecken! Aber Orem verachtete ihn nicht, sondern redete ein paar freundliche Worte mit ihm und sagte den Wachen, man möge ihm einen Paß geben.

»Im Namen Gottes«, sagte der Befehlshaber. »Wie kann ich das, wenn er keine Arbeit hat?«

»Nenne ihn in dem Paß Diener von Galgenglas; dies ist ein nicht unbemittelter Mann, der im Augenblick keine Diener hat. Wenn er seine Stelle bei Galgenglas aufgibt, verliert er seinen Paß.«

Braisie riß die Augen auf, aber er schluckte und nickte. »Das ist gut genug für mich, jawohl, das ist fair, ein richtiger Gefallen.«

Die Wachen folgten den Anweisungen, und der Aufruhr, den dies in der Stadt verursachte, war so klein, daß Schönheit es nicht einmal bemerkte. Aber es war dennoch ein Aufruhr, und es veränderte auf immer die Stadt, in die du zurückkehren würdest, Palicrovol.

Vielleicht war der Geschmack der Macht ebenso berauschend wie Branntwein, aber ich glaube nicht, daß Orem von einem so kleinen Schluck betrunken wurde. Ich glaube, Orem machte weiteren Gebrauch von seiner Macht, weil er nicht gerne einem Mann gegenüber, den er verachtete, gnädig gewesen war, wo es andere gab, die Besseres verdienten und denen niemand half. Er begann die Wache für seine eigenen Zwecke zu nutzen. Finde mir jene beiden – sie waren meine Freunde:

Einen Jungen namens Floh – Flohbiß, etwa zehn Jahre alt, er lebt in der Sumpfstadt. Macht ihm keine Angst, behandelt ihn freundlich, findet heraus, wo er wohnt, und sagt es mir.

Einen Mann namens Rainer Schreiner, er lebt in der Bettlerstadt in der Hoffnung, eines Tages mit einem Armenpaß Arbeit zu finden. Findet heraus, wo er ist, und sagt es mir.

Und einen Händler aus Wasserwacht, er kommt einmal im Jahr, vermutlich in Kürze; Klasin Krämer, der einst der Preis von Corthen war. Findet heraus, wo er ist, und sagt es mir.

Und sie sagten es ihm. Orem saß im Kohlenhaus, wo die Spione der Stadt kontrolliert werden; Orem saß dort mit Timias, Belfeva und Wiesel und hörte: Floh wurde vor einem Monat gefangen, ohne Paß, wie er einen armen Pisser auf dem Kleinen Markt beraubte. Hat beide Ohren verloren und lebt jetzt als Strichjunge in der Bettlerstadt.

Sagt niemandem, wer es befahl, aber gebt Floh seinen Paß, einen vollen, richtigen Paß, auf nichts Bestimmtes ausgeschrieben, und gebt ihm unbegrenzt Kredit bei der Großen Börse; arrangiert das für mich aus meiner Apanage, die ich von der Königin bekomme. Mir ist egal, wie schwierig es ist. Entweder das, oder gebt ihm seine Ohren zurück – wenn ihr das zweite nicht könnt, werdet ihr das erste tun. Und so taten sie es, und noch mehr; sie paßten auf den Jungen auf, die Wachen, die sein Schrecken gewesen waren, sie schützten ihn vor Schaden; denn wurde dieser Junge nicht von dem Kleinen König geliebt, der offensichtlich den Segen der Königin hatte?

Was Rainer Schreiner anging, so dauerte die Antwort länger, denn er hatte niemals ein Ohr verloren und stand daher nicht in den Aufzeichnungen des Gefängnisses. Endlich erstatteten die Spione Bericht. Er war als gewalttätiger, trunksüchtiger Mann bekannt und vor einem Jahr getötet worden, ein paar Tage, nachdem er abgewiesen wurde, als er zu früh die Stadt wieder mit einem Armenpaß betreten wollte.

»War es ein Jahr her?« fragte Orem ruhig.

»Mehr als ein Jahr«, antwortete der Spion nach einem Blick auf seinen geschriebenen Bericht.

»Noch ehe ich die Stadt verließ. Zu spät.« Orem sah auf die kohlegeschwärzte Wand. »Hat er Familie?«

»In einem Dorf im Westen. Er wurde von dort vertrieben, als die Trockenheit alle Bauern dort zu Bettlern machte; kam hierher in der Hoffnung, ihnen Geld schicken zu können. Die Familie schuftet als Tagelöhner dort für ein paar Pfennige, jetzt, wo es dort wieder geregnet hat.«

»Gebt Ihnen zwanzig Stück Vieh und Land genug dazu, und dazu soviel Geld, daß es nicht den Neid der Nachbarn erregt. Sagt ihnen, Rainer habe es sich verdient, ehe er starb, weil er versuchte, einen Jungen vor Dieben zu retten. Das ist nicht einmal eine Lüge.«

Als letzten fanden sie Klasin Krämer. Er lebte wohlhabend in einem Dorf nördlich von Bannestrand, geliebt und geachtet von allen, die ihn nicht beneideten und achteten oder fürchteten und achteten. Orem dachte an Rache, aber das war nicht seine Natur. Klasin hatte ihn betrogen, aber dennoch hatte er die Gelegenheit gehabt, Orem in hoffnungslose Sklaverei zu verkaufen und es nicht getan. War es Klasins Fehler, daß diejenigen, die mehr für Orem getan hatten, mehr gelitten hatten? Die Schwestern webten keine Gerechtigkeit ins Tuch – das würde ein Faden zuviel sein. So sagte Orem ihnen, daß man ihm einen permanenten Stand auf den Großen Markt geben solle, an der besten Stelle, wo sich der Platz am Gerichtshof zur Marktstraße verengte. Noch nie hatte die Obrigkeit an einem bloßen Händler Interesse genommen; es reichte aus, Klasin zum obersten Händler und gewisserweise zu einer Legende zu machen. Es fügte Klasins Lied viele Strophen hinzu.

Was spielte es für eine Rolle, ob die Wachen und Spione

Orem für sonderbar hielten? Es war, als dächte er, sein Leben sei ein Werkstück, und er, der Zimmermann, beschloß, daß alle Beine gleich zu sein hatten. Säge hier, hobele dort, gleiche hier etwas aus, stelle dort etwas richtig, bis alles wieder fest und sicher ist.

Er hatte vergessen, daß er kein Handwerker war, sondern eher ein Bauer, dessen einzige Fähigkeit war, den Kalender zu kennen und den Himmel zu beobachten, zu pflügen, wenn der Boden richtig war, zu binden, wenn das Korn trocken, und ein wenig von der Ernte aufbewahren, um das Feld im nächsten Jahr wieder auszusäen.

Warum hast du mich ausgesucht?

Das wurde ihr gemeinsames Leben. So verbrachten sie ihre gemeinsame Zeit. Belfeva und Timias brachten Stunden mit etwas zu, woran niemand in den Großen Häusern jemals gedacht hatte: das Leben der Schwachen und Hilflosen kennenzulernen. Sie konnten nicht alles Leid in der Stadt mildern, aber sie konnten die einzelnen Taten der Ungerechtigkeit finden, die aufzuhalten möglich war, um die ganze Stadt weniger ungerecht zu machen. Dann kamen Timias und Belfeva mit ihren Geschichten zum Kleinen König, und er würde einen Plan machen, die Königin blenden und seine kleine Gnade wirken. In der Stadt ging es nicht unbemerkt vonstatten. Leise verbreitete sich das Wort, daß das gemeine Volk in der Königsstadt einen Freund habe, und unter den Hoffnungslosen und Furchtsamen wuchs ein wenig Hoffnung, ein wenig Mut.

Eines Tages, als sie allein waren, fragte Timias den Kleinen König: »Warum hast du mich ausgesucht?«

»Dich ausgesucht?« fragte Orem.

»Um dir bei dieser Arbeit zu helfen.« Auf Orems erstaunten Gesichtsausdruck hin lachte Timias und erklärte: »Hast du noch nicht bemerkt, daß wir arbeiten?«

»Aber … ich tue das nur, weil ich dich bei mir habe«, antwortete Orem, und das war die Wahrheit.

Aber wahrer noch war seine Antwort, als Belfeva ihm die gleiche Frage stellte. »Warum ich?«

»Ich glaube, was immer für eine Hand mich dorthin bewegte, wo ich bin, hat dich bewegt, damit du bei mir bist.«

Aber am wahrsten war die Antwort, die er Wiesel Silberzunge gab, die ihn eines Tages bitter fragte: »Warum behältst du Timias und Belfeva bei dir? Weißt du nicht, daß es sie am Hof lächerlich macht, für Schmeichler des närrischen Kleinen Königs gehalten zu werden. Und erzähl mir nicht, die Götter hätten euch zusammengebracht, weil du und ich beide wissen, daß die Götter gebunden sind.«

Orem dachte eine Weile nach und sagte dann: »Als ich ein Schüler im Haus Gottes war, spielte ich mit Worten und Zahlen, und meine Lehrer dachten, ich hätte die Wahrheit geschrieben. Ich habe sie ausgelacht, weil sie in meinem Spiel Wahrheit sahen. Jetzt denke ich – es gibt einen Plan dafür wie die Welt abläuft. In diesem Plan gibt es viele Namen, die die Seele tragen kann. Ich bin auf einen Namen gekommen, der mich herbrachte, und wer immer Timias und Belfeva heißt, muß bei mir sein, weil das der Lauf der Welt ist. Alles ist ein Rätsel, aber es ist doch die Wahrheit.«

Ich glaube, du siehst nun, daß Orem Schmalhans seinen Tod ertragen wird, wenn du den Tod von ihm verlangst. Wir, die wir euch beide lieben, können nicht ertragen, daß der Mann, der am meisten Grund hat, Orem dankbar zu sein, auch der Mann ist, der dem jungen Orem das Leben nimmt.

21

Orems Zukunft

Wie Orem erfährt, daß er um Schönheit willen sterben muß, und was er für sich im Angesicht des Todes plant.

Eine zufällige Unterhaltung

Eines Abends stand Orem auf einem Söller, der leer über einem Dachgarten hing. Er kam oft hierher, um auf den kleinen Wald hinaufzublicken. Trotz stundenlanger Versuche war es ihm noch nicht gelungen, den Garten selbst im Labyrinth des Palastes zu finden. Er dachte zuweilen, so müsse die Welt für Gott aussehen, so dicht, daß man sie fast berühren konnte, aber so unendlich klein, daß er sie aus Angst, sie zu zerstören, nicht zu berühren wagte.

Außerhalb des Palastgartens mit seinem ewigen Frühling überzog ein Schneesturm die Stadt, der erste in diesem Jahr. Es war nun elf Monate her seit dem Schneesturm in dem Käfigen, als er dem Tod ins Antlitz blickte. Er dachte daran und erinnerte sich, daß er keine Angst gehabt hatte. Er hatte hartnäckig, nicht furchtsam gegen den Tod gekämpft. Es war auch keine Leidenschaft gewesen. Sein Leben im Palast war so friedlich, daß er inzwischen glaubte, er sei von Natur aus ein friedlicher Mensch. Siebzehn Jahre alt, und bereits ein Freund des beschaulichen Lebens.

Natürlich stimmte das nicht. Er war eingepfercht und frustriert, aber diese Gefühle machten ihn träge und verdrießlich, so daß er sich um so unlustiger fühlte, je mehr er etwas zu tun brauchte. Daher war er zu dem Söller gekommen und blickte hinab auf den Garten und wünschte, er könnte an jenem kleinen Ort leben; daher blickte er über die Stadt und fragte sich, was Floh dort drunten im Schnee heute abend wohl machte.

Dann hörte er unten Stimmen.

»Sieh mal. Schon wieder Schnee.« das war Memme.

»Schon? Die Zeit vergeht so schnell.« Wiesel.

»Elf Monate? Ziemlich lange, dachte ich.« Urubugala.

Ob sie wissen, daß ich hier bin? dachte Orem. Er wollte ihnen fast eine Insel im Suchenden Auge der Königin schaffen, damit sie sich ungestört unterhalten konnten; doch dann fiel ihm ein, daß er vielleicht unbemerkt Dinge hören könnte, die ihn interessieren könnten. Einen Moment lang konnte er so lauschen, wie es die Königin die ganze Zeit über tat.

»Wie wir uns alle auf den glücklichen Tag freuen«, sagte Craven. »Die Geburt eines kleinen Nachkommen.«

»Schönheits Wiedergeburt und Erneuerung. Macht für ein paar weitere Jahrhunderte. Weiß der Kleine König schon, welche Rolle er dabei spielen soll?«

»Ich glaube nicht«, sagte Wiesel. »Nein, ich glaube nicht.«

»Sollen wir es ihm nicht sagen?« fragte Memme.

Wiesel antwortete rasch: »Ich finde, das müssen wir.«

»Nein«, sagte Urubugala.

»Es ist immer besser, die Wahrheit zu kennen.«

»Kann er es aufhalten?« fragte Urubugala. »Wenn er versucht, es aufzuhalten, könnte alles vernichtet werden. Denn wenn die Königin sich erneuern will, muß alle Macht in das lebendige Blut gelegt werden. Er wird seine Rolle besser spielen, wenn er nichts weiß.«

»Ist gnädiger so«, krächzte Memme.

»Ja«, meinte Wiesel, »aber wird er euch für diese Gnade danken?«

»Mir ist sein Dank gleichgültig«, sagte Urubugala. »Der Preis der Macht wird niemals von dem bezahlt, der sie hat.«

Und dann Schweigen. Er hörte nicht einmal, wie sie fortgingen.

Orem wußte nichts von den Büchern der Magie. Aus seiner Zeit mit Galgenglas wußte er freilich soviel: Daß der Preis der Macht Blut war, und was auch immer das Blut gab, mußte sterben. Für Schönheit kam die Zeit der Erneuerung. Und sie würden Orem nichts von seiner Rolle erzählen, weil all ihre Macht in das lebendige Blut gelegt werden mußte. In dem Augenblick gelangte er zu dem offensichtlichen Schluß. Das Blut eines Hirschen war machtvoller als das einer Ratte; das Blut eines Menschen machtvoller als das eines Hirschen, und das Blut eines Gatten machtvoller als das eines Fremden.

Welches Blut vergießt Schönheit für ihre unendliche Macht? Das Blut ihres angetrauten Mannes, des Kleinen Königs.

Plötzlich gab ein scheinbar zielloses Leben im Palast einen Sinn. Er war ein gemästetes Kalb. Schönheit hatte ihn geheiratet und sein Kind emfpangen, weil er andernfalls nicht genügend Macht gehabt hätte, weil er nicht der wahre Gatte gewesen wäre. Wahrscheinlich wartete sie nur auf die Geburt des Kindes, um ihn zu töten.

Jetzt lehnte er sich gegen die Brüstung, weil er nicht mehr stehen konnte. Er saß also immer noch im Käfig. Er war nicht gerettet worden, als Schönheit ihn holen ließ. Er war einfach in ihren Plan eingefügt worden. Eine Stunde lang sah er dem Schnee zu und trauerte um sich.

Während er trauerte, sah er viele Visionen seines Todes voraus. Würde sie ihn auch dann noch lächerlich machen, in seinen letzten Augenblicken? Oder ihm für das Opfer danken? Mächtiger noch als das Blut eines angetrauten Mannes würde sein freiwillig gegebenes Blut sein. Und wenn Schönheit mich fragt, ob ich mein Blut freiwillig gebe? Ob sie weiß, daß ein Mann gern für sie sterben könnte? Er stellte sich vor, wie er zu ihr ging und ihr sein Leben anbot – aber er wußte, daß sie über ihn lachen würde. Sie fand ihn auch jetzt lachhaft; er konnte keine großartige Geste tun, wenn sie zusah, denn auch ihm würde es lächerlich erscheinen.

Er dachte auch an Flucht. Aber nach einigem Nachdenken erschien ihm auch dieser unter seiner Würde. War er aus Bannestrand nach Inwit gekommen, aus der Zauberstraße in den Palast, nur um in eben dem Augenblick die Flucht zu ergreifen, der offensichtlich den Sinn seines Lebens darstellte. Er hatte einen Namen gewollt, ein Lied und einen Platz, oder etwa nicht?

Und nach einer Stunde solcher Gedanken entschied er, daß er es ertragen könne, wenn sein Leben so enden sollte. Er war mit dem Gedanken versöhnt, eine Figur im Schönheitsspiel zu sein.

Dann plötzlich erinnerte er sich daran, wie er sich in dem Käfig hingelegt hatte, weil er zu erschöpft gewesen war, sich weiter im Schnee zu bewegen. Er hatte die Spucke der anderen Männer auf Gesicht und Schultern gespürt. Auch wenn man keine Hoffnung hat, stirbt man nicht im Schlaf, wenn man im Kampf sterben kann.

Warum war er hierhergebracht worden? Warum war *er* hierher gebracht worden? Schönheit weiß nicht, daß ich ein Sog bin. Es waren die Schwestern, die ihr mein Gesicht im Traum gezeigt haben. Vielleicht sollte ich diese Unterhaltung heute abend mithören, damit ich mich daran erinnere, daß Königin Schönheit meine Feindin ist. Wenn ich auch immer noch von ihr träume, wenn ich auch stottere und mich wie ein Narr fühle, wenn sie bei mir sit, vielleicht soll ich meine Kraft benutzten, sie zu schwächen?

Wenn ich schon sterben muß, soll es nicht als williges Opfer geschehen. Laß mich mit dem Wissen sterben, daß sie mir zwar das Leben nehmen kann, aber ich ihr ebenfalls etwas rauben kann. Vielleicht habe ich in den Tagen vor der Geburt des Kindes genug Zeit, um Palicrovol zu helfen. Ich bin ein Jahr hier, und in dieser Zeit habe ich mit meiner Kraft nichts angefangen, außer im Geheimen ein paar triviale Worte zu wechseln. Ich bin vielleicht schwach, aber ich bin der einzige, der der Königin entgegenwirken kann. Und wenn sie mich entdeckt, um so besser. Soll sie mich aus Wut töten, damit mein Blut vergeudet und vergossen wird. Dann wird es an mir sein, über sie zu lachen.

Das war eine sehr befriedigende Geschichte, die er sich da erzählte, und es führte ihn zu allem, was er tun sollte. Niemanden außer Orem selbst würde es schmerzen, wenn er entdeckte, daß er überhaupt nicht hatte sterben sollen.

Der Krieg zwischen Schönheit und dem Sog

In dieser Nacht nahm Orem den Krieg wieder auf, der mit einem einzigen Scharmützel vor fast einem Jahr begonnen hatte. Er fand König Palicrovol näher als vor einem Jahr, aber nicht viel. Die größte Veränderung lag in der Anzahl der Männer, die bei ihm waren – er sammelte nun seine Truppen im Ernst, und Orem konnte sie nicht einmal abschätzen. Der Ring aus Zauberern lag immer noch um das Lager, und darinnen der Kreis aus Priestern, und darinnen König Palicrovol, bedrängt von der süßen und schrecklichen Magie der Königin.

Ruhig und gründlich machte Orem all ihren Zauber um den König zunichte. Dieses Mal ging er umsichtiger vor – er ließ die Zauber von Palicrovols Magiern unbeschadet. Die Königin unternahm zunächst nichts, und Orem nutzte ihre Trägheit aus, um große Löcher in die dicke Suppe ihres Suchenden Auges zu schneiden. Vorsichtig weitete er das Gebiet, wo sie blind war, aus, und bald wurde klar, daß sie König Palicrovol nicht einmal mehr finden konnte. Orem öffnete die Augen und sah auf die Kerze neben seinem Bett. Er hatte nur eine Stunde gearbeitet, und schon tappte sie im Dunkeln.

Als er damals mit seiner Kraft gespielt hatte, wäre dies genug gewesen. Jetzt wußte er jedoch, daß er gerade erst angefangen hatte. Es reichte nicht, sie um Palicrovol herum blind zu machen. Er streckte sich bis zum äußersten und nahm ihr die Sicht auf ganze Städte, ganze Länder, während sie sich darauf konzentrierte, Palicrovol wieder zu finden. Innerhalb der Stadt Inwit machte er ihren Einfluß vollständig zunichte. Von einer Stadtmauer zur anderen und eine Meile oder weiter außerhalb löschte er alle ihre Zauber aus. Nur die Königsstadt selbst ließ er unberührt, nicht, weil er ihr dort nichts anhaben konnte, sondern weil es besser war, wenn sie glaubte, ihr Gegner könne diese Verteidigung nicht durchbrechen.

Dieses Mal waren zwei Stunden vergangen, und Orem kehrte noch einmal zu Palicrovol zurück. Aber um sicherzugehen, löschte er ihre Sicht so weit um ihn her, daß sie ihn auch in einem Tag nicht finden würde, wenn sie auf gleiche Weise weiter suchte. Soll Palicrovol einen ganzen Tag Ruhe haben. Und morgen gebe ich ihm noch einen weiteren, wenn ich kann.

Du erinnerst dich an die Nacht und den Morgen, Palicrovol. Es kam fast ein Jahr nach der ersten Atempause, als du zum erstenmal erfuhrst, daß sich eine andere Macht in der Welt regte. Die ganze Nacht hast du auf Schönheits rachsüchtigen Gegenstoß gewartet, aber er kam nicht. Am Morgen versuchten deine Zauberer, zu tun, als hätten sie deine Erlösung herbeigeführt, aber du wußtest, daß dem nicht so war. Die Priester taten so, als hätten sie ein neues, wirksames Gebet gesagt, aber du hast sie ausgelacht. Du wußtest, es gab keine Erklärung für das Geschehene, nur daß diese Macht, wer sie auch sein mochte, freundlich zu dir war. Es gab wieder ein Gleichgewicht in der Welt; das Rad hatte sich gedreht, und du begannst deinen langen Marsch auf Inwit, auf die Stadt zu, die dir schon so lange verwehrt war. Dieses Mal, das glaubst du fest, würdest du siegen.

Badende im Teich

Wenngleich Orem auch Stunden länger wach geblieben war als gewöhnlich, erwachte er noch vor dem Morgengrauen. Er erkannte das schwache Licht draußen vor seinem Fenster. Es war die Stunde des Äußersten Kreises, die Zeit, in der er immer im Haus Gottes aufgewacht war. Er war nicht nur wach, sondern fühlte sich auch zum ersten Mal seit Monaten erfrischt und kräftig. Er stand auf, ging im Zimmer auf und ab und war überrascht, wie gut es war, sich wieder rasch zu bewegen. Er war ein Soldat, er befand sich im Krieg, er war am Leben.

Orem stand am Fenster und untersuchte, wieviel Schönheit von den Schäden der vergangenen Nacht hatte beheben können. Er war froh zu sehen, wie wenig sie geschafft hatte. Palicrovol war immer noch unentdeckt. Wichtiger als das war vielleicht, daß Inwit noch nicht unter dem gleichen Maß von Kontrolle stand wie zuvor. Jedes Mitglied der Wache war mit einem Bann der Treue ihr und Freundschaft seinen Kollegen gegenüber belegt worden. Viele von den Wachen in der Stadt waren zurückgekehrt, aber nicht alle. Sie begannen natürlich nicht sogleich zu streiten oder sie zu verraten. Aber er konnte in einer einzigen Nacht mehr anrichten, als sie wieder beheben konnte, wenn er schlief.

An diesem Morgen war er zu aufgeregt, um drinnen zu bleiben. Wenn auch der Himmel gerade erst grau war, zog er sich an und suchte sich seinen Weg durch die Räume des Palastes, um die nächste Tür zum Park zu finden. Wälder brauchte er jetzt, die wilden Wälder, um die sich kein Gärtner kümmerte, wo heute Sommermorgen herrschte, trotz der schweren Schneedecke, die außerhalb der Schloßmauern auf der Stadt lag.

Die Diener, an denen er vorbeiging, schienen in Eile, zuweilen auch ängstlich. Das war ein sicheres Zeichen, daß sich Königin Schönheit irgendwie unwohl fühlte. Dann huschten die Diener immer herum. Stumm entschuldigte sich Orem, daß er ihnen das Tagwerk ein wenig schwieriger machte als gewöhnlich. Königin Schönheit, seine arme Frau, hatte vielleicht nur wenig geschlafen.

So schnell wie möglich verlor er sich in den Wäldern, wanderte umher, wie es ihm gefiel, bis er sich an der hohen Westmauer des Schlosses wiederfand. Er folgte ihr in nördlicher Richtung, bis sie scharf an der Eckburg abbog, wo der Kleine Turm wartete, das Gefängnis der Großen, gefährlicher auf seine sanfte Art als die Käfige. Von drinnen hörte er einen fernen, gedämpften Schrei; vielleicht dachte er, war es nur ein Laut aus der Stadt hinter der Mauer. Das war es aber nicht. Orem preßte sein Ohr gegen den Stein, und der Laut wurde deutlicher. Es war der Schrei eines Mannes in Todespein; es war ein Schrei des schlimmsten Entsetzens, das der Mensch kennt. Nicht Angst vor dem

Tod, sondern die Angst, daß der Tod sein Kommen herauszögern würde.

Orem konnte sich nicht die Folter vorstellen, die einer menschlichen Kehle einen solchen Schrei entlocken konnte. Der Stein, an den er sich lehnte, war kalt, und er zitterte. Die Sonne stand nun halb hinter der Westmauer, und die Luft wurde bereits kühler. Er verließ den Turm und den leidenden Menschen drinnen. Er fragte sich, ob seine eigene Kehle wohl jemals einen solchen Schrei ausstoßen würde. Wenn sie das täte, er würde es nicht wissen, denn wenn ein solcher Schrei ertönt, ist ein Verursacher über das Hören hinaus.

Er ging auf einem anderen Weg zurück, wieder durch die Wälder, aber dieses Mal schob er die Ranken achtlos aus dem Weg, und ließ sie ihm heftig ins Gesicht zurückpeitschen. Er ließ sich das Hemd zerreißen, das Gesicht blutig kratzen; Schmerz war eine köstliche Sprache, eine, die er begreifen konnte. Dann kam er unvermittelt zum Teich der Königin.

Es war das Wasser aus dem Wasserhaus, jener reinen Quelle, die in einem endlosen Strom floß, als pumpe Gott selbst sie direkt ins Herz des Schlosses. Die Bäder im Wasserhaus waren öffentlich und das Wasser gut; aber das meiste Wasser ging irgendwo anders hin, in Aquädukten zum Tempel, zu den großen Häusern und Botschaften entlang der Straße des Königs und die sogar noch exklusivere Schurfavenue, lief in Bronzeröhren zum Teichpark, wo die Künstler vor dem Palast wohnten, und kam hierher, zum Teich der Königin, wo nur wenige jemals badeten, und das Wasser so rein war wie Tränen eines Kindes. Orem hielt sich unter den Bäumen und sah nur auf das Wasser, wie es sich in der Brise kräuselte, durchsichtig, grün und tief, weil die Sonne noch nicht weit genug aufgestiegen war, um auf der Oberfläche zu glänzen.

Wähend er zusah, kamen zwei Besucher zum Teich. Der erste war ein alter Mann in einem Lendenschurz, und Orem erkannte ihn: der verrückte Diener, der sich Gott nannte und keine Pupillen in den Augen hatte. Er stellte sich auf die Seite des Teiches Orem gegenüber und starrte ins Wasser. Orem bewegte sich nicht. Sie schienen ewig zu warten, beide wie Statuen in der zunehmenden Dämmerung.

Dann kam der zweite Besucher, und sie sah weder Orem noch den Alten. Wiesel Rußmaul, in der Düsternis ebenso häßlich wie bei hellem Tageslicht. Sie stellte sich an den Rand und entkleidete sich für ein Bad. Es war unhöflich von ihm, den formlosen, gebeugten Körper der armen Wiesel so anzusehen. Sie würde sich sicher schämen, wenn ein Mann ihre Brüste sah, die herabhingen wie leere Futtersäcke, daß ihre Arme und Beine unbeholfen und knochig waren. Aber er konnte kein Auge abwenden, als sie die Stufen ins Wasser hinabstieg, nicht zuletzt, weil er das Gefühl hatte, obgleich sie nicht erkennen ließ, daß sie ihn sah, daß sie wußte, daß der Alte dort stand, und hier war, ihn zu treffen.

Sie schwamm langsam und kräuselte das Wasser kaum. Sie trägt den falschen Namen, dachte Orem. Sie sollte nicht Wiesel heißen, sondern Otter. Dann tauchte sie unter.

Und jetzt breitete der Diener, der sich Gott nannte, beide Arme aus. Grün blitzten seine Augen auf, ein so helles Licht, daß Orem den Blick abwandte. Und als er sich wieder umdrehte, war der alte Diener nackt und pißte wildes Grün in das Wasser; die hellgrünen Augen starrten in den Wald. Immer noch war Wiesel unter Wasser. Das Grün breitete sich glänzend auf dem Wasser aus, bis der Teich von jenem lebendigem Licht erfüllt war. Dann bückte sich der Alte und kniete sich neben den Teich und senkte den Kopf bis zum Hals ins Wasser. Erst da tauchte Wiesel wieder auf, kam aber nur mit dem Kopf über die Oberfläche, als könnten jene Gesichter nicht beide auf der gleichen Seite des Wassers leben. Sie schien die Lebendigkeit des Teiches nicht zu bemerken.

Dann löste sich die Szene auf: Der alte Diener hob den Kopf aus dem Wasser, und Wiesel wandte sich ihm zu, streckte die Hand aus und berührte ihn. Vielleicht redeten sie; Orem konnte es nicht hören. Sie küßte seine Stirn, und der Diener – weinte er? Schluchzte oder schrie er oder stieß er ein einzelnes Wort aus? Orem vermochte es nicht zu sagen. Dann stand der Diener auf, nahm seinen Schurz und humpelte über den gutgepflegten Pfad, der ihn in den Palast bringen würde. Wiesel schwamm noch ein paar Minuten, bis das Wasser allmählich wieder stumpf und gewöhnlich wurde. Aber Wiesel wurde nicht stumpf. Orem sah sie an und merkte, daß die Königin sie nicht aus Zufall so nah bei sich hielt. Die der Königin am nächsten waren, die die meiste Qual erdulden mußten, die ruhige, häßliche Frau, die auf so vielen Ausflügen mit Timias und Belfeva mit ihm gekommen war, war sicher mehr, als sie schien, sonst würde die Königin sie nicht so quälen.

Er warf sein Netz nach ihr aus und erkundete die Schichten von Zaubern, mit denen die Königin sie gefangen hielt, und jawohl, wie er vermutet hatte, war sie gebunden und gequält. Wer bist du, Wiesel? Eine Gefangene wie ich, und vielleicht ebenso hoffnungslos. Ich werde sterben, aber bin ich nicht glücklicher als du? Denn ich werde bald frei sein von ihr, und du nicht, auf ewig gebunden an die Gesellschaft einer Königin, die dir soviel Leid bereitet, wie sie nur kann, und sie kann so köstliches Leid zufügen.

Da begann Orem Wiesel Rußmaul erstmals zu lieben. Nicht ihr Fleisch – Orem hatte den Körper der Königin gekannt. Nicht aus Mitleid – er kannte sie zu gut, um sie aus der Distanz zu beurteilen, die das Mitleid fordert. Er liebte sie, weil er sie bewunderte. Weil sie ohne Klagen die Last ertrug, die die Königin ihr aufbürdete. Weil sie immer noch sanft und liebevoll war, wo sie genügend Grund zur Bitterkeit hatte. Und weil sie, als sie im Teich schwamm und den Diener küßte, der sich Gott nannte, auf sonderbare Weise schön war. Überrascht dich das, Palicrovol? Daß von allen Menschen dein Sohn Wiesel Rußmaul ansehen und Schönheit in ihr erkennen konnte?

Die Königin entdeckt ihren Gatten

Orem kehrte lange vor der Zeit, in der er gewöhnlich erwachte, in den Palast zurück, und nun war er erschöpft aufgrund der Wanderung und weil er zu wenig geschlafen hatte. Er hatte vor, sich ein wenig auszuruhen, aber vor seiner Tür stand ein Diener.

»Königin Schönheit wünscht Euch zu sehen.«

»Oh«, sagte Orem.

»Sie möchte, daß Ihr sofort zu ihr kommt.«

Einen schrecklichen Augenblick lang dachte er, daß der Krieg mit ihr bereits vorbei sei; daß sie ihn entlarvt hatte und jetzt töten wollte. Er fühlte sich nicht so mutig wie gestern auf dem Söller. Doch dann dachte er bei sich, wenn sie Tod im Sinn hatte, hätte sie die Botschaft nicht diesem ruhigen Diener überantwortet. Er folgte also dem Diener zu einem Ort in dem Labyrinth des Palastes, von dessen Existenz er bislang nicht gewußt hatte.

Die Räume von Königin Schönheit waren wohl verborgen, sowohl durch Zauber, als auch durch die Illusionen geschickter Künstler. Da Orem jedoch einmal mit einem Führer zu ihr gegangen war, hatte er die Illusionen durchschaut und konnte den Weg dorthin leicht wiederfinden. Und was die Zauber betraf, so wirkten sie ohnehin nicht auf ihn.

Königin Schönheit lag in ihrem Bett und blickte aus dem Fenster, als er eintrat. Der Diener ließ sie allein. Die Tür schloß sich, und sie wandte sich zu ihm um.

»Mein Kleiner König«, sagte sie.

Ihre Schönheit war ungeschmälert, aber die Erschöpfung konnte sie nicht verhehlen. Immerhin besaß sie eine lebendige Schönheit, und ihr Gesicht war nicht ausdruckslos. Sie war müde, sie hatte Sorgen, sie war wütend, und ihr Bauch war schwer von dem Kind, das sie seit elf Monaten trug. Erst da fiel ihm auf, daß die Schwangerschaft an ihren Kräften zehren konnte, und sie daher nicht geschickt auf die Angriffe der letzten Nacht hatte eingehen können.

»Ich fürchte, ich habe dich zu lange nicht beachtet«, sagte sie.

»Ich habe Freunde gewonnen.«

»Ich weiß«, sagte sie. »Wiesel erzählt, daß du ein netter Gesellschafter bist.«

Er konnte die Tatsache nicht verbergen, daß ihm gefiel, wenn Wiesel Rußmaul solche Dinge gesagt hatte – er war so jung, daß er mehr hineinlegte, als wirklich dahinter steckte. »Findet sie das?«

»Es ist das Kind in meinem Bauch, weißt du. Ich bin des Wartens müde, und das Kind drückt mich nieder. Heitere mich ein wenig auf.«

»Wie kann ich das?«

»Erzähl mir etwas. Erzähl mir über deine Heimat. Erzähl mir über deine Kindheit auf dem Bauernhof. Es heißt, deine ländlichen Geschichten seien lustig.«

Dann brachte er eine groteske Stunde damit zu, einer Frau, die vorhatte, ihn zu töten, von Wasserwacht zu erzählen.

Es quälte ihn, ihr von seinem Vater und seiner Mutter zu berichten – aber welche anderen Geschichten konnte er schon vorweisen?

Sie lachte ein wenig über seinen früheren Versuch mit dem Soldatenleben und wie der Ausbilder ihn für unfähig hielt. Sie schien an allem interessiert zu sein, auch an Geschichten, wie ein Bauer weiß, wann das Korn vor der Ernte steht, ob eine Kuh Zwillinge bekommt oder welche Anzeichen auf einen Sturm hindeuten.

»Sieh nach draußen und sag mir, ob ein Sturm kommt.«

Er blickte hinaus. »Weder heute noch morgen«, sagte er.

»Aber es wird einen Sturm geben, so oder so. Beim Blut des Hirschen, ich wünschte mir, er wäre schon da.«

Er drehte sich um und sah sie an und fragte sich, ob sie den Sturm meinte, oder das Kind in ihr wuchs. Sie hatte die

Hände über dem schwellenden Hügel unter der Decke gefaltet, aber sie starrte weder auf das Fenster noch auf den Bauch. Wenn das Kind kam, würde sein Leben rasch zu Ende sein, das wußte er. Aber er würde sicher so lange leben, daß er sein Kind sah. Sicher würde ihm das seine Zukunft nicht versagen.

Schließlich, gegen Mittag, wurde sie seiner überdrüssig.

»Geh nun«, flüsterte sie. »Ich brauche Schlaf.«

Er ging mit einem vor Triumph singendem Herzen zur Tür. Sie brauchte wirklich Schlaf. Das war sein Werk, und es würde lange dauern, bis sie wieder ruhig schlief, wenn es nach ihm ginge.

Aber bei der Tür rief sie ihn. »Komm wieder«, sagte sie. »Morgen, um die gleiche Zeit.«

»Ich werde kommen«, antwortete Orem.

»Ich habe dich schlimm mißbraucht, nicht wahr?« fragte sie.

«Nein«, log er.

»Die Götter sind unruhig«, sagte sie. »Sie ertragen den Zwang nur unwillig, den ich ihnen auferlegte. Und du?«

Orem verstand sie nicht. »Stehe ich unter Zwang?«

»Ich habe es erst heute gemerkt. Du siehst wie er aus.«

»Wer?«

»Er«, sagte sie. »Er.« Dann wandte sie das Gesicht ab, um zu schlafen, und er ging hinaus.

Orem verstand es nicht, und ich habe es ihm nicht erzählt, aber du weißt es, nicht wahr, Palicrovol? Sie begann ihn damals zu lieben. Und ein Grund ihrer Liebe war, daß er aussah wie du. Mußt du da lachen? Dreihundert Jahre Folter für dich, und ihr Haß hatte sich zu Liebe verdreht.

Nicht, daß sie im Sinn hatte, dich freizugeben. Niemals. Aber es sollte dir schmeicheln. Du bist ein Feind, den selbst sein Feind lieben muß.

So verschlingen und kreuzen sich die Pfade unseres Lebens und trennen sich wieder. Wenn sie am Tag zuvor nach ihm geschickt hätte, hätte er sie vielleicht geliebt. Aber sie schickte erst nach ihm, als sie Angst hatte; sie hatte keine Angst, bis er ihr Werk zunichte machte; er machte ihr Werk zuerst zunichte, als er sie nicht mehr lieben konnte. Wenn wir nur außerhalb unseres Lebens stehen und zusehen könnten, was wir tun, wir könnten so viele Ungerechtigkeiten wiedergutmachen, noch ehe wir sie begehen.

22

Die Geburt von Jugend

Die Geschichte der Geburt von Orems Sohn, Schönheits Sohn, dem illegitimen Enkelkind von Palicrovol, dem schönsten und klügsten Kind, das es je auf Erden gab.

Der brennende Ring

Orems Krieg mit der Königin machte ihn während des Tages fast toll, als müsse er die Macht wieder loswerden, die er ihr des Nachts stahl. Als sich der Zeitpunkt ihrer Niederkunft näherte, setzte er ihr immer mehr zu, so daß sie tagelang erschöpft im Bett lag, wenn sie sie ganze Nacht über vergeblich gekämpft hatte. Orem hingegen verbrachte seine Tage mit immer aktiveren Spielen. Timias und Belfeva waren überrascht, aber sie machten mit, auch wenn er sich Verrücktheiten hingab, wie mit der Kavallerie auf dem Paradeplatz um die Wette zu reiten oder mit Timias zu streiten, wer einen Wurfspeer am weitesten schleudern konnte. Timias gehörte nicht zu der Sorte, die Orem gewinnen ließ, und so verlor Orem, der in vielen männlichen Künsten unbewandert war, unvermeidlicherweise immer. Aber er blieb zäh bei der Sache und verbesserte sich allmählich.

Als bei Schönheit die Wehen für Orems Sohn einsetzten, kletterte Orem um die Wette mit Timias an der Palastmauer empor. Dies war ein Wettbewerb, bei dem Geschmeidigkeit und Ausdauer mehr zählten als Kraft und lange Übung, und Orem hielt sich wacker. Er war fast oben angekommen, als er einen scharfen Schmerz wie von einer Kerzenflamme am linken Finger bemerkte. Er sah hin und merkte, daß sein Rubinring glühendheiß war. Er konnte ihn nicht abnehmen, nicht, ohne hundert Fuß tief zu fallen. Also hielt er den Schmerz aus, stieg den Rest des Wegs bis zur Mauerkrone hinauf und versuchte dann, ihn vom Finger zu zerren. Er konnte es nicht.

Wiesel und Belfeva standen dort und sahen zu. »Hilf mir«, sagte Orem.

»Du kannst ihn nicht abnehmen«, sagte Wiesel. »Der Rubin wird brennen, bis das Kind geboren ist. Er verbrennt dich nicht wirklich. Außerdem solltest du dich freuen – es ist der Beweis, daß das Kind nicht nur deins ist, es ist auch ein Sohn.«

»Das Kind wird geboren«, sagte Orem. Dann war dies der letzte Tag seines Lebens, dessen war er sicher. Er ging an den Rand des Daches, streckte die Hand aus und half Timias hinauf.

»Du hast gewonnen«, sagte Timias überrascht. »Ich hätte nicht gedacht, daß du das schaffst.«

»Ich habe immer nach unten geblickt«, sagte Orem. »Der Gedanke an den Tod macht mich schnell.«

Plötzlich schrie Wiesel vor Schmerz auf.

»Was ist es?« fragten sie alle, aber sie wollte es nicht sagen.

»Orem«, stöhnte sie, »du mußt zu deiner Frau gehen.«

»Zu der Geburt? Als Vater?«

»Bei dieser Geburt, bei dieser Mutter, ja.« Wieder zuckte sie zusammen.

»Was ist los? Was geschieht mit dir?«

»Hilf mir in mein Zimmer, Belfeva«, sagte Wiesel. »Und du, Kleiner König, geh zu deiner Frau, sage ich.«

»Aber sie hat nicht nach mir geschickt«, gab Orem zurück. In Wirklichkeit wollte er seinen letzten Tag mit jemand anderem verbringen als mit Schönheit.

»Vergißt du, an welchem Finger sie den Ring trägt? Sie wird dir gehorchen, wenn du ihr befiehlst, daß sie dich bleiben läßt.«

»Niemand erteilt Königin Schönheit Befehle.«

»Doch, du«, gab Wiesel zurück. »Aber sieh zu, wie du ihr

Befehle erteilst, denn sie wird dir mit grausamer Vollkommenheit gehorchen, wenn du unklug befiehlst.«

»Ich will nicht gehen«, sagte er wütend.

Wieder zuckte sie zusammen und taumelte gegen Belfeva. »Nicht ihretwegen. Für deinen Sohn. Dein Sohn hat die Reise zu Fluß hinab zum Meer begonnen. Sie wird keine andere Hilfe als dich haben. Niemand außer dem Vater kann bei einer Geburt eines Zwölfmonatskindes helfen.«

Orem wollte bleiben, wollte wissen, warum Wiesel solche Schmerzen hatte. Aber er wußte, daß Wiesel klug war, daß sie nicht log; wenn sie sagte, daß er zu Schönheit gehen mußte, dann würde er gehen.

Geburt

Die Königin lag nicht in ihrem normalen Schlafzimmer. Es gab auch keine Diener dort, die ihm Näheres hätten sagen können. Er wußte nicht, wohin sie für das Kindbett gegangen war. Er kannte nur eine Weise, es herauszufinden. Er spann sein Netz durch den Palast und fand sie in Flammen mit silberner Süße, rauh auf sein Lauschen, stumm auf die Berührung hin. Er ging durch die Korridore zu der Stelle, wo er sie wußte, aber die Gänge bogen immer ab, immer öffneten sich die Türen zur falschen Seite. Er verstand es erst, als er von einem Gang in ein Zimmer trat, es sich dann anders überlegte und wieder zurücktrat – und merkte, daß der Gang die Richtung geändert hatte. Das kurze Ende befand sich nun zur Linken, das lange Ende mit der Treppe auf der rechten Seite. Die Königin war dort, wo er sie wußte, aber der Zauber in diesem Palast verdrehte alle Wege dorthin. So ließ er seine Kraft frei fließen wie ein Gewand, daß sie gegen die Wände schlug, die Zauber brach und die Türen freigab, wo sie zu sein hatten. Das war nicht der Zauber der Illusion, den er endlich durchschaute. Es war eine wahre Veränderung, und er fürchtete, wenn er sie fand, würde er ihr gestehen müssen, was er in Wirklichkeit war.

Er fand die besorgten Diener vor ihrer Tür.

»Ist sie drinnen?« fragte er.

»Und allein«, antwortete ein Diener. »Sie hat uns verboten hereinzukommen.«

»Mir wird sie es nicht verbieten«, sagte Orem und klopfte.

»Geh weg«, ertönte die rauhe, mühsame Stimme von drinnen.

»Ich komme herein.« Und das tat er auch.

Schönheit lag allein in der Mitte eines langen, schmalen Bettes. Sie war nackt, hatte die Beine weit gespreizt, die Knie hochgezogen. An die fünf Pfosten des Bettes waren Leinentücher gebunden. Zwei waren an ihren Füßen befestigt, und sie stemmte sich gegen sie. Zwei hielt sie in den Händen und zog fest daran. Das letzte lag auf ihrem Kissen, und als sie eine Welle des Schmerzes überkam, drehte sie sich um, ergriff es mit den Zähnen, biß darauf und stöhnte, warf den Kopf hin und her und kämpfte mit dem Tuch wie ein Hund mit einem Lumpen. Sie war schweißnaß. Das hohe Stöhnen, das aus ihrer Kehle drang, klang unmenschlich. Blut tröpfelte aus dem Gang, durch den der Kopf des Babys trat. Der Kopf war groß und blutig und lila, und er wollte nicht kommen. Schönheit sah ihn mit Augen an, die wie bei einem Reh vor Angst und Schmerz weit aufgerissen waren. Der Blick folgte ihm, als er um das Fußende des Bettes herumging und neben dem Gesicht stehen blieb, wo sie auf dem Tuch kaute. Auch in diesem Zustand war sie wunderschön und die weiblichste aller Frauen.

»Schönheit«, sagte er.

Und dann ebbte der Schmerz ab, und sie schauderte und ließ das Tuch zurück auf das Kissen fallen.

»Schönheit«, sagte er wieder. »Hast du keinen Zauber, den Schmerz zu beenden?«

Sie lachte freudlos. »Kleiner Narr. Kleiner König, es gibt keinen Zauber, der Macht über eine Geburt hat. Der Schmerz muß erduldet werden, sonst stirbt das Kind.«

Dann kam wieder eine Wehe, und sie wimmerte und wand sich, während ihre Bauchmuskeln sich zusammenzogen. Der Kopf des Kindes kam nicht weiter. Schönheit sah ihn mit einem flehenden Blick an. Was wollte sie von ihm? Den Schmerz beenden, aber das konnte er nicht.

»Sag mir, was ich tun soll, und ich tue es«, sagte er.

»Tun?« schrie sie. »Tun? Sag *mir,* was ich tun soll, Mann!«

Das Kind würde sterben – soviel wußte er. Ein Kind, das nicht rasch herauskam, sobald sein Kopf zum Vorschein gekommen war, würde sterben. Nicht mein Sohn, sagte er stumm.

»Kann jemand anders den Schmerz für dich ertragen?«

Nickte sie? Ja, und sie flüsterte: »Nicht gegen den Willen des anderen.«

»Dann wirf den Schmerz auf mich«, sagte er, »damit das Kind lebt.«

»Ein Mann!« sagte sie verächtlich. »Diesen Schmerz?«

»Sieh dir den Ring an deinem Finger an und gehorche. Gib den Schmerz fort.«

Sobald er diese Worte ausgesprochen hatte, hörten die krampfhaften Bewegungen auf. Ihr schwerer Atem wurde wieder normal, ihr Druck auf die Laken ließ nach. Er wartete auf den Schmerz, aber er kam nicht. Er hatte keine Zeit, Fragen zu stellen, denn plötzlich riß die Haut unmöglich weit auf, die Knochen von Königin Schönheits Hüften bogen sich auseinander, und leicht glitt das Kind auf die Laken. Es war unmöglich, daß Schönheit so etwas so friedlich durchmachte, aber sofort schoben sich die Knochen wieder zueinander, und Schönheit bückte sich und hob das Kind auf. Es gab keine Nachgeburt; das Baby hatte keine Nabelschnur.

»Binde meine Füße los«, flüsterte Königin Schönheit. Sie leckte den Schleim vom Gesicht des Babys. Das Kind schrie, und Schönheit nahm es in den Arm, hielt es an die Brust, führte seinen Mund an die Brustwarze, seufzte dann und verschränkte bequem die Beine. Orem bemerkte erstaunt, daß ihr Bauch überhaupt nicht schlaff war, sondern in perfekter Form, als habe sie niemals ein Kind getragen; Sie hatte bereits wieder den unaussprechlich schönen Körper, den er so geliebt hatte, und er konnte nicht umhin, sie wieder zu begehren, trotz aller Furcht und allem Haß ihr gegenüber.

»Befiehl noch einmal, Kleiner König«, sagte sie. »Es hat Spaß gemacht, zu gehorchen.«

»Aber ich habe den Schmerz nicht bekommen«, sagte er.

»Du hast mir nicht befohlen, ihn *dir* zu geben.« Triumphierend lächelte sie.

Er dachte an seine Worte, konnte sich aber nicht erinnern. Irgendwie hatte sie ihn hereingelegt, aber er war nicht klug genug, um zu erkennen, wie. »Laß mich das Kind halten.«

»Ist das auch ein Befehl?«

»Nur wenn ... wenn es ihm nicht schadet.«

Wieder lachte Schönheit und hielt ihm das Kind entgegen. Orem blickte herab, streckte die Hände aus und nahm das Kind auf die Arme. Er hatte zuvor schon Neugeborene gesehen, Nichten und Neffen, und er hatte geholfen, wenn man sich im Haus Gottes um Findelkinder kümmerte. Aber dieses Kind war schwerer und hielt den Körper anders. Orem blickte ins Gesicht des Kindes, und das Kind blickte ihn mit aufgerissenen Augen an und lächelte. Lächelte. Minuten nach der Geburt, und das Baby lächelte.

»Ein Zwölfmonatskind«, sagte Königin Schönheit.

Orem erinnerte sich an seinen Vater, Bornsen, erinnerte sich an seine starken Arme, mit denen er ihn in die Luft warf, so daß er flog wie ein Vogel, und ihn so sicher wieder auffing, wie der Ast einen Spatzen. Meine Arme sind stark genug für ein so kleines Kind. Und plötzlich war er im Herzen Bornsen, und er sehnte sich nach dem Kind. Das Kind Orem hatte seinen Vater mehr als das Leben geliebt; das ist die Sorte Kind, die als Mann auch seine Kinder liebt, mit einer Zuneigung, die nichts brechen kann. Du wirst es nicht wissen, Palicrovol, aber es gibt solche Männer, und sie sind nicht schwächer als du, du bist nur ärmer als sie.

Sogleich erkannte Orem, daß er dieses Kind haben mußte, wenn auch nur eine Zeitlang. »Du wirst mich ihn sehen lassen, wann immer ich es will«, sagte er.

»Ein Befehl?«

»Ja«, antwortete er.

»Sie lachte. »Dann werde ich gehorchen.«

»Und du wirst nichts tun, was ihn hindert, mich zu kennen und zu lieben, wie ich ihn.«

»Du bist zu kühn, Kleiner König«, sagte sie. Dieses Mal lachte sie nicht.

»Ich befehle es.«

»Du weißt nicht, was du tust.«

»Solange ich lebe, befehle ich dir, mich ihn kennen und lieben zu lassen und ihn mich!« Das konnte sie ihm nicht abschlagen – er wagte nicht, um mehr zu bitten, wagte nicht, zu erbitten, einen Moment länger zu leben, als sie plante.

»Kleiner König, du weißt nicht, was du erbittest.«

»Wirst du es tun?«

»Komm nicht und mach mir Vorwürfe, Kleiner König. Liebe das Kind, wenn du willst, und laß es dich lieben, das ist mir gleich, völlig gleich.« Sie wandte das Gesicht zur Wand.

»Ein Kind muß seinen Vater kennen, wenn es glücklich werden soll.«

»Daran habe ich keinen Zweifel. Nur das, Kleiner König: Er wird nichts anderes essen, als was aus meinen Brüsten kommt. Und er wird nie einen Namen haben.«

Das war falsch, das durfte nicht sein. Keinen Namen haben ist kein Selbst haben, das wußte Orem. »Ich befehle dir, ihm einen Namen zu geben.«

»Du befiehlst jetzt leicht, nicht wahr? Wie ein Kind, das nichts weiß vom Preis der Dinge. Sieh lieber, was deine ersten Befehle bewirken, ehe du neue versuchst.«

»Gib ihm einen Namen.«

»Jugend«, antwortete sie mit einem amüsierten Lächeln.

»Das ist kein Name.«

»Schönheit auch nicht. Aber es ist ein besserer Name, als er in seinem ganzen Leben verdienen kann.«

»Jugend also. Und ich werde frei umgehen dürfen.«

»Oh, du bist ein köstlicher Narr. Ich habe mir die ganzen Jahre die drei wunderbarsten Narren der Welt gehalten, aber du bist der beste. Die Schwestern haben dich für zuletzt aufgespart. Du wirst alle Zeit, die du willst, für den

Jungen haben, alle Zeit, die du hast, ist deine. Möge es dir Freude bringen.«

Der Junge streckte die Hand aus und umklammerte Orems Nase und lachte.

»Hast du das gehört? Er hat bereits gelacht!« Und Orem mußte unfreiwillig wiederlachen.

»So ist das bei Zwölfmonatskindern«, sagte Königin Schönheit.

»Ich komme ihn jeden Tag besuchen. Er wird mein Gesicht kennenlernen und sich freuen, wenn er mich sieht. Dazu habe ich genug Zeit.«

Orem sah es nicht; aber ich glaube, daß jedes seiner Worte ein Schmerz für Schönheit war, ihr klar machte, wie sehr er das Kind bereits liebte und wie wenig Liebe er für sie hatte. Es durfte sie nicht überraschen, aber es tat ihr deshalb nicht weniger weh.

»Gib mir den Jungen«, sagte sie. »Er muß essen.«

»Jugend«, sagte Orem zu dem Kind, das lächelte. Er reichte es Schönheit, und dieses Mal brauchte das Kind keine leitende Hand zur Brustwarze. Schönheit sah Orem sonderbar furchtsam an, wie ein Reh. Sie sieht unschuldig und süß aus, aber Orem ließ sich nicht täuschen. »Schönheit«, sagte er, »wie bist du dem Schmerz entronnen, wenn du ihn nicht mir gegeben hast?«

»Spielt es eine Rolle?«

»Sag es mir, ich befehle es.«

»Sie betrachtete sein Gesicht und sagte: »Du hast mir befohlen, den Schmerz fortzugeben, aber nicht, an wen.«

Das stimmte. Das zweite Mal, als sie ihm gehorchte, hatte er nicht gesagt, sie solle ihm den Schmerz geben. »Aber wer sonst hat ihn freiwillig übernommen?«

»Die Frau unter allen Frauen, die nicht ertragen konnte, diesen Körper so zerrissen zu sehen. Die Frau, deren Gesicht dies in Wirklichkeit ist.«

Orem starrte sie begriffsstutzig an. Wessen Gesicht war es, wenn nicht Schönheits? Orem hatte nicht gewußt, daß Schönheit eine geborgte Gestalt trug. Aber wenn man dies wußte, war es nicht schwer zu erraten, wessen Gesicht es war.

»Wiesel«, flüsterte Orem. »Du hast ihr den Schmerz gegeben.«

»Wir haben immer meine Schmerzen geteilt«, sagte Schönheit. »Das erschien mir nur fair. Sie hatte den Nutzen des Körpers in ihrer perfekten Kindheit – wir stimmten überein, daß es gerecht sei, wenn sie ein paar der Schmerzen des Erwachsenseins trüge.« Schönheit lächelte Orem liebevoll an. »Und auch die Freuden. Ich habe dafür gesorgt, daß sie auch den halben Spaß in der Hochzeitsnacht spürte, Kleiner König. Ich wollte, daß sie sich daran erinnert, wie es sich anfühlt, ihrem geliebten Mann untreu zu sein.«

»Ihrem Mann?« Orem hatte nicht gewußt, daß Wiesel einen Mann hatte.

»Welch ein Narr du bist«, sagte Schönheit. »Ihr Mann, der König! Palicrovol wollte sie an meiner Stelle zur Königin machen. Warum sonst habe ich sie hierbehalten, denkst du? Wiesel ist Enziquelvinisensee Evelvenin, die Blütenprinzessin. Sie wollte meinen Platz, daher habe ich ihren genommen. In ihrem vollkommenen Körper. Nun, ihr vollkommener Körper hat gerade eine Geburt durchgemacht, die ihn umgebracht hätte. Aber dank deiner brauchte ihr vollkommener Körper den Schmerz nicht zu ertragen oder die Verletzungen auszuheilen. Schlimm für das unvollkommene Fleisch, in dem sie ohnehin lebt. Das mag ruhig sterben.«

Orem hatte bislang Schönheits vollkommene Bösartigkeit nicht erkannt. »Du verdienst ihr Gesicht«, flüsterte er.

»Du bist mein Richter?« fragte sie ihn kalt. »Bist du daher zu mir gekommen, um mir zu sagen, was ich verdiene?«

Er dachte an Dobbick im Haus Gottes, der ihn gelehrt hatte, daß König Palicrovol seine Leiden nicht selbst auferlegt hatte. »Aber sie hat dir nichts getan«, sagte Orem.

»Sie hat meinen Platz eingenommen«, sagte Schönheit. »Aus welchem Grund auch immer, das ist mir gleich. Sie hat meinen Platz in diesem Palast eingenommen, und dafür muß sie bezahlen.«

(Das Argument sollte dir vertraut sein, Palicrovol. Er hat meinen Platz im Palast eingenommen, sagtest du, und so muß er dafür bezahlen. Gibst du damit zu, daß Schönheit gerecht handelte, als sie die Braut bestrafte, die du aus Onologasenweer brachtest?)

»Ich sehe nun«, sagte Schönheit. »Ich sehe.« Und ihr Gesicht verfinsterte sich.

»Was siehst du?« fragte Orem voll Angst, sie würde sehen, was er wirklich war.

»Ich sehe, daß sie schon wieder meinen Platz eingenommen hat.«

»Ja. Sie erträgt den Schmerz bei der Geburt deines Kindes.«

»Wieder hat sie die Liebe meines Mannes.«

Orem blickte sie ungläubig an. »Ein Jahr lang hast du mich verachtet. Wie kannst du auf etwas eifersüchtig sein, das du fortgeworfen hast?« Und dann log er sie grausam an, weil er dachte, er sagte die Wahrheit. »Ich habe dich nie geliebt.«

Sie schrie gegen seine Worte an: »Du hast mich angebetet!«

»Im Namen Gottes, Frau! Ich hasse dich mehr als jede lebendige Seele, wenn du überhaupt lebst oder eine Seele hast. Du bist dreihundert Jahre alt, und du hast nicht mehr Liebe in dir als eine Gottesanbeterin für ihr Mädchen, und dennoch hast du nie ... nie ...«

»Nie was?«

»Du hast mich nie wieder in dein Bett gelassen.«

»Wenn du mich wolltest, Junge, warum bist du nicht gekommen und hast gefragt?«

»Du hättest mich ausgelacht.«

»Ja«, sagte sie. »Ich lache über alle schwachen Dinge in der Welt. Und wenn du mich nun verläßt und zu Wiesel Silberzunge gehst und sie tröstest, dann werde ich lachend hier liegen.«

»Lach über mich, wie du willst.« Er wandte sich zum Gehen.

»Aber ich werde nicht über dich lachen.«

Er blieb an der Tür stehen. »Über wen denn?«

»Über mich.«

Er wandte sich um und blickte sie an. »Du bist doch nicht etwa schwach.«

Sie lächelte böse. »Nicht mehr lange jedenfalls. Nicht, wenn ich mit dem fertig bin, was ich mit dir begonnen habe.«

Orem war sicher, das war ein Hinweis auf seinen Tod.

»Sing mir ein Lied, Kleiner König. Sing mir ein Lied aus dem Haus Gottes. Sicher haben sie euch dort Lieder beigebracht.«

Er sang das erste, was ihm in den Sinn kam. Es war Halbpriester Dobbicks Lieblingsstelle aus dem Zweiten Gesang:

Gott sieht sicher deine Sünden, Liebste.
Die Schwärze deines Herzens, Liebste.
Er wiegt sie gegen dein Leiden auf.
Was ist weniger, meine Liebste.

»Noch einmal«, sagte sie.

Und als er es zweimal gesungen hatte, ließ sie es ihn wieder singen, und wieder und wieder, und sie wiegte sich und säugte dabei den Sohn. Trotz seines Hasses auf sie hatte Orem noch niemals etwas gesehen, was ihm so gut gefiel, sein Kind, das an der Brust seiner Frau zog, wie das Korn Leben aus der Erde zieht. Er liebte seinen Sohn instinktiv, wie Bornsen seine Söhne und seine Felder liebte. Er bedauerte jedes Wort, das er gesagt hatte, welches ihn vielleicht früher töten und ihn in so einer Stunde berauben würde, die er vielleicht mit Jugend hatte.

Endlich murmelte sie nicht mehr: »Noch einmal«, als er mit dem Lied fertig war. »Verzeih mir«, flüsterte er ihr zu. Aber sie schlief und hörte ihn nicht.

So ging er und suchte Wiesel, die Schönheits Schmerz auf seinen Befehl hin ertragen hatte.

Die Heilung von Wiesel Rußmaul

»Ihr könnt nicht herein«, sagten die Diener, die vor Wiesels Tür Wache standen.

Orem schob sich an ihnen vorbei. Wiesel lag fiebrig auf dem Bett, weinte und schrie, rief erst Schönheit an, dann Palicrovol, und ab und zu Orem. Er glaubte, dies bedeutete, sie liebe ihn, wie sie Palicrovol liebte, wenn sie auch eigentlich rief, damit er sich retten solle und nicht sie selbst.

Er befragte die um das Bett versammelten Ärzte. »Wir finden keinen Grund für ihre Schmerzen«, sagten sie.

»Behandelt sie«, sagte Orem, »als habe sie gerade ein Zwölfmonatskind geboren. Behandelt sie, als habe die Geburt ihre Lenden und ihr Fleisch zerrissen.«

Die Ärzte sahen ihn erstaunt an. Nur Belfeva, die in der Nähe stand, begriff, daß der Kleine König das Problem vielleicht besser verstand als alle anderen. Sie ging zum Bett, riß die Decke zurück, und jetzt sahen sie, daß Wiesel in einer Pfütze aus Blut lag, das immer noch in Strömen aus einem schauderhaften Riß ihrer geheimsten Stelle floß. Und was noch erstaunlicher war: Dort lag die Nachgeburt, die bei dem Kind mit Namen Jugend nicht gekommen war. »Im Namen Gottes«, sagte der Doktor, und sie machten sich an die Arbeit.

Orem sah zu, wenn er es aushalten konnte, saß bei Wiesel und hielt ihre Hand, wenn er es nicht aushalten konnte. Sie wußte nichts von seiner Anwesenheit, schrie nur vor Schmerz und im Fieber. Schließlich waren die Ärzte mit allen, was sie tun konnten, fertig.

»Sie hat so viel Blut verloren. Was können wir tun?« fragte einer.

»Wie ist das nur gekommen?« fragte ein anderer.

Orem schüttelte den Kopf. Er konnte ihnen nicht erklären, daß es seine Schuld war.

Die Ärzte gingen, aber Orem blieb und hielt ihre Hand. Einmal rief sie aus: »Kleiner König!«

»Ich bin hier, Enziquelvinisensee«, antwortete er. Ihren Namen zu hören schien sie zu besänftigen. Sie schlief. Er sagte alle Gebete auf, an die er sich aus dem Haus Gottes erinnern konnte.

Er wußte, hier in Schönheits Haus waren sie wirkungslos, aber er sagte sie trotzdem auf, weil er Angst vor dem hatte, was er ihr angetan hatte.

Er mußte eingenickt sein, denn plötzlich wachte er auf und sah Memme und Urubugala neben sich am Bett. Aus Gewohnheit dehnte er sein Netz um sie aus, so daß sie ungehört von Schönheit reden konnten.

»Wie geht es ihr?« krächzte Memme.

»Sie hat den Schmerz der Geburt ertragen«, sagte Orem.

»Memme nickte.

»Die Königin ist abgeerntet«, sagte Urubugala. »Aber wie war die Ernte, Kleiner Bauer?«

»Ein Junge namens Jugend.«

»Sie wird leben«, sagte Urubugala. »Tröstet dich das? Schönheit läßt Wiesel nicht sterben.«

»Ihr Name ist nicht Wiesel«, sagte Orem. »Weißt du das nicht? Die Königin hat es mir erzählt. Sie ist in Wirklichkeit Enziquelvinisensee Evelvenin. Die Blütenprinzessin.«

Memme und Urubugala sahen einander an, und Urubugala lachte. »Dachtest du, das überrascht uns, Kleiner König? Wir waren von Anfang an mit Wiesel zusammen.«

Erst da erkannte Orem, daß sich auch hinter ihnen Charaktere aus der gleichen alten Geschichte verbargen. »Zymas«, sagte Orem.

Memme lächelte leise. »Ich bin in der letzten Zeit nicht ganz der Alte«, entschuldigte er sich.

»Und du«, sagte Orem zu Urubugala, »bist Ärmel.«

Der Zwerg antwortete nur mit einem seiner Reime. »Wer ist der magische Lepramann, der uns säubert mit der

Zunge? Er steckt unsere Namen in Bilderrahmen und bemalt sie mit frischem Dunge.«

»Ihr seid die Begleiter des Königs«, sagte Orem. »In all den alten Geschichten ...«

»Die Geschichten sind sehr alt«, sagte Craven. »Wir sind jetzt die Gefährten der Königin.« Er wies auf Wiesels schlafenden Körper. »Hol uns, wenn sie aufwacht.«

Wiesel erwacht

Sie brachten ihm einen Stuhl, weil er sie nicht allein lassen wollte. Die ganze Nachte wartete er. Und am Morgen öffnete er die Augen, und sah, daß Wiesel wach war. Das häßliche Gesicht lag in der Dunkelheit verborgen; nur die schielenden Augen beobachteten ihn.

»Du bist wach«, sagte er.

»Und du«, antwortete sie.

»Ich hatte Angst um dich.«

Sie betrachtete sein Gesicht. »Du hast mich gerufen – ich habe geträumt, du hast mich mit einem anderen Namen gerufen.«

»Enziquelvinisensee Envelvenin.«

»Sie hat es dir erzählt?«

»Nachdem ich ihr den Befehl gegeben hatte – den Befehl, den Schmerz fortzugeben.«

»Ah.« Die Augen schlossen sich und öffneten sich wieder. »Ich vergebe dir, Kleiner König. Du wußtest nicht, was du tatest.« Sie erstaunte ihn mit einem Lächeln. »Denk nur – ich bin immer noch Jungfrau, doch mein Körper hat empfangen und geboren.« Sie lachte ein wenig und stöhnte dann vor Schmerz.

»Ich werde an dich denken«, sagte Orem, »als die Mutter meines Kindes.«

»Nein«, sagte sie.

»Dein Körper hat ihn getragen.«

»Ich hätte kein Zwölfmonatskind geboren.«

»Er ist wunderschön. Königin Schönheit hat mir versprochen, daß ich ihn haben kann, sooft ich will. Ich wußte nicht, wie sehr ich mich nach einem Sohn gesehnt habe, bis ich ihn sah. Er hat mich schon angelächelt.«

»Liebe ihn nicht«, sagte Wiesel Rußmaul. »Laß dich nicht anlächeln.«

»Dein Körper hat ihn getragen. Königin Schönheit sagte, du hättest es ebenfalls gespürt, als er ... ihr eingepflanzt wurde.«

Wiesel nickte, wandte aber das Gesicht ab.

»Ich schäme mich nicht«, sagte Orem. »Wiesel, ich liebe dich. Ehe sie mir sagte, daß dies nicht dein Körper ist, habe ich dich geliebt. Laß mich so tun, als würde ich es erleben, daß aus meinem Sohn ein Mann wird. Laß mich so tun, als seist du mein.«

»Nein«, sagte sie. »Du hast eine Frau.«

»Habe ich das?« fragte er wütend.

»Und ich habe einen Mann.«

Da schwieg Orem. Erst, als sie Mitleid mit ihm hatte und seine Hand berührte, sprach er wieder. »Ich hatte unrecht«, sagte er. »Verzeih mir.«

»Ich werde dir immer verzeihen«, sagte sie. »Noch ehe du mich darum bittest, Kleiner König. Aber ich werde meinen Mann nicht um deinetwillen aufgeben. Noch werde ich jemals dein Kind lieben. Aber ich werde bei dir bleiben und deine Freundin sein bis zum Ende des wahnsinnigen Weges, den du eingeschlagen hast. Ist das genug?«

»Weshalb denkst du, ich hätte einen bestimmten Weg eingeschlagen?« Aber er lenkte ein und ließ sie wieder einschlafen.

Dies waren genau die Worte, die sie sagten, und keiner von beiden vermutete, daß Orem seine Zukunft fehldeutete. Von da an, bis du vor den Stadttoren standest, haben sie nicht wieder davon gesprochen; auch wenn sie jeden Tag zusammen waren. Wiesel hat niemals vermutet, daß Orem glaubte, Schönheit würde seinen Tod planen. Wiesel hätte ihm die Wahrheit gesagt, wenn sie gewußt hätte, daß er sie nicht kannte.

Ich habe gehört, daß man sagte, die Blütenprinzessin habe dich mit Orem Schmalhans betrogen, dem Kleinen König. Natürlich glaubst du solche Lügen nicht. Aber sie liebte ihn wie einen eigenen Sohn. Und denk auch daran, Palicrovol: Wenn du der Blütenprinzessin trau geblieben wärest, wäre Orem Schmalhans niemals geboren worden. Denk daran, wenn du ein Urteil fällst, was wir taten, als du aus Hirschshoffnung verbannt warst.

23

Die Befreiung der Götter

Wie Orem mit Gott redete und den Weg zur Auferstehung der Toten erfuhr.

Vater Orem

Wir im Palast waren alle an Reichtum gewöhnt, und daß man Ammen, Gouvernanten und Lehrer für ein Kind hatte. Wußte irgend jemand in der Königsstadt, was es bedeutete, Vater zu sein? Für uns war Vaterschaft ein Akt der Leidenschaft, der bald vergessen war, nicht aber für Orem sen Bornsen. Da Orem niemals vermutet hatte, daß der blonde, glückliche Bauer nicht zu seinem Blut gehörte, hatte er einen Teil dieses schlichten Mannes in sich aufgenommen und bei sich bewahrt. Man konnte ihn jederzeit im Palast antreffen, wie er Jugend auf den Schultern hatte, und nach einiger Zeit, wie dieser hinter ihm hertapste. Fast überall konnte man ihr Lachen hören. Und jeder, der sie antreffen wollte, brauchte nur hinaus in den Garten zu gehen, und bald tauchten sie dort auf, um zusammen durch das Gras zu rollen oder Halme zu pflücken oder verstecken zu spielen.

Hat Schönheit sie jemals zusammen beobachtet? Ich denke, sie hat es getan, denn es geschah in jener Zeit, als sie mir unerklärlicherweise von den drei Lektionen erzählte, die sie als Tochter des Königs gelernt hatte. Ich glaube, sie beneidete Jugend um die Liebe seines Vaters. Ich glaube, es hat sie verbittert und es für sie leichter gemacht, den Kleinen König wie auch seinen Sohn zu hassen, als es nötig wurde. Alle paar Stunden brachte Orem das Kind zurück zu Schönheit, die es dann stillte. Schönheit beobachtete Jugend dabei die ganze Zeit über; Orem zog seine Kraft in sich hinein, wenn er mit dem Jungen zusammen war, damit Schönheit niemals am Zusehen gehindert würde und sicher sein konnte, daß er keine andere Nahrung bekam, als was sie ihm bot. Orem reichte ihr stumm das Kind, und Schönheit gab es ebenso stumm wieder her, wenn es satt war.

Wann immer Orem Schönheit das Kind gab, glaubte er, er würde den Jungen nie wieder sehen; wann immer er das Kind entgegennahm, betrachtete er es dankbar, als einen Akt der Gnade, weil ihm gestattet wurde, eine weitere Weile zu leben. Und weil er den Tod so nah wähnte, verschenkte er keine Zeit mit Jugend. Wenn man in jenen Tagen bei Orem weilen wollte, hatte man keine andere Wahl, als ihm Gesellschaft zu leisten, wenn er mit Jugend zusammen war.

Denn an den Abenden, wenn Jugend seine zwölf Stunden schlief, zog sich Orem in seine Räume zurück und verbrachte die Nacht im Kampf gegen Schönheit. Seit das Kind geboren war, hatte sie wieder mehr Kraft für den Krieg, und es war ein stetiges Ringen, sie von Palicrovol fernzuhalten. Manchmal dachte er sogar: Ich betreibe meinen eigenen Tod, indem ich der Königin Angst einjage. Sie wird mich töten und sich um so eher erneuern. Ich sollte mit dem Kampf aufhören; vielleicht wird sie mich dann am Leben lassen. Aber er wußte, daß Schönheit ihn nicht verschonen würde, und als er Palicrovols Armee wachsen sah, begann er zu hoffen, daß der König vielleicht kam und ihn rettete. Das hat er Jugend einmal erzählt: daß der König kommen und ihn retten würde.

Jugend selbst war ein weiteres Wunder. Er hatte wie sein Vater und Großvater schwarzes Haar und weiße Haut; wie seine Mutter hatte er ein schönes Gesicht. Da er ein Zwölfmonatskind war, verlief sein Leben rasch, und sein Wachstum erfolgte in Schüben. Er konnte nach einer Woche sitzen und nach einem Monat stehen; ehe es vor den Toren des Palastes Sommer war, konnte das Kind laufen, mit seinen kurzen Beinen über die Wege rennen, sich verstecken und finden lassen, seinen Papa oder Wiel rufen. Wenn er einen Namen für Schönheit wußte, dann hat er ihn in ihrer Gegenwart niemals ausgesprochen; zuweilen fragte sich Orem, ob sie überhaupt mit dem Kind redete oder es einfach stumm stillte. Seine Zähne kamen, aber immer noch fütterte sie ihn. Orem brachte ihm zwei Buchstaben bei, die er in den Sand malte, und wie sie nach zwei Systemen benannt wurden, und immer noch stillte Königin Schönheit das Kind.

Orem verbrachte auch ruhige Stunden mit Jugend, aber sie waren nicht stumm. Sie lagen zusammen auf der Wiese im Park und erzählten einander Geschichten. Niemand durfte in ihre Nähe kommen, und sie verstummten, als hätten sie einen einzigen Willen, wenn sich ein Zuhörer näherte. Schönheit durfte, wenn sie wollte, mit ihren übernatürlichen Fähigkeiten zuhören, aber sie schlief tagsüber gewöhnlich, wenn sie nicht das Kind stillte. Die einzige Person, die körperlich zugegen sein durfte, war Wiesel Rußmaul. Orem hatte ihr von seinem Spiel erzählt, in der Hoffnung, sie würde so tun, als sei sie die wahre Mutter; sie sagte nie, daß sie mitspiele, aber ihre Gegenwart ließ ihn seine imaginäre Familie haben, wenn ihm danach verlangte. Jugend akzeptierte sie ebenfalls, als kenne er ihr Herz.

Sie erzählten einander Geschichten. Orem erzählte Jugend alle Geschichten seiner Kindheit. Wie er bei seinem Vater lebte, wie seine Mutter ihn nie geliebt hatte, die Geschichten aus dem Haus Gottes, wie er vor dem Feuer gerettet wurde, von Klasin Krämer, Rainer Schreiner, Floh und den Schlangen, alle Geschichten, außer jenen, die Schönheit verraten hätten, falls sie zuhörte, daß Orem ein Sog war, ihr Feind. Wiesel lauschte allen diesen Erzählungen und bewahrte sie in ihrem Herzen.

Und auch Jugend erzählte Geschichten. Mit seiner hohen, unmöglichen Kinderstimme, beim S lispelnd, entwickelte er mit ernstem Gesicht seine Geschichten, und manchmal war er so bekümmert dabei, daß er weinte, und manchmal freute er sich so dabei, daß er weinte. In seinen Geschichten lag Weisheit, und nicht alle sind vergessen.

Jugends Geschichte von dem säugenden Kalb

Es war einmal ein Kalb, das hatte Hunger. Es wollte saugen, aber seine Mutter sagte: »Geh weg, du machst mich müde.« So ging er zu seinem Vater, aber der Bulle sagte: »Geh weg, ich habe keinen Euter.« So trank das Kalb also aus einem Teich im Wald und bekam Hörner auf dem Kopf, die so schwer waren, daß es den Kopf nicht mehr aufrecht tragen konnte, und starb.

Jugends Geschichte von der toten Blume

Es war einmal eine Blume, die war braun geworden. Gott nahm die braune Blume und stellte sie in sein Fenster, aber sie wollte nicht wieder lebendig werden. Der alte Hirsch trug sie auf seinem Geweih, und sie wollte nicht wieder lebendig werden. Die beiden Schwestern steckten sie sich ins Haar, und sie wollte nicht wieder lebendig werden. Aber Papa hat die Blume geküßt, und sie wurde wieder lebendig und verwandelte sich in mich.

Jugends Geschichte von dem Schneesturm

Es war einmal ein Schneesturm, aber er fiel immer auf die Stadt. Weit weg unter dem Schneesturm lagen Hunderte und Hunderte von Menschen, die weder Diener waren, noch Soldaten, noch Papa, noch Wiesel oder überhaupt jemand. Der Schnee fiel auf sie und bedeckte sie, bis sie fortgingen. Der kleine Junge sagte zu dem Schneesturm, komm und fall auf mich. Und der Schneesturm kam und fiel auf ihn, und der kleine Junge ging fort, wie die Leute, die niemand waren.

Jugends Geschichte vom König

Der König ist klein, aber der König ist gut. Der König gibt dir niemals etwas zu essen, und die Leute lachen über ihn, wenn er nicht da ist, aber der König kennt alle Wege im Wald, und eines Tages wird er den alten Hirschen finden, der in den Wäldern lebt, und er wird mich auf ihm reiten lassen.

Jugends Geschichte vom Fluß

Es war ein großer Fluß, und er geht von einem Ende der Welt zum anderen und wieder zurück. Die Händler befahren ihn, und die Bauern und eine Million Millionen Blumen treiben auf ihm, nur Gott fährt niemals auf ihm. Der Fluß geht an einem kleinen Haus vorbei, wo ein kleiner Mann und eine häßliche Dame leben, aber sie haben keinen kleinen Jungen. Dann pflanzte der Papa ein Samenkorn in den Boden, und alle Samenkörner gingen auf, nur eines nicht, und das war braun. »Dieser Samen ist braun wie die Erde«, sagte Papa, aber er gefiel ihm trotzdem, und so aß er ihn, und er wuchs in ihm und machte ihn so satt, daß er nie wieder zu essen brauchte.

Orem weint nach der Geschichte seines Sohnes

Ich weiß nicht, welche von Jugends Geschichten es war, aber als Orem auf dem Rücken lag und lauschte, da weinte er. Er weinte leise, aber Wiesel und Jugend sahen beide die Tränen in seinen Augen. Eine Träne verweilte im Augenwinkel, als habe sie Angst zu fallen, und wisse doch, daß sie es mußte.

Orem merkte, daß Jugend beim Erzählen innegehalten hatte. »Erzähl weiter«, sagte er.

Aber Jugend erzählte nicht weiter – anstatt dessen streckte er die Hand aus und berührte die Träne seines Vaters. Er starrte sie einen Moment auf seiner Hand an, steckte dann die Hand in den Mund, um sie zu schmecken, und blickte mit seinen wunderbaren raschen Augen zu Orem auf.

Orem sah einen Moment besorgt aus; doch dann entspannte er sich. »Schönheit schläft«, sagte er. »Ich möchte nicht, daß sie mich beschuldigt, ich gäbe ihm zu essen.« Wiesel lachte nur. Durch Kleinigkeiten entstehen und vergehen Königreiche.

Es war ein goldener Sommer im Palast, der erste gute Sommer in drei Jahrhunderten. Aber dann begann außerhalb des Palastes wieder der Schnee zu fallen. Im Westen wandte König Palicrovol seine Armee plötzlich nach Osten, auf Inwit zu. Im Palast begann Orem ernsthaft zu hoffen, daß sein Leben gerettet würde. Aber Urubugala rollte sich im Mondzimmer auf dem Boden und sagte:

> Zwölfmonatsblüte auf dem Baum,
> Zwölf Monate mehr, und aus der Traum.

Der Untere Weg aus dem Palast

Orem kam aus dem Zimmer der Königin, in das er Jugend zum Abendessen gebracht hatte. Über dem Palast zogen rasche Wolken auf, die vom Sturm kündeten, der Inwit begraben würde, wenn er konnte. Vor Königin Schönheits Tür wartete Belfeva auf ihn und ihre Stimme und Miene verrieten Eile.

»Timias hat jemanden in deinem Zimmer gefunden«, sagte sie. »Einen Jungen. Er sagt, er kennt dich, aber er hat trotzdem gestohlen. Timias ist bei ihm.«

Sie eilten in Orems Zimmer. Timias lehnte gegen eine Wand und hielt einen Jungen am Haar fest, der wütend auf einem Schemel saß. Zwei Jahre und die Pubertät können ein Kind verändern; Orem erkannte ihn einen Moment lang nicht. Außerdem fiel zuerst die Verstümmelung seiner Ohren ins Auge – mit weggezogenen Haaren, sahen die breiten Narben schauderhaft aus. Erst als der Junge redete, erkannte ihn Orem.

»Orem, dieser Kindesschänder soll seine Hände aus meinem Haar nehmen, im Namen Gottes!«

»Floh!« rief Orem.

»Du kennst ihn?« fragte Timias.

»Ja, ich kenne ihn. Ich verdanke ihm mehrere Male mein Leben.«

»Und vergiß nicht die drei Kupfermünzen, die du mir schuldest«, sagte Floh mürrisch.

»Floh, wie geht es dir?«

»Ich werde kahl. Wenn ich zehn Zentimeter größer wäre, würde ich diesen Hurensohn lehren, die Finger in seinem eigenen Nest zu behalten.«

»Wie bist du hergekommen?« fragte Orem. »Es war bestimmt nicht leicht, hier hineinzugelangen.«

»Ich habe den Unteren Weg genommen.«

Timias wollte es nicht glauben. »Das hintere Tor hat mehr Wachen, als eine Zweikupferhure Läuse hat.«

»Ich habe keine Ahnung von Zweikupferhuren«, antwortete Floh. »Ich sagte, den Unteren Weg, nicht den hinteren. Unter dem Palast.«

Timias runzelte die Stirn. »Einen solchen Weg gibt es nicht.«

»Dann habe ich mich durch die Felsen gebohrt.«

»Warum, denkst du, gehen die Aquädukte *über* die Mauern? Dieser Palast hat keine unterirdischen Gänge.«

Floh wandte Timias demonstrativ den Rücken zu. »Einige Leute haben so sehr recht, daß sie niemals etwas lernen. Ich bin gekommen, dich zu holen.«

»Wohin?«

»Wo du gebraucht wirst. Es heißt, die Zeit ist kurz. Du mußt kommen.«

»Wohin?«

»Ich weiß nicht, wie der Ort heißt«, sagte Floh. »Und ich

bin nicht sicher, ob ich allein den Weg schnell genug finde. Ich habe einen Führer.«

Floh blickte zur Veranda. An der Brüstung stand ein Schatten, den Orem erkannte. »Gott«, sagte Orem.

»Wahnsinnig wie ein besoffenes Schwein, nicht wahr?« sagte Floh. »Er muß aber auch jedem unter die Nase reiben, wer er ist. Ob verrückt oder nicht, er kennt den Weg durch die Katakomben.«

Orem schritt zur Tür und berührte den halbnackten Diener an der Schulter. »Was willst du von mir?«

Der alte Mann drehte sich um, und seine Augen waren dunkel im Licht, das aus dem Zimmer fiel, doch Orem konnte erkennen, daß sie kein Weiß hatten – nur Iris, die durch sein Gesicht hindurch starrte, um zu sehen, was dahinter lag.

»Du zögerst zu lange«, sagte der Alte. »Es ist Zeit.«

»Zeit wofür? Wozu bist du gekommen?«

»Du hast sie geblendet, aber du handelst nicht.«

Orem wollte nach einer Erklärung fragen, aber Floh zerrte an seinem Arm. »Er ist nur der Führer«, sagte Floh. »Die anderen brauchen dich – sie haben mich gefunden, haben mich hinuntergebracht und hergeschickt, weil sie sich dachten, du würdest kommen, wenn ich dich bitte. Du kannst mir vertrauen, Orem – es ist kein Trick oder eine Falle. Es heißt, es sei zu wichtig für einen Aufschub.«

»Dann werde ich kommen.«

»Warte! Timias hielt ihn zurück. »Du wirst doch nicht etwa diesen kleinen Dieb in Gott weiß was für eine Grube folgen – du glaubst ihm doch nicht etwa, oder?«

»Ehe du mein Freund wurdest, war er es«, sagte Orem, »und mit weniger Gründen.«

Als Timias merkte, daß Orem gehen wollte, bestand er darauf, daß sie an seinem Zimmer vorbeigingen, wo er sein Schwert holen wollte. Der Alte schien darüber höhnisch zu grinsen, aber warum nicht? Orem hatte nichts dagegen, daß Timias bewaffnet mit ihm kam.

Der Alte führte sie auf einem komplizierten Weg durch den Palast, manchmal hoch, zuweilen hinab, an Orte, die Orem noch nie gesehen hatte, schließlich an Stellen, die schon seit Jahren verlassen zu sein schienen, mit dickem Staub auf dem Boden und rattenzerfressenen Möbeln. Sie ließen die kerzenbeschienenen Zimmer hinter sich und trugen Lampen, um den Weg zu erhellen, nur der alte Mann nicht, der ihnen durch die Dunkelheit voranging. Zuerst sprudelte Floh vor Reden fast über, doch später wurde er still.

Sie traten durch die offene Tür, und jetzt kam eine hölzerne Treppe, die so alt war, daß sie sich nur am äußersten Rand der Stufen hielten, aus Angst, die morschen Stellen in der Mitte gäben unter ihren Schritten nach. Als die Treppe endete, war der Boden aus Stein, die Wände aus Fels, die Decke feucht und tropfend, gestützt von Pfählen. Es erinnerte Orem an seine Reise mit Braisie durch die Katakomben. Aber jene Katakomben außerhalb der Stadtmauer gelegen, auf der Westseite, und hier befanden sie sich im Osten und innerhalb der Mauern der Königinstadt. Und immer noch ging es weiter hinab.

Der von Menschenhand geschaffene Tunnel verbreiterte sich und wurde zu einer Höhle, verschmälerte sich dann wieder zu einer natürlichen Felsspalte, durch die sie nur mit Mühe und unter Verrenkungen hindruchkamen. Und immer wartete der alte Mann, nicht sonderlich geduldig, auf der anderen Seite auf sie.

»Ich möchte gern wissen, wie der Alte durch diese Stellen kommt«, flüsterte Timias.

»Er sagt, er sei Gott«, antwortete Orem.

»Sieh dir seine Augen an. Hast du seine Augen gesehen?«

Sie überquerten einen glatten Hang oberhalb eines Abgrunds, der so tief war, daß das Aufschlagen von herabfallenden Steinen nicht zu hören war. Sie rutschten einen Felsenkamin hinab und schabten sich dabei die Knie auf und bedeckten einander mit Staub.

»Wieso warst du in meinem Zimmer so sauber?« fragte Orem.

»Ich habe gebadet«, antwortete Floh. »Was sonst hätte ich beim Warten tun sollen? Ich war gerade dabei, mir ein paar Kleider auszuborgen, als dein Freund hereinkam. Was hast du?«

Orem sah drei Fässer vor einer Mauer stehen, die nur schwach von Flohs Lampe beleuchtet wurde. Orem ging dichter heran und wußte, was er sehen würde. Aber die Deckel fehlten, und die Fässer waren leer. Er holte erleichtert Luft.

»Was steht auf ihnen?« fragte Timias.

Orem senkte seine Lampe. Er hatte die Worte zuvor gesehen und erinnerte sich gut daran:

Schwester	*Gott*	*Horn*
Hure	*Sklave*	*Stein*
Mußt	*Mußt*	*Mußt*
Du	*Du*	*Du*
Sehen	*Dienen*	*Retten*

Er erinnerte sich an eine andere Botschaft, die auf diesen Fässern gestanden hatte: Laß mich sterben. Diesem Befehl hatte er gehorcht; der Rest der Botschaft wartete. Jetzt erkannte er, daß er sie verstehen mußte, um zu tun, was getan werden mußte.

»Kennst du diese Inschrift?« fragte Timias. »Weißt du, was sie bedeutet?«

»Nicht, was sie bedeutet. Aber sie wurde für mich geschrieben. Vor zwei Jahren.«

»Gott Sklave mußt du dienen.« Orem sah den Alten an. »Ich glaube, du bist wirklich, was du sagst.«

Die Augen flammten.

»Ich werde dir dienen, wenn ich kann.«

»Bei der Auferstehung der Toten«, flüsterte Gott. Dann kehrte er ihnen den Rücken zu, duckte sich in einen niedrigen Gang und verschwand. Sie folgten ihm und näherten sich dem Geräusch fließenden Wassers.

»Was tut Gott als Sklave in Schönheits Haus?« fragte Timias ruhig.

Orem wußte keine Antwort. Und dann tauchten sie in einem riesigen Gewölbe auf, der Halle der Auferstehung der Toten, wo alle Antworten erteilt werden würden.

Die Auferstehung der Toten

Hier bedurfte es keiner Lampen, denn über ihnen befanden sich Löcher, die das Tageslicht einließen – dämmrig, aber hell genug zum Sehen, wenn sie nicht gerade hochblickten und sich blenden ließen.

»Die Zisterne«, flüsterte Floh.

Und da hörten sie auch schon die Stimmen der Zisternen; hoch und tief sangen sie, schrien ihre schreckliche Trauer hinaus. Am Grund der Höhle floß ein Fluß, so breit, daß Orem das andere Ufer nicht erkennen konnte, ein riesiger, aber seichter Fluß. Und der Gestank war so übel, daß sie beim Nähergehen kaum noch atmen konnten. Die Laute dagegen drangen vom Ufer her.

»Die Abwässerkanäle der Stadt«, flüsterte Gott. »Alles fließt hier zusammen.«

Sie näherten sich dem Wasser nicht weiter. Der Alte führte sie auf einem Vorsprung am Ufer entlang.

»Gehen wir stromabwärts?« fragte Timias.

»Ja«, sagte Orem.

»Aber es geht aufwärts, oder nicht?«

Doch, sie gingen unverkennbar bergan. Aber dennoch gelangten sie nicht höher über das Wasser hinaus. Es mußte eine Illusion sein. Aber je weiter sie gingen, desto steiler wurde der Pfad über den Grat, während das Wasser mit ihnen zu steigen schien. Es floß eindeutig bergaufwärts.

Der Alte kletterte über das letzte und steilste Stück des Wegs, das fast senkrecht in die Höhe führte; bald standen sie alle auf einem breiteren Vorsprung. Er war jetzt deutlich eben. Aber ebenso deutlich verhielt sich der Fluß anders; er rauschte aufwärts, schoß in einer unmöglichen Kaskade hoch. Sie wurden von Gischt übersprüht – und die Tropfen fielen abwärts, wie es sich gehörte. Orem bemerkte, daß das Wasser hier nicht stank, es hatte überhaupt keinen Geruch, und er trat an die Fluten und benetzte seine Hand und schmeckte es. Es war rein. So rein wie ...

»Die Quellen im Wasserhaus.« Timias blickte ihn ehrfürchtig an. Dann drehte er sich um und rief Floh zu: »Das ist die Quelle für das Wasser im Wasserhaus!«

»Komm, und sieh dir an, was sie reinigt!« rief Floh zurück. Sie folgten seinem Ruf an den Rand des Vorsprungs und blickten hinab. »Man kann es mit dem Licht dahinter jetzt sehen«, sagte Floh. Zuerst wußte Orem nicht, was es war, auf das sein Blick fiel; dann paßten sich seine Augen an, und er bemerkte, daß beide Ufer des Flusses sich wanden, wälzten, drehten.

»Heulnattern«, sagte Floh. »Hier ist alles voller Heulnattern.« Wie Brandungswellen wälzten sich die Schlangen ins Wasser und flossen wieder zurück. Millionen, so weit man es im Licht der Zisternenöffnung erkennen konnte. »Sie fressen es«, sagte Floh. »Was sonst könnte es sein?«

»Es steigt«, sagte Timias. »Was könnte es zum Steigen bringen?«

»Es steigt«, sagte die Stimme einer Frau hinter ihnen, »weil es steigen will.«

Orem wirbelte herum. Er kannte diese Stimme – und er fürchtete und ersehnte die Sprecherin zugleich. Sie sah ihn mit einem einzigen Auge an, einem verzerrten Gesicht, einem Körper, der so vollkommen war wie der Zweig eines jungen Baumes. »Folge mir«, sagte sie. Er folgte ihr.

Ihre Schwester saß auf einem Stein hinter den Wellen. Hier war es hell, wenn auch kein Sonnenlicht jemals auf diesen Ort fiel; das Licht hatte keine Quelle und warf keine Schatten, es *war* einfach, beleuchtete einfach diese Nische in den Felsen, so daß man alles erkennen konnte. Die nebelgesichtige Frau stöhnte.

»Meine Schwester begrüßt dich.«

»Und ich sie«, gab Orem zurück.

»Sie sagt, daß alle Dinge am Ende zusammenkommen.«

»Ist dies das Ende?«

»Fast.«

»Warum bin ich hier?«

»Die Götter zu befreien, Orem, Palicrovols Sohn.«

Orem schauderte. »Mein Vater heißt Bornsen.«

»Glaubst du, die Süßen Schwestern begehen in solchen Dingen Fehler? Wir kennen alle Mütter und Väter, Orem. Bornsen ist der Mann deiner Mutter, aber Palicrovol hat dich gezeugt.«

In einem einzigen Moment durchblitzte der Traum von seiner Zeugung seinen Kopf, von der Überquerung des Flusses, bis Palicrovol die Höhle aus Laub verließ.

»Königin Schönheit hat die verbotene Macht genommen, die ein Mann niemals nehmen kann, und eine andere Frau niemals nehmen würde. Sie hat uns gebunden, Orem, gebunden, wie du uns nun siehst.«

Orem sah sie an, blickte zu Gott. »Wie bist du gebunden?«

Der Alte wandte den Kopf. Orem folgte seinem Blick. Auf dem Boden der Höhle lag das Skelett eines großen Hirschen. Die Knochen waren so trocken, daß sie fast zerfielen, aber sie waren noch miteinander verbunden, als lebe das Tier noch. Der Schädel hing in der Luft, aufgehängt an dem riesigen Geweih; die hundert Enden waren in das Gestein der Höhlenwand eingebettet.

»Sieh, wie die Welt gefangen liegt«, sagte die Schwester, die sprechen konnte. »Oh, Orem, wir sind nun schwach, und was wir tun, geht nur langsam. Wir können immer noch hierhin und dorthin Visionen senden, immer noch hier und da ein wenig tun, aber das ist schwer und kaum zu ertragen. Wir haben dich gemacht, Orem. Shantin und ich haben deine Mutter geweckt, haben sie Blume genannt, ihr beigebracht, ans Flußufer zu kommen; der Hirsch hat Palicrovol gebracht; Gott gab dich Avonap und Dobbick, damit du wirst, was du bist. Wir haben dein Leben beeinflußt, damit du hierher kommst, haben dich beobachtet und geformt, wo immer wir konnten. Du darfst uns jetzt nicht enttäuschen.

»Was wollt ihr denn von mir?«

Aber Orem kannte die Antwort. Gott Sklave mußt du dienen. Schwester Hure mußt du sehen. Hirsch Stein mußt du retten. Aber wie?

»Ich habe keine Macht. Wie kann ich lösen, was ich nicht sehen kann?«

»Hast du hingesehen?«

Und so sah er hin, warf sein Netz aus. Aber es gab keinen Funken für den Hirschen, für die Schwestern oder Gott, sondern der einzige Zauber, den er finden konnte, war der einfache Bann, der auf Timias Schwert lag.

»Was soll ich sehen?« fragte er.

»Wir können es dir nicht sagen«, gab die redende Schwester zurück. »Wir sind gebunden.«

Shantin stöhnte.

»Meine Schwester sagt, du mußt uns so wiederherstellen, wie wir waren, ehe die schwarze Asineth alles zerstörte.«

Aber ich weiß nicht, wie ihr vorher wart – ich bin erst vor ahctzehn Jahren geboren, und all diese Dinge sind geschehen, ehe ich empfangen wurde, ja, sogar ehe meine Mutter oder deren Mutter oder deren Mutter lebte. »Ich kann es nicht!«

»Hab' keine Angst«, flüsterte Gott. »Denk nur daran, was du über uns weißt; wir werden noch ein Weilchen warten können, nach all dieser Zeit.«

Prem setzte sich auf den Steinboden, streckte die Hand aus und berührte das kalte Gebein des Hirschskeletts. Er hörte, wie Floh hinter ihm den Atem anhielt; aus den Rippen des Hirschen löste und ringelte sich eine Jammernatter. Sie glitt in die andere Richtung; heute suchte sie nicht Orems Tod.

Er begann mit Gott, denn er hatte ihn jahrelang in Bannestrand studiert. Was sollte Gott sein? Freundlich, der Vater aller Dinge, Vervollkommener der Sieben Kreise, der alle, die es wollten, in den innersten Kreis zu sich erhob, um bei seiner körperlichen Arbeit zu helfen, alle perfekte Intelligenz zu sammeln und sie Form zu lehren und …

Körperlos

Er sah den Alten an, der ihn ruhig mit seinen Bernsteinaugen anblickte.

»Wozu brauchst du einen Körper?« fragte Orem.

Gott lächelte.

Orem stand auf und griff nach Timias' Schwert. »Was hast du damit vor?« fragte Timias. »Laß mich es tun. Du bist kein guter Kämper.«

»Ich will nicht kämpfen«, antwortete Orem. Timias gab zögernd die Waffe frei. Sie war zu schwer für Orems Hand, und er hatte Angst vor dem, was er damit tun mußte, aber er stieß sie mit aller Kraft ins Herz Gottes. Blut schoß heraus, aber Orem beobachtete nur die Augen, beobachtete, wie das Bernstein heller wurde, weißer, blendend wie das Sonnenlciht. Plötzlich schoß das Licht heraus, erfüllte einen Moment lang die Höhle und war verschwunden.

Timias beugte sich über die Leiche des Alten und steckte einen Finger in die leere Höhle, in der ein Auge gesessen hatte. »Tot«, sagte er.

Orem legte das Schwert nieder und bedeckte seine Hände mit dem heißen Blut des alten Mannes. Dann schritt er zu den Schwestern, die ihn ebenfalls anlächelten. Er wischte das Blut über das leere Gesicht der einen und auf die blinde Seite der anderen. Das Blut zischte und dampfte auf ihrer Haut. Und dann nahm er eine jede beim Nacken und preßte die Gesichter zusammen, wie sie geboren worden waren, so daß die eine nur in ihre Schwester; die andere mit einem Auge nach außen blickte. Die Köpfe zitterten unter seinen Händen und blieben dann still. Er ließ los, und die Frauen standen auf. Ihre Kleider waren verschlungen, daß sie keine Kleider brauchen, um ihre Blößen zu bedecken. Das Haar war ihnen nun gemeinsam; ihre Haut nahtlos über beiden Köpfen. »Ah«, sang ein Halbmond. »Nnn«, sang die andere in die Wange der Schwester, so daß beide Töne wie ein einziges Lied aus einem Mund klangen. Zusammen standen sie auf.

»Geh nicht fort!« rief Orem.

»Befrei den Hirschen«, murmelte der Mund, »und dann gebiete Schönheit Einhalt. Sie tut nichts, was sie nicht schon zuvor getan hat. Räche deine namenlose Schwester und deinen namenlosen Sohn.«

Und sie stiegen in der Höhle aufwärts, wirbelten herum, blind, wieder an den Gesichtern verbunden, kreisten wie durch die Höhle wie ein irrsinniger Federball und waren verschwunden.

»Ich habe die Schwestern mit eigenen Augen gesehen und bin immer noch am Leben«, sagte Timias.

Orem hatte drei Schwestern, und sie alle hatten Namen, und nichts war jemals geschehen, was Rache gefordert hätte. Und sein namenloser Sohn – was war mit ihm geschehen, das nach Rache schrie? Orem verstand es nicht, und so wandte er sich um, um den Hirschen wiederbeleben.

Er wußte, wie der Hirsch zu sein hatte – lebendig und mit Fleisch und Fell bedeckt. Aber wie sollte er das erreichen, wenn er keine Macht hatte, keinen Zauber, den er anwenden konnte?

»Wird das Blut des Alten beim Hirschen wirken?« fragte Floh.

»Ich weiß es nicht«, antwortete Orem. Das Blut war jetzt kalt, und er wußte, als er die Hörner und den Schädel damit salbte, daß es nichts bedeutete; solches Blut wirkte nicht.

Doch der Anblick des Blutes auf den Hörnern erinnerte ihn an die Vision, die er im Horn des Hirschen in Galgenglas' Haus gesehen hatte. Erinnerte ihn an den Bauern, der den Hals über den Pfug streckte und um des Hirschen Willen sein Blut vergoß. Und er streckte die Hand aus und berührte die Narbe am Hals und wußte, was er tun mußte.

Timias hatte die Vision nicht gesehen, aber er kannte die Narbe an Orems Hals. Er wußte, was der Kleine König vorhatte, als er die Narbe berührte. »Nein!« schrie er und sprang auf ihn zu. Orem war schnell, aber Timias griff zuerst nach dem Schwert und entriß es ihm.

»Im Namen Gottes, Timias, ich muß!« rief Orem.

»Bist du verrückt geworden?«

Floh begriff das alles nicht, wußte nur, daß Orem das Schwert wollte, und dieser halbgare Bastard wollte es ihm nicht geben. Es war einfach, Timias mit einem Hieb auf die Hoden niederzuschlagen; Floh schnappte das Schwert, während sich Timias wand, und warf den Knauf dem Freund zu.

Er hätte es ebenso rasch zurückgenommen, wenn er gekonnt hätte, aber ehe Floh auch nur einen Schrei ausstoßen konnte, wie es auch Timias getan hatte, hatte Orem sich das Schwert tief und fest in die Kehle gestochen. Blut füllte seinen Mund und floß über die Brust, und der Schmerz war stärker, als er gedacht hatte. Er würgte; Blut floß in seine Lungen, aber es durfte nicht vergebens sein. Er taumelte auf den Hirschen zu und versuchte, aufzustehen, damit das Blut auf die Hörner fiel. Er hatte nicht mehr die Kraft, aber auf beiden Seiten wurden seine Hände ergriffen. Timias und Floh hoben ihn auf, und die Hörner wurden mit seinem Blut getränkt.

Er spürte unter sich die Wärme des Hirschkörpers, spürte wie sie anstieg, fühlte den riesigen Hals und Rücken mit den zitternden Muskeln, und der Geruch von Kraft richtete ihn auf. Er sah, wie die Geweihspitzen aus dem Stein gezogen wurden, sah die Spitzen glühen wie Sterne, wie kleine Juwelenwelten. Und dann wirbelte er herum und herum, verloren zwischen den hundert Enden, und drehte und drehte sich.

Er flog, stieg mit dem Wasser an die Decke der Zisterne, an die Stelle, wo es sich nach oben in den Felsen zwang, um im Wasserhaus aufzusprudeln. Er war im Wasser gefangen und konnte nicht atmen. Er hatte nicht die Zeit für einen tiefen Atemzug gehabt, und so mußte er aufsteigen, aufsteigen und atmen …

Aber nein, über ihm, das wußte er, war Feuer. Er mußte hinab ins Wasser, und dann würde er leben. So ließ er sich absinken und suchte nach dem Grund. Aber er fand ihn nicht. Statt dessen verzweifelte er und atmete tiefe Züge Wasser ein. Aber es war kein Wasser. Es war reine Luft. Er öffnete die Augen.

Er lag auf dem Rücken des Hirschen, aber er war nicht mehr schwach vom Blutverlust. Er streckte die Hände aus, ergriff das Geweih und hob den Kopf aus dem Nest von Spitzen. Dann schwang er sich vom Rücken des Hirschen herab.

»Orem«, hauchte Floh.

»Mein Herr Kleiner König«, sagte Timias.

Orem berührte seinen Hals. Die Wunde war verschwunden; die Narbe war verschwunden; sein Hals war hell und ganz, wie er es einst gewesen war, ehe er je die Vision vom Hirschen erschaut hatte.

»Ich habe die wahre Krone getragen«, sagte er. Er konnte immer noch die Hörner auf seinem Kopf spüren, wenn sie auch nicht mehr dort saßen.

»Du lebst.«

Sie sahen zu, wie der Hirsch mit dem Huf aufstampfte. Der Kopf senkte sich; erst da merkten sie, daß er sie angreifen wollte.

»Im Namen Gottes, weiß er nicht, daß wir sein Leben gerettet haben?» rief Timias.

Es war keine Zeit für eine Antwort. Sie rannten auf den abwärts führenden Pfad und rutschten und taumelten den Schmalen Grat am Fluß entlang. Erst am Eingang zu dem in den Fels gehauenen Gang blickten sie sich um. Der Hirsch war deutlich zu sehen; er schritt auf der Felsplattform auf und ab und warf den Kopf zurück.

»Wie will er hier herauskommen?« fragte Floh.

»Er kennt den Weg«, meinte Orem, wenn er auch nicht hätte sagen können, warum er sich dessen so sicher war.

Orem ließ Floh vorangehen, da dieser bereits zweimal diesen Weg gegangen war. Wie die anderen dachte Orem jedoch mehr an die Zukunft, als daran, wie sie diesen Pfad unter dem Palast wieder verlassen könnten. »Was erwarten sie nun von uns?« fragte Timias.

»Von euch nichts«, gab Orem zurück. »Aber ich bin froh, daß ihr meine Bürde teilen wollt.«

»Meinten sie, daß du Palicrovols Sohn bist?« fragte Floh.

Orem nickte. »Sie haben mir gezeigt – wie das zustande kam.«

»Sie tut nichts, was sie nicht schon zuvor getan hat«, sagte Timias. »Wer?«

»Schönheit«, antwortete Orem. »Sie will sich erneuern. Indem sie mich tötet und mein Blut benutzt.«

»Nun, zumindest hast du jetzt Übung«, meinte Floh.

»Aber sie hat noch nie ihren angetrauten Mann getötet«, gab Timias zurück.

Erst da fügte Orem alles, was er gelernt hatte zusammen. Sie tat nichts, was sie nicht schon zuvor getan hatte. Mächtiger als das Blut eines Fremden ist das eines Gatten. Bis dahin war er zuvor schon gelangt. Aber was ist mächtiger als das Blut des Gatten? Für eine Frau das Blut ihres Kindes. Und zwar eines Kindes, das keine andere Nahrung zu sich genommen hat als von der Brust der Mutter. Räche deinen namenlosen Sohn. Orem hatte vor Jahren eine namenlose Schwester gehabt, Palicrovols Tochter, und Schönheit hatte sie getötet um der Macht willen, die in ihr lag. Orem erriet alles auf einmal und glaubte es und verdammte sich, weil er die ganze Zeit so dumm gewesen war, zu glauben, er sei der Verurteilte. Jugend! schrie er stumm. Jugend, mein Sohn, mein Sohn!

»Verlaß mich!« schrie er seine Freunde an. »Geht fort von mir.«

Sie zögerten nur einen kurzen Moment, doch der Schmerz in seinem Gesicht zwang sie, zu gehorchen. Als sie gegangen waren, sprang Orem aus sich heraus und zerfraß mit den wilden Zähnen seines Geiste allen Zauber, den er finden konnte, ohne Ausnahme wütete durch den Palast, wo Königin Schönheit am stärksten war, und machte ihre Werke zunichte, wo immer er auf sie stieß. Er blendete sie, loste ihre Bande; es kümmerte ihn nur wenig, ob er Memme befreite oder Wiesel. Er fand ihre Macht und zerstörte sie, und er konnte, wollte sich nicht Einhalt gebieten lassen.

Schließlich bestand die letzte Macht in Schönheit selbst; alle andere Magie im Palast war verschluckt und verschwunden. Aber hier war er nun, wo er eigentlich hinwollte. Zu dem lächlenden Gesicht, das seinen Sohn hielt und ihn töten wollte. Schicht um Schicht löste er von ihr ab; sie versuchte zu fliehen, konnte es aber nicht, und er folgte ihr. Sie griff an, wich aus, täuschte, versuchte zu verschwinden, aber er war da und vernichtete sie mit jedem Schritt. Er hatte sich noch nie so groß gefühlt, und sie wurde kleiner, als er sie hin und her durch das Labyrinth aus Funken und Gerüchen und Meeren aus Geschmack und Gehör jagte. Ich werde meinen Sohn retten!

Und dann nichts.

Überhaupt nichts. Er konnte sie nicht finden. Er war wieder in seinem Körper und konnte nicht heraus. Alles, was er schmecken oder hören konnte, war in ihm selbst. Er öffnete die Augen. Schönheit stand vor ihm und sah auf ihn herab. Sie hielt Jugend in den Armen. »Papa«, sagte der Junge und streckte die Hände nach ihm aus.

»Jugend«, flüsterte Orem.

Schönheit lächelte. Orem begriff. Hatte ihn Galgenglas nicht gewarnt? Er war zu weit gegangen; er hatte ihr gesagt, wo er war; er war gebunden. Sie konnte seine Gabe nicht zerstören, aber sie konnte ihn gegen sich selbst wenden, wo er ihr keinen Schaden mehr zufügen konnte.

»Du also«, sagte sie zu ihm. »Ich hätte es wissen müsen, daß die Schwestern mich verraten würden. Hast du sie wieder vereint? Spielt keine Rolle. In einer Woche werde ich sie wieder trennen. Du weißt, glaube ich, jetzt endlich, wie es gemacht wird. Du warst nur zu dumm und hast zu lange gebraucht, um den Preis zu eraten.«

»Willst du eine Geschichte hören, Papa?« fragte das Kind.

Er hätte sie mit den bloßen Händen getötet, aber die Wachen ergriffen ihn und trugen ihn fort von dem Sohn, der sein Leben war, fort von dem starren Lächeln seiner Frau.

24

Der kleine Turm

Wie der Kleine König beschloß, beim Mord an seinem Sohn zu helfen.

Folter

Du warst vor der Stadt, als sie ihn ins Gefängnis trugen, Palicrovol. Deine Truppen versammelten sich am Hintertor, wo es nur wenige Türme gab, als hätten die Türme eine Bedeutung. Als sie Orem über den langen Gang zur Eckburg brachten, konnte er die Banner sehen. Er hatte dich so lange geschützt, daß du angefangen hattest zu hoffen, nicht wahr, und auch jetzt hatte er die Königin so viel gekostet, daß sie deine Zauberer und Priester nicht angreifen, sondern allenfalls Memme und Wiesel und Urubugala wieder binden, die Treue und den Mut der Wache halten und hoffen konnte, daß du sieben Tage zögern würdest.

Und du hast gezögert. Du hast gewartet, obwohl du den Truppen Schönheits überlegen warst – hundert auf deiner Seite gegen einen auf ihrer. Du hättest die Leichen deiner Gefallenen auftürmen können, um die Mauern zu erklimmen, und immer noch hättest du genug Männer gehabt, um die Stadt einzunehmen und das Schloß zu stürmen. Sie hätte dich nicht aufhalten können, denn sie hatte nicht die Kraft. Du hättest zu ihr kommen können, und die ihr verbliebene Kraft hätte kaum ein Schwert bewegt. Wie hättest du sie getötet, Palicrovol? Mit Feuer? Einem Seil? Durch Ertränken? Alles und jedes davon hätte gereicht. Wenn du da gehandelt hättest, König Palicrovol, wäre dein Enkelsohn noch am Leben, denn, wie Schönheit sagte, noch ehe das Jahr nicht um war, war er noch nicht reif.

Aber du zögertest und versammeltest deine Truppen und wartetest und wartetest, während andere den einzigen Weg gingen, den unmöglichen Weg, den hoffnungslosen, sie zu stürzen, ehe sie wieder unangreifbar war. Du hättest sie aufhalten können, Palicrovol, aber wieder einmal war es dein Sohn, der dich rettete. Denk auch daran, ehe du ihn tötest, weil er auf deinem Thron gesessen hat.

Sie sperrten ihn im Kleinen Turm ein, und die Wächter dort folterten ihn aus Gewohnheit, weil es das war, weshalb man Gefangene dorthin schickte. Er fragte sich, als sie ihm die Arme aus den Gelenken rissen, ob dies den Mann zum Schreien gebracht hatte; Orem schrie nicht. War es das Ersticken? Die Nadeln in den Fußsohlen? Das Abbinden der Hoden? Das gebrochene Glas, das man ihm in den Mund zwang, das seine Zunge zerschnitt und ihm den Mund mit Blut füllte, das er nicht zu schlucken wagte – hatte das den anderen gebrochen? Orem brach es nicht.

Denn er weilte nicht mehr in sich. Er weilte im Körper eines einjährigen Kindes, dessen Verstand fünfmal über sein Alter hinaus war, dessen Herz hell war, dessen Leben Freude; Orem lebte in Jugend und beobachtete seine eigene Pein aus der Ferne, fast unbetroffen. Er hatte sich einst ein Schwert in die Kehle gejagt, wie er sich erinnerte. Aber dieser Schmerz war ausgelöscht worden. Aller Schmerz war verschwunden, irgendwo verschlossen, und er konnte sich nicht erinnern, wo. Nur an den Kuß des Kindes auf seinen Lippen, nur an die kleinen Arme um seinen Hals. Wie fand mein Vater die Kraft, aus dem Haus Gottes fortzureiten und mich zurückzulassen? Und wenn der Schmerz am schlimmsten wurde, war Orem wieder bei seinem Vater, war wieder vier Jahre alt und sah die Welt von den Schultern seines Vaters aus, klammerte sich an das goldene Haar auf dem Kopf seines Vaters, während die Welt auf und ab tanzte.

Da war es ihm ein Trost, daß Bornsen sein Vater gewesen war. Wenn nun Orem das Vatersein von dir gelernt hätte, Palicrovol? Er hätte dann gedacht, daß Väter ihre Söhne nicht lieben. Er hätte gedacht, sein Vater sei ein König, der den Tod eines Mannes verfügt, weil dieser seinen Platz eingenommen hat. Und als ihm gesagt wird, der Usurpator sei sein Sohn, verdoppelte der König die Belohnung für seine Gefangennahme, denn er weiß nun, daß der Sohn außer Verrat auch des Inzests schuldig ist. Wie lange hätte Orem in der Eckburg gelebt, wenn er Vatersein von dir gelernt hätte? Nicht lange genug, um dein Leben zu retten, würde ich sagen.

Urubugala

Am sechsten Tag kam Urubugala in den Kleinen Turm. Es sei ein Fehler gewesen, sagte er. Orem sollte eigentlich nicht gefoltert werden; die Königin ließ ihre Entschuldigung übermitteln.

Orem lag auf seinem weichen Bett – denn abgesehen von der Folter war es ein bequemes Gefängnis – und hörte zu. Er verstand nur wenig, und es kümmerte ihn noch weniger. Warum redete dieser kleine schwarze Mann immer weiter? »Geh fort«, flüsterte Orem.

»Hör mir zu«, sagte Urubugala. »Natürlich hat sie es befohlen. Aber heute hört es auf, weil morgen der Tag ist, an dem sie deinen Sohn töten will.«

Orem wandte das Gesicht ab.

»Sie kann uns nicht hören – dafür hast du gesorgt; sie hat kein Suchendes Auge mehr. Es gibt einen Weg, nur einen einzigen, wie wir sie aufhalten können, und nur mit deiner Hilfe kann es gelingen.«

»Es gibt keinen Weg«, sagte Orem. »Sie hat mich gebunden. Ich kann meine Kraft nicht mehr nach außen tragen.«

»Ich weiß, daß sie dich gebunden hat«, sagte Urubugala. »Ich habe ihr beigebracht, wie.«

»Du!«

»Sie kam voller Entsetzen zu mir, als du sie heimgesucht und ihr alles entrissen hast und zwang mich, ihr zu sagen, wie sie dich binden könnte.«

»Sie hat dich überhaupt nicht gezwungen«, sagte Orem. »Ich hatte dich schon befreit, ehe ich auf sie losging.«

Urubugala zuckte die Achseln. »Dann hat sie mich eben nicht gezwungen. Wenn ich ihr nicht gesagt hätte, wie sie dich binden kann, dann hätte sie dich töten müssen, um sich zu retten. Du verdankst mir also dein Leben.«

»Ich will mein Leben nicht mehr«, gab Orem zurück. »Mein Sohn wird sterben.«

»Ja. Morgen«, sagte Urubugala brutal. »Dein Sohn hat keine Hoffnung, er hatte niemals eine Hoffnung, und Schönheit hat dich gewarnt, ihn zu lieben. Wir alle haben dich gewarnt, ihn zu lieben, aber du hast es getan, aus Hirsch weiß was für Gründen. Wie können wir das zunichte machen? Du hast es dir selbst zuzuschreiben, Kleiner König. Aber es gibt immer noch einen Weg, wenn Königin Schönheit deinen Sohn tötet, daß sie sich selbst mit vernichtet. Hör mir zu, Kleiner König. Du weißt, wer ich bin; kannst du bezweifeln, daß ich weiß, was möglich ist und was nicht? Die Königin wird die Riten vollziehen, die ihre Kraft in das Kind fließen lassen. und in dem Augenblick, in dem der Übergang geschehen ist, wird sie ihn aufschneiden und das lebendige Blut trinken, und durch dieses Blut wird sie alle Kraft hundert- und tausendfach verstärkt zurückgewinnen.

Vergeblich schrie Orem auf und vergrub sich unter den Decken, um die Vision aus seinem Kopf zu verdrängen.

»Kleiner König, wenn du die Riten mit ihr zusammen vollziehst, aber heimlich, so daß sie sie nicht sehen kann, dann wird in dem Augenblick der Vollendung, wenn alle Kraft in das Kind geht, auch deine hineingehen. Deine Macht wird ebenfalls verschwinden, Kleiner König. Kleiner Sog, und alle Kraft wird in die Erde dringen, und wenn sie trinkt, wird nichts mehr da sein, denn ihre Macht, ihr Leben, wird mit dem Kind sterben.«

Orem hörte es, auch wenn er es nicht hören wollte; er dachte, auch wenn er nicht denken wollte. »Nein«, flüsterte er.

»Verdammt, Junge. Warum nicht?«

Wenn Jugend tot ist, was nützt mir der Rest der Welt?«

»Spielt es denn keine Rolle für dich, daß du der einzige in der ganzen Welt bist, der die Kraft hat, sie aufzuhalten? Daß die Götter selbst deiner Gnade ausgeliefert sind? Warum, glaubst du, haben sie dich hierhergebracht? Warum, glaubst du, bist du überhaupt am Leben?«

Orem rollte sich herum und sah den Zwerg Auge in Auge an, der nur wenige Zoll entfernt auf dem Bettrand saß. »Ich weiß nicht, warum ich am Leben bin«, sagte er leise. »Ich habe einmal gedacht, ich sei ich selbst, nur ich selbst, frei mein Leben soso zu leben, wie ich wollte. Aber jetzt weiß ich, daß ich von der Empfängnis an niemals ich selbst gewesen bin, nur ein Werkzeug. Wie Schönheit eine Tochter und einen Sohn nur als Werkzeuge gebar, so haben mich die Schwestern und der Hirsch und Gott geboren. Wo liegt da der Unterschied? Wenn mein Sohn nicht gerettet werden kann, kann ich mich zumindest vor den Göttern retten.«

Er blickte Urubugala in die Augen und wartete auf eine Gegenrede. Aber es kam nichts. Die Augen des Zwerges waren von Tränen verschleiert. »Du hast davon geträumt, frei zu sein, ja?« flüsterte er. »Das habe ich auch, seit dreihundert Jahren. Aber du bist nicht der einzige, der einen Preis für Schönheits Ende zahlen wird. Schönheits Macht hat uns seit Jahrhunderten am Leben erhalten. Wiesel, Craven, Palicrovol selbst und mich. Wenn ihre Macht geht, was wird und dann noch halten?«

Orem hatte gedacht, Wiesel würde einfach wieder zu Enziquelvinisensee Evelvenin werden, wie sie in ihrer Hochzeitsnacht gewesen war. Ihm war nicht in den Sinn gekommen, daß die vergangenen Jahre auch zurückkommen würden.

»Und dennoch«, sagte Urubugala, »werden wir gern diesen Preis bezahlen.«

»Wenn ich tue, was du sagst, hängt es immer noch davon ab, daß Schönheit ihn tötet.«

»Ja.«

»Stimmen wir dann nicht gemeinsam für seinen Tod?«

»Was ist der Preis für die Befreiung der Welt? Ein kleines

Kind. Was ist der Preis für die Sklaverei der Welt? Das gleiche Kind. Tot ist es beide Male.«

Orem bedeckte das Gesicht mit den Händen und weinte.

Wiesel

In dieser Nacht kam Wiesel Rußmaul zu ihm. Er sprach nicht, denn es bedurfte keiner Worte. Sie nahm ihm die Kleider ab und salbte ihn und rieb sanft seine geschwollenen Schultern und wechselte die Verbände um seine Füße. Eine Stunde lang umsorgte sie ihn. Und dann deckte sie ihn wieder zu und setzte sich neben ihn. Er streckte die Hand nach ihr aus, und sie nahm sie.

»Wiesel«, sagte Orem. »Wie kann ich weniger geben als du?«

Wiesel sagte nichts. Was konnte sie auch schon sagen? Sie beugte sich nur vor und küßte seine Hand, worauf er wieder zu weinen anfing, denn er war schwach und krank und konnte diese Zärtlichkeit nicht ertragen. Dann redete er, redete, bis er nicht mehr sprechen konnte, erzählte ihr alles, was unter der Erde geschehen war, erzählte ihr von den Göttern, den Folterqualen, vor allem von seinem Sohn, wie er seinen Sohn liebte.

Und als alles gesagt war und Orem langsam einschlief, hielt er immer noch ihre Hand. Sie zog sie zurück, aber er klammerte sich schwach daran und sagte: »Ich liebe dich.«

Und sie sagte zu ihm, weil er so jung war, so unschuldig und so voller Schmerz: »Ich liebe dich auch.« Sie sagte es, weil es die Wahrheit war.

Sie verließ den Kleinen Turm und ging zu Urubugala, der mit Craven im Palast wartete. »Er wird es tun«, sagte sie.

»Wenn alles gut geht, wird er mich auf immer hassen«, sagte Urubugala.

»Warum?« fragte Wiesel.

»Ich habe ihn angelogen«, gab er zurück.

»Was hast du ihm gesagt?« forderte Wiesel.

»Ich werde es dir nicht verraten, Enziquelvinisensee

Evelvenin, denn du würdest ihm die Wahrheit sagen, und dann würd er sich weigern.«

»Warum kannst du nicht glauben, Urubugala, daß einige Menschen besser handeln, wenn sie die Wahrheit wissen, als wenn man sie anlügt?«

»Erfahrung ist mein einziger Lehrer«, erwiderte Urubugala. »Die Menschen sind besser, wenn sie nichts wissen.«

»Aber was ist dann mit dir, Ärmel? Du weißt doch alles.«

Urubugala zuckte die Achseln. »Ich bin nur der kleine schwarze Zwerg der Königin.«

25

Der Sieg der Hundert Enden

Wie Jugend und Schönheit starben und auf den Spitzen der Hundert Enden fortgetragen wurden.

Wie das Zwölfmonatskind bereit gemacht wurde

Sie weckten Orem in der Dunkelheit; bei Kerzenschein zog er sich an, und sie betraten den Langen Weg, die Wachen neben ihm, weil er kaum allein gehen konnte. Es war kalt; Orem hatte Schönheits Macht so verringert, daß der Frühling im Palast vergangen war. Endlich war der Winter der Außenwelt hereingebrochen. Alle Blumen waren welk, die Laubbäume färbten sich in ihrem Rot und Gold, die Brunnen waren eisenerstarrt, und der Wind wehte zum ersten Mal seit Jahrhunderten bitterkalt.

Die Königin hielt Jugend in den Armen, draußen auf dem Platz vor dem Palast. Das Kind sah Orem und rief nach ihm. Orem sprach nicht, sondern blieb stumm stehen, wo die Wächter ihn stillstehen ließen. Er versuchte, die Stimme seines Kindes nicht zu hören, aber es gelang ihm nicht. Wir, die zuhörten, dachten, wir könnten es nicht ertragen, aber wir schafften es.

»Papa!« rief der Junge. »Wo bist du gewesen? Ich will dir eine Geschichte erzählen.«

Wiesel, Urubugala und Craven warteten auf der anderen Seite des Platzes, Orem gegenüber. Nur Urubugala hielt nicht still. Er tanzte und hüpfte und stolzierte hin und her, schlug hier einen Purzelbaum und dort; nur einmal kam er in Orems Nähe, aber nur, um zu flüstern: »Alles, was sie tut, tue auch!« Dann war er wieder verschwunden, spielte an einer anderen Stelle den Narren, tat, als sei er von Zaubern gebunden, die ihn nicht mehr fesseln konnten.

Im Osten erschien das erste Licht am Himmel. Sie standen im Schatten des Palastes, aber Schönheit hatte es eilig. Sie wußte, was für das Ritual wirklich nötig war und was nicht; direktes Sonnenlicht war es nicht, bis die Übertragung begann.

Sie nahm dem Sohn alle Kleider ab und legte ihn auf den silbernen Tisch. Jugend schrie, denn das Metall war kalt. Aber dort blieb er, ob er weinte oder nicht, während Schönheit die Kleider ablegte. Orem blickte Urubugala an – gehörte dies dazu? Mußte er sich auch ausziehen? Schönheit hatte fast alles, was sie wußte, aus Ärmels Büchern gelernt. Urubugala schüttelte den Kopf.

Jugend schrie und flehte seine Mutter an, ihn herunter zu lassen, es sei so kalt, zu kalt. Orem wußte, er konnte nicht entrinnen; Schönheit hatte ihn gebunden, und seine Netze und Gewebe blieben in ihm zusammengerollt. Wir sahen zu, und Orem verhielt sich so ruhig wie möglich, während die Schreie seines Sohnes fern und bedeutungslos wie das Singen eines Vogels wurden.

Hielt sich ruhig und tat alles, was Schönheit tat, machte jedes Handzeichen, murmelte jedes Wort mit ihr. Nach einer Weile hörte Jugend zu weinen auf und begann zu spielen, griff nach den Fingern der Mutter, wenn sie die Zeichen machte. Wenn er ein Ritual unterbrach, wiederholte sie es, und Orem ebenfalls. Es dauerte lange, aber er machte keinen Fehler. Wiesel, Craven und Urubugala sahen alle zu, um sich zu vergewissern.

Als es heller wurde, gerade, ehe die Sonne sich über den Palast schob, lächelte Königin Schönheit, nahm von einem Diener eine Nadel entgegen und zog die Nadel über ihren Arm, bis Blut kam. Sie tauchte die Finger in das Blut und salbte die Lider des Kindes damit.

Was soll ich tun? fragten Orems Augen. Die Antwort kam von Craven, der plötzlich ein lautes, gemeines Lied aus seinen Soldatentagen mit Palicrovols Rebellenarmee zu grölen begann. Der Ernst war gebrochen; Wachen sprangen hinzu, um ihn zum Schweigen zu bringen; in der Verwirrung huschte Urubugala zu Orem und ergriff seine Hand. Orem war bereit – er hatte seine Handgelenke bereits mit dem Fingernagel so tief wie möglich angeritzt. Blut perlte aus der kleinen Wunde auf. Urubugala fing etwas mit dem Finger auf und war verschwunden. Als er sich vor dem Altar rollte, sprang er plötzlich auf und spuckte Schönheit ins Gesicht. Sie schrie ihn an; Wachen banden ihn, wie sie auch Craven zum Schweigen gebracht hatten, aber beim Spucken hatte er mit den blutigen Fingern die Lider des Kindes berührt.

Die Aufregung ließ nach. Schönheit machte weiter, aber sie blickte immer wieder zum Himmel, um zu sehen, wie hell es war. In der Ferne hörte man die Laute der beginnenden Schlacht – Rufe aus vielen tausend Kehlen. Endlich hatte Palicrovol seinen Angriff begonnen. Zu spät, auch wenn die Stadt nicht verteidigt würde, er könnte nicht rechtzeitig über die Mauern und Barrieren gelangen.

Weitere Worte, weitere Zeichen; dann der Sonnenaufgang, volles Licht blendete sie, brach sich auf den Türmen der Eckburg. Schönheit senkte den Kopf. Alles war getan, nur noch das Töten und Trinken fehlte.

Aber Schönheit streckte nicht die Hand nach dem wartenden Messer aus. Sie sah zu Orem und lächelte ihn an. »Mein Gatte, mein Kleiner König, der mich treu und mit seinem ganzen Herzen liebt, wie leicht denkst du, kann ich zum Narren gehalten werden? Glaubst du, ich hätte deine Handbewegungen, deine murmelnden Lippen nicht gesehen? Glaubst du, ich hätte nicht gesehen, wie du deine Hand angeritzt und das Blut auf die Augen des Kindes gebracht hast? Für was für eine Närrin habt ihr Narren mich gehalten? Denn selbst Ärmel scheint mir, ist nicht unfehlbar, um so mehr, wenn sein Gehirn in einen viel zu kleinen Kopf gestopft ist. Die Übertragung kann nur zwischen Elternteil und Kind stattfinden, wenn das Kind die Flüssigkeit deines Körpers aus eigener Kraft zu sich nahm. All diese Monate lang hat das Kind an meiner Brust gesaugt; was hat er von dir gesaugt, Kleiner König?«

Orem verzweifelte.

Die Königin sprach die letzten Worte der Übertragung.

In schrecklichem, unvermitteltem Schmerz schrie Jugend auf. Alle Mächte, aller Haß, alles Wissen seiner Mutter gingen in ihn über. Er kreischte, und es waren Worte, die er beim Weinen selbst nicht kannte, Flüche, die in seiner Kinderstimme um so schrecklicher klangen, weil die Stimme eigentlich unschuldig hätte sein sollen. Selbst Jugend mit seinem großen Herzen konnte die Last nicht ertragen, die Schönheit ihm auferlegte. Aber seine Schreie würden bald erstickt werden; Schönheit griff nach dem Messer.

Orem sah zu, unfähig, den Blick abzuwenden, trotz der Tatsache, daß Urubugala die Hände abwehrend schüttelte. Sie mich an! Sieh mich an! Endlich sah Orem hin, aber nicht auf Urubugala, sondern auf Wiesel, die das Kind ebenfalls geliebt hatte. Sie nickte zu Urubugala, und endlich sah Orem ihn an. Er war verwirrt – was kann er denn jetzt von mir wollen? Urubugala formte mit den Lippen die letzten Worte des Übergangs. Orem schüttelte den Kopf. Was sollte es jetzt noch nützen?

Aber Wiesel wußte es. »Papa«, schrie sie. »Warum weinst du über meine Geschichte?«

Orem starrte sie an; Schönheit hielt ebenfalls inne, das Messer in der Hand. Und Orem erinnerte sich, wie Jugend die Hand nach ihm ausstreckte, die Träne aus seinem Augenwinkel nahm und sie schmeckte. Die Übertragung würde vollständig sein, wenn Orem nur die Worte sagte.

Schönheit blickte mißtrauisch von Wiesel zum Kleinen König. Was war das für ein Trick? Versuchten sie, sie zu täuschen, damit sie das Messer ruhen ließ, während das Sonnenlicht sich über dem Palast brach? Sie konnte jetzt nicht zögern. Dies war der Tag, dies war der Augenblick, und so ignorierte die Königin Schönheit ihren vermeintlichen Versuch, sie abzulenken. Sie wandte sich wieder zu Jugend und hob das Messer.

In diesem Augenblick murmelte Orem die letzten Worte des Rituals und vervollständigte es. »Komm, Wasser, komm, Wasser. Komm, Mutter, komm, Tochter. Komm Vater, komm, Sohn. Komm Blut und geschieh. Der Hirsch macht uns eins, die Hindin wird geschlachtet.« In diesem

Augenblick verließ ihn alle Kraft, die ihm Schönheit gelassen hatte, und fuhr in seinen Sohn. In diesem Augenblick wurde aller Zauber von Königin Schönheit durch den Sog verschluckt, das auf dem Silberaltar unter dem Messer lag. In diesem Augenblick fuhr das Messer herab und schnitt dem Kind die Kehle durch. Blut schoß hoch und beendete die schrecklichen Schreie in einem schäumenden Gurgeln.

Wußte Schönheit, daß die Macht aus dem Blut verschwunden war, noch ehe sie trank? Wer kann es wissen? Sie hielt Jugend hoch und über das Becken, das von einem Diener gehalten wurde. In wenigen Sekunden füllte es sich. Sie legte das immer noch lebende Kind, dessen Hände noch zuckten, dessen Augen in Todespein aus dem kleinen Kopf quollen, nieder; sie nahm die Schüssel und trank.

Es war zu spät. Das Kind starb. Das Blut war wertlos. All ihr Zauber war zerstört. All ihre Kraft, ihre Macht hatte sie in das Kind gegeben, damit es durch das Kind verstärkt wieder zu ihr käme. Verloren. Sie veränderte sich unter ihren Augen; sie verlor das geborgene Gesicht; sie welkte und zerfiel vor ihren Blicken und brach über dem Leichnam von Jugend zusammen.

Die letzte Auflösung

Ihr Tod machte alles zunichte. Die Treue der Wachen schwand; sie taten nichts, um Orem aufzuhalten, als er auf das Kind zurannte und weinend den kleinen, warmen Leichnam küßte. Sie beobachteten den Kleinen König, aber nur einige. Andere sahen zu Urubugala, der rotäugig wurde, fahlweißhäutig und groß geworden war, wie alle Geschichten Ärmel beschrieben. Oder zu Memme, der plötzlich seine Rüstung ausfüllte und zu einem starken Mann mit dem Feuer des Kriegs in den Augen wurde. Aber bald richteten sich alle Blicke auf Wiesel. Denn vor aller Augen war Schönheit wieder erstanden.

Schönheits Gesicht, Schönheits Körper. Sie hatte sie also doch zum Narren gehalten, sie hatte überlebt, sie lebte und würde sich rächen.

Sie wichen vor ihr zurück, alle außer Zymas und Ärmel.

»Narren«, sagte Zymas. »Königin Schönheit ist tot. Dies ist die wahre und rechtmäßige Frau von König Palicrovol, Enziquelvinisensee Evelvenin. Von ihr habt ihr nichts zu befürchten.«

Da hob Orem sein blutiges, weinendes Gesicht vom Altar und merkte, daß die Gefährten der Königin nicht gestorben waren. Wir sahen, wie ihn die Erkenntnis überkam, sahen, wie er sich erinnerte, daß Ärmel ihm gesagt hatte, daß auch sie einen Preis zahlen würde. Eine Lüge. Ein Trick, damit er seine Rolle spielte.

»Nein, es war keine Lüge«, sagte Ärmel sanft. »Es hing alles davon ab, ob ich einen Zauber mit dem Blut deiner Hand bewirken konnte. Ich war in der Lage, ihre Zauber ausreichend zu ersetzten, um uns in dem Alter zu halten, in dem sie uns zuerst gebunden hat – aber ich war nicht sicher, ob es wirken würde.«

Aber Orem schwieg, sah nur von Zymas zu Ärmel und von Ärmel zu Zymas.

Enziquelvinisensee Evelvenin hatte Mitleid mit ihm, rannte auf ihn zu und wollte ihn um Verzeihung bitten für die Lüge, an der sie unwissentlich teilgenommen hatte. Aber er sah ihr Gesicht und schrie sie an, ging auf sie los, um ihr das Gesicht zu zerkratzen, das kein Recht auf Leben hatte. Vermutlich hat er gedacht, sie sei Schönheit – er war so verstört. Sie rissen ihn zurück, hielten ihn fest; sofort hörte er auf, sich zu wehren, ließ den Kopf hängen und weinte.

Und da erschien im Palastgarten der Hirsch und ging leichfüßig zum Altar. Er schob sein Geweih unter die Toten und hob sie auf. Es sah sonderbar aus: Die Körper hoben sich, blieben aber dennoch an Ort und Stelle, als habe der Hirsch die Wahrheit von Mutter und Kind gefunden und hebe diese hoch, während er die leeren fleischlichen Hüllen zurückließ. Er hob sie auf und trug sie triumphierend davon; sie ritten hoch auf den hundert hellen Enden des Hirschgeweihs.

Orem sah ihnen nach, bis sie im Wald verschwunden waren. Dann schüttelte er sich wie ein nasser Hund und wollte fortgehen. Die Wachen hielten ihn, bis Zymas rief: »Laß ihn gehen. Wir müssen uns beeilen und dem König die Stadt zurückgeben, ehe es ein weiteres Menschenleben kostet!« Das reichte den Wachen. Sie folgten Zymas trotz ihrer Rüstung im Laufschritt bis zum Tor des Palastes, rannten zur Eckburg, zogen die Friedensfahnen auf und nahmen Königin Schönheits Hermelinbanner herunter.

Enziquelvinisensee beobachtete Orem Schmalhans, der nun nicht mehr der Kleine König war, wie er aus dem Palast ging, wo er alle Liebe und alles Vertrauen verloren hatte. Fast hätte sie ihm hinterhergerufen. Fast wäre sie zu ihm gelaufen und hätte ihn um Verzeihung angefleht. Aber das wäre irreführend gewesen. Er hätte denken können, daß sie ihn liebte. Hätte vergessen können, daß sie Palicrovol gehörte. Hätte versuchen können, die Jahrhunderte zu überspannen. Aber, Palicrovol, deine Frau war nicht so töricht. Liebe bewirkt keine Wunder. Sie sah Orem nach, bis er verschwunden war, und ging dann auf die Suche nach dem zurückkehrendem König, um sich ihm zu geben, den sie über die Jahrhunderte hinweg immer geliebt hatte. Sie war schließlich immer noch Jungfrau; die Hochzeit würde jetzt erst vollzogen werden. Sie würden das wieder neu beginnen, was ungelegener Weise aufgeschoben worden war. Aber im Herzen freute sie sich nicht. Sie war traurig, weil sie wußte, daß Orem Schmalhüfte sie haßte; war bekümmert, weil er keinen Grund dazu hatte.

26

Der Zorn des Königs

Wie der König seine Feinde behandelt

Freude

Du hast den Soldaten befohlen, die Waffen niederzulegen, als du den Fahnenwechsel sahst. Schönheit würde entweder die Kraft haben, dich zu vernichten, oder sie würde sterben. Du wußtest, daß sie sich nicht auf Tricks zurückziehen würde. Deine Männer legten die Waffen nieder, und die Stadt war dein. Die Menschen ergossen sicn in den Straßen, um dir zuzujubeln, wenn sie sich auch nicht nach dir gesehnt hatten, als du deine Rückkehr verzögertest. Du hast in den Straßen die Geweihkrone getragen.

Zymas hast du umarmt; Ärmel mit einer Verbeugung begrüßt; auf Enziquelvinisensee Evelvenin hast du nur einen Blick geworfen und gesagt: »Ja. Ich kenne dich.«

Vergebung

Allen Soldaten Schönheits, allen Höflingen, die ihr geschmeichelt hatten, allen Händlern, die unter ihrer Regierung profitiert hatten, allen Dienern, die sich um sie gekümmert hatten, allen Richtern, die ihre Gesetze ausführten – diesen allen hast du verziehen.

Ehre

Du fandest ihren Leichnam auf dem Altar, das Baby unter ihr. Du ließest sie zum Flußufer tragen. Die Körper wurden verbrannt und die Asche in den Fluß gestreut. Und in dieses Wasser ließest du einst eine Million Blumen streuen, um die Blütenprinzessin zu grüßen. Es war in diesem Wasser, in dem du geschwommen bist, wenn es auch kalt und rasch floß, um einer Bauersfrau einen Sohn zu zeugen.

Rache

Und jetzt wartest du mit deinen Truppen am Fuß der Bergfestung, die nicht einmal eine ordentliche Burg ist. Du weißt, daß drinnen Orem Schmalhans wartet, und du glaubst, bei ihm sei eine Armee oder ein Zauberer von schrecklicher Macht. Ich werde dir sagen, was drinnen wartet:

Ein Junge ohne Ohren, der eine Tasche entleeren und mit Jammernattern umgehen kann und überlebt; er verletzt vielleicht den einen oder anderen Soldaten, ehe du ihn umbringst.

Ein Mann von guter Herkunft, ein Höfling, einer der Besten, die Königin Schönheit dienten. Er wird fünf verwunden, und zwar tief, ehe er stirbt.

Eine Frau von hohem Stand, die einst dem Kleinen König diente, weil Orem Schmalhüfte sie lehrte, Gnade über Gerechtigkeit zu setzten, Tugend über Rang.

Ein junger, junger Mann von achtzehn Jahren, mit dunklem Haar und heller Haut, mit dem Blut eines Königs in den Adern und dem Gewicht der Welt im Herzen. Er flieht nur vor dir, weil seine Freunde es befehlen. Du bist ihm gleichgültig. Er trauert nur um die Asche, die du in den Fluß gestreut hast.

Gott ist nicht bei ihm. Die Süßen Schwestern sind nicht bei ihm. Der Hirsch ist nicht bei ihm. Er hat die Aufgabe vollendet, zu der sie ihn herangezogen haben. Sie haben keine weitere Verwendung für ihn.

Segen

Ich schreibe dies mit meinen eigenen Händen. Ich schreibe dies in deinem eigenen Zelt. Ich werde es dir heute abend geben; wenn du ins Zelt zurückkehrst, wird es auf dich warten. Wenn du es gelesen hast, wirst du erkennen, daß es die Wahrheit ist.

Hast du gedacht, nur Zauberer und Hexen hätten Kräfte? Ich habe meinen Finger angeritzt und das lebendige Blut auf diese Seite gestrichen. Ich habe hier zwei Segen niedergeschrieben, die keine Augen außer deinen lesen können. Wenn du ein Mann bist, der sich strikt an seinen Eid hält, den Usurpator zu töten, den man Orem Schmalhans oder den Kleinen König nennt, dann wirst du nur den Segen sehen, der dir die Kraft verleiht, die Aufgabe rasch zu vollenden, und ihn morgen töten. Aber wenn du ein Mann bist, der Gande kennt, auch auf eigene Kosten, dann wirst du nur den Segen erkennen, der dein Herz heilt und dich mit deinem Sohn versöhnt. Ich werde dich lieben, welch ein Mann du auch immer bist, und in Wirklichkeit weiß ich nicht, welches Ende Orem sich selbst wünschte, wenn er die Wahl hätte.

Du weißt jetzt, was für ein Mensch du bist, Palicrovol. Du kennst nun deinen Namen. Das ist das Ende der Geschichte. Hast du gedacht, es sei die Geschichte von Orem Schmalhans? Seine Geschichte endete, als Jugend starb. Orem hat sich in seinem kurzen Leben bereits einen Namen verdient: Hirschhoffnung. Aber du, komm nun zu mir, mein Mann, und sag mir, welchen Segen von den beiden, die ich dir gab, du empfangen konntest.

ENDE

NEU
DIE GEFÄHRLICHEN ABENTEUER DES JUNGEN ELFENHÄUPTLINGS SCHNITTER UND SEINES KLEINEN STAMMES ZIEHEN JEDEN LESER IN EINEN GEHEIMNISVOLLEN BANN.
Nr.1 · DM 3,80
Abenteuer in der Elfenwelt
BASTEI ALBUM
AB SOFORT ÜBERALL DA, WO ES ZEITSCHRIFTEN GIBT!
WENDY & RICHARD PINI
SCHRIEBEN UND
ZEICHNETEN DIESE
SPANNENDE GESCHICHTE
AUS DER ELFENWELT.